Jennifer Bardsley
Neuanfang in Harper Landing

AF177906

Montlake

Das Buch

Julia ist fest in der Kleinstadt Harper Landing verwurzelt und führt erfolgreich ihren Frozen-Yogurt-Laden. Trotzdem fühlt sie sich unsichtbar. Mit ihrer Rolle als Dauersingle hat sie sich abgefunden. Als ihr geliebter Labradorwelpe fast ertrinkt, lernt sie den gut aussehenden Aaron kennen. Dem erfolgreichen Unternehmer liegt das idyllische Kleinstadtleben eigentlich nicht, doch er ist entschlossen, seinem verwaisten Neffen ein guter Vater zu sein. Aus der Not heraus bittet er Julia um Hilfe mit dem Baby. Können die beiden zwischen Windelnwechseln und Schnullersuche gemeinsam einen Neuanfang wagen?

Die Autorin

Jennifer Bardsley glaubt an Freundschaft, wahre Liebe und die unendliche Macht von Büchern. Sie ist Absolventin der Stanford University und lebt mit ihrem Mann und zwei Kindern in Edmonds, Washington.

Wenn die Autorin nicht gerade schreibt oder mit ihrer Pfadfindergruppe zeltet, zieht es sie bei jeder sich bietenden Gelegenheit zum Strand.

JENNIFER BARDSLEY

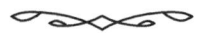

Neuanfang
in
Harper
Landing

ROMAN

Aus dem Amerikanischen von Jeannette Bauroth

Die amerikanische Ausgabe erschien 2021 unter dem Titel
»Sweet Bliss« bei Montlake, Seattle.

Deutsche Erstveröffentlichung bei
Montlake, Amazon Media EU S.à r.l.
38, avenue John F. Kennedy, L-1855 Luxembourg
November 2021
Copyright © der Originalausgabe 2021
By Jennifer Bardsley
All rights reserved.
Copyright © der deutschsprachigen Ausgabe 2021
By Jeannette Bauroth

Die Übersetzung dieses Buches wurde durch Amazon Crossing ermöglicht.

Umschlaggestaltung: zero-media.net, München
Umschlagmotiv: © Guille Faingold / Stocksy United;
© Pascale Gueret / Shutterstock; © Galyna Andrushko / Shutterstock;
© Tetiana Kotova / Shutterstock; © Sue Anne Hodges / ArcAngel
Lektorat und Korrektorat: VLG Verlag & Agentur, Haar bei München,
www.vlg.de
Gedruckt durch:
Amazon Distribution GmbH, Amazonstraße 1, 04347 Leipzig /
Canon Deutschland Business Services GmbH, Ferdinand-Jühlke-Str. 7,
99095 Erfurt /
CPI books GmbH, Birkstraße 10, 25917 Leck

ISBN 978-2-49670-917-9

www.montlake.de

KAPITEL 1

Julia wusste sofort, dass es nichts Gutes bedeutete, als Toby den Seehund entdeckte. Ihr brauner Labrador war vieles – loyal, anhänglich, bildschön –, aber nicht gerade der Klügste. Seit einem halben Jahr besaß sie ihn nun, und während dieser Zeit hatte sie seinen reinrassigen Stammbaum mehr als einmal verflucht. Wäre auch nur ein Tropfen Straßenköterblut in seinen Adern geflossen, wäre er cleverer gewesen. Was aber nicht der Fall war, weswegen ihr bezaubernd ahnungsloser Welpe gerade aufs offene Meer hinausschwamm. Und Julia blieb nichts weiter übrig, als ihm aus vollem Hals hinterherzurufen.

»Toby, komm zurück!« Sie legte die Hände um den Mund und schrie so laut, dass ihr die Kehle wehtat. Der Hundepark von Harper Landing war dreieckig, an zwei Seiten eingezäunt und an der dritten zum Puget Sound hin offen. In der Ferne glitzerten die Olympic Mountains, immer noch schneebedeckt, obwohl es schon Mitte Juni war. Julia rannte bis an das eiskalte Wasser heran und rief wieder nach ihrem Hund: »Toby! Komm her, sei ein guter Junge!«

Der Labrador reagierte nicht. Eifrig paddelte er weiter auf den Seehund zu, der erneut abtauchte und kurz darauf wieder an der Wasseroberfläche erschien, wie ein verlockender Preis.

»Was zum Teufel macht Toby da?«, ertönte eine schroffe Stimme. »Das sind doch inzwischen bestimmt beinahe hundert Meter.« George Fiege, ein alter Freund von Julia und zugleich ihr Buchhalter, hatte sich zu ihr gesellt. Sein Jack Russell Terrier Midas begleitete ihn.

»Toby kommt bestimmt gleich zurück. Er muss einfach wiederkommen.« Julia biss sich auf die Unterlippe und hielt sich schützend eine Hand über die Augen. »Toby!«, versuchte sie es noch einmal.

»Dieser dumme Hund«, murmelte George. Doch dann unterstützte er ihre Bemühungen und rief ebenfalls aus voller Kehle nach Toby.

Es dauerte nicht allzu lange, bis sich eine kleine Menschenmenge am Rocky Beach versammelt hatte, die laut rufend auf Tobys Rückkehr hoffte. Julia und Toby waren oft im Hundepark von Harper Landing, einer Kleinstadt nördlich von Seattle, wo vielleicht nicht jeder jeden kannte, aber mit Sicherheit alle Julia Harper kannten, die Ururrenkelin des Gründervaters der Stadt. Außerdem gehörten der achtundzwanzigjährigen Julia der Frozen-Yogurt-Laden Sweet Bliss sowie die Hälfte der Gebäude an der Main Street. Sie war stolz auf Sweet Bliss, aber mit dem Rest ihrer Erbschaft fühlte sie sich nicht wohl.

»Er dreht einfach nicht um.« Julia zog an ihren langen blonden Haaren. »Toby sieht unfassbar erschöpft aus, und wenn er noch weiter rausschwimmt, hat er vielleicht nicht mehr genug Kraft für den Rückweg.« Sie beugte sich nach unten und löste die Schnürsenkel ihrer Wanderstiefel.

»Was machst du da?«, fragte George.

»Ich schwimme ihm nach«, antwortete Julia und riss einen Schnürsenkel aus seiner Öse.

»Da erfrierst du doch.« George hielt sie hinten an ihrer Fleecejacke fest. »Das Wasser ist so kalt, dass du ohnmächtig werden wirst.«

»Mir bleibt keine andere Wahl.« Julia löste sich aus Georges Griff und lief in ihren Wollsocken über die Steine am Strand.

»Du schaffst das, Julia!«, rief Paige Lu, die Besitzerin von Paige's Pages, dem örtlichen Buchladen. »Ich habe dich im Fitnessstudio gesehen, du hast Ausdauer.«

Julia war sich da nicht so sicher, sie war noch nie eine gute Schwimmerin gewesen. Als sie damals in der Grundschule zum Sommer-Schwimmteam gehört hatte, hatte ihre Mutter ihr gesagt, sie sehe eher aus wie ein gestrandeter Wal als wie jemand, der eine Chance auf den Sieg habe. Aber wenn ihrem Welpen etwas zugestoßen wäre, hätte sie das nicht ertragen können. »Toby!«, rief sie verzweifelt. »Komm zurück!«

»Ich habe eine Decke im Auto.« George schnippte mit den Fingern, und Midas horchte auf. »Die kannst du nehmen, wenn du zurück bist. Wir holen sie.«

Die anderen Leute in der Menge riefen weiterhin Tobys Namen. Der Seehund war mittlerweile verschwunden, und Toby paddelte im Kreis und versuchte, ihn zu finden.

Julia wusste, dass ihr bester Freund orientierungslos war und jetzt jede Sekunde zählte, aber als sie in das eisige Wasser stieg, blieb ihr die Luft weg. Es fühlte sich an, als hätte ihr Blut aufgehört, durch den Körper zu zirkulieren, und ihre Füße, Knöchel, Knie und jetzt auch ihre Oberschenkel wurden taub. Konnte sie das schaffen? Den Elementen trotzen, um ihren Hund zu retten? Julia atmete tief ein und bereitete sich darauf vor, ganz ins Wasser einzutauchen, wie damals, als sie noch im Schwimmteam gewesen war.

»Stopp!«, befahl eine feste Stimme. Als Julia nicht reagierte, ließ ein ohrenbetäubender Pfiff sie herumwirbeln. Ein groß gewachsener Fremder mit breiten Schultern und smaragdgrünen Augen, die der Farbe seines Shirts glichen, streifte seine Schuhe ab und eilte ins Wasser. Der Hightech-Stoff des Shirts klebte an seinen Brustmuskeln, und seine Laufhose blies sich wie ein kleines Segel auf, bevor sie sich an seine muskelbepackten Oberschenkel schmiegte. Er steckte die Finger in den Mund und pfiff erneut. »Toby!«, rief er. »Komm her, Junge!«

Julias Augen wanderten von den dunkelbraunen, schweiß-nassen Haaren des Mannes zum Horizont, wo ihr Hund um sein Leben paddelte. Toby warf den Kopf zurück und blickte zum Strand. Er jaulte und änderte seinen Kurs in Richtung Ufer.

»Du schaffst das, Toby!«, schrie Julia, bevor ihre Zähne so heftig zu klappern begannen, dass sie nicht weiterreden konnte. Ihr ganzer Körper zitterte, das kalte Wasser schickte Schockwellen durch ihre Gliedmaßen, mit denen ihr Kreislauf nicht zurechtkam. Ihre mittlerweile durchnässte Fleecejacke bot auch keinen besonders guten Schutz.

»Geh zurück zum Strand und wärm dich auf«, sagte der Fremde.

»Nicht ohne meinen Hund«, erwiderte sie und rieb sich die Arme, um die Gänsehaut loszuwerden.

»Er schwimmt jetzt in die richtige Richtung«, entgegnete der Mann. »Alles wird gut.«

Julia schüttelte den Kopf. »Aber Toby hat Schwierigkeiten. Was, wenn er nicht mehr genug Kraft hat, um den Strand zu erreichen?«

»Verdammt, du hast recht.« Er legte den Kopf schief und rieb sich über den kantigen Kiefer. »Und ich hasse Triathlon.« Aber bereits eine Sekunde später sprang er ins Wasser und schwamm in Tobys Richtung, ohne dass Julia ihn aufhalten konnte.

»Wärm dich lieber auf«, riet George. »Du wirst sehen, dein Muskelmann hat Toby im Nullkommanichts gerettet.«

»Danke«, erwiderte Julia mit klappernden Zähnen. Sie stolperte zurück an den Strand und stampfte ein paar Mal mit den Füßen auf, um ihren Kreislauf anzukurbeln. George schlang ihr eine muffig riechende Decke um die Schultern.

Zwei Minuten später legte der Fremde einen erschöpften, aber nicht unbedingt klügeren Toby in Julias Arme. Der Hund leckte ihr übers Gesicht, und die Menge brach in kollektiven Jubel aus.

»Das nenne ich mal ein Happy End«, kommentierte Paige und wedelte aufgeregt mit den Händen.

Toby schüttelte sich und die Tropfen flogen in alle Richtungen davon. Julia war sehr dankbar für die Decke, sogar ihre durchnässten Wollsocken hielten sie warm. Aber Tobys Retter zitterte in seiner kurzen Laufhose. »Es tut mir so leid«, sagte Julia und bot ihm die Decke an. »Hier, nimm die. Ich bin mittlerweile trocken.« Das stimmte nicht mal annähernd, aber sie fand, dass er die Decke mehr verdiente als sie.

»Behalt sie ruhig.« Er setzte sich auf ein Stück Treibholz und schnürte seine Laufschuhe wieder zu. »Ich wohne nicht weit weg.«

»Nein, wirklich.« Julia setzte sich neben ihn und warf die Hälfte der Decke über seine Schultern. »Wenn du nicht gewesen wärst, wäre Toby jetzt schon auf halbem Wege nach Whidbey Island. Wie kann ich mich jemals dafür revanchieren?«

»Du musst dich nicht revanchieren. Ich mag Labradore. Und hübsche Blondinen.«

George kicherte hinter ihnen. »Zum Glück ist Toby kein blonder Labrador, sonst wären Sie vermutlich nicht mehr zu halten.«

Der Mann lachte, während er einen Doppelknoten in seine Schnürsenkel machte.

Julia sah über die Schulter und bedachte ihren Buchhalter mit einem genervten Blick. »Danke für die Decke, George, ich bringe sie bei dir vorbei, sobald ich sie gewaschen habe.« Sie war froh, als Paige kam und George am Arm wegzog. Wärme durchströmte ihren Körper, als sich ihr Arm gegen das nasse Shirt des Fremden drückte. Sie war versucht, sich enger an ihn zu kuscheln, aber stattdessen beugte sie sich vor und zog ihre Stiefel an.

»George hat recht«, sagte der Fremde und stand plötzlich auf. »Das Letzte, was ich in meinem Leben brauche, ist ein Hund.«

»Lass mich dir wenigstens ein Eis ausgeben.« Sie wickelte die Decke um ihre Schultern. »Und verrat mir deinen Namen, damit ich mich richtig bedanken kann.«

»Ein Eis?«

Julia stand auf. »Frozen Yogurt, um genau zu sein.« Sie schob sich eine Haarsträhne hinter das Ohr. »Ich heiße Julia, mir gehört das Sweet Bliss in der Main Street«, erklärte sie und streckte die Hand aus.

»Aaron Baxter, freut mich, dich kennenzulernen.« Mit festem Griff schüttelte er ihre Hand. »Aber den Frozen Yogurt muss ich leider ablehnen, ich lebe paleo.«

»Wie ein Höhlenmensch?«

Fältchen bildeten sich um Aarons Augen, als er lächelte. »So was in der Art.« Er bückte sich und fuhr durch Tobys Fell. »Viel Glück dabei, den Burschen aus weiteren Schwierigkeiten herauszuhalten.«

»Ja. Danke.« Julia fühlte sich, als hätte jemand die Luft aus ihr herausgelassen. »Toby liebt Schwierigkeiten.« Ein eisiger Wind wehte über ihre feuchte Haut, während sie zusah, wie Aaron davonjoggte. Sie zitterte im trüben frühmorgendlichen Licht. Sie hätte sich keine Hoffnungen machen sollen, als er meinte, sie sei hübsch. Wahrscheinlich wollte er nur höflich sein.

Julia hatte schon vor langer Zeit gelernt, dass sie unglaublich gewöhnlich war. Ihre Mutter hatte sie siebenundzwanzig Jahre lang jeden Tag daran erinnert. Bis zu dem Tag, an dem sie im letzten Herbst an Lungenkrebs starb. »Du bist unscheinbar«, pflegte Waverley Harper zu sagen, während sie vor dem Schwimmtraining Julias Haare flocht. »Hausbacken und fett, wie dein Vater.«

Waverley war die Schönheit gewesen. Sie war Abschlussballkönigin an der Highschool geworden, Miss Washington State gewesen und Kellnerin im exklusiven Restaurant der Space Needle, bevor sie Julias Vater geheiratet hatte. Es bestand ein Altersunterschied von fünfzehn Jahren zwischen Harrison Harper und seiner wunderschönen jungen Braut, aber sein Geld und seine Verbindungen hatten ausgereicht, um Waverley von Seattle wegzulocken ... und von ihrer Jugendliebe. Harrison und Waverley führten zehn Jahre lang eine glückliche Ehe, bevor sie Julia bekamen, und zehn weitere Jahre, bis Harrison inmitten einer Stadtratsversammlung in Harper Landing an einem Herzinfarkt starb.

Harrison war ein liebevoller Vater gewesen, doch Waverley hatte es sich zur Aufgabe gemacht, Julia bei jeder sich bietenden Gelegenheit kleinzumachen. Sie machte Julia dafür verantwortlich, dass die Schwangerschaft ihre Figur ruiniert hatte, sodass sie danach Größe achtunddreißig statt vierunddreißig tragen musste und auf kaschierende Hosen mit hohem Schnitt angewiesen war. Eine von Julias frühesten Kindheitserinnerungen war, wie sie ihre Mutter nach ihrer jüngsten Schönheitsoperation im Krankenhaus besuchte. Sie würde niemals den Anblick der Verbände um Waverleys aufgequollenes rotes, bis zur Unkenntlichkeit entstelltes Gesicht und den Zitrusduft des Desinfektionsmittels vergessen. Julia hatte schon früh gelernt,

11

dass Schönheit Leiden bedeutete, und deshalb bereits vor langer Zeit entschieden, dass dies ein Preis war, den sie nicht bezahlen wollte. Vor allem, wenn sie ohnehin so weit davon entfernt war, den hohen Standards ihrer Mutter zu entsprechen.

Meistens zog Julia Jeans und ein T-Shirt an, darüber eine Fleecejacke, und band die Haare zu einem Pferdeschwanz zusammen. Außer getönter Sonnencreme verwendete sie kein Make-up. Ihre Schuhe hatten nur die Aufgabe, sie von ihrem Haus in der Ninth Avenue zu Sweet Bliss zu tragen. Ihre Handtasche, wenn man sie so nennen konnte, war eine alte Ledertasche, die sie bei Goodwill gefunden hatte. Der einzige Anlass, zu dem Julia sich herausputzte, war, wenn sie mal wieder Brautjungfer auf der Hochzeit einer ihrer Freundinnen war. Oder wenn sie wie jedes Jahr im September im Jachtklub an der Spendengala der Harper-Landing-Handelskammer teilnahm.

Sie war die Einzige aus der Highschool, die weder verheiratet oder verlobt noch bereits wieder geschieden war. Sie traf sich nicht mal mit jemandem. Tief im Inneren war Julia der Meinung, dass all das, was ihre Mutter gesagt hatte, stimmte. Sie war einfach überhaupt nichts Besonderes. Abgesehen von Tobys Rettungsaktion war der heutige Tag genau wie jeder andere auch: eine weitere Chance für Julia, Harper Landings sprichwörtliches Mädchen von nebenan, ignoriert zu werden.

»Paleo«, murmelte sie vor sich hin. »Aaron isst kein Eis.« Sie konnte sich nur zu gut vorstellen, was ihre Mutter dazu gesagt hätte, wäre sie noch am Leben gewesen. Wahrscheinlich etwas Sarkastisches über Modediäten, was ironisch war, weil Waverley Diäten geliebt hatte. Sie hatte ständig selbst eine gemacht oder versucht, Julia eine aufzudrängen. Soweit Julia wusste, war sie in der dritten Klasse das einzige Kind gewesen, das Hüttenkäse und eine halbe Grapefruit in der Brotbüchse hatte. Aber das war schon lange her. Julia war stolz auf ihre Kurven und achtete sehr auf eine gesunde Ernährung, sodass sie jederzeit zu Frozen Yogurt greifen konnte, wenn ihr danach war.

»Na komm, Toby.« Julia bückte sich und befestigte die Schnappleine am Halsband ihres Labradors. »Zeit, nach Hause zu gehen.« Ihre Füße schlurften über den Boden, während sie sich den Strand hinauf zum Gehweg schleppte. Sie sah Familien, die eingewickelt in Mäntel in der kühlen Luft ein Picknick genossen, und Kinder mit Drachen, die gegen den Wind ankämpften. Da waren Teenager, die in der Nähe des Parkplatzes E-Zigaretten rauchten und Rentner, die Hand in Hand in Richtung des Jachthafens gingen. Julia nickte freundlich, wenn sie an ihnen vorbeilief. Die meisten erwiderten den Gruß, manche aber auch nicht. Dann kam sie sich unsichtbar vor. Die Einheimischen nannten es den Seattle Freeze, wenn sich Nachbarn nicht mehr umeinander kümmerten und jeder nur noch für sich blieb, und normalerweise kroch er nicht so weit nach Norden in eine Kleinstadt wie Harper Landing. Aber diesmal schon, und Julia spürte seine Kälte.

KAPITEL 2

Aaron joggte nach Hause und dachte darüber nach, was Sara wohl zu seiner Heldentat am Strand gesagt hätte. Wahrscheinlich hätte seine Schwester nicht das Wort »Heldentat« benutzt. Sie hätte wohl eher »Mätzchen« gesagt. Sie hätte ihn auch einen Feigling genannt, weil er nicht auf Julias Angebot für Froyo eingegangen war oder sich wenigstens ihre Telefonnummer hatte geben lassen.

Es ist nur Eiscreme, konnte er Sara sagen hören. *Du verdienst ein bisschen Spaß.*

Sara wusste alles. War alles. Sie war seine Freundin und Mentorin gewesen. Seine Beschützerin vor Mobbern, als er in die weiterführende Schule kam. Seine Fürsprecherin, als er ihren Eltern erzählte, dass er nicht wie sie nach Princeton, sondern nach Stanford gehen wollte. Zwei Jahre später, als Aaron das College abgebrochen hatte, um mit seinem besten Freund ein Unternehmen zu gründen, war Sara diejenige gewesen, die Aaron und Jared das Startkapital für Big Foot Paleo gegeben hatte, obwohl sie als Lehrerin nicht gerade üppig verdiente.

Jared hätte ihm das mit Julia auch übel genommen. *Weißt du, was besser ist als Paleo?,* hätte er vielleicht gefragt. *Schöne Frauen.* Und Jared hätte recht gehabt, weil Aaron Julia nicht mehr aus dem Kopf bekam. Ihr ungeschminktes Gesicht und ihre zurückgekämmten Haare hatten so ungezwungen und naturverbunden gewirkt, als wäre sie geradewegs den Seiten eines Katalogs für Outdoormode entsprungen. Und die alte Flanelldecke, in die sie gehüllt gewesen war, hatte die Ausstrahlung einer abenteuerlustigen Schönheit aus dem pazifischen Nordwesten noch verstärkt. *Nimm sie mit,* hätte Jared ihm geraten. *Zieh sie in ein Zelt, vor dem draußen ein Lagerfeuer knistert.*

Aaron biss die Zähne zusammen und verdrängte Saras und Jareds Ratschläge aus seinem Kopf. Das gehörte zu den schlimmsten Dingen in seinem Leben: Selbst jetzt, wo sie nicht mehr lebten, sagten ihm die beiden einflussreichsten Menschen in seinem Leben immer noch, was er tun sollte. Er blinzelte die Tränen zurück, die in ihm aufzusteigen drohten, und konzentrierte sich auf die Straße, die vor ihm lag. Der Strand war fünf Meilen von seinem Haus entfernt, und er hatte noch drei Meilen vor sich. Die ruhigen Wohnstraßen erblühten in Farbe, und mehr als zwanzig Meter hohe Zedern und Tannen ragten über ihm auf. Die Sonne lugte durch die Wolken und vertrieb die dichte morgendliche Nebelschicht. Bislang hatte es in dem einen Monat, seit er hier lebte, jeden Tag geregnet, aber zum Glück nicht dauerhaft. Normalerweise besserte sich das Wetter am Nachmittag, wenn die Sonne herauskam. Aaron warf einen letzten Blick aufs Wasser und begann den steilen Aufstieg zu seinem Zuhause. Seine Oberschenkelmuskeln mussten sich mächtig ins Zeug legen.

Es fühlte sich komisch an, ein Haus sein Zuhause zu nennen. Aaron hatte die letzten zehn Jahre in winzigen Apartments gelebt; der blühende Wohnungsmarkt im Silicon Valley machte das Wohnen irgendwo anders schwierig. Sogar als Big Foot Paleo letzten Winter von General Mills aufgekauft worden war, hatte Aaron sich nicht wohlgefühlt bei dem Gedanken, sein hart verdientes Geld vom Börsengang in etwas so Konkretes wie ein Anwesen zu investieren. Seine Ex-Freundin Leah war darüber sehr wütend gewesen. Sie hatte bereits eine Million Pläne geschmiedet gehabt, wie sie sein Geld ausgeben sollten, und jeder einzelne begann damit, dass sie mietfrei bei ihm wohnen konnte.

Palo Alto war der beste – und schlechteste – Ort gewesen, um eine Firma zu gründen, die sich auf Snacks spezialisierte. Der beste, weil es haufenweise urbane hippe Möchtegern-Foodies gab, die genügend Kohle hatten, um gut und gern zwölf Dollar für eine Zweihundert-Gramm-Tüte glutenfreies Müsli ausgeben zu können. Der schlechteste, weil Wohnungen hier so teuer waren, dass sich keiner der Mitarbeiter von Big Foot Paleo leisten konnte, dort zu leben. Aaron und Jared hatten Lieferanten in Modesto gefunden, wo die Mandeln gezüchtet und geerntet wurden, und beschlossen, die Produktion ebenfalls dorthin zu verlagern, als ihre Produkte immer mehr Zuspruch fanden. Die Büroräume blieben jedoch im Silicon Valley. Jared versuchte vergebens, Aaron davon zu überzeugen, dass es sie viel Lebenszeit kostete, wenn sie jeden Tag zwei Stunden zwischen der Fabrik und dem Büro pendeln mussten. Er fand, sie sollten die gesamte Firma an einen zukunftsfähigen Ort wie zum Beispiel seine Heimatstadt Harper Landing in Washington verlagern, wo die Mieten niedriger waren und es zudem auch andere Zutaten zu günstigen Preisen gab, wie zum Beispiel getrocknete Beeren.

Aarons Arme schwangen vor und zurück, als er den Berg hinauflief. Er musste ein Auge auf den Verkehr haben, da es keinen Gehweg gab. Wie waren seine Gedanken von Julias Gesicht und ihrem schlitzohrigen Hund zum größten Fehler seines Lebens gewandert? Seine Lunge brannte von der intensiven Trainingseinheit, aber selbst das Blut, das durch seine Adern pumpte, konnte ihn nicht von den düsteren Gedanken ablenken.

Es war Aarons Schuld, dass Sara und Jared tot waren. Es war Aarons Schuld, weil er, anstatt seinem besten Freund und zukünftigen Schwager zu sagen »Ja, lass uns nach Washington gehen«, darauf bestanden hatte, dass das Geschäft in Kalifornien blieb. Aaron wollte immer, dass alles nach seinen Wünschen lief. Er wollte die komfortable Lage bewahren, mit Big Foot Paleo in Kalifornien in der Nähe ihrer Lieferanten zu bleiben. Er wollte die Sicherheit all seiner Freunde im Silicon Valley. Verdammt, er wollte sogar in Leahs Nähe bleiben, obwohl sie nur wegen des Geldes mit ihm zusammen gewesen war. Jetzt war alles weg, zerstört durch Aarons Selbstsüchtigkeit. Natürlich, rein objektiv betrachtet hatte ein betrunkener Autofahrer Sara und Jared auf dem Heimweg von Modesto getötet, aber Aaron kannte die Wahrheit. Er war der Schuldige. Wenn sie in Harper Landing gewohnt hätten, hätten sie weniger Zeit mit Pendeln verbringen müssen. Jared wäre jetzt noch am Leben und würde für seinen nächsten Triathlon trainieren, und Sara hätte nicht fünf Wochen lang im Krankenhaus liegen müssen, wo die Ärzte alle Mühe hatten, sie lange genug am Leben zu erhalten, um … ach, verdammt! Aaron blinzelte die Tränen weg. Laufen war immer seine Zuflucht gewesen, aber egal, wie schnell er rannte, der Schmerz der Vergangenheit holte ihn immer wieder ein.

Aaron verlangsamte das Tempo, als er am Ende seiner Straße angelangt war, um seinem Herzen die Möglichkeit zu geben, zu einer normalen Schlagzahl zurückzukehren. »Hey«, sagte er und winkte den freundlich grüßenden Nachbarn zurück, die in ihren Vorgärten Unkraut jäteten oder Wohnwagen beluden. Eine Gruppe Kinder auf Fahrrädern fuhr ihn fast über den Haufen. Er konnte gerade noch aus dem Weg springen und verkniff es sich, ihnen nachzurufen, sie sollten aufpassen, wo sie hinfuhren. Dann dachte er zum millionsten Mal darüber nach, ob er nicht doch besser in eine Eigentumswohnung in irgendeinem Wolkenkratzer in Seattle hätte ziehen sollen, anstatt nach

Harper Landing, das absolut kein Ort für einen neunundzwanzigjährigen Junggesellen war. Aber vielleicht war Junggeselle auch nicht mehr das geeignete Wort, obwohl Leah sofort mit ihm Schluss gemacht hatte, als er ihr von seinem bevorstehenden Umzug erzählte.

Aaron lief die Einfahrt zu seinem Haus »mit vier Schlafzimmern, Zugang im Obergeschoss und Zedernverkleidung« hoch. Mit diesen Worten hatte der Makler es ihm angepriesen. Er stieg die Stufen zur Eingangstür hinauf, die zwischen zwei Etagen lag, und dehnte sich, bevor er den Schlüssel aus einer versteckten Tasche herausfischte. Natürlich war Martha im Haus, aber er wollte es nicht riskieren zu klingeln. Wenn er sich beeilte, schaffte er es vielleicht zu duschen, bevor Martha nach Hause musste. Aaron wollte sie nicht noch mehr beanspruchen, als er es ohnehin schon tat. Seine Klamotten waren jetzt zwar getrocknet, aber er wusste, dass er stank.

Als er die Tür öffnete, wurde er von den verschiedensten Gerüchen begrüßt. Da war der Nelken-Zimt-Duft, den die Reinigungsfirma am Vortag benutzt hatte. Die Soße des grasgefütterten Rinderbratens, den Aaron in den Slowcooker gelegt hatte, bevor er laufen gegangen war, blubberte verführerisch vor sich hin. Aber über allem schwebte wie eine wunderbar aromatische Erinnerung an sein neues Leben der süße, berauschende Duft eines Babys.

»Da bist du ja«, flüsterte Martha, die in einem Trainingsanzug aus Samt oben an der Treppe stand. »Jack ist vor knapp einer Stunde eingeschlafen, direkt nachdem du los bist.« Sie zeigte den Gang hinunter. »Er schläft jetzt in seinem Bettchen.«

»In seinem Bettchen? Wie hast du das denn geschafft?« Aaron zog seine durchnässten Laufschuhe aus und stellte sie neben die Tür, ebenso seine nassen Socken. »Jack schläft nie in seinem Bettchen. Normalerweise schläft er mit mir im Bett oder in seinem Stubenwagen.«

Martha zog die Augenbrauen hoch. »Du weißt, wie ich darüber denke. Du wirst niemals genügend Schlaf bekommen, wenn du so weitermachst.« Sie schüttelte den Kopf. »Außerdem müssen Babys lernen, selbst einzuschlafen.«

Aaron rieb sich den Nacken und unterdrückte das, was er gerade hatte sagen wollen. Er konnte keine Diskussion mit Martha riskieren. Jacks Großeltern waren seine einzige Unterstützung hier in Harper Landing. Es war nur natürlich, dass Martha im Hinblick auf ihren Enkel sehr beschützend war, vor allem, weil er ihre einzige lebende Verbindung zu Jared darstellte. »Jack ist drei Monate alt«, sagte Aaron in seinem ruhigsten Tonfall. »Er hat noch viel Zeit zu lernen, selbst einzuschlafen. Aber momentan konzentriere ich mich darauf, dass er immer wenigstens vier Stunden am Stück schläft, damit er ausgeruht ist. Und ja, manchmal bedeutet das eben auch, dass er bei mir schläft.«

»Als Jared drei Monate alt war, hat er von zehn Uhr abends bis fünf Uhr morgens durchgeschlafen.« Martha reckte das Kinn nach oben. »Misch ein paar Reisflocken in sein Fläschchen, dann schafft Jack das auch.«

Aarons Körper spannte sich an, seine Schultern waren vor Frustration ganz steif. »Das hast du aber nicht bei Jack gemacht, oder? Seine Kinderärztin hat das abgelehnt.«

Martha rückte ihre grauen Locken zurecht. »Natürlich nicht. Du hattest keine Reisflocken im Schrank. Aber auch Kinderärzte wissen nicht alles. Beim nächsten Mal bringe ich welche mit.«

»Nein«, antwortete Aaron. »Bitte nicht.« Er stand immer noch an der Eingangstür und schaute zu ihr hinauf. Dann hastete er nach oben und nahm immer zwei Treppenstufen auf einmal. Er machte sich nicht die Mühe, sich zu erklären, als er den Flur entlangeilte, um nach Jack zu sehen. Seine nackten Füße machten auf dem neuen Teppich keine Geräusche. Als er das hintere Schlafzimmer erreicht hatte, öffnete er die Tür einen Spalt. Er wollte Jack nicht wecken, ihn aber unbedingt sehen. Dieses Gefühlsgemisch aus Angst und Liebe, das Verlangen, seinen kleinen Neffen mit all seiner Macht zu beschützen, spürte er seit dem Tag, als der Arzt das Baby in seine Arme gelegt hatte und die Krankenschwester Saras lebenserhaltende Geräte abgestellt hatte.

Dort, durch die Stäbe des Bettchens sichtbar, schlief Jack. Viel kleiner als ein drei Monate altes Baby eigentlich sein sollte. Saras Verletzungen hatten es erforderlich gemacht, dass er dreieinhalb Wochen zu früh auf die Welt geholt wurde, und er war noch nicht ganz dem Frühchenstadium entwachsen. Die Matratze war nur mit einem Spannbettlaken überzogen, so wie es in den Ratgebern stand. Keine Decke oder Polsterung. Anstatt auf dem Rücken zu liegen, wie er eigentlich sollte, lag Jack allerdings auf dem Bauch, den Kopf zur Seite gedreht und die kleinen Hände daneben zu Fäustchen verschlossen.

»Verdammt!«, murmelte Aaron leise. Schnell durchquerte er den Raum und drehte Jack so behutsam wie möglich auf den Rücken. Mit angehaltenem Atem wartete er ab, ob Jack weiterschlafen würde, und stieß erleichtert die Luft aus, als er sah, wie sich die kleine Brust hob und wieder senkte.

Sobald er den Raum verlassen und die Tür wieder geschlossen hatte, wirbelte er herum und lief den Flur entlang zur Küche. Er war wahnsinnig verärgert. Er hatte Martha deutlich erklärt, dass Jack nicht auf dem Bauch schlafen durfte. Sowohl die Kinderärztin als auch die Ratgeber rieten davon ab, weil es zu gefährlich war. Aber er wusste, dass es nichts bringen würde, wenn er die Beherrschung verlor. Martha meinte es gut und liebte ihren Enkelsohn wirklich über alles.

»Wie war das Joggen?«, fragte sie. Sie hatte die Abdeckung vom Herd genommen und putzte darunter.

»Es war okay.« Aaron versuchte, die richtigen Worte für das Gespräch zu finden, das unausweichlich war. »Danke, dass du auf Jack aufgepasst hast, während ich weg war. Ich weiß das wirklich zu schätzen.«

»Kein Problem.« Martha strahlte. »Ich verbringe sehr gern Zeit mit ihm. Es ist mir ein Vergnügen.« Sie blickte sich in der sauberen Küche um. »Und weil er so lange geschlafen hat, hatte ich Zeit, die Küche aufzuräumen. Was kochst du? Aus dem Slowcooker riecht es großartig.«

»Rinderbraten.« Aaron räusperte sich. »Die Küche sieht super aus. Danke für deine Hilfe. Ich bin heute Morgen in ziemlicher Eile los. Aber Martha, hör mal, wegen Jack … die Ärztin hat gesagt, dass er auf dem Rücken und nicht auf dem Bauch schlafen soll.«

»Ach, papperlapapp.« Martha winkte ab. »Meine beiden Babys haben immer auf dem Bauch geschlafen, und es ging ihnen gut.«

»Ich weiß, aber ich will nur das Beste für Jack. Und angesichts seiner Vorgeschichte halte ich es für das Beste, auf die Ärztin zu hören.« Aaron öffnete den Kühlschrank und nahm sich eine Dose Kokosnusswasser. »Das verstehst du doch sicher, oder?«

Martha verzog das Gesicht und ließ ihr Putztuch sinken. »Da hast du recht. Er ist wirklich sehr klein. Deshalb finde ich, dass ein paar Reisflocken …«

»Die Ärztin sagt Nein«, antwortete Aaron bestimmt. »Und ich folge ihren Anweisungen.«

»Apropos Ärztin«, sagte Martha und hob eine Augenbraue. »Ist sie hübsch?«

Aaron verschluckte sich fast an seinem Wasser. »Was hat das denn damit zu tun?«

Martha setzte die Abdeckung wieder auf den Herd. »Ich mache mir Sorgen, wenn du hier so allein bist. Jared hätte nicht gewollt, dass du jeden Abend mit einem Baby allein zu Hause verbringst.« Sie wrang den Lappen aus und hängte ihn über den Hahn. »Ich übernehme gern jederzeit das Babysitten, wenn du mal ausgehen willst. Sag mir einfach Bescheid.«

»Mit einer Frau auszugehen ist das Letzte, was ich momentan brauche.« Aaron leerte die Dose und warf sie in den entsprechenden Mülleimer. »Und wenn ich eine Frau um ein Date bitten würde, dann sicherlich nicht Dr. Agarwal. Sie ist Mitte sechzig und hat zwei Kinder auf dem College.«

»Das ist schade«, erwiderte Martha schmollend. »Aber ich kenne ein paar wundervolle Frauen aus der Kirche, mit denen ich dich verkuppeln könnte. Oder meine Tochter Jessica hat bestimmt Freundinnen, die …«

»Nein, danke.«

»Aber …«

»Nein«, wiederholte Aaron schärfer als beabsichtigt. Als er Marthas verletzten Gesichtsausdruck sah, versuchte er, auf eine Weise zurückzurudern, die dem Thema ein Ende setzen würde. »Danke für das Angebot, aber ich brauche keine Hilfe dabei, Frauen kennenzulernen. Ich habe sogar heute am Strand jemanden getroffen.«

»Wirklich?«, hakte Martha nach und beugte sich vor. »Wen?«

»Die Besitzerin des Frozen-Yogurt-Ladens in der Main Street. Ich glaube, ihr Name ist Julia.«

»Julia Harper?« Martha klatschte in die Hände. »Meine Nachbarin? Sie ist wundervoll. Wann geht ihr zusammen aus?«

»Gar nicht.«

»Warum nicht? Hast du sie noch nicht gefragt?«

»Nein, Martha, und das werde ich auch nicht. Es ist einfach nicht der richtige Zeitpunkt dafür.« Aaron blickte zum Babyfon. »Danke, dass du heute Morgen auf Jack aufgepasst hast. Ich würde gern noch weiter mit dir plaudern, aber ich sollte schnell unter die Dusche springen, bevor er aufwacht.«

»Ich könnte noch ein bisschen bleiben und zum Beispiel eine Ladung Wäsche anmachen.«

»Danke, aber das ist nicht nötig«, erwiderte Aaron. »Ich will dich Frank nicht wegnehmen.«

Marthas Gesicht war für einen Moment wie eingefroren, bevor sie antwortete. »Mach dir um Frank keine Sorgen; er wird nicht mal bemerken, dass ich weg war.«

»Ich bin mir sicher, dass das nicht stimmt. Es ist Samstag.« Aaron machte eine Handbewegung, als wollte er sie aus der Küche führen. »Du hast bestimmt noch viel zu erledigen. Als ich vorhin am Markt vorbeigelaufen bin, war dort jede Menge los.«

»Frank liebt frische Donuts. Vielleicht nehme ich auf dem Weg nach Hause eine Tüte mit.« Martha holte ihre Tasche vom Küchentisch. »Wir sehen uns nächste Woche?«

»Ja, danke.« Aaron ging die Stufen zur Eingangstür hinunter.

»Ich kann auch früher kommen, falls du eine Pause brauchst.«

»Ich bin mir sicher, dass das nicht nötig sein wird. Aber danke für das Angebot«, sagte Aaron, während er die Tür öffnete. Er wollte unbedingt schnell duschen, bevor Jack aufwachte, aber dazu kam er garantiert nicht mehr, wenn Martha weiterhin so trödelte.

»Gib Jack einen Kuss von mir.« Martha blickte in Richtung des Kinderzimmers. »Oh, ich könnte ihn glatt auffressen, so sehr hab ich ihn lieb.«

»Ich auch.« Aaron schloss so schnell wie möglich die Tür hinter ihr und eilte die Treppe hinauf. Er lief in sein Zimmer, das gegenüber von Jacks lag, und zog sein Shirt aus. Es war zwar nach seinem Ausflug in die Bucht mittlerweile wieder trocken, roch aber nach Schweiß und Algen. Gerade als er dabei war, auch seine Hose auszuziehen, hörte er das Babyfon anspringen. Der rot blinkende Knopf sah aus, als würde er gleich explodieren. Jack quengelte kurz, verstummte dann aber wieder. Aaron beeilte sich jetzt noch mehr, streifte sein letztes Kleidungsstück ab und sprang unter die Dusche. Er wartete nicht mal, bis das Wasser sich aufgewärmt hatte. Er war gerade dabei, Shampoo in seinen Haaren zu verteilen, als das Babyfon losging.

Aaron schloss die Augen und machte die Atemübung, die der Trauerbegleiter ihm im Krankenhaus beigebracht hatte. Aber obwohl die Übung ihm eigentlich hätte helfen sollen, sich zu beruhigen, fühlte er sich danach noch aufgewühlter. Niemals würde er ein Date mit Julia auf die Reihe bekommen, realisierte er, als ihm ihr Angebot mit dem Eis wieder einfiel. Er schaffte es ja nicht mal, zu duschen.

KAPITEL 3

Der Baumwollblazer, den Julia über ihrem T-Shirt und der Jeans trug, war leger und bequem. Es war nicht gerade Geschäftskleidung, aber es war das am professionellsten aussehende Kleidungsstück, das sie besaß. Julia trug den Blazer immer zu den Treffen der Harper-Landing-Handelskammer. Sie hatte auch ihre Schuhe geputzt – einer der wenigen Ratschläge ihrer Mutter, die Julia befolgte. Waverley hatte daran geglaubt, dass frisch geputzte Schuhe der Welt zeigten, dass die Person, die sie trug, ihr Leben im Griff hatte. Julia war sich nicht sicher, ob das auf sie zutraf, aber mit dem Blazer und den glänzenden Stiefeln konnte sie wenigstens den Eindruck erwecken.

»Ich hoffe, dieses Treffen dauert nicht lange«, flüsterte Paige, die neben Julia saß. »Ein Handelsvertreter von Emerald City Books kommt heute Nachmittag im Laden vorbei.«

»Schick ihn auf einen kostenlosen Frozen Yogurt zu mir, wenn ihr fertig seid«, bot Julia an. Sie wusste, wie schwierig es war, ein kleines Geschäft zu führen, und sie würde alles in ihrer Macht Stehende tun, um Paige's Pages zum Erfolg zu verhelfen, auch wenn das bedeutete, jemanden mit Eiscreme zu bestechen. Die Buchladenbesitzerin war zwanzig Jahre älter als Julia, aber sie war eine ihrer engsten Freundinnen geworden, seit sie Julia bei der Eröffnung von Sweet Bliss als Mentorin zur Seite gestanden hatte.

»Danke«, antwortete Paige. Beide richteten ihre Aufmerksamkeit wieder auf das Treffen, wo George gerade den längsten Kassenbericht in der Geschichte aller Vorstandssitzungen ablieferte.

»Um es kurz zusammenzufassen«, sagte George, während er die Brille auf der Nase hochschob, »da nicht jeder seinen fairen Anteil zum Fonds zur Verbesserung des Geschäftsviertels beiträgt, haben wir nicht die Mittel, um Ersatzschirme zu kaufen.« Er umklammerte den Rand des Podiums und warf einem Mann mit zerzaustem weißem Haar und verkniffenem Gesichtsausdruck in der ersten Reihe einen bösen Blick zu. »Und ja, damit meine ich dich, Walter.« George zeigte mit dem Finger auf den Süßwarenladenbesitzer.

»Ich komme kaum über die Runden«, protestierte Walt Lancaster. »Wie soll ich meine Miete, meine Steuern und dann auch noch einen Beitrag für diesen dummen Fonds zur Verbesserung des Geschäftsviertels bezahlen, wenn Zuckerstangen für fünfzehn Cent pro Stück verkauft werden?« Er holte ein paar Stangen aus seiner Schürzentasche und wedelte damit herum.

Julia seufzte, denn sie hatte Walts Argumente schon oft gehört – jeden Monat seit dem letzten September, als ihre Mutter gestorben war und die zweite Hälfte des Erbes ihres Vaters an sie übergegangen war. Julia wusste mit Sicherheit, dass die Miete, die sie Walt berechnete, weit unter dem Marktpreis lag, weil ein Immobilienmakler ihr das gesagt hatte, doch Walt beschwerte sich immer wieder bitterlich, dass ihre Gier ihn aus dem Geschäft dränge. Aber jedes Mal, wenn sie an der Sugar Factory vorbeikam, war der Laden voller Kunden. Julia wusste nicht, ob Walt schlecht mit Geld umgehen konnte oder ein Lügner war.

Leider reichten Julias Probleme mit Walt tiefer. Walt war die Highschool-Liebe ihrer Mutter gewesen und ihr Ex-Verlobter. Zehn Jahre vor Julias Geburt hatte Waverley Walt vor dem Altar sitzen gelassen und war mit Harrison durchgebrannt. Walt hatte Harrison lange Zeit vorgeworfen, ihm die Frau gestohlen zu haben. Jetzt ließ er bei jeder Gelegenheit seine schlechte Laune an Julia aus. Dass Julia ihrem Vater sehr ähnlich sah, machte es nur noch schlimmer.

Obwohl sie mit der unangenehmen Geschichte rein gar nichts zu tun hatte, fühlte sich Julia im Namen ihrer Eltern schuldig.

»Dann finde eine Möglichkeit«, verlangte George. »Die Handelskammer von Harper Landing ist keine Wohltätigkeitsorganisation – es sei denn, wir veranstalten etwas für wohltätige Zwecke.« Er lächelte Julia an. »Womit wir bei unserer nächsten Rednerin wären.«

Julia sprang auf. Ihr Herz klopfte so heftig, dass sie sicher war, der ganze Raum könne es hören. Sie sprach nur sehr ungern vor Menschengruppen.

Sie spürte einen Stupser von hinten. Paige reichte Julia einen Aktenordner. »Vergiss deine Notizen nicht.«

»Oh.« Julia wurde rot. »Stimmt. Danke.« Sie schnappte sich ihre Unterlagen und ging zum Podium. Dort beugte sie sich zu nah ans Mikrofon, stieß mit ihrem Kinn dagegen und verursachte dadurch ein lautes Geräusch. Walt kicherte, und Julia wich zurück, um ihre Fassung wiederzugewinnen. »Jedes Jahr sponsert die Handelskammer von Harper Landing die Feier zum Vierten Juli«, begann Julia mit dem Vortrag, den sie Dutzende Male vor ihrem Badezimmerspiegel geübt hatte. »Dieses Jahr haben wir sechsundvierzigtausend Dollar für die Parade, den Volkslauf und das Feuerwerk bereitgestellt.« Sie schaute auf ihre Notizen. »Von dieser Summe sind viertausend

Dollar für Überstunden des Notdienstpersonals vorgesehen, und …«

»Die ganze Sache ist reine Geldverschwendung, wenn ihr mich fragt«, platzte Walt heraus. Seine faltigen Wangen hatten die Farbe von lila Rüben. »Warum geben wir Geld aus, um die ganze Stadt zu unterhalten, wenn die arroganten Millennials schon am Vortag Stühle auf den Gehwegen aufstellen und den Zugang zu unseren Geschäften blockieren?«

»Das Aufstellen von Stühlen für die Parade am Vortag ist eine beliebte Tradition in Harper Landing«, entgegnete Paige. »Und einige der Leute kommen in meinem Laden vorbei, um Bücher zu kaufen.«

»Und Frozen Yogurt«, fügte Julia hinzu. »Und auch Süßigkeiten, richtig?« Sie sah Walt hoffnungsvoll an.

Der alte Mann rümpfte die Nase. »Da sieht man mal wieder, dass du keine Ahnung hast«, behauptete er mit finsterem Blick. »Niemand kauft Süßigkeiten, wenn er weiß, dass er sie umsonst bekommen kann, sobald die Parade beginnt. Von den Wagen werden doch jede Menge Süßigkeiten in die Menge geworfen.« Walt blickte quer durch den Raum zu Dave Parson, der das Pariser Café betrieb. »Wolltest du nicht etwas sagen, Dave?«

Dave zupfte an seinem Kragen. In der Stadt war er für drei Dinge bekannt: Baguettes, Hähnchen Cordon bleu und seine Frisur, für die er sich die Haare quer über den Kopf kämmte, um kahle Stellen zu verbergen. »Ich bin mir nicht sicher, ob der Vierte Juli in meinen Geschäftsplan passt«, murmelte. »Immerhin betreibe ich ein französisches Restaurant.«

»Was redest du denn da?«, rief George aus. »Natürlich passt das zu deinem Geschäft. Die Feierlichkeiten zum Unabhängigkeitstag am vierten Juli sind das Herz und die Seele von Harper Landing. Das weißt du doch.«

»Außerdem steht ja auch der französische Nationalfeiertag vor der Tür«, meinte Julia.

»Der Vierte Juli ist reine Geldverschwendung!«, brüllte Walt. »Einige von uns kommen kaum über die Runden wegen der gierigen Immobilienmogule, und ihr wollt, dass wir Geld in den Himmel schießen.«

»Gierige Immobilienmogule?«, wiederholte Julia ungläubig. »Was soll das denn heißen?« Sie blickte auf ihre Notizen hinunter, zu aufgeregt, um mit ihrer Präsentation fortzufahren. Alles, woran sie denken konnte, war, so schnell wie möglich hier wegzukommen, damit niemand sie weinen sehen würde. Es war einfacher gewesen, als sie noch Julia Harper gewesen war, die Besitzerin von Sweet Bliss. Aber seit der Erbschaft betrachteten ihre Geschäftspartner sie in einem anderen Licht, weil sie nun für viele die Vermieterin war.

»Julia ist vielleicht eine unerfahrene Vermieterin«, warf Cheryl Lowrey, Mitinhaberin der Nuthatch Bakery, ein. »Aber solche abfälligen Kommentare hat sie nicht verdient.«

»Und sie ist definitiv *kein* gieriger Immobilienmogul.« George war aufgesprungen und schob die Ärmel seiner Strickjacke hoch. »Das nimmst du zurück.«

Aber Walt wollte nicht nachgeben. »Sie braucht das Geld nicht«, beharrte er. Sein Gesicht hatte die gleiche Farbe angenommen wie die Pfefferminzstreifen auf seiner Schürze. »Sie hat weder einen Ehemann noch eine Familie, um die sie sich kümmern muss.«

»Das hat doch damit nichts zu tun«, blaffte Paige ihn an.

»Dass ihr das Land überhaupt gehört, verdankt sie reinem Glück«, fuhr Walt fort.

»Reinem Glück?« Julia spürte, wie ihr alles Blut aus dem Gesicht wich. »Ich habe Glück, dass mein Vater starb, als ich zehn Jahre alt war?« In ihrer Kehle bildete sich ein dicker Kloß.

Du bist wertlos, hörte sie Waverley in ihrer Erinnerung sagen. *Du wirst nie so klug sein, wie dein Vater war, oder so schön wie ich.*

»Das steht im fünften Verfassungszusatz«, sagte George. »Schon mal davon gehört? Julia hat das Recht, Eigentum zu besitzen, und Glück hat damit nichts zu tun.«

»Komm mir nicht mit der Unabhängigkeitserklärung«, schimpfte Walt.

»Das ist nicht die Unabhängigkeitserklärung, Dummkopf«, erwiderte George. »Es ist die Bill of Rights.« Er und Walt waren auf Streit aus, seit George Walt dabei erwischt hatte, wie er auf dem Platz parkte, den George für den rollstuhlgerechten Van seiner Frau brauchte. Shelly hatte MS und freute sich auf ihre Ausflüge in der Main Street.

»Hört auf«, bat Julia mit schwacher Stimme. Der Kloß in ihrem Hals drohte sie zu ersticken. Sie hatte immer Schwierigkeiten, bei Streitereien ihren Standpunkt zu behaupten. Matt Guevara, der Besitzer des Gnome's Backyard und Vorsitzender der Handelskammer, schob sie zur Seite und nahm das Podium ein.

»Beruhigt euch!«, rief Matt, laut genug, um die Aufmerksamkeit aller zu erregen. »Da ihr Boomer eure Temperamente nicht in den Griff kriegt, verschiebe ich die restlichen Tagesordnungspunkte auf nächste Woche. Diese Sitzung ist vertagt.« Er knallte einen hölzernen Hammer auf das Podium und schob ihn dann zurück in seine Tasche.

»Lass uns von hier verschwinden«, sagte Paige, ging auf Julia zu und zupfte an ihrem Ärmel.

Julia nickte und folgte Paige aus der Tür des Harper-Landing-Jachtklubs, wo die Handelskammer ihre Treffen abhielt, hinaus auf den Parkplatz. Die Sonne blendete sie, und sie hob die Hand, um ihre Augen zu schützen. »Ich hatte nur eine Aufgabe«, murmelte Julia. »Und nicht einmal die konnte ich erfüllen.«

»Du hast das gut gemacht.« Paige setzte sich eine riesige Sonnenbrille auf, die genauso schwarz und glänzend war wie ihr Haar. »Es ist Walt, der sich schämen sollte. Er hätte dich in der Öffentlichkeit nicht so angreifen dürfen.«

»Aber vielleicht hat er ja recht.« Julia suchte in ihrer Tasche nach der Sonnenbrille, die sie im Drogeriemarkt gekauft hatte. »Ist es wirklich fair, dass ich einen Haufen Immobilien besitze und er nicht?«

Paige schnaubte. »Du weißt, dass meine Familie Korea verlassen hat, um solchem Gerede zu entgehen, oder? Was dir gehört, gehört dir.« Sie zeigte auf den Strand von Harper Landing, wo in der Ferne der Puget Sound glitzerte. »Deine Familie hat diese Stadt aufgebaut, und du hast jedes Recht auf ihr Vermögen.«

»Ihr Vermögen, nicht meins.« Julia zog ihren Blazer aus. »Alles, was ich je erreicht habe, ist ein mäßig erfolgreicher Frozen-Yogurt-Laden.«

»Stell dein Licht nicht unter den Scheffel. Das war ein leer stehendes Gebäude, das deine Mutter hatte verkommen lassen. Du bist diejenige, die aus Italien mit einem Geschäftsplan und der Energie zurückkam, ihn in die Tat umzusetzen.«

»Aber das heißt nicht, dass ich weiß, was ich tue. Ich fühle mich jedes Mal wie eine Hochstaplerin, wenn ich zu einem dieser Treffen gehe, so als ob ich nicht dazu gehöre.«

Paige verdrehte die Augen. »Natürlich gehörst du dazu.«

»Ich bin das jüngste Mitglied.«

»Und eins der klügsten.«

Julia faltete ihren Blazer zusammen. »Da bin ich mir nicht so sicher. Vielleicht hat Walt recht, was den Vierten Juli angeht. Die Parade schadet womöglich dem Umsatz, und ich bin zu ignorant, um das zu sehen.«

»Meine Verkaufszahlen sind am Unabhängigkeitstag großartig.« Paige grinste. »Dieses Jahr biete ich jedem, der Bücher im Wert von einhundertfünfzig Dollar kauft, einen bevorzugten Sitzplatz vor meinem Laden an. Ist das nicht clever?«

»Siehst du?« Julia riss die Augen weit auf. »Genau das meine ich. Ich bin mir nicht sicher, ob ich im Vergleich zu dir genügend Geschäftssinn habe. Du verdienst Geld mit den Sitzplätzen, und ich habe meine kostenlos vergeben.«

»Was soll das heißen, du hast sie kostenlos vergeben?«

Julia seufzte. »Ich habe meine Stuhlplätze für die Auktion der Orca Street Preschool gespendet. Melanie Knowles suchte nach Unterstützung, und ich habe die Stühle zusammen mit kostenlosem Froyo zur Verfügung gestellt.«

»Melanie Knowles, die ehrenamtliche Administratorin der Harper-Landing-Moms-Facebook-Gruppe?«

»Genau.«

»Nun, dann war das ein kluger Schachzug.« Paige nickte. »Sich mit der Admin gut zu stellen, ist eine tolle Idee, denn ein schlechter Beitrag auf Harper Landing Moms reicht, und du könntest dich dem Zorn von Eltern ausgesetzt sehen, die zu viel Zeit für so was haben.«

»Als ob ich das nicht wüsste.« Julia schauderte. »Erinnerst du dich an den Sturm, den wir letzten Dezember hatten? Der Strom fiel aus, und ich musste eine Geburtstagsparty in unserem Veranstaltungsraum absagen. Anscheinend hat mich die Mutter anschließend in der Facebook-Gruppe als unprofessionell beschimpft.«

»Ich glaube, diesen Thread habe ich gesehen«, erwiderte Paige. »Es haben sich so viele Leute auf deine Seite gestellt, dass die Geburtstagsmama ihren Beitrag wieder gelöscht hat.« Sie klopfte Julia auf die Schulter. »Was ein Beweis dafür ist, dass du einen soliden Ruf als lokale Geschäftsinhaberin hast. Lass dir nicht von Blödmännern wie Walt etwas anderes einreden.« Sie drückte auf ihren Schlüsselanhänger, und ihr Subaru Forester piepte. »Ich muss los, denn dieser Vertreter von Emerald City Books kommt gleich, aber ich schicke dir später eine Nachricht, okay?«

»Klar.« Julia nickte. »Danke.« Sie fischte in ihrer Tasche nach ihren Autoschlüsseln, bevor ihr einfiel, dass sie zu Fuß gekommen war. »Vergiss nicht, den Vertreter für ein Gratiseis zu Sweet Bliss zu schicken.«

»Alles wird gut, meine Liebe, du wirst schon sehen«, versicherte ihr Paige, als sie in ihr Auto stieg.

Julia sah zu, wie sie wegfuhr, und drehte sich dann auf dem Absatz in Richtung Main Street. Jetzt, wo die Nebelschicht verschwunden war, stieg die Temperatur. Sie bedauerte die Wahl ihres Schuhwerks, auch wenn ihre Reitstiefel von der frischen Politur glänzten. Es waren fast siebzehn Grad draußen, für die Verhältnisse im pazifischen Nordwesten praktisch Kurze-Ärmel-Wetter. Julia warf einen Blick über die Schulter, um sich zu vergewissern, dass Walt nirgends zu sehen war. Sie wollte ihm nicht auf dem Weg zur Arbeit über den Weg laufen. Aber es schien, als wären die meisten Mitglieder der Kammer bereits mit dem Auto weggefahren.

Julia machte der Spaziergang nichts aus. Es war weniger als eine Meile bis zum Sweet Bliss und nur ein bisschen weiter bis zu ihrem Haus in der Ninth Avenue. Segelboote schaukelten im Wasser und über ihr kreischten Möwen. Der Jachthafen roch nach Sonne und Salzlake. Drüben auf dem Pier standen Fischer mit Krabbenreusen aus Draht. Harrison war Hobbyangler gewesen, aber er hatte seiner Tochter beigebracht, niemals etwas zu essen, das direkt am Pier gefangen worden war. Fische aus der Mitte des Puget Sounds seien generell weniger mit Schadstoffen belastet, was ironischerweise ein Rat von einem Mann gewesen war, der eine Schachtel Zigaretten am Tag geraucht hatte.

In gleichmäßigem Tempo erreichte Julia innerhalb von wenigen Minuten das Harper-Landing-Seniorenzentrum. Vor dem Gebäude wimmelte es nur so von Menschen, die auf ihre Handys starrten. Julia wich den Leuten aus, die nicht darauf achteten, wohin sie gingen, und bog scharf nach rechts ab, als sie den Fähranleger erreicht hatte. Die Fähre Harper Landing – Port Inez brachte Passagiere aus dem Großraum Seattle auf die Olympic-Halbinsel und zurück. Eine lange Schlange von Autos erstreckte sich bis zum Horizont, der freitagnachmittägliche Ansturm der Passagiere, die darauf warteten, auf die Fähre zu gelangen.

Julia drückte den Knopf am Zebrastreifen, damit die Ampel umschaltete. Als in diesem Moment die Zugpfeife ertönte und sich die Schranken des Bahnübergangs senkten, wusste sie, dass sie lange würde warten müssen. Als sie klein gewesen war, fuhren ein paar Mal am Tag Kohlezüge durch Harper Landing. Jetzt kamen sie stündlich auf ihrer Reise aus dem Mittleren Westen mit Fracht, die auf Schiffe nach China verladen wurde. Die Einheimischen waren nicht begeistert davon und machten sich außerdem Sorgen, dass irgendwann einer der Züge entgleisen und mit seiner Fracht das empfindliche biologische Gleichgewicht des Wassers um Harper Landing zerstören könnte.

»Siehst du den Zug?«, fragte eine tiefe Stimme hinter ihr.

»Ja«, sagte Julia. »Er ist ja auch schwer zu übersehen.« Sie drehte sich um, um herauszufinden, wer so eine dumme Frage stellte, und fühlte sich sofort idiotisch, als sie den über einen Jogging-Kinderwagen gebeugten Vater entdeckte. »Oh«, machte sie und errötete. »Entschuldigung. Ich dachte, Sie würden mit mir reden.« Der Mann hob den Kopf, und Julia blickte in smaragdgrüne Augen, die sie sofort erkannte. »Aaron«, keuchte sie. »Hi.« Inzwischen hatten ihre Wangen die gleiche Farbe wie ihr rosa T-Shirt. Am letzten Samstag am Strand hatte sie wie selbstverständlich angenommen, dass der Held ihres Labradors Single war. Es war ihr nicht in den Sinn gekommen, nach einem Ehering Ausschau zu halten. Und jetzt stand er hier, und ein Baby hatte seine winzige Faust um Aarons kleinen Finger geschlossen. Julia zog ihren Blazer wieder an, obwohl es zu heiß für eine Jacke war.

»Julia. Hey.« Aaron stand auf und stellte das Sonnensegel des Kinderwagens so ein, dass Julia nicht hineinspähen konnte. »Wie geht es Toby?«

»Wahrscheinlich ist er gerade im Garten und versucht, sich einen Weg nach Australien zu graben.« Julia zuckte mit den Schultern. »Er hat eine Hundeklappe, damit er kommen und gehen kann, wie er mag, und an schönen Tagen wie heute ist er gern draußen.« Sie war stolz auf sich, dass sie die Worte zu zusammenhängenden Sätzen aneinandergereiht hatte, zumal Aarons plötzliches Auftauchen sie verunsichert hatte. Aber das Nächste, was aus ihrem Mund kam, war ein Quieken. »Ist das dein Baby?«

»Was?« Aaron zuckte zurück, als ob sie ihn geschlagen hätte. »Nein – ich meine ja. Ich meine ... sozusagen.« Er zog den Kinderwagen näher zu sich heran, wobei sich sein Bizeps anspannte.

Julia war sich nicht sicher, ob sie ihn richtig verstanden hatte. Natürlich hatte ein gut aussehender Kerl wie Aaron ein Baby, aber warum drückte er sich so vage aus? »Wie hat man denn ›sozusagen‹ ein Baby?«, fragte sie.

»Jack ist mein Neffe. Es ist eine lange Geschichte, und ich möchte nicht näher darauf eingehen«, erwiderte Aaron abwehrend. »Aber ja, er ist jetzt mein Baby.« Er joggte auf der Stelle und drückte zwei Finger gegen sein Handgelenk, um seinen Puls zu messen.

»Ähm, toll«, sagte Julia, völlig verwirrt. »Viel Spaß bei deinem Training.« Sie machte einen großen Schritt nach vorn, näher an den Bordstein, und betete, dass der Zug sich beeilen würde. Fünfzig Wagen, einundfünfzig, zweiundfünfzig, es schien, als wäre der Kohlezug unendlich lang. Vielleicht sollte sie aufgeben und stattdessen die Fähre nehmen. Bei den Passagieren ohne Auto gab es keine Schlange, und Julia war mit dem Besitzer der Eisdiele in Port Inez befreundet. Er spendierte ihr immer ein Waffeleis. Sie hob ihr Kinn und starrte auf den vorbeifahrenden Zug. Sie musste nicht hier am Bordstein mit einem Mann stehen, der vor ein paar Tagen gesagt hatte, dass sie hübsch sei, aber offensichtlich bereits vergeben war. Außerdem war es ihre Schuld, dass sie das so missverstanden hatte. Sie hätte sich nicht deswegen Hoffnungen machen oder sich von seinem durchtrainierten Körper und der kantigen Kieferpartie so gefangen nehmen lassen dürfen.

»Es gibt eine Kleinkindergruppe, die sich jeden Dienstagmorgen um neun in der Bibliothek trifft«, sagte Julia und blickte über ihre Schulter zurück. »Ich öffne Sweet Bliss eine Stunde früher als sonst um zehn, damit sie anschließend Froyo essen können. Ich habe sogar Windeln für sie im Bad, für alle Fälle.« Der Zug war inzwischen vorbeigefahren, und die Schranken erhoben sich in den Himmel. »Vielleicht wäre das was für dich. Die Elterngruppe, meine ich, nicht den Frozen Yogurt.« Die Ampel schaltete auf Grün, und Julia stürmte auf den Zebrastreifen, bevor Aaron irgendetwas erwidern konnte.

KAPITEL 4

Julia zu sehen, hatte ihn überrascht, und er fühlte sich wie ein Idiot, als er ihr nun hinterherblickte. Aaron war es gewohnt, im Silicon Valley monatelang niemandem zu begegnen, den er kannte. Und plötzlich stand sie da, in engen Jeans und schwarzen Stiefeln, die Haare zu einem eleganten Pferdeschwanz zurückgebunden. Sie war die einzige Frau, die seine Aufmerksamkeit erregt hatte, seit er vor einem Monat hierhergezogen war, und Aaron hatte nicht gewusst, was er sagen sollte, besonders als sie nach Jack gefragt hatte. Wie sollte er das alles erklären? War Jack sein Neffe oder sein Sohn? Er liebte Jack von ganzem Herzen, aber er war nicht stolz auf die Tatsache, dass Jack in seiner Obhut war. Es war Aarons Schuld, dass Jack zum Waisenkind geworden war. Auf keinen Fall konnte er den Sonnenschutz des Kinderwagens hochschieben und *sein Baby* vorzeigen. Nicht ohne sich noch schrecklicher zu fühlen, als er es ohnehin schon jeden Tag tat.

Also hielt Aaron sich zurück und blieb auf dem Bordstein stehen, wobei er sehnsüchtig auf die anmutigen Kurven von Julias Hintern schaute, während sie die Straße entlangging. Ursprünglich hatte er vorgehabt, nach Hause zu rennen, aber jetzt nagten elterliche Schuld- und Verantwortungsgefühle an ihm und lähmten ihn geradezu. Ganze fünf Minuten lang stand er da und schaukelte den Kinderwagen vor und zurück. Er spürte, wie Übelkeit in Wellen über ihn hinwegspülte, genau wie die Wellen des Puget Sound, die den Strand hinaufrollten. Es war ein Fehler gewesen, zu glauben, dass er das schaffen würde. Er konnte nicht Jacks Elternteil sein. Nach dem, was Sara und Jared zugestoßen war, würde er sein Leben nie wieder ganz in den Griff bekommen. Sicher, er konnte ein Haus kaufen und in einen neuen Bundesstaat ziehen, aber die Schuld würde ihn am Ende immer einholen.

Aaron holte tief Luft und ließ sie langsam wieder ausströmen, um seine nervösen Nerven zu beruhigen. Er öffnete den Sonnenschutz und schaute hinein zu Jack, um sich zu vergewissern, dass es ihm gut ging. Das Baby blickte friedlich in die Welt heraus. Aaron verstellte die Neigung des Kinderwagens so, dass Jack besser sehen konnte. »Hey, kleiner Kerl«, sagte er und ging in die Knie. »Du hast dich entschieden, aufzuwachen, was?« Jack trug einen Strampler mit der Aufschrift »Ich feiere die ganze Nacht durch«. Er streckte die Zunge heraus, als ob er die Luft schmecken würde, und sabberte. »Verdammt«, murmelte Aaron. »Ich habe vergessen, dir das Lätzchen umzubinden.« Seit er drei Monate alt geworden war, hatte sich Jack zu einer Vierundzwanzig-Stunden-Sabbermaschine entwickelt. Laut Martha bedeutete das möglicherweise, dass er seinen ersten Zahn bekam, aber bis jetzt hatte Aaron keine Anzeichen dafür entdeckt.

Aaron griff im Korb des Kinderwagens nach der Wickeltasche, und da erkannte er die schreckliche Wahrheit klar und deutlich – er hatte sie vergessen. Kein Sabberlätzchen, keine Flasche, keine Windel, keine Tücher; das Einzige, was auf dem Boden des Korbes herumrollte, war seine eigene Wasserflasche. »Na, das ist ja toll«, murmelte Aaron. »Ich schätze, wir beide werden jetzt mal mit Höchstgeschwindigkeit nach Hause rennen, bevor etwas Schlimmes passiert.« Er beugte sich hinunter und küsste Jack auf die Wange. Nachdem er noch einmal das Sonnensegel zurechtgerückt hatte, schaute er in beide Richtungen und raste über die Straße, wobei er den Kinderwagen vor sich herschob.

Aaron rannte so schnell, dass er sich wünschte, er hätte die Fahrradspur benutzen können, aber bei dem ganzen Verkehr, der von der Port-Inez-Fähre herunterrollte, kam ihm das nicht sicher vor. Stattdessen musste er sich um Fußgänger herumschlängeln und auf der Stelle joggen, wenn die Leute nicht merkten, dass er hinter ihnen war. Mit Vollgas die Main Street hinaufzuflitzen war nicht die einfachste Art, nach Hause zu gelangen, aber die schnellste. Aaron ging im Kopf die letzten Stunden durch und versuchte, sich zu erinnern, wann er Jack das letzte Mal eine Flasche gegeben hatte. Es war mindestens zwei Stunden her – bevor er das Baby in den Kinderwagen verfrachtet und sich auf den Weg zu ihrem Abenteuer gemacht hatte.

Aber da war noch etwas, was Aaron Sorgen machte. Wenn er nicht bald zu Hause ankam, würde Jack womöglich die Windel auslaufen. Jetzt rannte er noch mehr gegen die Uhr. Aaron und der Joggingwagen rasten am Pariser Café vorbei, am Ferry's Closet, passierten das Wanderer's Home und überquerten dann die Straße, um die Menschenmassen zu umgehen. Sie eilten weiter die Main Street hinauf in Richtung Ninth Avenue, wo Aaron nach links abbiegen würde, um nach Hause zu kommen. Doch als sie den Smoothie Hut erreichten, begann Jack zu jammern. Als sie bei Sweet Bliss ankamen, weinte der Kleine lauthals. Aaron hielt an und betätigte die Handbremse, um nach ihm zu sehen. Kaum hatte er die Sonnenblende hochgeklappt, verriet ihm seine Nase alles, was er wissen musste. Die Kacke-Apokalypse war über sie hereingebrochen, und der arme Jack wand sich unbehaglich in seinem Strampler und der befleckten Jogginghose.

»O Mann!«, rief Aaron aus und stand wie angewurzelt da. Sein erster Impuls war, sein Shirt auszuziehen und das Baby in etwas Sauberes zu wickeln. Aber seine Sportklamotten tropften vor Schweiß. »Alles wird gut, Kumpel«, murmelte Aaron. »Ich finde eine Lösung.«

Ein älterer Mann mit wehenden weißen Haaren und einer gestreiften Schürze ging an ihnen vorbei und sah sie missbilligend an. »Sie blockieren den Bürgersteig«, brummte er.

»Sie können um uns herumgehen«, schnauzte Aaron zurück. Er blickte nach links und rechts und überlegte, was er tun sollte. Ein paar Meilen weiter gab es einen Drogeriemarkt, aber ohne seine Brieftasche half ihm das auch nicht. Vielleicht war es das Beste, weiter nach Hause zu rennen und zu hoffen, dass Jack in der Stunde, die er bis dorthin brauchen würde, keinen Ausschlag bekam. Aaron konnte normalerweise eine Meile in acht Minuten laufen, aber der Joggerwagen bremste ihn aus.

In diesem Moment öffnete sich die Tür zu Sweet Bliss, und winzige Glöckchen am Türgriff bimmelten wie himmlische Musik und erregten Aarons Aufmerksamkeit. Als er beobachtete, wie eine Gruppe von Teenagern den Laden verließ, erinnerte er sich daran, dass Julia ihm erzählt hatte, sie habe immer Windeln für die Kleinkindergruppe vorrätig. Vielleicht hatte sie gerade welche auf Lager. Es war einen Versuch wert, vor allem jetzt, wo Jack tomatenrot angelaufen war, weil er so heftig heulte. »Halte durch, Kleiner«, beruhigte Aaron ihn. Er hielt die Tür auf, bevor sie sich schließen konnte, und schob sich in den Froyo-Laden.

Dort wurde er von an die Wand gezeichneten Cherub-Engeln begrüßt, die auf mit Schwammtechnik gemalten Wolken schwebten. Stühle und Tische aus gedrehtem Metall mit Herzmotiven boten gemütliche Sitzgelegenheiten, aber es gab auch Nischen entlang der linken Seitenwand. Im hinteren Teil des Ladens standen Frozen-Yogurt-Spender zur

Selbstbedienung, und auf der rechten Seite befand sich ein Büfett mit Toppings. Es war zu weit weg, als dass er das Angebot genauer hätte erkennen können, aber es roch nach frisch gebackenen Brownies und nach etwas, was er für Waffeltüten hielt.

Natürlich war das nicht alles, was Aaron riechen konnte. Sobald er das Sweet Bliss betrat, brachten er und Jack den Geruch nach Windelexplosion mit hinein.

»Willkommen bei Sweet Bliss«, zwitscherte eine Frau mittleren Alters mit rubinrotem Haar hinter dem Tresen. Sie bediente die Kasse, während eine vierköpfige Familie ihr Eis bezahlte. Neben ihr stand eine Frau mit blondem Pferdeschwanz und war gerade dabei, sich ihre Schürze umzubinden. Aaron erkannte sie sofort. Julia hatte den Blazer ausgezogen, den sie am Bahnübergang getragen hatte, und der rosa Farbton ihres Shirts ließ ihre Haut wie Porzellan wirken. Entweder hatte sie ihn nicht hereinkommen sehen oder sie hatte sich nicht die Mühe gemacht, aufzuschauen. Aaron war sich da nicht sicher.

»Entschuldigung«, begann er und räusperte sich. Jacks Schreie übertönten ihn. »Ich brauche etwas Hilfe hier«, versuchte er es noch mal, diesmal ein bisschen verzweifelter.

Julia hob den Kopf, um nachzusehen, was los war. »Aaron. Ist alles in Ordnung?«

Er schüttelte den Kopf und schob den Kinderwagen vor. »Nein, eigentlich nicht. Ich habe das Haus wie ein Idiot ohne Wickeltasche verlassen. Ich nehme nicht an, dass du …«

»Komm mit«, forderte Julia ihn auf. Sie huschte um den Tresen herum in die Mitte des Ladens und machte Aaron ein Zeichen, ihr in eine Ecke zu folgen. »Der Wickeltisch ist in der Toilette, und ich habe einen Korb mit Utensilien im Lagerraum. Ich werde ihn holen.«

Aaron spürte, wie sich Erleichterung in ihm breitmachte. »Du bist meine Retterin.« Er schob den Kinderwagen in die Unisex-Toilette und klappte den Wickeltisch herunter. Da er keine Wickelunterlage dabeihatte, legte er die Plastikablage mit Papiertüchern aus. Er war gerade dabei, Jacks Sicherheitsgurt zu lösen, als Julia an die Toilettentür klopfte und eine Sekunde später hereinkam.

»Ich hoffe, eine davon passt.« Sie blickte auf die Windeln im Korb hinunter. »Ich weiß nicht genau, welche Größe du brauchst.«

»Die kleinste. Jack ist erst drei Monate alt.« Aaron beugte sich hinunter und nahm das Baby hoch, dann drückte er es kurz an sich, bevor er es auf den Tisch legte.

»Igitt!« Julia starrte auf Aarons Brust. »Sieht so aus, als könntest du auch Wechselwäsche gebrauchen.«

»Was?« Aaron ließ eine Hand auf Jack ruhen, um zu verhindern, dass er vom Tisch rollte, und blickte an sich hinab, um herauszufinden, wovon Julia da sprach. Sein Shirt war überall mit klebriger, gelb-brauner Babykacke beschmiert. »Igitt!«, murmelte er. Jetzt war die Demütigung komplett.

»Ich werde das Baby wickeln, während du dich sauber machst.« Julia stellte den Korb ab und schnappte sich die Tücher und eine Windel.

»Ich kann nicht zulassen, dass du …«

»Ich bestehe darauf.« Julia scheuchte ihn aus dem Weg und beugte sich hinunter zu Jack. »Das wird schon«, gurrte sie, während sie ihm sanft die winzige Jogginghose abstreifte. »So viele meiner Freunde haben kleine Kinder, ich bin eine Profitante.«

»Danke.« Aaron trat an den Spiegel heran und drehte den Wasserhahn auf. Er versuchte, die Flecken mit einem feuchten Papiertuch abzutupfen, aber es war aussichtslos. Sein Shirt war völlig eingesaut. »Ich glaube, das ist ein hoffnungsloser Fall«, stellte er fest, während er es sich über den Kopf zog. »Gut, dass es draußen nicht eiskalt ist.« Seit Jack aufgehört hatte zu weinen, fühlte auch er sich ruhiger. Es war, als hätte sich die ganze Angst in ihm aufgelöst, sobald sich das Baby beruhigt hatte.

»So«, sagte Julia in hellem Ton. »So ist es besser.« Sie nahm den frisch gewickelten Jack hoch und drückte ihn sanft an sich. Während sie ihn mit einem Arm an ihrem Oberkörper hielt, knüllte sie mit der freien Hand Feuchttücher und Papiertücher zusammen und warf sie in den Mülleimer. Als sie sich zu Aaron umdrehte, keuchte sie auf.

Kapitel 5

Da stand sie nun mit offenem Mund, als hätte sie noch nie zuvor einen Mann gesehen. Julia kam sich wie eine Idiotin vor. Aber als ihr Blick über Aarons kräftige Brustmuskulatur und die definierten Bauchmuskeln glitt, fragte sie sich tatsächlich, ob sie jemals zuvor einen Mann gesehen hatte – einen Mann wie diesen nämlich. Julia schloss den Mund und suchte verzweifelt nach einer Ausflucht, um die Situation zu überspielen. »Das ist auch eine Möglichkeit, mit einem schmutzigen Shirt fertigzuwerden. Es einfach auszuziehen.« Grinsend reichte sie ihm Jack. Der Anblick des oberkörperfreien Aaron, der mit dem gewickelten Baby kuschelte, war fast mehr, als sie ertragen konnte.

»Ich kann dir gar nicht genug für deine Hilfe danken.« Aaron warf einen Blick auf den Mülleimer. »Wir haben deine Toilette völlig zugemüffelt.«

»Das ist kein Problem. Ich muss sowieso den Müll rausbringen.« Julia öffnete den Schrank unter dem Waschbecken und holte einen Behälter mit Desinfektionstüchern hervor. Sie öffnete den Deckel und riss eines heraus. »Ich mache schnell den Wickeltisch sauber, bevor ich ihn hochklappe.«

»Eigentlich sollte ich das tun.« Aaron nahm ihr das Tuch aus der Hand und wischte die Fläche ab. Er blickte auf den Kinderwagen hinunter. »Ich brauche vielleicht auch eins für den Sicherheitsgurt. Die Decke hat das meiste abbekommen, aber es sieht so aus, als ob auch andere Teile des Kinderwagens getroffen wurden.«

»O je!« Julia riss ein weiteres Tuch heraus. »Was sollen wir mit der Decke machen?«, fragte sie, während sie sie zusammenfaltete.

»Ich werfe sie in das Bodenfach zu meinem Shirt und verbrenne alles, wenn ich nach Hause komme.« Aaron klappte den Wickeltisch hoch und ließ ihn einrasten. »Wir wohnen nicht allzu weit weg. Hoffentlich friert Jack nicht auf dem Heimweg.«

»Ich würde dir ja eine Schürze geben, um ihn einzuwickeln, aber da besteht die Gefahr, dass sich das Baby in den Trägern verheddert.« Julia tippte sich ans Kinn und schaute durch die offene Tür in Richtung Froyo-Laden. Sie konnte die Vorstellung nicht ertragen, dass das Baby unbedeckt in der kühlen Juniluft nach Hause fuhr. Sicher, es war wärmer geworden, aber Juni in Harper Landing bedeutete eine Höchsttemperatur von knapp achtzehn Grad. Das war ganz sicher kein »Nur mit Windel unterwegs«-Wetter. »Warte hier, ich habe eine Idee.« Bevor Aaron etwas sagen konnte, huschte sie davon in der Hoffnung, dass es im Froyo-Laden jemanden gab, der vielleicht eine Decke in seiner Wickeltasche hatte. Aber es war kein Baby oder Kleinkind in Sicht, also musste sie sich etwas anderes überlegen.

Ihr Blazer hatte ein gutes Leben gehabt, entschied Julia. Außerdem war er aus einer weichen Baumwollmischung, wie ein T-Shirt, nur dicker. Er war perfekt, um Jack auf dem Heimweg warmzuhalten. Sie rannte in das hintere Büro und schnappte ihn sich von ihrem Schreibtischstuhl unter der Pinnwand mit den Erinnerungsstücken. Dann flitzte sie zurück zur Toilette. Aaron war gerade dabei, die Gurte über Jacks winzigen Schultern zu justieren. Der ganze Raum roch nach Desinfektionsmittel. In den sechzig Sekunden, die sie weg gewesen war, hatte er das Waschbecken ausgewischt und die Mülltüte zugeknotet.

»Bitte sehr, das sollte ihn warmhalten.« Julia beugte sich über den Kinderwagen und wickelte den Blazer um das Baby, wobei sie den Stoff wie eine Decke um Jack legte.

»Vielleicht wird er ruiniert«, wandte Aaron in unsicherem Ton ein. »Du hast gesehen, was mit meinem Shirt passiert ist. Und mit der Decke. Und mit deiner Toilette.«

Julia zuckte mit den Schultern. »Der Blazer ist billig und kann in der Maschine gewaschen werden.« Sie lächelte und spielte Verstecken hinter ihrer Hand mit dem Baby. »Außerdem hast du meinem Hund das Leben gerettet. Ich schulde dir was.«

Es klopfte an der Toilettentür, und als Julia aufblickte, sah sie eine Mutter hinter einem Vierjährigen stehen, der von einem Fuß auf den anderen hüpfte, als müsste er dringend.

»Sieht so aus, als hätten wir die Toilette lange genug in Beschlag genommen. Ich verschwinde besser, bevor die Gesundheitsbehörde kommt«, sagte Aaron.

»Kein Hemd, keine Schuhe – keine Bedienung.« Julia hielt ihm die Tür auf.

»Danke noch mal.« Aaron schob den Kinderwagen an ihr vorbei. »Du hast mich gerettet.« Er rollte den Jogger durch das Restaurant zur Eingangstür.

Julia genoss es, ihm dabei zuzusehen, denn seine Deltamuskeln waren ebenso beeindruckend wie seine Brustmuskeln. Seine breiten Schultern verjüngten sich zu einer schmalen Taille. Da sie hinter ihm stand, konnte sie ihn ausgiebig betrachten, ohne dass er es bemerkte.

»Schöne Aussicht«, murmelte die Mutter des Vierjährigen. »Glückwunsch, Julia.«

»Was?« Julia schreckte auf und sah die Frau neben sich an. »Oh, hallo, Melanie. Ich hab dich gar nicht erkannt.«

Melanie Knowles schob eine ihrer braunen Locken zurück hinters Ohr und grinste. »Offensichtlich haben wichtigere Dinge deine Aufmerksamkeit gefesselt.« Sie gab ihrem Sohn einen Klaps auf den Rücken. »Die Toilette gehört jetzt ganz dir, Timmy.«

Julia trat aus dem Weg, damit Timmy vorbeikonnte.

»Danke für deine Spende an die Orca-Street-Auktion im Frühjahr«, sagte Melanie. »Wenn ich mich richtig erinnere, hat der Geschenkkorb sechshundert Dollar eingebracht.«

»Sechshundert Dollar?« Julia hob die Augenbrauen. »Das kann nicht stimmen. Die Geschenkgutscheine waren nur dreihundert Dollar wert.«

»Es war der Platz auf dem Bürgersteig für die Parade am Vierten Juli, der das Gebot in die Höhe getrieben hat.« Melanie nahm die Brille ab, die wie ein Stirnband auf ihrem Kopf ruhte, und steckte sie in ihre Handtasche. »Die Sache mit den garantierten Sitzplätzen hat den Leuten gefallen.«

»Wirklich? Aber jeder kann sich einen Platz bei der Parade sichern. Die Leute müssen lediglich am Vorabend ihre Stühle aufstellen.«

»Manche Leute sind dagegen.«

»Du meinst Walt?«, fragte Julia.

»Jep.« Melanie hielt zwei Haarbüschel hoch, um Walts weiße Mähne zu imitieren. »Ich finde es schön, einen Süßigkeitenladen in der Stadt zu haben, aber im Moment würde ich lieber den Schrott aus dem Supermarkt kaufen, als mit meinen Kindern in die Sugar Factory zu gehen.«

Julia hielt Walt für einen Idioten. Aber sie hatte Gewissensbisse, schlecht über einen ortsansässigen Ladeninhaber zu reden. Außerdem war die Beziehung zwischen Walt und ihrer Mutter kompliziert gewesen. Waverley hatte immer in den höchsten Tönen von ihrem ehemaligen Freund gesprochen. Das war an sich schon ungewöhnlich gewesen, denn

Waverley hatte selten jemanden gelobt. Dann, ein paar Jahre nach Harrisons Tod, hatte Waverley begonnen, sich jeden Montag mit Walt in Lynnwood zum Mittagessen zu treffen. Julia wusste nicht, was Walt von diesen Treffen gehalten hatte, aber Waverley hatte sich immer die Schuhe geputzt, bevor sie losgegangen war.

»Die Sugar Factory gibt es schon ewig«, sagte sie. »Indem ich mein Taschengeld dort für Zuckerstangen ausgegeben habe, habe ich gelernt, Wechselgeld zu zählen.«

»Es ist nicht nur Walt.« Melanie runzelte die Stirn. »Man darf am dritten Juli ab Punkt sechs Uhr abends Stühle aufstellen, aber einige Leute stellen schon am zweiten Juli ihre Stühle raus.«

Julia nickte. »Das habe ich auch schon erlebt. Deshalb stelle ich an solchen Tagen immer zusätzliche Tische auf dem Bürgersteig vor dem Sweet Bliss auf, damit meine Kunden trotzdem Zugriff auf den Platz haben, der eigentlich mir gehört. In letzter Minute tausche ich dann vor der Parade die Tische gegen Stühle aus.«

»Die Leute können so unhöflich sein.« Melanie verdrehte die Augen. »Letztes Jahr haben einige Leute die Stühle eingesammelt, die zu früh herausgestellt worden waren, und sie kaputtgemacht.«

»Was? Davon habe ich noch gar nichts gehört.«

»Es war überall auf Harper Landing Moms. Eine Frau hat Bilder von Klappstühlen im Müllcontainer gepostet.«

»Wow.« Julia rümpfte die Nase. »Sie hätten die Stühle wenigstens zu Goodwill bringen können.«

»Ja, nicht wahr? Das meinte ich damit. Es ist ein regelrechter Stuhlkrieg entbrannt, daher haben die Leute nur zu gern die Gelegenheit ergriffen, auf die garantierten Plätze zu bieten.«

»Dann sollte ich sie besser nicht enttäuschen«, meinte Julia, »und auf keinen Fall vergessen, die Stühle auf den Bürgersteig zu stellen.« Als sie Melanies erschrockenen Gesichtsausdruck bemerkte, stellte sie die Sache schnell richtig. »Das war natürlich ein Scherz. Ich vergesse nie, die Stühle für den Vierten Juli rauszustellen.«

Die Toilette wurde gespült, und ein paar Sekunden später öffnete sich die Tür. Timmy kam heraus und zog den Reißverschluss seiner Hose hoch. »Hast du nicht etwas vergessen?«, fragte Melanie ihn.

»Nein.« Timmy rieb seine Nase am Ärmel.

»Deine Hände.« Melanie zeigte auf das Waschbecken. »Geh zurück und wasch dir die Hände, Mister.« Sie drehte sich um und sah Julia an. »Und wer war der Mann, der mit dir in der Toilette war?«

»Wer?«, fragte Julia.

»Der shirtfreie griechische Gott.« Melanie wackelte mit den Augenbrauen. »Ich will Details.«

Julias Wangen färbten sich rosa. »Ich weiß gar nichts.« Sie hob die Hände, um ihre Unschuld zu beteuern, auch wenn ihr Puls bei der Erinnerung an den halb nackten Aaron, der mit Jack kuschelte, raste. »Ich habe ihm mit der vollen Windel seines Babys geholfen, das ist alles.«

»Du hast nicht mal seinen Namen herausbekommen?«, hakte Melanie in enttäuschtem Tonfall nach.

»Oh doch, seinen Namen weiß ich.« Julia biss sich für einen Moment auf die Unterlippe. »Er heißt Aaron Baxter. Du weißt wahrscheinlich mehr über seine Familie als ich. Seine Schwester könnte ein Mitglied der Harper Landing Moms sein, oder seine Schwägerin oder so.«

Melanie holte ihr Handy aus der Gesäßtasche. »Lass mich mal nachsehen.«

Die Toilettentür schwang wieder auf, und Timmy kam heraus und wischte sich die nassen Hände an seinen Shorts ab. »Kann ich jetzt ein Eis haben?«

49

»Klar«, murmelte Melanie und starrte auf ihr Telefon. »In einer Minute.« Sie tippte auf dem Display herum. »Ich sehe kein Mitglied mit dem Nachnamen Baxter«, meinte sie schließlich, als sie aufschaute.

Julia zuckte mit den Schultern. »Vielleicht sind sie erst hierhergezogen. Ich bin mir nicht sicher.« Es hatte keinen Sinn, dem Geheimnis auf den Grund gehen zu wollen, da Aaron eindeutig nicht an ihr interessiert war.

Aber Melanie war jetzt interessiert. »Wow! Schau mal, was ich gefunden habe.« Sie hielt ihr Handy so, dass Julia den Bildschirm sehen konnte. »Es ist ein Artikel aus dem *Wall Street Journal,* in dem steht, dass Aaron Baxter und Jared Reynolds ihre Firma Big Foot Paleo letztes Jahr an General Mills verkauft haben, für einen ungenannten Betrag.«

»Jared Reynolds?« Julia spürte, wie ihr das Blut aus dem Gesicht wich. Der Name sagte Melanie nichts, da sie erst seit ein paar Jahren in Harper Landing lebte, aber für Julia war es ein Treffer mitten ins Herz. »Jared war mein Date für den Abschlussball.«

»Na so was! Wie klein die Welt doch ist.« Melanie ging ein paar Schritte vorwärts, dorthin, wo Timmy stand und die Auswahl an Frozen Yogurt begutachtete. »War es etwas Ernstes mit euch beiden?«, fragte sie über die Schulter hinweg.

»Nein.« Julias Stimme brach. Sie war nicht in Jared verliebt gewesen, aber sie hatte für ihn geschwärmt, und mit seiner Freundlichkeit hatte er das unbeabsichtigt nur noch verstärkt. »Wir gingen als Freunde. Er war der Junge von nebenan. Jareds Eltern sind meine Nachbarn.« Sie steckte die Hände in die Taschen. In ihren Gedanken kreisten die Erinnerungen an Jared.

Als sie jünger gewesen waren, da waren sie zusammen mit dem Fahrrad zum Strand gefahren, und Jared hatte ihre Kette repariert, wenn sie heraussprang. Als sie ein verletztes Kaninchen in ihrem Garten gefunden hatte, hatte Jared ihr geholfen, es mithilfe einer Pipette mit Wasser zu versorgen, während Martha die örtliche Tierrettung angerufen hatte. Als Waverley zu geizig gewesen war, um ihr ein Netflix-Abo zu kaufen, hatte Jared ihr sein Passwort verraten, damit sie sich die beliebten Sendungen ansehen konnte.

»Wo wohnt Jared jetzt?«, fragte Melanie, während sie Timmy half, den Griff herunterzuziehen und Ananaseis in seinen Becher zu füllen.

»Das ist es ja gerade«, antwortete Julia und starrte auf ihre Stiefelspitzen hinunter. »Er starb letzten Januar bei einem Autounfall in Kalifornien.«

»Wie furchtbar!« Melanie gab Timmy den Eisbecher und sah Julia besorgt an. »Wart ihr beide noch Freunde?«

»Ja, aber wir standen uns nicht mehr so nahe. Ich habe es nicht zu seiner Hochzeit geschafft, weil sie an der Ostküste stattfand, aber wir haben immer geplaudert, wenn er nach Hause kam, um seine Eltern zu besuchen. Ich habe seine Frau nie kennengelernt, aber ich habe ein Bild von ihr gesehen. Sara war wunderschön. Es schien, als wären sie wirklich ineinander verliebt.« So schmerzlich es damals gewesen war, als Jared geheiratet hatte, jetzt war Julia froh darüber. Er hatte alles Glück verdient, das ihm sein kurzes Leben geboten hatte.

»Was für eine Tragödie!« Melanie seufzte. »Okay, okay«, sagte sie zu Timmy, der an ihrem Ärmel zupfte. »Ja, du kannst ein paar Toppings nehmen, aber du solltest es dir zweimal überlegen, ob du wirklich Brownie auf Ananas willst.« Sie winkte Julia zu. »Bis bald.«

»Genießt euer Froyo.« Julia lächelte Melanie an, aber sobald sie weg war, verblasste ihr fröhlicher Ausdruck. Sie ging zurück hinter den Tresen und schaute bei Tara nach, ob genug Wechselgeld in der Kasse war, dann schnitt sie gedankenversunken frische Erdbeeren für das Büfett. Nach fünf

Minuten gab sie es jedoch auf. »Deine Pause ist in einer Stunde, richtig?«, fragte sie Tara.

»Ja.« Tara reichte einer Kundin einen kompostierbaren Plastiklöffel. Sie war eine temperamentvolle Frau, geschieden, mit einem feinen Sinn für Humor, die die flexiblen Arbeitszeiten bei Sweet Bliss schätzte, weil sie dadurch Zeit mit ihren Kindern verbringen konnte. »Jordan kommt in zehn Minuten zur zweiten Schicht.«

»Gut.« Julia legte das Messer weg, mit dem sie die Erdbeeren geschnitten hatte. »Ich werde mal die Sendungsverfolgungsnummer des Vanilleextrakts überprüfen. Er sollte inzwischen hier sein.« Sie nahm Geschirr mit zum Waschbecken im Hinterzimmer neben ihrem Büro. Julia drehte das heiße Wasser auf und wusch und trocknete das Messer sorgfältig ab. Sie lud das Schneidebrett in den Geschirrspüler und wischte sich die Hände an einem Handtuch trocken. Dabei liefen alle ihre Bewegungen wie auf Autopilot ab.

Als sie schließlich in ihr Büro ging und den Computer einschaltete, vermied sie es, auf das Schwarze Brett zu schauen. Sie hielt den Kopf gesenkt und sank auf ihren Bürostuhl. USPS behauptete, dass die Kiste mit Vanille am Abend geliefert werden würde, was kaum genug Zeit ließ, um den morgigen Vorrat an Tahitischem Paradies zu machen, das sie jeden Samstag anbot. Der Preis für Vanille war durch die Decke gegangen, und sie wusste, dass Waverley, wenn sie noch am Leben gewesen wäre, die Kosten gescheut hätte, weil Vanilleimitate ihrer Meinung nach genauso gut funktionierten. Aber Sweet Bliss war Julias Geschäft, und sie wusste, dass echte Vanille das Eis besser schmecken ließ. Sie fand auch eine E-Mail von einem Immobilienentwickler namens Will Gladstone, mit dem sie sich getroffen hatte, und der ihren Termin für Montagmorgen bestätigte. Julia hatte kein Interesse daran, eines ihrer Gebäude zu verkaufen, aber sie wusste Wills Fachkenntnis zu schätzen.

Wie ihr Buchhalter zu sagen pflegte, war sie landreich und bargeldarm, und sie würde es bleiben, bis sie dreißig wurde und auf ihren Treuhandfonds zugreifen konnte. Julia beantwortete die E-Mail, dann schaltete sie ihren Computer aus, und der Monitor wurde schwarz. Das Licht hinter ihr verwandelte den Bildschirm in einen Spiegel, der die Wand hinter ihr reflektierte. Schließlich konnte Julia es nicht mehr ertragen. Sie drehte sich auf ihrem Stuhl herum und schaute zu ihrem Schwarzen Brett auf.

Normalerweise erfüllten die Zeitungsausschnitte, Fotos und alten Ticketabschnitte sie mit der Wärme von achtundzwanzig Jahren voller Erinnerungen. Es gab mehrere Bilder von ihrem Vater: Harrison, der ihr Fußballteam, die Mighty Ladybugs, trainierte, Harrison, der mit einer Zigarette in der Hand vor dem ursprünglichen Sweet Bliss bei dessen Eröffnung stand, lange bevor sie geboren worden war, und Harrison, der Julia unten am Strand auf seinen Schultern trug. Julia hatte Zeitungsartikel aufgehängt, in denen Sweet Bliss über die Jahre hinweg erwähnt wurde. Besonders stolz war sie auf den Artikel aus der *Seattle Times,* in dem es hieß: »Generationen sind sich einig: Sweet Bliss ist die beste Eisdiele nördlich von Seattle.« Daneben hing ein Foto von Julia und ihrer Mutter, aufgenommen an dem Tag, an dem Waverley von den Freunden der Harper-Landing-Bibliothek für eine beträchtliche Spende geehrt worden war. Großzügige Spenden an Wohltätigkeitsorganisationen hatten Waverleys Position in der Stadt gesichert und dazu beigetragen, ihren schlechten Ruf zu verbessern. Es gab sogar fünf Bilder von Julia, auf denen sie als Brautjungfer neben fünf verschiedenen strahlenden Bräuten stand. Aber heute war es das Bild in der oberen rechten Ecke, das ihre Aufmerksamkeit erregte. Ein Blick darauf reichte, und ihr Herz zog sich zusammen, als würde es zerquetscht werden.

Es war das Bild von Jared und ihr beim Abschlussball der Highschool.

Jared war nicht nur der Junge von nebenan gewesen oder der erste Junge, für den sie geschwärmt hatte – an diesem Abend war er ihr Held gewesen. Nachdem Julias Freund drei Wochen vor dem Abschlussball mit ihr Schluss gemacht hatte, sprang Jared im letzten Moment ein, obwohl er auf eine andere Schule ging. Julia besuchte die Harper Landing Highschool wie die meisten ihrer Freunde, aber Jared ging auf die Our Lady of Peace and Devotion, eine katholische Privatschule in Seattle. Er hatte damals eine Freundin, die über Jareds ritterlichen Einsatz für Julia nicht gerade erfreut war, aber das trübte den Abend nicht im Geringsten. Julia hatte es trotz allem zum Abschlussball geschafft und die Nacht neben Jared und all ihren Freunden durchgetanzt.

»Oh, Jared!«, murmelte Julia, als sie aufstand und sein Bild betrachtete. »Warum muss das Leben nur so grausam sein?« Schuldgefühle durchzuckten sie, als sie sich daran erinnerte, dass sie seine Trauerfeier verpasst hatte. Es war eine Doppelbestattung in New Jersey gewesen, wo seine Frau herstammte. Martha und Frank waren beide dorthin geflogen. Aber es war erst fünf Monate nach Waverleys Tod gewesen, und zum damaligen Zeitpunkt kam eine Reise für Julia nicht infrage. Sie hatte nicht nur ihren eigenen Verlust betrauert, sondern hatte auch gerade die Verantwortung für die Geschäfte und den Besitz der Familie übernommen. Ihre Tage waren vollgepackt mit Besprechungen mit Anwälten und Hausverwaltern. Daher hatte sie einen riesigen Blumenkranz nach New Jersey geschickt und regelmäßig den Briefkasten der Reynolds geleert und ihre Mülltonnen rausgestellt, während sie weg waren. Jetzt, während sie Jareds lockiges braunes Haar und sein jungenhaftes Lächeln betrachtete, wünschte sie sich, sie hätte mehr getan. Julia ließ sich auf ihren Stuhl zurückfallen, stützte die Ellbogen auf den

Schreibtisch und vergrub ihr Gesicht in den Händen. Jeder aus ihrer Kindheit war inzwischen verheiratet oder begraben. Aber sie saß fest an genau demselben Ort, an dem sie immer gewesen war. Allein.

Nicht ganz allein. Julia verspürte einen schwachen Anflug von Freude, der ihre trübe Stimmung durchdrang. Wenigstens war da Toby, der ihr Gesellschaft leistete. Sobald sie mit der Arbeit fertig war, wollte sie nach Hause und mit ihrem Hund spazieren gehen.

KAPITEL 6

Es war Freitagabend, und Aaron googelte nach Nippeln. Nicht nach der spaßigen Art von Nippeln, sondern nach solchen, die auf Flaschen passten. Jack hatte in letzter Zeit Blähungen, und Aaron fragte sich, ob das vielleicht mit den Flaschensaugern zusammenhängen konnte. Er fühlte sich immer noch nicht hundertprozentig wohl dabei, Jack Milchnahrung aus einer Plastikflasche zu geben. Sicher, die Hersteller behaupteten, dass das Plastik sicher sei, aber konnten sie das garantieren? Vielleicht sollte er auf Glasflaschen umsteigen, wenn er schon dabei war. Jack lag auf einer Decke neben ihm in der Mitte des Wohnzimmers und trat gegen die quietschenden Spielzeuge, die vom Spielbogen über ihm herabhingen. Das Wohnzimmer befand sich in der unteren Etage, und im sogenannten Tageslichtkeller war es kühl, trotz der steigenden Außentemperaturen.

»Wie gehts dir, Jack-Jack?« Aaron blickte vom Laptop auf seinem Schoß auf. Jack kicherte, und ein wenig Sabber tropfte von seinem Kinn herunter. Aaron wischte ihn mit dem Lätzchen ab, das um Jacks Hals geknipst war. »Das ist schon das dritte Lätzchen heute.« Aaron überlegte, ob er ein neues holen sollte, aber vermutlich würde dieses noch eine Stunde lang reichen. »Entweder hat Martha recht und dir wachsen Zähne, oder du machst einfach alles zu einhundertfünfzig Prozent so wie dein Daddy.«

Aaron biss die Zähne zusammen, kaum dass er das gesagt hatte. Er war sich immer noch nicht sicher, was er Jack über seine Eltern erzählen sollte oder wie Jack ihn nennen würde, wenn er alt genug war, um zu sprechen. War Jared sein Daddy oder war das Aaron? Vielleicht sollte er sich als Onkel Aaron bezeichnen. Das wäre der legitimste Titel gewesen. Aber hatte Jack es verdient, ohne einen Vater aufzuwachsen? Auf gar keinen Fall! Aaron war sich noch nicht sicher, wie er es hinkriegen würde, aber er würde jeden Moment seiner Gegenwart und Zukunft damit verbringen, sich um dieses Kind zu kümmern. Jack würde wissen, wie es war, mit einem Vater aufzuwachsen, dafür würde Aaron sorgen.

Und er würde kein abwesender Elternteil sein, wie es Darren Baxter gewesen war. Als Sara und Aaron in Rumson, New Jersey, aufwuchsen, sahen sie ihren Vater nur abends vor dem Schlafengehen oder am Sonntagmorgen, wenn Darren sie an der Kirche absetzte und dann über die Straße zur Bäckerei ging. Darren war ein erfolgreicher Prozessanwalt, der seiner Familie viel Luxus ermöglichte – ein Haus mit sechs Schlafzimmern und nagelneue teure Autos, die regelmäßig alle zwei Jahre ausgetauscht wurden. Sara und Aaron besuchten beide eine Privatschule, was bedeutete, dass sie für die Highschool schließlich nach Andover geschickt wurden. Ihre Mutter, Lorraine, war Public-Relations-Expertin für ein Pharmaunternehmen und selbst genauso erfolgreich. Sie reiste durch die ganze Welt und war so oft weg, dass Sara und Aaron in ihrer Kindheit ein Vollzeit-Kindermädchen und eine Armee wechselnder Au-pairs gehabt hatten.

Sara und Aaron hatten sich immer aufeinander verlassen können. Obwohl sie altersmäßig zwei Jahre auseinanderlagen, waren sie Seelenverwandte. Einmal, in der zweiten Klasse, als

Aaron in der Pause vom Klettergerüst fiel und sich auf dem Asphalt den Arm brach, hörte Sara ihn von der anderen Seite des Spielplatzes schreien. Sie rannte zu ihm und wich nicht von seiner Seite. Als Aaron in den Krankenwagen geschoben wurde, konnte er sehen, wie der Direktor sie zurückzog. Sara hatte auch mitfahren wollen, damit Aaron nicht allein war. Aaron blinzelte heftig, als er sich an den Moment erinnerte, und rieb sich geistesabwesend über die Stelle, wo sein Arm gebrochen gewesen war.

Das Erste, was Sara ihm gesagt hatte, als sie ihre Schwangerschaft verkündete, war, dass sie vorhatte, Hausfrau und Mutter zu sein. »Ich weiß, dass nicht jede Frau das möchte«, erklärte sie. Ihr lockiges braunes Haar war zu einem Zopf geflochten. »Aber ich will nicht, dass mein Baby so aufwächst wie wir. Und mir ist klar, dass ich unglaublich privilegiert bin, überhaupt diese Wahl zu haben, und an bezahlter Kinderbetreuung ist auch nichts falsch. Ich möchte nur bei all ihren ersten Malen dabei sein – ihrem ersten Bad, ihrer ersten festen Nahrung, wenn sie sich das erste Mal umdreht, einfach bei allem.«

»Sie?«, fragte Aaron. Sie standen mitten im Büro von Big Foot Paleo auf der Sandhill Road in Palo Alto. »Du weißt schon, dass es ein Mädchen ist?«

Ein schuldbewusster Ausdruck kroch über Saras Gesicht. »Eigentlich nicht«, erwiderte sie und krauste die Nase. »Es ist mehr so ein Gefühl.«

Aaron saß neben Jack auf dem Teppich und fühlte einen Stich in der Brust, als er sich an die Vorfreude seiner Schwester erinnerte. Er schob den Laptop vom Schoß und legte sich neben das Baby. »Deine Mama war vieles«, sagte er. »Aber eine Hellseherin war sie nicht.«

Aaron rollte sich auf den Rücken und schaute zu der verputzten Decke auf. Der Keller musste renoviert werden, aber das war ihm egal. Das Einzige, was er bisher ausgetauscht hatte, war der Teppich, denn der alte hatte nach Schimmel gerochen. Durch den neuen Teppich jedoch wirkten die Holzvertäfelung und die Messinglampen retro. Womöglich enthielt die Decke Asbest. Seufzend dachte er darüber nach, was es kosten würde, das zu beseitigen. Geld war nicht das Problem. General Mills hatte fürstlich gezahlt. Aber Aaron scheute sich vor den Umständen, ausziehen zu müssen, während eine Asbestsanierung durchgeführt wurde.

»Wow«, murmelte Aaron und schämte sich, wie banal seine Gedanken geworden waren. »Es ist Freitagabend, und ich liege auf dem Boden, denke über Asbest nach und rede mit einem Säugling.« Er stützte sich auf den Ellbogen und legte einen Finger in Jacks kleine Hand. »Nicht, dass du nicht ein großartiger Gesprächspartner wärst.« Er gähnte, und vor Erschöpfung tat ihm alles weh. Es war Monate her, dass Aaron acht Stunden am Stück geschlafen hatte. Er gähnte erneut und legte den Kopf auf die Babydecke. Jacks winzige Faust umklammerte seinen Finger mit Kung-Fu-Kraft. »Ich schließe nur für einen Moment die Augen«, flüsterte Aaron. »Geh nicht weg.«

Zehn Minuten später weckte ihn ein unablässiges Summen aus einem traumlosen Schlaf. Das Geräusch wurde lauter und lauter, bis seine Lider flatterten und er abrupt wach wurde. Er suchte den Raum ab und versuchte, die Quelle des Lärms zu finden. Sein Handy vibrierte wegen eines eingehenden Anrufs. »Wo habe ich das Ding nur gelassen?« Aaron rappelte sich auf und stolperte durch den Raum. Das Geräusch schien aus der Waschküche zu kommen. Und tatsächlich, da war das Smartphone, oben auf der Waschmaschine, nur Zentimeter davon entfernt, von der Kante zu fallen und auf den Linoleumboden zu krachen.

Aaron nahm den Anruf an, ohne einen Blick auf die Anruferkennung zu werfen. »Hallo?« Mit der freien Hand strich er sich durch sein braunes Haar und rieb dann die empfindliche Stelle in seinem Nacken, die vom Liegen auf dem Boden verkrampft war.

»Aaron, ich bin's«, sagte Martha schneller als sonst. »Hast du Frank gesehen?«

»Frank?« Aaron schlenderte aus der Waschküche und vergewisserte sich mit einem Blick, dass bei Jack alles in Ordnung war. Mit drei Monaten war er noch zu jung zum Krabbeln, aber die Kinderärztin hatte gesagt, er könne sich jetzt jederzeit zum ersten Mal drehen. »Nein, warum?«

»Er hat die Autoschlüssel mitgenommen!«

»Ist das etwas Schlimmes?«

»Nun …« Marthas Stimme schwankte. »Ich finde, er sollte nicht mehr fahren, und das weiß er auch.«

»Warum nicht? Sieht er schlecht?« Aaron dachte an seine Begegnungen mit Frank zurück, die alle kurz gewesen waren. Sie hatten sich bei der Hochzeit kennengelernt und dann später bei der Trauerfeier in Rumson wiedergesehen. Frank hatte nicht viel gesprochen, aber Aaron hatte das darauf geschoben, dass der Mann sich in großen Menschenmengen unwohl fühlte oder von Trauer überwältigt war. Seit er nach Harper Landing gezogen war, war Aaron einmal in Marthas und Franks Haus zum Abendessen gewesen, und Frank hatte die meiste Zeit über in seinem Sessel gesessen und die Zeitung gelesen, während Martha sich um das Baby gekümmert hatte. Bevor er in den Ruhestand gegangen war, war Frank Ingenieur bei Boeing gewesen, und Bilder von Flugzeugen, die er mitentworfen hatte, säumten die Wände seines Arbeitszimmers, neben den verschiedenen Auszeichnungen, die er vom örtlichen Rotary Club erhalten hatte.

»Es ist nicht sein Sehvermögen«, antwortete Martha. »Es ist seine Entscheidungsfähigkeit.« Sie hielt inne, und in der Leitung war es für ein paar Augenblicke still, bevor sie fortfuhr.

»Und sein Gedächtnis. Deshalb habe ich ihn seit Monaten nicht mehr fahren lassen. Ich habe die Schlüssel für sein Auto in meinem Nähkästchen versteckt, aber er muss die für meines gefunden haben. Jetzt ist er mit meinem Chevy weggefahren, und ich habe Angst, dass er den Heimweg nicht mehr findet.«

»Oh, Martha, das tut mir so leid.« Aaron ging zum vorderen Fenster des Tageslichtkellers hinüber und starrte hinaus auf die leere Auffahrt. »Ich hatte keine Ahnung, dass Frank mit Gedächtnisproblemen zu kämpfen hat.«

»Hat er nicht. Zumindest behauptet er das.« In ihrem Tonfall lag ein bitterer Klang. »Frank denkt, dass alles in Ordnung ist. Aber er weiß nicht mehr, wie man die Fernbedienung des Fernsehers benutzt, und neulich habe ich ihn beim Zähneputzen mit seiner elektrischen Zahnbürste erwischt, die gar nicht eingeschaltet war.«

»Vielleicht waren die Batterien leer?«, fragte Aaron hoffnungsvoll.

»Die waren völlig in Ordnung. Das habe ich überprüft, sobald er fertig war. Als ich ihn danach fragte, hat er behauptet, dass der elektrische Bürstenkopf sein Zahnfleisch verletzt, aber ich glaube, er hatte tatsächlich vergessen, dass er sie einschalten muss.«

»Was kann ich tun, um zu helfen?«

»Das ist es ja gerade, ich weiß es nicht.« Martha schniefte und putzte sich die Nase. »Ich habe Jessica angerufen, um zu fragen, ob Frank vielleicht nach Seattle gefahren ist, um sie und die Kinder zu besuchen, aber dort ist er nicht.« Marthas Tochter lebte auf dem Capitol Hill und arbeitete für den lokalen Radiosender.

»Wie lange dauert es, im Berufsverkehr nach Seattle zu fahren?«, fragte Aaron. »Vielleicht ist er noch nicht da.«

»Sechzig Minuten, vielleicht siebzig. Und Frank ist schon seit zwei Stunden weg. Ich überlege, Franks Schlüssel aus meinem Nähkästchen zu kramen und mit seinem Auto durch die Stadt zu fahren, um zu sehen, ob ich ihn finde. Aber was ist, wenn er dann nach Hause kommt und ich bin nicht da? Oder schlimmer noch ...« Martha schluckte schwer. »Was, wenn die Polizei oder ein Krankenhaus anruft, und ich bin nicht hier, um den Anruf anzunehmen?«

»Ich dachte, du hättest ein Handy?«

»Es ist in meinem Auto!« Martha weinte jetzt, und ihre Tränen brachen Aaron schier das Herz.

»Wir werden Folgendes tun«, begann er entschlossen. »Ich komme jetzt sofort rüber, und du gibst mir eine Liste mit allen Orten, an denen Frank sein könnte. Dann werden Jack und ich herumfahren, bis wir ihn gefunden haben.«

»Das kann ich nicht von dir verlangen«, erwiderte Martha. »Du willst doch nicht die ganze Nacht mit einem Baby im Auto herumfahren.«

»Ich liebe es, mit einem Baby im Auto herumzufahren. So schläft Jack am allerbesten ein.« Er nahm Jack auf den Arm und ging nach oben, während er noch mit Martha telefonierte. »Schreib mir eine Liste, ja? Ich bin in zehn Minuten da.«

Sobald er aufgelegt hatte, trat Aaron in Aktion. Er hatte aus seinem Fehler vom morgendlichen Lauf gelernt und würde dieses Mal auf keinen Fall die Wickeltasche vergessen. Er wickelte Jack, band ihm ein sauberes Sabberlätzchen um und schnappte sich zwei Fläschchen mit fertiger Säuglingsnahrung. Er hatte Jack vor einer Stunde gefüttert, also war es sehr wahrscheinlich, dass das Baby einschlafen würde, sobald sie unterwegs waren, aber er nahm für alle Fälle ein paar Spielsachen für das Auto mit. Jack liebte seinen orangefarbenen Plüschkraken und seine Knisterdecke.

Als Aaron Martha gesagt hatte, dass er in zehn Minuten da sein werde, war das sehr optimistisch gewesen. Ihre Häuser lagen zwar nur zehn Minuten mit dem Auto voneinander entfernt, aber er brauchte ganze acht Minuten, bis er aus der Tür gehen konnte, und weitere fünf, um Jack richtig in seinem Kindersitz anzuschnallen. Aaron gab dem Baby einen Schnuller, etwas, was nur für Autofahrten reserviert war, und fuhr zur Ninth Avenue.

Die Sonne stand hoch am Himmel, obwohl es schon sechs Uhr abends war. Aaron war dankbar für das anhaltende Tageslicht, denn es würde die Suche nach Frank einfacher machen. Als er in die Einfahrt der Reynolds einbog, wartete Martha schon auf ihn. Sie trug eine graue Hose und einen violetten Fleecepullover. Sie wedelte mit einem Stück Papier in ihrer Hand und hielt ein Buch in der anderen. Aaron rollte das Fenster seines Tesla herunter, damit sie ihm beides geben konnte.

»Ich dachte mir, da Jack im Auto sitzt, ist es einfacher, wenn du nicht erst reinkommen musst.« Martha reichte ihm die Liste und das spiralgebundene Buch. »Hier sind alle Orte, die mir eingefallen sind, wo du nach Frank suchen könntest. Und ein Straßenatlas, um sie zu finden. Bei Wegbeschreibungen vertraue ich meinem Handy nicht.«

»Danke.« Aaron hob die Augenbrauen, als er die Straßenkarten betrachtete. So etwas hatte er nicht mehr gesehen, seit er in Andover Fahrunterricht genommen hatte. »Ich ruf dich an, wenn ich etwas herausfinde.« Aaron überflog die Liste und hatte zunächst Mühe, Marthas krakelige Schrift zu entziffern. »Du glaubst, er ist vielleicht zu Boeing gefahren?«

Martha hob die Schultern. »Es ist möglich. Frank ist diese Strecke vor seiner Pensionierung fünfunddreißig Jahre lang gefahren.«

Aaron legte die Liste auf den Beifahrersitz und sprach aus, worüber er auf dem Weg zu ihr die ganze Zeit nachgedacht hatte. »Sollen wir die Polizei rufen? Vielleicht brauchen wir einen Silver Alert, die Vermisstensuche nach älteren Menschen mit Gedächtnisproblemen.«

Martha zog an ihren grauen Locken. »Er ist noch nicht offiziell mit Alzheimer oder Demenz diagnostiziert worden.« Sie bedeckte ihr Gesicht mit den Händen. »Er weigert sich, zum Arzt zu gehen.«

»Alles wird wieder gut.« Aaron griff durch das Fenster und legte seine Hand sanft auf Marthas Ellenbogen. »Wir werden ihn finden.«

Sie nahm die Hände herunter und blickte ihn an. »Danke, Aaron.« Dicke Tränen kullerten über ihr faltiges Gesicht. »Ich wüsste nicht, was ich ohne dich tun würde.« Auf dem Rücksitz begann Jack zu quengeln. »Oh nein«, sagte Martha. »Das hier ist Jack gegenüber nicht fair.«

Aaron wollte »Sorge um ein Baby« nicht auf die Liste der Dinge setzen, mit denen sie sich jetzt beschäftigen musste. »Mach dir deswegen keine Gedanken.« Aaron zog seine Hand zurück und legte sie auf das Lenkrad. »Ich lege eine CD mit Babymusik ein, dann ist er zufrieden.« Er drückte einen Knopf auf dem Armaturenbrett, und die ersten Töne erklangen. »Geh ins Haus zurück, koch dir eine Tasse Tee und versuch, dir keine Sorgen zu machen.« Er legte den Rückwärtsgang ein und rollte die Auffahrt hinunter.

Die ersten Stationen auf Marthas Liste waren die nächstgelegenen, und er beschloss, dort zuerst nachzusehen: der Lebensmittelmarkt, das Postamt, der Donut-Laden und die United Methodist Church. Bei allen war die Wahrscheinlichkeit hoch, dass Frank hingefahren sein konnte. Aaron brauchte die GPS-Koordinaten nicht einzugeben, da er wusste, wo sich all diese Orte befanden. Nach ein paar Minuten Fahrt wurde Jack ruhiger. Als Aaron sich zu ihm umdrehte, schlief er tief und fest. Konnte er die Babymusik jetzt ausschalten? Aaron seufzte. Vielleicht, aber es schien das Risiko nicht wert zu sein. Allerdings drehte er die Lautstärke ein paar Stufen herunter, seiner geistigen Gesundheit zuliebe.

Es war jetzt fast halb sieben, und es gab immer noch keine Spur von Frank. Aaron fuhr an den Straßenrand, um zu prüfen, ob Nachrichten auf seinem Handy eingegangen waren, aber da waren keine. Der nächste Halt auf Marthas Liste war das Boeing-Büro in Everett, achtzehn Meilen entfernt. Aber bevor er nach Norden fuhr, wollte er einen Ort überprüfen, den Martha vergessen hatte, auf ihre Liste zu setzen: dort, wo sich der Rotary Club traf. Das Problem war nur, dass Aaron nicht sicher wusste, wo das war. Er tippte die Frage in sein Handy ein, und die Adresse des Pariser Cafés wurde angezeigt. Aaron rief Martha an, um ihr seine Planänderung mitzuteilen, und auch, damit sie sich keine Sorgen machte.

»Aaron? Hast du ihn gefunden?«, fragte sie mit verzweifelter Stimme.

»Noch nicht«, erwiderte er in ruhigem Ton. »Ich bin gerade dabei, zu Boeing zu fahren, aber vorher dachte ich, ich schaue noch im Pariser Café vorbei. Ist das der Ort, wo sich der Rotary Club trifft?«

»Ja. Das ist richtig. Gut mitgedacht. Ich bin im Moment so durcheinander, ich hätte selbst daran denken sollen.«

»Alles wird gut. Wir werden ihn finden. Ich rufe dich an, sobald ich etwas Neues weiß.«

Sie verabschiedeten sich, und Aaron steckte sein Handy in die Konsole. Während er durch Harper Landing fuhr, blickte er nach links und rechts und inspizierte jedes geparkte Auto, an dem er vorbeikam. Aber nirgendwo war eine Spur von Marthas grünem Chevy zu sehen. Erst als er das Ende der Main Street erreichte, fand er ihn schließlich um die Ecke vom Pariser Café im Parkverbot. Eine Polizistin stand davor und schrieb einen Strafzettel.

Aaron parkte seinen Tesla direkt neben dem Polizeiauto in zweiter Reihe und schaltete seine Warnblinkanlage ein. Er sprang aus dem Auto, riss die Hintertür auf und hob den

Kindersitz aus der Verriegelung. »Officer!«, rief Aaron und joggte zu der Frau hinüber. »Warten Sie!«

Die hübsche Rothaarige beäugte ihn über das elektronische Gerät hinweg, das sie in der Hand hielt und in dem unten gerade ein Stück Papier ausgedruckt wurde. »Was ist denn los?«, fragte sie. Dichte Wimpern umrahmten ihre grünen Augen.

»Der Fahrer dieses Wagens hat Gedächtnisprobleme, und ich bin in der Stadt herumgefahren und habe ihn gesucht. Haben Sie ihn gesehen?« Aaron ratterte eine Beschreibung von Frank herunter: einen Meter achtzig groß, mit schütterem braunem Haar und Brille. Er konnte sich nicht erinnern, welche Farbe Franks Augen hatten, also riet er und tippte auf die gleiche Augenfarbe wie bei Jared – kobaltblau. »Hier. Ich habe ein Foto von ihm auf meinem Handy.« Aaron stellte den Kindersitz auf dem Gehweg ab und scrollte durch seine Bilder, bis er ein aktuelles von Frank mit Jack im Arm fand.

Die Polizistin schaute auf das Bild und dann hinüber zu dem widerrechtlich geparkten Tesla. »Sir, parken Sie bitte Ihr Fahrzeug ordentlich, und dann suchen wir ihn gemeinsam, in Ordnung? Ich sehe im Restaurant nach, und dann treffen wir uns wieder hier.«

»Danke.« Aaron nahm die Babyschale wieder auf. »Ich danke Ihnen vielmals.« Jack schlief tief und fest, und die Wackelei bis ins Auto machte ihm nichts aus. Aber an einem Freitagabend in der Innenstadt von Harper Landing einen Parkplatz zu finden, war schwierig. Die lebhafte Restaurantszene hatte zur Folge, dass jeder Platz belegt war. Sie fuhren fünf Minuten lang im Kreis, bevor Aaron aufgab und den Bahnübergang in Richtung Harper Landing Beach überquerte, in der Hoffnung, einen Platz am Strand zu finden. Damit war er erfolgreich. Er öffnete die Heckklappe und nahm den Kinderwagen heraus.

Mit dem Jogger kam Aaron großartig zurecht. Er benutzte ihn jeden Tag. Aber das hier war nicht der Joggingwagen, sondern der, der zu dem Kindersitz gehörte. Er fummelte an den Hebeln herum und fluchte innerlich, weil es so schwierig war, ihn zusammenzubauen. Wer entwarf diese Dinger? Sadisten?

»Aaron?«, rief eine Stimme. Als er sich umdrehte, wurde er von Erleichterung überwältig. Es war Julia, die Tobys Leine in der einen Hand hielt und Franks Hand in der anderen. »Hi, Aaron.« Julia sprach in einem fröhlichen Ton, aber ihr Lächeln wirkte gezwungen. »Ich begleite Jareds Vater nach Hause und habe mich gefragt, ob du uns vielleicht in deinem Auto mitnehmen kannst. Ich bin mir nicht sicher, was hier los ist, aber er scheint ein wenig verwirrt zu sein.«

»Frank!« Aaron riss die Arme hoch, um den Mann zu umarmen.

Frank zuckte zurück und blickte Aaron an, ohne ihn zu erkennen.

Aaron fühlte sich, als hätte er einen Schlag bekommen. Er ließ sofort die Arme sinken. »Ich bin's, Aaron, mit Jack.« Er schob den Kinderwagen leicht nach vorn.

Frank starrte in den Kinderwagen. »Wer ist Jack?«

Aaron versuchte, nicht in Panik zu geraten, aber sein ohnehin schon erhöhter Herzschlag beschleunigte sich weiter. »Dein Enkel.« Schweißperlen bildeten sich in seinem Nacken. Martha hatte nicht übertrieben, als sie ihm von Franks Gedächtnisproblemen erzählt hatte. Verdammt, erst hatten sie ihren einzigen Sohn verloren, und jetzt das! »Erinnerst du dich, dass ich letzte Woche zum Abendessen bei euch war?«, fragte er. »Martha hat Hackbraten gemacht.«

»Martha?« Franks Blick huschte hin und her. »Ist sie hier?«

»Nein, sie ist zu Hause und wartet auf dich.« Aaron zückte sein Handy. »Ich werde sie gleich anrufen, um ihr zu sagen, dass wir dich gefunden haben.« Sein Blick wanderte kurz zu Julia hinüber. Ihre besorgte Miene spiegelte seine eigene.

»Das klingt nach einer guten Idee.« Sie nickte.

Aaron wählte Marthas Nummer und konzentrierte sich auf seine Atmung. Er musste ruhig bleiben. Jareds Eltern brauchten jetzt einen Fels in der Brandung, einen Fels der Stärke, damit sie das alles verkraften konnten: den Verlust ihres Sohnes, die Geburt ihres Enkelkindes und jetzt Franks Verwirrung. Als Martha abnahm, wurde Aaron zu diesem Felsen. »Martha«, begann er mit einer Stimme, die Selbstvertrauen ausstrahlte. »Ich bin hier mit Frank. Es ist alles in Ordnung.«

KAPITEL 7

Natürlich kannten sich Aaron und Frank, das war für Julia keine Überraschung. Sie war davon ausgegangen, schließlich war Jared Aarons Geschäftspartner gewesen. Aber dass Jack der Enkel von Frank und Martha war, damit hatte Julia nicht gerechnet, und das machte sie stutzig. Julia blickte zurück zum Strand, wo sie vor zehn Minuten Frank gefunden hatte, der im Kreis herumlief. Ihr abendlicher Spaziergang mit Toby war plötzlich überaus kompliziert geworden, und ein Ende dieser Komplikationen war bislang nicht in Sicht.

Was war hier los? Frank war einer der klügsten Menschen, die sie kannte, und einer der zuverlässigsten. Seit Harrisons Tod hatte sich Frank um Waverley und Julia gekümmert. Er hatte die Dachrinnen gesäubert, den Sicherungskasten gefunden, als der Strom ausgefallen war, und Julias Auto Starthilfe gegeben, als sie mit achtzehn beinahe zu spät zu ihrer ersten Abschlussprüfung an der Universität von Washington gekommen wäre. Julia schämte sich für ihre Überraschung darüber, dass Frank so schnell gealtert war. Sie hätte besser darauf achten sollen, wie es ihm und Martha ging. Es war Monate her, dass sie mit einem der beiden ein richtiges Gespräch geführt hatte – zuletzt damals, als sie sie gebeten hatten, auf ihr Haus aufzupassen, damit sie zu Jareds Beerdigung fliegen konnten.

Martha hatte ihr neues Enkelkind erwähnt, aber sie war nicht auf Einzelheiten eingegangen, weil sie so sehr geweint hatte. Seitdem hatte Julia nicht mehr mit den Reynolds gesprochen, ihnen nur ab und zu vom Briefkasten aus zugewunken. Kein Wunder, dass sie nichts von Franks Verwirrung gewusst hatte.

Julia warf einen Blick in den Kinderwagen. Jack grinste, und er hatte Jareds Lächeln. Jack war Jareds Baby, so musste es sein. Doch anstatt dass Jared und seine Frau das Kind in den Armen hielten, war es hier und wurde von Jareds Freund aufgezogen. Aaron war nicht mehr nur Jareds einstiger Geschäftspartner, er war Jacks »Onkel«. Sie blinzelte die Tränen zurück.

Toby stupste Aaron an und leckte an seinen Knien, begierig nach Aufmerksamkeit. Julia zog die Leine zurück. »Sitz!«, befahl sie. Toby ignorierte sie. »Sitz!«, versuchte sie es erneut, dieses Mal mit mehr Nachdruck.

»Wo?«, fragte Frank. »Ich möchte mich hinsetzen, aber hier ist keine Bank.«

Aaron holte einen Schlüsselanhänger aus seiner Tasche und entriegelte die Türen seines Tesla. Die Scheinwerfer blinkten. »Sag schnell Hallo zu Martha, und dann kannst du ins Auto steigen, wo es warm ist«, schlug er vor und reichte Frank das Telefon.

»Martha? Bist du das?« Frank hielt sich das Handy ans Ohr. Sobald er die Stimme seiner Frau hörte, lächelte er. »Ja, es geht mir gut. Kann ein Mann nicht mal spazieren gehen, wenn er das will? Ja. Ich komme jetzt nach Hause.« Er gab Aaron das Telefon zurück.

»Wir sind gleich da. Mach's gut«, sagte Aaron, bevor er auflegte.

»Komm schon, Frank.« Julia drückte wieder seine Hand. »Wir gehen nach Hause.« Sie führte ihn in Richtung des Autos.

»Haben Sie ihn gefunden?«, rief eine weibliche Stimme.

Julia erstarrte, nicht bereit, Franks Hand loszulassen, um die Tür zu öffnen, aber genauso wenig bereit, sich umzudrehen und zu sehen, welche Frau ihm bei der Suche nach Frank geholfen hatte.

»Ja, er ist in Sicherheit.« Aarons tiefe Stimme erklang hinter ihr.

Julia setzte wieder ihr künstliches Lächeln auf und drehte sich ein Stück weit um, wobei sich Tobys Leine um ihre Knöchel verhedderte. Als sie sah, mit wem Aaron sprach, war sie erleichtert. Es war Officer Dillan, die schon seit über fünf Jahren in Harper Landing arbeitete. Sie hatte im letzten Monat Julias Aussage aufgenommen, als jemand fünfzig Dollar aus dem Spendenglas für die Parade zum Vierten Juli neben der Kasse im Sweet Bliss gestohlen hatte.

»Julia«, sagte Officer Dillan. »Schön, Sie wiederzusehen.« Sie war Anfang dreißig und Stammgast im CrossFit-Fitnessstudio in Lynnwood. Julia wusste das, weil eine ihrer Freundinnen aus der Highschool häufig Fotos von ihrer CrossFit-Gruppe auf Facebook teilte, und Officer Dillan war normalerweise in einem Sport-BH und mit Leggings auf den Bildern zu sehen.

»Officer Dillan, hallo.« Julia winkte mit der Hand, in der sie Tobys Leine hielt.

»Schön, Sie hier zu treffen.« Officer Dillan blickte von Julia auf Frank. »Und Sie sind wohl Frank, richtig?«

»Oh ja, das bin ich.« Frank nickte. »Kenne ich Sie?«

Officer Dillan schüttelte den Kopf. »Nein, wir haben uns gerade erst kennengelernt. Aber ich habe Ihr Auto ein paar Blocks von hier im Parkverbot gefunden.«

»Vielen Dank für Ihre Hilfe«, sagte Aaron.

»Dafür bin ich ja da«, antwortete Officer Dillan. »Ich werde morgen früh noch mal nach Ihnen schauen, um zu sehen, ob alles in Ordnung ist. Jetzt müssen wir allerdings den Impala wegfahren, weil er widerrechtlich geparkt ist.«

»Kann ich bitte den Autoschlüssel haben?«, fragte Aaron und streckte eine Hand aus.

Frank runzelte die Stirn. »Warum sollte ich dir meinen Autoschlüssel geben?«

»Weil ich es bin, Aaron.«

Frank trat einen Schritt zurück, näher an den Tesla heran.

»Wie wäre es, wenn ich dich nach Hause bringe?« Julia blickte ihren Nachbarn so freundlich an, wie sie nur konnte. »Würdest du gern mit mir nach Hause fahren?«

Franks Gesicht verzog sich vor Verwirrung. »Ich möchte dir keine Umstände machen.«

»Das tust du nicht.« Julia tätschelte seinen Arm. Er trug eine leichte Windjacke, und sie glaubte, die Schlüssel in einer der Seitentaschen zu erkennen. Sie öffnete die Beifahrertür des Tesla und gab Frank ein Zeichen, einzusteigen. »Warum gibst du mir nicht deine Jacke? Im Auto ist ein bisschen stickig.«

»Oh, okay.« Er zuckte mit den Schultern und reichte sie ihr.

Julia reichte sie an Aaron weiter und sorgte dafür, dass die Tasche mit dem Schlüssel in seiner Hand landete. Dann öffnete sie die hintere Tür auf der Beifahrerseite, damit Toby hineinklettern konnte. Hoffentlich würden Tobys schmutzige Pfoten den Innenraum nicht ruinieren, aber vermutlich war das gerade ziemlich unwichtig. Doch als sie die Vorrichtung zur Befestigung des Kindersitzes sah, erkannte sie ihren Denkfehler. »Jack wird auch mit mir fahren müssen, oder? Oder hat Marthas Impala einen Kindersitz?«

»Soweit ich weiß, nicht.« Aaron löste die Babyschale vom Kinderwagen und befestigte sie im Auto. »Ich tausche mit dir. Jack gegen Toby.«

»Ich wusste gar nicht, dass Sie beide verheiratet sind«, sagte Officer Dillan.

»Sind wir nicht.« Aaron stieß sich den Kopf am Autodach. »Ich habe Julia erst letzte Woche kennengelernt.«

»Ach so.« Officer Dillan riss das Stück Papier ab, das an dem elektronischen Gerät in ihrer Hand hing, und reichte es Julia. »Hier ist der Strafzettel für Mr Reynolds. Es tut mir leid, dass ich das tun muss, aber auf lange Sicht gesehen ist es vielleicht sogar besser, wenn die Sache heute dokumentiert ist.«

»Danke, Officer Dillan.« Julia verstaute den Zettel in ihrer Tasche. »Ich sorge dafür, dass seine Frau ihn bekommt.«

Officer Dillan stemmte eine Hand in die Hüfte und nickte Aaron zu. »Sie wollen wahrscheinlich auch nach Hause zu Ihrer Frau, nehme ich an?«

Er schüttelte den Kopf. »Ich bin nicht verheiratet.«

»Aha.« Officer Dillan sah zu Aaron auf und klimperte mit den Wimpern. »Sind Sie neu in der Stadt? Ich habe Sie bisher hier noch gar nicht gesehen.«

»Brandneu.« Aaron grinste unbeholfen und lehnte sich an sein Auto. »Ich lerne immer noch, mich zurechtzufinden.«

Julia hatte genug gehört. Sicher, es war interessant, die Frage nach Aarons Familienstand ein für alle Mal geklärt zu wissen, aber sie hatte keine Lust, herumzustehen und den beiden beim Flirten zuzusehen. »Ich bringe Frank nach Hause«, sagte sie und unterbrach die beiden. »Kann ich bitte den Schlüssel haben?«

»Oh, Entschuldigung.« Aaron wühlte mit der Hand in seiner Tasche und zog eine Sekunde später den Schlüsselanhänger heraus. »Der Tesla fährt, solange sich der Anhänger im Fahrzeug befindet. Tritt auf die Bremse, um ihn zu starten. Rückwärtsgang und Fahrposition befinden sich auf dem rechten Schalthebel. Um ihn in Parkstellung zu bringen, musst du auf den silbernen Knopf drücken. Ich sorge dafür, dass Toby in einem Stück zu Hause ankommt.« Er schaute besorgt auf den Rücksitz. »Fahr vorsichtig. Es wird schon dunkel.«

Julia verdrehte die Augen. »Ich bin eine ausgezeichnete Fahrerin. Wir sind in zwei Minuten zu Hause.« Sie marschierte um das Auto herum und stieg ein.

»Ich wusste nicht, dass du ein neues Auto gekauft hast«, sagte Frank.

Julia trat auf die Bremse, und die Scheinwerfer flackerten auf. Dann legte sie den Rückwärtsgang ein. »Es ist ein Leihwagen.« Sie betrachtete den riesigen Bildschirm der Heckkamera, während sie rückwärts fuhr.

»Nun, wenn du bereit bist, dir ein neues zu kaufen, dann lass es mich wissen. Ich begleite dich zum Autohaus.«

»Danke, Frank. Das ist ein nettes Angebot.«

»Nicht der Rede wert, Waverley. Dafür sind Nachbarn doch da.«

Julia zuckte zusammen. Sie wusste nicht, was mehr wehtat: dass Frank sich nicht mehr daran erinnerte, wer sie war, oder dass er sie mit ihrer Mutter verwechselte. Sie setzte den Wagen in Bewegung. »Ich bin nicht Waverley, ich bin ihre Tochter, Julia.«

»Das stimmt. Das habe ich auch gesagt.« Frank wandte sich ab und sah aus dem Fenster.

Sie überquerten die Bahngleise und fuhren die Main Street entlang, vorbei an der Stelle, wo Marthas grüner Impala auf der linken Straßenseite geparkt war. Aaron war noch nicht da. Wenigstens hatte Frank vernünftig eingeparkt. Er war nicht auf den Bordstein geraten oder hatte jemanden angefahren. Frank beobachtete, wie die Main Street an ihnen vorbeizog. »Wie fühlst du dich?«, erkundigte sich Julia.

»Gut. Alles in Ordnung.« Er zeigte durch die Scheibe. »Sieh mal, die Nuthatch Bakery. Ich liebe diesen Laden.«

»Ich auch. Sie haben leckeres Mittagessen.«

Frank sah sie an. »Hast du schon mal ihre Muschelsuppe in diesem Brot-Ding gegessen?«

»Die Brotschale? Ja, die ist köstlich.« Julia setzte den Blinker, um auf die Ninth Avenue abzubiegen. Ihre Schultern entspannten sich. So schlecht kann es Frank nicht gehen, wenn er über Muschelsuppe reden kann, dachte sie hoffnungsvoll. Allerdings wusste sie nicht genug über Alzheimer, um zu verstehen, ob das normal war. Vielleicht konnte sie morgen bei Paige's Pages vorbeischauen und ein Buch darüber kaufen.

»Als die Kinder klein waren, bin ich jeden Samstagmorgen mit ihnen zur Bäckerei gegangen, um Donuts zu essen«, erzählte Frank. »Es war eine einfache Möglichkeit, damit Martha den Vormittag frei hatte.«

»Das ist lieb.« Julia bog nach links ab. »Mein Dad hat mich auch immer zum Donutessen mitgenommen.«

Eine Minute später fuhren sie in die Einfahrt der Reynolds. Julia stellte den Wagen in die Parkposition. Martha kam zur Haustür herausgeeilt, noch bevor Julia ihre Tür geöffnet hatte. Frank löste seinen Sicherheitsgurt und kämpfte mit der Tür, bis Martha sie für ihn öffnete.

»Oh, Frank!« Martha zog ihn in eine feste Umarmung. »Du hast mich ganz schön erschreckt.«

»Was meinst du damit? All diese Aufregung war völlig umsonst.«

»Was redest du da, du Dummerchen? Ich war vor Sorge um dich ganz krank. Warum hast du meine Autoschlüssel genommen? Wo bist du hin?«

Julia, die immer noch auf dem Fahrersitz saß, fing Marthas Blick auf und schob ihr den Strafzettel zu, während sich ihre Hände immer noch hinter Franks Rücken befanden.

»Ich war am Strand.« Frank zeigte mit dem Daumen auf Julia. »Unten am Harper Landing Beach mit Waverleys Tochter.«

»Ich bringe dich jetzt rein und wärme dein Essen auf. Das Huhn ist kalt, so lange warst du weg.« Martha packte Franks Ellenbogen, half ihm aus dem Auto und führte ihn die Auffahrt hinauf zur Veranda. Sie blickte über ihre Schulter zu Julia, murmelte »Danke« und schob den Strafzettel in ihre Tasche.

Julia winkte und drehte sich dann um, um nach Jack zu sehen. Er hatte die Augen aufgeschlagen, sobald das Auto angehalten hatte. Das süße Kerlchen wackelte mit seinem Schnuller auf und ab und blickte sie aufmerksam an. »Na, Kleiner«, sagte sie. »Du hast das alles prima überstanden. Keine Windelexplosionen, keine Heulkrämpfe – du musst dir genauso viele Sorgen um deinen Großvater gemacht haben wie ich.« Sie stupste ihn an seinen Zehen. »Und jetzt sind hier nur noch du und ich.« Von Aaron war immer noch nichts zu sehen. »Dein Onkel ist zu beschäftigt mit Officer Dillan.« Julia warf sich in Pose, zerzauste ihr Haar und klimperte mit den Wimpern.

Jack spuckte seinen Schnuller aus und lachte. Er streckte seine kleine Zunge heraus, und Sabber tropfte über sein Kinn. Dann fuchtelte er kichernd mit seinen winzigen Fäusten in der Luft herum.

»Oh, das gefällt dir, ja?« Julia griff nach hinten und wischte ihm mit dem Lätzchen die Spucke aus dem Gesicht. »Du und dein Onkel, ihr steht beide auf Flirts, wie es scheint.« Sie bedeckte ihre Augen mit den Händen und klappte sie dann wieder auf. »Kuckuck!« Jack gluckste jetzt, so laut er konnte. Julia hatte noch nie ein Baby zum Lachen gebracht, und es gab ihr das Gefühl, als hätte sie besondere Kräfte – Superwoman-Fähigkeiten, die sie bislang noch nie entfesselt hatte. »Kuckuck«, machte sie wieder und wieder, sehr zu Jacks Freude. Sie hätte ewig weiterspielen können, wenn nicht ein Klopfen am Fenster der Fahrerseite ihr Spiel unterbrochen hätte. Als sie aufblickte, sah sie Aaron. In seinen smaragdgrünen Augen blitzte der Schalk.

»Das ist eine tolle Vorstellung«, meinte er, als er ihr die Tür öffnete.

»Jack scheint das auch so zu sehen.« Julia wollte aussteigen, aber Toby sprang ihr auf den Schoß und schlug ihr mit seinem wedelnden Schwanz auf die Nase. »Ahh! Toby, runter!« Julia schubste ihn zurück auf den Bürgersteig. »Tut mir leid«, sagte sie, als sie endlich aufstand. »Er ist ein Hundeschulabbrecher. Ich muss ihm einen persönlichen Hundetrainer suchen, weil er einfach nie hört.«

»Wir sind auf dem Heimweg gut zurechtgekommen.« Aaron schnippte mit den Fingern und zeigte auf den Labrador. »Toby, sitz!« Der Hund gehorchte sofort.

»Wow!« Julia zog die Augenbrauen zusammen. »Es ist, als würdest du hündisch sprechen.«

Aaron zuckte mit den Schultern. »Wir haben portugiesische Wasserhunde gezüchtet, als ich klein war.«

»Portugiesische Wasserhunde?« Julia reichte Aaron den Schlüssel und nahm Tobys Leine entgegen.

»Sie sind wie Pudel, nur weniger raffiniert. Aber meine Eltern haben die Hunde nie selbst ausgebildet. Dafür war das Hundekindermädchen da.«

»Das denkst du dir doch aus. So etwas wie ein Hundekindermädchen gibt es nicht.«

Aaron rieb sich grinsend mit der rechten Hand die Stoppeln an seinem Kinn. »Okay, eigentlich war Greta eine Hundetrainerin, aber Sara und ich nannten sie hinter ihrem Rücken das ›Hundekindermädchen‹, weil sie die gleichen Arbeitszeiten hatte wie unsere richtigen Kindermädchen – zumindest als unsere Hunde noch Welpen waren. Greta blieb nur, bis sie etwa neun Monate alt waren. Dann zog sie weiter zum nächsten Auftrag.«

In Julias Kopf machte etwas Klick. »Sara … So wie Jareds Frau Sara? Sie war deine Schwester?«

Aaron nickte. »Das ist richtig. Ich dachte, Martha hätte es dir bestimmt erzählt.«

Julia schüttelte den Kopf. »Nein, als du meintest, Jack sei dein Neffe, habe ich das für eine Art Kosenamen gehalten.«

»Ich entschuldige mich für die Verwirrung«, erwiderte Aaron. »Ich bin mir immer noch nicht ganz sicher, wie ich es den Leuten am besten erklären kann.«

»Das Hundekindermädchen ist auch schwer zu erklären. Wo bist du aufgewachsen, auf Mercer Island?«, fragte Julia und bezog sich auf die exklusive Insel, auf der Bill Gates lebte. Doch dann erinnerte sie sich daran, dass Jareds und Saras Trauerfeier an der Ostküste stattgefunden hatte, und kam sich dumm vor.

»Nein, Rumson, New Jersey.« Aaron lehnte sich an sein Auto. »Wo bist du aufgewachsen?«

Julia zeigte auf das Nachbarhaus. »Genau da. In dem Haus mit den Rosen am Zaun.«

Aaron stieß einen Pfiff aus. »Ein echter Lattenzaun. Ich dachte, die gibt es nur im Märchen.«

»In Märchen und kleinen Städten wie dieser hier.« Julia wickelte die Leine um ihr Handgelenk. »Als Kind hatte ich keinen Hund, aber ich schaue mir jedes YouTube-Video über Hundetraining an, das ich finden kann.« Toby war bereits wieder aufgestanden und schnüffelte an den Reifen von Aarons Auto. Julia zerrte an der Leine und zog ihn wieder zurück.

»Hundetraining ist gar nicht so schwer. Man muss nur konsequent sein. Versuch es doch gleich einmal. Bring ihn dazu, sich zu setzen.«

Julia verzog das Gesicht. »Manchmal kann ich ihn zum Sitzen bringen, aber nicht immer. Es klappt besser, wenn ich Leckerlis in der Tasche habe.« Sie blickte dem Labrador fest in die Augen. »Toby, sitz!«

Der Hund ignorierte sie und schnüffelte stattdessen an einer Spur aus Ameisen in der Einfahrt.

»Zeig auf ihn und heb den Finger. Und gib das Kommando so, als ob du es ernst meinst.«

Julia holte tief Luft und versuchte es erneut. »Toby, sitz!« Diesmal machte sie auch die Handbewegung dazu. Toby sah zu

ihr auf und senkte den Hintern auf den Boden. »Guter Junge!«
Julia tätschelte ihm den Kopf und massierte sein weiches braunes Fell.

Auf dem Rücksitz des Wagens begann Jack unruhig zu werden. »Oh-oh.« Aaron richtete sich wieder auf. »Ich gehe jetzt besser. Wenn ich zu Hause bin, rufe ich Martha an, um mich zu vergewissern, dass alles in Ordnung ist. Sie ist wahrscheinlich momentan noch mit Frank beschäftigt.«

Julia zog den Reißverschluss des polarweißen Fleecepullovers, den sie trug, hoch. »Jared war dein Geschäftspartner, richtig?«

»Ja.« Aaron ließ die breiten Schultern sinken. »Das war er.«

»Es tut mir leid.«

»Ja, mir auch.« Er blickte zu den Fenstern des Hauses hinauf, wo Licht durch den Vorhang schimmerte. »Ich bringe Jack besser ins Bett. Danke für deine Hilfe heute Abend.« Bevor sie etwas erwidern konnte, war er schon ins Auto gestiegen. Sie stand in der Einfahrt und sah zu, wie Aaron und das Baby wegfuhren.

Als der Tesla hinter einem Hügel verschwand, trabten Julia und Toby die Auffahrt hinunter und den Bürgersteig entlang zur Pforte im Lattenzaun. In Julias Vorgarten duftete es nach Rosen, und das Abendlicht tauchte alles in einen goldenen Schein. Ihre Gedanken kreisten um Aaron. Er hatte ihr den unverhofften Abend mit Frank deutlich leichter gemacht, und sie wünschte, sie hätte mehr über ihn gewusst. Jared hatte ihm vertraut, so viel war klar. Er hatte Aaron nicht ohne Grund als Vormund für seinen Sohn ausgewählt, und nachdem sie gesehen hatte, wie Aaron heute in Aktion getreten war, um Frank zu helfen, wusste Julia, dass es eine kluge Entscheidung gewesen war.

Ein Schauer der Hoffnung durchlief ihren Körper vom Kopf bis zu den Zehen, als sie daran dachte, dass Aaron Single war. Aber dann erinnerte sie sich daran, wie er mit der Polizistin gesprochen hatte, die genauso gut ein Model hätte sein können. Julia war nichts Besonderes. Sie blickte über den Zaun auf die Sonne, die hinter dem Haus der Reynolds unterging, und seufzte. Eins wusste sie mit Sicherheit: Niemand bemerkte je das Mädchen von nebenan.

KAPITEL 8

Es war drei Uhr morgens und Aaron holte gerade eine Ladung Wäsche aus der Maschine. Er saß auf dem Gerät, hielt Jack im Arm und gab ihm eine Flasche. Aaron neigte sie im perfekten Winkel, damit keine Luft in den Nippel kam und bei dem Baby Blähungen verursachte. Das gleichmäßige Surren des Schleudergangs im Hintergrund half Jack beim Einschlafen. Das Baby döste immer wieder ein und öffnete dann die Augen, um weiterzusaugen. Hoffentlich würde Jack jeden Moment vollständig einschlafen. Aaron gähnte und wünschte sich verzweifelt, er wäre in seinem gemütlichen Bett statt in der Waschküche. Aber wenigstens hatte er sich um Julias Blazer gekümmert, sodass der nicht ruiniert war. Er hatte einen Fleckenstift aufgetragen, sobald er von der Suche nach Frank nach Hause gekommen war, aber er hatte vergessen, das Kleidungsstück in die Maschine zu werfen. Erst mitten in der Nacht war es ihm wieder eingefallen, als er aufstand, um Jack eine Flasche zu geben. Wenn nur jedes Problem so einfach zu lösen gewesen wäre!

Martha und Frank brauchten seine Hilfe. Das war deutlich geworden, und er war bereit, einzuspringen, aber je mehr er darüber nachdachte, desto mehr ärgerte er sich über Marthas Heimlichtuerei. Es musste sehr schwierig für sie gewesen sein, allein mit Franks Gedächtnisausfällen fertigzuwerden. Warum hatte sie ihm nichts gesagt? Vielleicht, weil Aaron nicht zu ihrer Familie gehörte – nicht wirklich. Jack gehörte zur Familie, aber nicht Aaron. Er zog die Flasche von Jacks Lippen weg und wartete, wie das Baby reagieren würde. Zuerst sah es so aus, als wäre Jack gänzlich eingeschlafen, aber dann wachte er auf und suchte mit dem Mund nach der Flasche. Aaron gab sie ihm wieder.

Dass er nicht zu Marthas engsten Vertrauten gehörte, überraschte ihn nicht. Seiner Erfahrung nach benutzten Menschen Familienbande, um sich gegenseitig zu manipulieren und auszuschließen. *Tu, was deine Familie sagt, oder du gehörst nicht dazu. Geh auf diese Schule. Geh nicht auf diese Schule. Erfülle die Erwartungen deiner Eltern, sonst bekommst du Ärger.* Das einzige Familienmitglied, dem er je vertraut hatte, war Sara. Wenn Martha Geheimnisse haben wollte, war das ihre Entscheidung. Das ging Aaron nichts an. Er hatte schließlich ein Baby großzuziehen.

Oder ging es ihn doch etwas an? Aaron gähnte, als ihn die Müdigkeit übermannte. Machte Jacks Anwesenheit es zu seiner Angelegenheit? Wenn Sara hier gewesen wäre, hätte sie alles in ihrer Macht Stehende getan, um ihren Schwiegereltern zu helfen, selbst wenn das bedeutet hätte, sich einzumischen. Martha und Frank zählten nicht zu Aarons engerer Verwandtschaft, aber sie waren Jacks Großeltern, und natürlich war Martha eine viel bessere Großmutter als seine eigene Mutter Lorraine. Ähnlich bei Frank. Sicher, heute Abend hatte er nicht gewusst, wer Jack war, aber wenigstens hatte er eine Entschuldigung. Aarons Vater, Darren, hatte Jack bisher nur einmal gesehen, und das war bei der Beerdigung gewesen.

Das Nachdenken über Jacks Großeltern frustrierte ihn, aber als seine Gedanken zurück zu Julia wanderten, lächelte er. Er redete sich ein, dass es daran lag, dass er ihren Blazer wusch, aber in Wirklichkeit war er sehr froh gewesen, sie am Strand mit Frank an der Hand zu sehen. Ihre Fleecejacke hatte die Farbe von Schnee gehabt, und ihre Wandershorts hatten durchtrainierte Beine gezeigt. Wieder einmal hatte sie ausgesehen, als wäre sie direkt dem Katalog eines Outdoor-Anbieters entstiegen.

Warum hatte Jared seine Nachbarin aus Kindheitstagen nie erwähnt? Aaron erinnerte sich, ein paar von Jareds Freunden auf der Hochzeit getroffen zu haben – nur wenige Leute waren von hier nach Jersey geflogen. Julia war nicht dabei gewesen, sonst hätte Aaron sich an sie erinnert. Da war er sich sicher. Sie besaß eine natürliche Schönheit, die von innen heraus leuchtete. Außerdem war sie nett. Vielleicht war sie deshalb so umwerfend. Julia hatte ihm zweimal an einem Tag den Hintern gerettet. Beziehungsweise Jacks Hintern, um genau zu sein. Aaron blickte auf das Baby hinunter, das endlich eingeschlummert war. Er stellte die Flasche auf den Trockner und warf sich ein Tuch über eine Schulter. Es bestand die Gefahr, dass das Aufstoßen das Baby aufwecken würde, aber es nicht aufstoßen zu lassen, war ein noch größeres Risiko.

So sanft wie möglich schob Aaron Jack an seiner Schulter in Position und klopfte ihm auf den Rücken. Eine Minute später hörte er einen kleinen Rülpser – Erfolg. Aaron ging vorsichtig zurück nach oben in den ersten Stock und legte Jack in den Stubenwagen neben seinem Bett. Das Baby schaffte es normalerweise ziemlich gut, zwei oder drei Stunden allein zu schlafen. Gegen fünf Uhr würde es wahrscheinlich aufwachen und dann noch eine Weile an Aarons Brust gekuschelt ruhen.

Das Problem war, sobald Jack schlief, fühlte Aaron sich hellwach, als hätte er drei Tassen Kaffee getrunken. Durch seinen Kopf rasten tausend Pläne und Sorgen. Selbst unproduktive Gedanken wie »Hatte Mom eine heimliche Abneigung gegen portugiesische Wasserhunde?« schossen ihm durch den Kopf. Schlaflosigkeit war der grausamste Teil bei der Erziehung eines Säuglings. In dem Babybuch, das Aaron gelesen hatte, hieß es, dass Elternsein die Hormone auf höchste Alarmbereitschaft für jede Art von Gefahr stellte. Er war definitiv aufgedreht und würde so unmöglich einschlafen können. Daher griff er nach seinem Laptop.

Sein Suchverlauf war immer noch voll mit Artikeln über Nippel und Babys mit Blähungen, aber kurz darauf suchte Aaron nach dem, was er wirklich wissen wollte – mehr über Julia. Er tippte ihren Namen ein – Julia Harper –, zusammen mit »Sweet Bliss« und »Harper Landing«, und überflog eifrig die Ergebnisse. Ihr Facebook-Profilbild war eine Aufnahme von ihr und Toby. Sie saßen vor einem funkelnden Weihnachtsbaum voller Lichter. Julia trug einen mitternachtsblauen Pullover und Toby hatte eine Fliege um sein Halsband. Es stand auch dabei, dass sie einen Abschluss von der University of Washington hatte und dass ihr das Sweet Bliss gehörte.

Aaron scrollte durch Julias Facebook-Seite, konnte aber nichts sehen. Alle ihre Inhalte waren auf privat gestellt. Er überlegte, ob er den Laptop ausschalten und versuchen sollte, einzuschlafen, aber er war gerade erschöpft genug, um doch eine andere Entscheidung zu treffen, die er bei klarem Verstand wahrscheinlich nicht getroffen hätte. Aaron loggte sich aus seinem eigenen Facebook-Profil aus und tippte die Zugangsdaten für das von Jared ein. Als Testamentsvollstrecker für Jareds Nachlass hatte Aaron Zugriff auf alle seine Passwörter. Das Einzige, was er damit bislang gemacht hatte, war, Jareds und Saras gemeinsamen Nachruf zu teilen, der in einem Posting verlinkt war. Er hätte wohl ein Foto von Jack hinzufügen sollen, hatte es aber nicht getan, weil es zu sehr wehtat.

Jetzt konnte er alles auf Julias Profil sehen, weil sie und Jared Facebook-Freunde gewesen waren. Sie postete nicht häufig, aber wenn sie es tat, war es meist ein Bild ihres Hundes oder die neueste Geschmackskreation bei Sweet Bliss. Er fragte sich, ob das laktosefreie Ananaseis seinem Magen wohl zu schaffen machen würde, denn es sah köstlich aus. Aaron hatte achtzehn Jahre lang an Magen-Darm-Problemen gelitten, bevor er erkannt hatte, dass er Milchprodukte und Zucker nicht vertrug.

Beim Weiterscrollen zu älteren Beiträgen entdeckte er den Nachruf für Julias Mutter. Waverley war letzten Herbst an Lungenkrebs verstorben, nur wenige Monate vor dem Unfall. Es gab eine Menge Beileidsbekundungen von Julias Freunden unter dem Beitrag über den Verlust ihrer Mutter. »Einen Elternteil zu verlieren ist hart«, hatte Julia geschrieben. »Einen zweiten Elternteil zu verlieren, ist vernichtend.« Aaron lehnte sich in die Kissen zurück und schloss die Augen. Er nahm an, dass Julia und ihre Mutter sich nahegestanden haben mussten. Er betrachtete noch einmal ihre Facebook-Timeline. Das erste Bild von Toby hatte Julia einen Monat nach dem Tod ihrer Mutter gepostet. »Das ist auch ein Weg, die Trauer zu überwinden«, hatte einer ihrer Freunde kommentiert, und Aaron stimmte ihm zu. Sein Blick wanderte hinüber zu dem Stubenwagen an der Seite seines Bettes, in dem das Baby schlief. Er wusste nicht, wie er die letzten vier Monate ohne Jack überlebt hätte.

Aaron fühlte sich jetzt entspannter und überlegte, ob er versuchen sollte, einzuschlafen, aber da er bereits in Jareds Account eingeloggt war, machte er weiter und scrollte durch Julias Facebook-Seite, begierig auf jedes neue Detail über sie. Sie war auf zahlreichen Hochzeiten gewesen und musste mittlerweile einen ganzen Schrank nur für Brautjungfernkleider in ihrem Haus haben. Letztes Jahr am Vierten Juli hatte sie an alle Pfadfinderinnen, die an der Parade teilnahmen, kostenloses Eis verteilt. Offenbar hatten die männlichen Pfadfinder nichts abbekommen. Moment, das stimmte nicht. Jemand hatte einen Kommentar unter dem Bild gepostet, das zeigte, wie sie es auch an Jungen verteilte.

Vorletztes Weihnachten waren Julia und ihre Mutter nach Victoria, British Columbia, in den Urlaub gefahren. Sie waren im Fairmont Empress abgestiegen und hatten an Heiligabend einen traditionellen Afternoon Tea genossen. Bedeutete das, dass sie keine Brüder oder Schwestern hatte? Aaron suchte noch einmal nach Waverleys Nachruf, überflog die Absätze darüber, dass sie mehrere Schönheitswettbewerbe gewonnen hatte, und fand die Bestätigung, dass sie nur ein Kind gehabt hatte. Dort stand auch, dass sie an Lungenkrebs durch Passivrauchen gestorben sei. Er fragte sich, ob Julia sich allein fühlte, jetzt, wo sie die letzte verbliebene Harper in Harper Landing war.

Aaron tauchte immer tiefer in Julias Vergangenheit ein, bis er Bilder von ihr aus dem College fand. Sie war für ihr drittes Studienjahr nach Italien gegangen und hatte ein Praktikum in einer Gelateria in Florenz gemacht. »Das ist die köstlichste Art, während des Auslandsstudiums Geld zu verdienen«, hatte sie zu einem Bild geschrieben, auf dem sie eine Schürze trug und eine Kugel mintgrünes Eis emporhielt. Ihr blondes Haar war zu einem langen Zopf geflochten, der ihr fast bis zur Taille reichte. Auf mehreren der Bilder war ein dunkeläugiger Italiener in ihrem Alter zu sehen, der den Arm um ihre Schultern legte oder sie in einem Innenhof umarmte. Aaron überflog die Fotos schnell und war froh, als der italienische Romeo wieder weg war.

Nachdem er zwanzig Minuten lang in den Tiefen von Julias Facebook-Archiv gewühlt hatte, fand er ein Bild von ihrem Klassentreffen zum fünften Jahrestag ihres Abschlusses. Es war ein Gruppenfoto mit einem Haufen Leute, die er nicht erkannte, außer Jared. Sein bester Freund saß mit einem breiten Grinsen im Gesicht neben Julia. Das Bild musste ungefähr zu der Zeit aufgenommen worden sein, als sie Big Foot Paleo gegründet hatten. Jared trug ein Sweatshirt mit dem ursprünglichen Bigfoot-Logo darauf. Er hielt einen in Salat gewickelten Burger in den Händen und lachte über irgendetwas. Julia hatte einen leichten Sonnenbrand und aß einen Hotdog. Sie saßen an einem Picknicktisch in einem Park mit hohen grünen Bäumen im Hintergrund. Aaron war zu erschöpft, um klar zu denken, und das Foto war mehr, als er verkraften konnte. Seine Augenlider fühlten sich zu schwer an, um sie offen zu halten. Er tippte auf das Touchpad, likte das Bild und klappte den Laptop zu. Erst fünf Stunden später wachte er wieder auf.

Es war neun Uhr, und Jack schrie sich die Lunge aus dem Leib. Normalerweise weinte das Baby nicht, sobald es aufwachte, aber dieses Mal schon. Aaron schreckte hoch, sein Herz raste. »Was ist denn los?« Er sah sich im Zimmer um und versuchte, sich zu orientieren. Es dauerte eine Sekunde, bis ihm einfiel, dass er sich in seiner neuen Wohnung befand und nicht in seinem alten Apartment in Palo Alto. Als er sah, wie spät es war, traute Aaron seinen Augen kaum. Das war die längste Zeit, die Jack jemals geschlafen hatte, ohne aufzuwachen. Das erklärte, warum das arme Baby so heftig weinte. Seine Windel war klatschnass. Aaron musste sogar das Laken des Stubenwagens wechseln und den Matratzenschoner abwischen.

»Ist schon gut, Kumpel.« Aaron hob den Kleinen hoch und trug ihn durch den Flur ins Kinderzimmer, wo der Wickeltisch stand. »Ich mache dich jetzt sauber und fertig für den Tag.« Er verbrachte einige frustrierende Minuten damit, die zahlreichen Druckknöpfe zu öffnen. Das wars, entschied er. Von nun an würde Jack nur noch in Pyjamas mit Reißverschlüssen schlafen. Sobald Jack die Windel los war, griff das Baby kichernd nach seinen eigenen Füßen. Dann pinkelte es direkt auf Aarons zusammengepresste Lippen.

»Verdammt!« Aaron schlug die Hände vors Gesicht und versuchte, sich vor dem Strahl zu schützen. Zu spät. Er kämpfte darum, sich nicht zu übergeben, während er blindlings auf dem Wickeltisch nach der Box mit den Feuchttüchern herumtastete. Sobald er sie gefunden hatte, griff er hinein und schnitt sich dabei mit dem Plastikrand am Fingerknöchel. »Autsch!« Aaron zog ein paar Tücher heraus und wischte sich das Gesicht ab. Überall war Urin, auch auf dem weißen T-Shirt, das er im Bett getragen hatte. Er zog es aus und warf es in den Wäschekorb neben dem Windeleimer.

Seufzend holte er tief Luft. Er konnte nicht wütend auf einen Säugling sein, egal wie genervt er war. »Lass es uns noch einmal versuchen.« Er zog Jack so schnell wie möglich eine frische Windel an und klebte sie zu. Dann steckte er ihn in einen Strampler mit einem baseballspielenden Teddy darauf.

»Weißt du«, sagte Aaron, während er Jack mit einem Arm hochnahm, »bevor du mich angepinkelt hast, wollte ich dir gerade sagen, wie stolz ich bin, dass du letzte Nacht so toll geschlafen hast. Fünf ganze Stunden am Stück!« Er gab seinem Neffen einen winzigen Fauststoß. »Hervorragende Arbeit, Kumpel. Holen wir dir eine Flasche zum Feiern.«

Aaron machte sich auf den Weg in die Küche, wo er etwas Säuglingsnahrung anrührte und in eine Flasche füllte, während er eine frische Kanne Kaffee kochte. Jack zu füttern hatte Priorität, aber Aaron war auch hungrig. Eier, Hash Browns und Avocado standen als Nächstes auf dem Plan. Er ließ sich samt Jack in dem Sessel vor dem Fernseher nieder. Zwanzig Minuten später hörte er ein Auto in die Einfahrt fahren, gerade als er das Baby aufstoßen ließ.

»Wer könnte das sein?« Aaron ging zum vorderen Fenster. Er zog einen Vorhang zurück und erkannte Martha, die aus ihrem grünen Impala stieg. Frank war nicht bei ihr. »Was zum Teufel?«, murmelte er, bevor ihm einfiel, dass heute Samstag war. Er eilte den Flur hinunter in sein Schlafzimmer, legte Jack in die Mitte seines Bettes und zog sich das erste Shirt über, das er in einem Haufen schmutziger Wäsche auf dem Boden finden konnte. Aaron konnte nicht fassen, dass Martha Frank allein zu Hause gelassen hatte, besonders nach dem, was letzte Nacht passiert war. Nicht, dass ihm eine Meinung darüber zustand, aber trotzdem … Aaron hob Jack auf und eilte zurück nach unten zur Haustür.

»Martha«, begrüßte er sie. »Tut mir leid, dass du warten musstest.«

»Kein Problem.« Sie lächelte und griff nach dem Baby, dann kuschelte sie es in ihre Arme. Jack packte eine ihrer grauen Locken. »Ungezogen, ungezogen!« Martha drehte den Kopf zur Seite und befreite sich.

»Ist mit Frank alles in Ordnung?«

»Frank gehts gut.« Martha drückte Jack fester an sich und wiegte ihn von einer Seite zur anderen.

Gut? »Komm doch mit nach oben. Es gibt Kaffee.« Aaron ging bis zum kleinen Treppenabsatz im Obergeschoss voraus. »Ich bin überrascht, dass du hier bist. Ich hätte es total verstanden, wenn du abgesagt hättest.«

»Den Großmutter-Tag absagen?« Martha küsste Jack auf die Wange. »Niemals.«

Aaron nahm zwei Becher aus dem Schrank. Auf beiden war das aktuelle Big-Foot-Paleo-Logo zu sehen, ein Bigfoot mit Sonnenbrille und Laufschuhen. Er goss Kaffee ein und bot Martha einen davon an. »Aber im Ernst, wo ist Frank?«

»Ich setze Frank jeden Samstagmorgen an der Kirche ab, damit er sich mit seiner Männerbibelgruppe treffen kann. Danach gehen sie alle zusammen essen, und einer von ihnen fährt Frank nach Hause. Auf den Ausflug freut Frank sich immer die ganze Woche.« Martha nahm einen Schluck Kaffee und schnitt eine Grimasse. »Hast du Milch?«

»Entschuldigung. Ich trinke meinen schwarz, deshalb habe ich nicht daran gedacht.« Aaron öffnete den Kühlschrank. »Ich habe Nutpods und Kokosnussmilch. Was ist dir lieber?«

»Was ist ein Nutpod?« Martha hob die Augenbrauen. »Das klingt obszön.« Aaron zeigte ihr die Packung mit der Paleo-Kaffeesahne. Sie schnupperte daran und zuckte mit den

Schultern. »Man kann ja auch mal was Neues ausprobieren«, sagte sie, während sie ein paar Esslöffel in ihren Kaffee gab.

»Was ist mit dem Rest der Woche?«, fragte Aaron. »Kann Frank noch allein zu Hause sein?«

»Oh ja!« Sie setzte sich an den Küchentisch. »Nun, zumindest dachte ich das immer. Aber nach gestern Abend bin ich mir da nicht mehr so sicher.« Sie starrte in ihre Kaffeetasse. »Jessica sagt, er muss so schnell wie möglich einen Alzheimer-Spezialisten für eine offizielle Diagnose aufsuchen, und ich stimme ihr zu.« Martha drückte Jack.

Aaron fühlte sich geehrt, dass Martha sich ihm endlich anvertraute, aber es machte ihn auch vorsichtig. Was bedeutete es, Teil von Marthas innerem Kreis zu werden? Er konnte Jared nicht ersetzen. Sicher, er konnte ihr mit Frank helfen, aber nicht wie ihr Sohn. Frank hatte jetzt schon Momente, in denen er Aaron nicht erkannte. Trotzdem musste Aaron es versuchen. Er zog sich einen Stuhl heran und setzte sich neben sie. »Ich denke, einen Arzt aufzusuchen ist eine gute Idee. Es ist wichtig, Klarheit zu bekommen.«

Martha runzelte die Stirn. »Kann sein.«

»Was kann ich tun, um zu helfen? Wenn das dein einziger freier Tag ist, an dem du dich nicht um Frank kümmern musst, will ich ihn dir nicht stehlen.«

»Mach dich nicht lächerlich.« Martha küsste Jack auf den Kopf. »Meine Enkelkinder bedeuten mir alles. Jessicas Kinder sind zu alt, um noch etwas mit mir unternehmen zu wollen, es sei denn, ich fahre mit ihnen ins Einkaufszentrum. Ich muss kuscheln, solange es noch geht.«

Aaron seufzte. »Ich fühle mich einfach so egoistisch. Ich hatte keine Ahnung, was du zu Hause durchgemacht hast. Ich war so sehr mit meiner Situation beschäftigt, dass ich es nicht bemerkt habe.«

»Wie auch?« Martha zuckte mit den Schultern. »Du hast Frank nur an diesem einen Wochenende bei der Hochzeit in Höchstform gesehen. Sogar für Menschen, die ihn schon sein ganzes Leben lang kennen, ist es schwer, seine Veränderung zu bemerken. Ganz zu schweigen von jemandem, der neu in der Familie ist.«

Neu in der Familie? Das wars also, er war nun offiziell ein Ehrenmitglied der Familie Reynolds. Stolz spülte über ihn hinweg, durchzogen von Trauer.

Martha hielt Jack hoch, damit er auf ihren Knien stehen konnte. Jetzt, wo das Baby drei Monate alt war, ließ es sich gern hinstellen. »Morgens ist Frank gut drauf, deshalb hat er auch keine Probleme in seiner Bibelgruppe. Nur abends baut er ab. Aber was sitzt du hier herum? Das ist deine Freizeit. Solltest du jetzt nicht schon den halben Weg bis nach Kanada gelaufen sein?«

Aaron grinste. »Kanada ist ein bisschen außerhalb meiner Laufleistung.« Er trank den letzten Schluck seines Kaffees aus. »Ich würde aber tatsächlich gern eine Runde laufen gehen. Bist du sicher, dass es dir nichts ausmacht?«

»Raus hier!«, verlangte Martha mit gespielter Strenge. »Und komm nicht vor heute Nachmittag zurück.«

Aaron stellte seinen Becher in den Geschirrspüler, damit Martha nicht in Versuchung kam, hinter ihm herzuräumen. Dann schnappte er sich ein paar Proteinriegel und seine nachfüllbare Wasserflasche. Anschließend trabte er zurück in sein Zimmer, um sein neuestes Laufoutfit anzuziehen. *Schließlich weiß man nie, wen man beim Laufen am Strand trifft.*

KAPITEL 9

Ein Barre-Kurs im Fitnessstudio, ein Besuch bei Paige's Pages gleich nach Ladenöffnung, um ein paar Bücher über die Alzheimerkrankheit zu kaufen – Julias Samstagmorgen lief wie geschmiert. Jetzt bereitete sie sich gerade einen Grünkohl-Erdbeer-Smoothie mit griechischem Joghurt und Chiasamen zu. Toby stupste ihr Knie an, als sie vor dem Mixer stand, und machte ihr ein schlechtes Gewissen, weil sie bis auf eine kurze Pinkelrunde noch nicht mit ihm draußen gewesen war. Er stand ihr ständig im Weg und hoffte, dass sie einen Happen Essen fallen lassen würde. Das gehörte auch zu den schlechten Angewohnheiten, an denen sie gemeinsam arbeiten mussten.

»Sieh mich nicht so an.« Sie goss ihren blattgrünen Drink in ein hohes Glas. »Ich kann nicht mehr mit dir in den Hundepark gehen, weil du beim letzten Mal fast aufs Meer hinausgeschwommen wärst.« Julia ging zum Tresen hinüber und zog einen Barhocker hervor, um sich zu setzen. »Und ich habe erst gestern Abend mit dir einen langen Spaziergang gemacht.« Sie blickte quer durch die Küche zur Uhr am Herd. »Außerdem muss ich bei Sweet Bliss vorbeischauen und überprüfen, ob die Vanille angekommen ist und ob Tara eine Portion Tahitisches Paradies vorbereiten konnte.«

Toby winselte und sah sie anklagend an.

»Okay«, gab Julia zu. »Du weißt nicht, wie stressig die Samstage sind, weil ich dich nie in den Laden gelassen habe. Aber glaub mir, an den Wochenenden ist es voll, besonders im Sommer. Sweet Bliss braucht mich im Moment mehr als du.« Sie stocherte mit einem Metallstrohhalm in ihrem Getränk herum, um ein Stück Obst zu zerkleinern, das den Klingen des Mixers entwischt war. »Wenn ich heute Abend nach Hause komme, gehen wir spazieren, versprochen.« Kaum hatte sie das gesagt, kam sie sich lächerlich vor. Nicht nur, dass sie mit ihrem Hund sprach, nein, ihr heißer Samstagabend in der Stadt bestand aus einem Spaziergang mit ihrem Labrador. Seufzend holte Julia ihr Handy heraus. Sie wollte einige Minuten lang durch Facebook scrollen, während sie ihren Smoothie trank, und dann unter die Dusche springen.

Aber als sie ihre Benachrichtigungen sah, verschluckte sie sich. Ihre Atemwege brannten von dem Smoothie, der in ihrer Kehle den falschen Weg genommen hatte. Toby winselte und drehte sich im Kreis, weil er spürte, dass etwas nicht stimmte. »Mir gehts gut.« Sie hustete und schlug sich auf die Brust. »Ich hab mich nur verschluckt, das ist alles. Nichts, worüber man sich Sorgen machen müsste.« Sie schaute ein weiteres Mal auf ihr Telefon. Dort, in ihren Benachrichtigungen, war die Meldung, dass Jared ihr Bild geliked hatte.

Wie war das möglich? Er war im Januar gestorben. Wie konnte er jetzt ihren Post liken? Julia löste das Gummiband, mit dem sie ihren Pferdeschwanz zusammengebunden hatte, und massierte ihre Kopfhaut. Vielleicht war es eine Facebook-Panne, eine Verzögerung zwischen dem Zeitpunkt, zu dem Jared auf das Foto reagiert hatte, und dem Zeitpunkt, als es bei ihr angezeigt wurde. Ja, das ergab den meisten Sinn. Aber es machte sie trotzdem nervös. Sie klickte auf die Benachrichtigung, um zu sehen, worum es in dem Beitrag überhaupt ging.

Es war ein Bild von ihrem fünfjährigen Klassentreffen im Park neben dem Harper Landing Beach. Julia war im Planungskomitee gewesen, da sie in der Stadt wohnte, und hatte die Picknickhütte organisiert. Es hatte kühle Getränke gegeben, sie hatten gegrillt und jeder hatte einen Salat oder ein Dessert mitgebracht. »Ich habe die tollste Frau der Welt kennengelernt«, hatte Jared ihr damals erzählt. »Sie wird dir gefallen. Sara verreist gern und kann auch stricken.«

Zu dieser Zeit war Julia vom Stricken besessen gewesen. Sie hatte sogar die fingerlosen Handschuhe, an denen sie gerade arbeitete, zum Grillfest mitgebracht.

»Das ist großartig«, hatte Julia erwidert, obwohl sie eigentlich hatte sagen wollen: »*Ich* verreise auch gern. *Ich* kann auch stricken. Warum bemerkst du *mich* nicht?«

Nun, Jared hatte sie bemerkt – zumindest ihren Facebook-Post von vor fünf Jahren. Es war nur seltsam, dass das erst jetzt in ihrem Feed auftauchte.

»Du kannst froh sein, dass du dich nicht mit sozialen Medien beschäftigen musst«, sagte Julia zu Toby, während sie ihr Telefon ans Ladekabel anschloss. »Die können das Leben so viel komplizierter machen.«

Nachdem sie ihr Glas ausgespült und in den Geschirrspüler gestellt hatte, sauste Julia nach oben, um zu duschen und sich vor der Arbeit umzuziehen. Sie zog eine Skinny Jeans und ein gelbes Tanktop an, das all die kleinen Muskeln zeigte, die sie am Morgen beim Barre-Kurs trainiert hatte. Es dauerte eine Weile, bis sie sich die Haare geföhnt hatte, und als sie wieder nach unten kam, blieben ihr nur noch dreißig Minuten bis zum Losgehen. Das war die perfekte Zeitspanne, um mit Toby an seinen Kommandos zu arbeiten.

Julia konnte immer noch nicht fassen, dass Toby gestern Abend vor Aaron ihre Befehle schlichtweg ignoriert hatte. Eine halbe Stunde Training am Tag würde von nun an die Regel werden. Sie versuchte, ihre Taschen mit Leckerlis zu füllen, aber ihre Jeans war zu eng, also behielt sie stattdessen die Tüte in der Hand. »Toby!«, rief Julia. »Komm!« Sie stand vor dem Kamin, direkt unter dem Porträt von Waverley, das Harrison einst bei einem örtlichen Künstler als Hochzeitsgeschenk in Auftrag gegeben hatte. Das Bild zeigte sie als Miss Washington State. Ihr Haar war heller als das von Julia und sah aus wie gesponnenes Gold, das ihr in Wellen über die nackten Schultern fiel. Auf ihrem Kopf funkelte eine strassbesetzte Krone. Das trägerlose rosa Kleid, das sie trug, lag an den richtigen Stellen an und brachte ihre schlanke Figur zur Geltung. Waverleys Augenbrauen waren so gezupft, wie es zu jener Zeit sehr beliebt gewesen war, was ihr das Aussehen von jemandem verlieh, der innerlich über jeden urteilte, der seinen Weg kreuzte. Julia wusste, wie es sich anfühlte, wenn dieser Blick auf einen fiel. Sie hatte siebenundzwanzigeinhalb Jahre lang jeden Tag damit gelebt.

Als Toby nicht kam, nachdem Julia ihn gerufen hatte, konnte sie die Stimme ihrer Mutter in ihrem Kopf hören: *Ich habe dir gesagt, dass in dieses Haus kein Hund gehört. Wie konntest du nur so dumm sein?*

Julia straffte die Schultern und schüttelte die Tüte mit den Leckerlis aus Leber. Sie wusste nicht, wo Toby war – vielleicht noch oben? Er war ihr gefolgt, als sie geduscht hatte. »Toby!« Sie klopfte ein paar Mal mit der Handfläche auf ihren Oberschenkel, um seine Aufmerksamkeit zu erregen. Zu schade, dass sie nicht auf den Fingern pfeifen konnte wie Aaron. Schon bald hörte sie das Klimpern eines Halsbandes und das Geräusch von Labradorkrallen, die über den Holzboden kratzten. Toby stürmte mit hoher Geschwindigkeit ins Wohnzimmer und rannte geradewegs in sie hinein.

»Huch!«, rief Julia und wurde nach hinten geschleudert. Die Leckerlis flogen ihr aus der Hand, und sie streckte die Arme nach hinten aus, um den Sturz abzufangen. Sie landete hart auf der Feuerstelle, mit dem Steißbein auf einem Ziegelstein. Das Kaminbesteck wackelte und fiel zur Seite. Julia saß da, zu betäubt, um sich zu bewegen, und versuchte, ihre Verletzungen zu begutachten. Es fühlte sich an, als hätte sie einen heftigen Tritt in den Hintern bekommen. Hoffentlich war nichts gebrochen. Langsam richtete sie sich auf, hockte sich hin und fasste sich an das Gesäß. Als sie ganz aufstand, schlug ihr Kopf gegen den Kaminsims, und sie sah Sterne. Die Rotary-Auszeichnung ihres Vaters, ein massiver Glaswürfel, rutschte vom Sims und traf sie am Kopf, bevor er in tausend Stücke zersprang. »Autsch!«, schrie sie, während ihr Tränen über die Wangen liefen. Julia stolperte zur Couch, legte sich auf die Seite und versuchte, den Schmerz zu bewältigen. Erst jetzt bemerkte sie, dass das Porträt ihrer Mutter ebenfalls vom Kaminsims gestürzt und mitten auf dem schmiedeeisernen Kaminbesteck gelandet war. Der Schürhaken hatte sich direkt durch Waverleys Krone gebohrt.

Toby jaulte, sprang auf die Couch und rollte sich zu ihren Füßen zusammen. Julia schob ihre Zehen unter sein warmes Fell und schloss die Augen. Einschlafen war vermutlich keine gute Idee. Was, wenn sie eine Gehirnerschütterung hatte? Aber Julia konnte es nicht verhindern. Ihre Lider flatterten, und sie döste erschöpft ein.

Das Geräusch der Türklingel weckte sie eine Weile später auf. Julia wusste nicht, wie lange sie geschlafen hatte. Toby verwandelte sich vom Kuschel- zum Kampfhund. Er sprang von der Couch und bellte aggressiv, was Julias pochende Kopfschmerzen noch verschlimmerte. Sie fasste sich an den Hinterkopf und war überrascht, dass ihre Kopfhaut so empfindlich war. War es morgens oder abends, und welcher Tag war überhaupt? Sie wusste nur, dass jemand vor der Tür stand, und wenn sie nicht aufstand, um zu öffnen, würde Toby nie mit dem Bellen aufhören.

»Ich komme!«, rief sie mit schwacher Stimme. Als Julia aufstand, tat ihr der Hintern weh. Sie ging ein paar Schritte vorwärts, und es fühlte sich an, als sei ihr Gesäß geprellt. Sie lief weiter, mit nackten Füßen über den kalten Holzboden, und blieb erst stehen, als ihre Zehen den Wollteppich berührten, der den Eingangsbereich zierte. »Wer ist da?« Sie blickte durch das Guckloch, erkannte aber den Hinterkopf des Mannes nicht. Die Person, die auf ihrer Veranda stand, schaute auf die Straße, nicht zur Tür. »Wer ist da?«, versuchte Julia es erneut.

»Julia? Ich bin's, Aaron.« Er drehte sich zum Haus um und lächelte. Das Baby hing in einer Babytrage an seiner Brust und schlief fest. Aaron hielt einen Kleiderbügel mit ihrem grauen Blazer in der Hand.

Immer noch verwirrt, öffnete Julia die Tür. Wenigstens hatte sich Toby jetzt beruhigt. Anstatt die Nachbarschaft vor einem gefährlichen Eindringling zu warnen, leckte er Aaron die Knie. »Hallo«, sagte Julia. Als sie das Gewicht von einem Fuß auf den anderen verlagerte, tat ihr das Steißbein so weh, dass sie zusammenzuckte.

»Geht es dir gut?« Aaron runzelte die Stirn und sah sie besorgt an.

»Ja, ähm … Ich bin von einem Nickerchen aufgewacht und erinnere mich nicht daran, eingeschlafen zu sein. Ich habe allerdings böse Kopfschmerzen.« Sie winkte ihn ins Haus. »Kommt rein.«

»Ich will dich nicht stören.« Aaron hielt den Kleiderbügel hoch. »Ich war in der Gegend und wollte dir den zurückgeben.«

»Danke.« Julia nahm den Blazer vom Bügel und wusste nicht, wohin mit dem Kleidungsstück, also ließ sie es auf den Boden fallen. »Warum hattest du meinen Blazer?« Alles um sie herum wurde weiß und verschwommen, als würde der Raum zu einer riesigen Pfütze aus Frozen Yogurt zusammenschmelzen. »Wie Tahitisches Paradies«, murmelte sie.

»Was?«

»Ich glaube, ich muss mich hinsetzen.« Kaum waren die Worte aus ihrem Mund, sackte sie auf dem Teppich zusammen.

Erst war da Weiß und dann nur noch Dunkelheit. Aber Julia fühlte sich besser, sobald sie lag. »Jared hat mein Bild geliked«, flüsterte sie.

»Es tut mir leid.« Aaron hockte sich neben sie. »Das war ich. Es war ein Versehen.«

»Tahitisches Paradies …« Julia verzog verwirrt das Gesicht. »Wo ist das Tahitische Paradies?«

»Julia?« Aaron rüttelte sie an den Schultern, aber sie bemerkte es kaum. »Hast du getrunken?«

Trinken. Sie dachte an den Smoothie, der ihr im Hals stecken geblieben war, an die Erdbeerstücke, die der Mixer nicht zerkleinert hatte. Wie der Grünkohl in ihrer Luftröhre gebrannt hatte. Und dann übergab sie sich mitten auf den türkischen Teppich ihrer Mutter. Den sie einst bei einem Nachlassverkauf auf Mercer Island erstanden hatte. Von dem Geld, das eigentlich für Julias Abschlussporträts auf der Highschool vorgesehen gewesen war.

Aaron packte Julia an den Schultern und zog sie hoch, wobei die Füße des Babys gegen ihren Hintern stießen. Als er sie hinsetzte, schrie sie auf. Toby kam zu ihnen herübergerannt, traf sie mit seinem wedelnden Schwanz und war generell im Weg.

»Oh nein, meine Süße«, sagte Aaron und hielt ihr die Haare zurück. »Was ist denn mit dir los?«

»Vanille … die Vanille muss aus Tahiti kommen. Und die Leckerlis. Sie sind überall.«

»Okay, das ergibt überhaupt keinen Sinn, aber du bleibst hier, während ich ein paar Papiertücher hole.« Aaron lehnte sie sanft gegen die Wand. »Toby«, sagte er scharf und deutete auf den Hund, »leg dich hin.« Toby gehorchte und bildete einen Keil an Julias Bein, der half, sie am Umfallen zu hindern.

Julia verstand nicht, was los war. Sie hatte keine Ahnung, warum sie im Eingangsbereich des Hauses auf dem Boden saß. Sie fragte sich, wie die Reaktion ihrer Mutter gewesen wäre, wenn sie den hässlichen türkischen Teppich mit all dem Erbrochenem darauf gesehen hätte.

»Ach du liebe Zeit!«, rief Aaron aus dem anderen Zimmer. »Was ist denn hier passiert?« Einen Moment später kam er eilig mit dem Baby zu ihr zurück. Aaron kniete sich hin und berührte sanft ihre Schulter. »Hast du dir den Kopf gestoßen? Es sieht aus, als hättest du einen Unfall gehabt.«

Julia starrte ihn ausdruckslos an. Hatte sie sich den Kopf gestoßen? Sie berührte ihren Scheitel, und es brannte. Aber es tat nicht so weh wie ihr Hintern, der sich anfühlte, als wäre er schwer geprellt.

»Ist es okay, wenn ich dein Haar berühre?«, fragte Aaron. Nachdem Julia genickt hatte, untersuchte er vorsichtig die Oberseite ihres Kopfes. »Ich sehe keine Blutung, aber das heißt nicht, dass du keine Gehirnerschütterung hast. Übelkeit, Verwirrung, Kopfschmerzen … das erinnert mich an die Zeit, als ich noch Fußball gespielt habe. Ich denke, wir sollten auf Nummer sicher gehen und in die Notaufnahme fahren.«

»Okay«, entgegnete Julia unsicher. »Aber zuerst müssen wir die Vanille besorgen.«

»Was?«

»Die Vanille. Wo ist die Vanille?«

»Das ergibt überhaupt keinen Sinn. Ich suche deine Brieftasche. Wir werden deine Versicherungskarte brauchen.« Er ließ sie ein paar Augenblicke lang allein und kam mit ihrer abgenutzten Lederhandtasche zurück. »Sieht aus, als bräuchtest du auch Schuhe.« Er legte die Handtasche neben sie und ging wieder weg.

Julia fragte sich, ob Aaron etwas über Schuhcreme wusste und darüber, wie frisch geputzte Schuhe der Welt zeigten, dass man wichtig war. Sie wünschte, sie hätte Socken angehabt. Ihre Füße waren kalt. Aber nicht so kalt wie das Tahitische Paradies, das Vanilleeis, das Sweet Bliss nur samstags im Angebot hatte. Aber nur, wenn es Vanille gab. Wo war die Vanille?

»Geschafft!« Aaron eilte die Treppe aus Julias Schlafzimmer herunter. »Ich habe deine Schuhe gefunden.«

»Wann bist du nach oben gegangen?«, wollte Julia wissen.

»Vor einem Moment.« Er rollte ein Paar Socken auseinander und reichte sie ihr. »Kannst du die anziehen?«

Julia begann zu nicken, zuckte dann aber vor Schmerz zusammen. Mit geschlossenen Augen schob sie einen Fuß in jede Socke. Bevor sie wusste, wie ihr geschah, zog Aaron ihr Turnschuhe an und band die Schnürsenkel zu. Er warf sich die Handtasche über die Schulter und half ihr beim Aufstehen. An alles danach konnte sich Julia später nicht mehr erinnern. Das Nächste, was sie wahrnahm, war die kratzende Sitzfläche ihres Stuhls im Wartezimmer der Notfallklinik in Lynnwood.

KAPITEL 10

Auf keinen Fall war Julia eine heimliche Trinkerin, die so viele Gläser Tahitisches Paradies – was auch immer das war – intus hatte, dass sie ohnmächtig geworden war. Aaron nahm an, dass eine Gehirnerschütterung die logischste Erklärung für ihr Verhalten war. Oder, schlimmer noch, sie war das Opfer eines Einbruchs und vom Täter angegriffen worden. Aber als er das Erdgeschoss nach ihren Schuhen durchsucht hatte, hatte er keine zerbrochenen Fenster oder unverschlossenen Türen bemerkt. Oben in ihrem Schlafzimmer war es blitzsauber gewesen, und die anderen Schlafzimmer waren abgeschlossen. Das war ihm seltsam vorgekommen, aber er war zu sehr in Eile gewesen, um darüber nachzudenken. Jetzt, als Aaron im Wartezimmer im Kreis lief und ein Kinderlied summte, um Jack bei Laune zu halten, dachte er wieder an diese verschlossenen Türen. *Das ist seltsam. Wer schließt in seinem eigenen Haus die Türen ab?*

Es waren vierzig Minuten vergangen, seit die Arzthelferin Julia im Rollstuhl mitgenommen hatte. Aaron hatte die Versicherungsunterlagen so gut er konnte mithilfe ihrer Brieftasche ausgefüllt. Durch ihren Führerschein und ihre Versicherungskarte hatte er jetzt viel mehr persönliche Informationen über sie, als ihm seine Suche auf Facebook am Vorabend beschert hatte. Ihr Alter und ihr Gewicht, zum Beispiel. Aaron fühlte sich wie ein Schuft, weil er nun diese Details kannte, aber diese Angaben waren für die Aufnahmeformulare erforderlich gewesen. Julia hatte auch einen Bibliotheksausweis, eine Costco-Klubkarte und eine Mitgliedskarte fürs Fitnessstudio. Unten in ihrer Handtasche lag ein kleiner Stein mit der Aufschrift »Vorwärts«.

Jack wurde allmählich unruhig, also ging Aaron zum Glasfenster hinüber, wo das Baby sein Spiegelbild sehen konnte. »Wer ist das süße Baby?«, fragte er und winkte vor dem Fenster. »Hallo, Jack.« Aaron lächelte, und Jack grinste als Antwort, bevor er sich nach vorn beugte und an der Vorderseite der Babytrage herumkaute. Eigentlich speichelte er sie eher ein, da er noch keine Zähne hatte. Der Stoff war feucht von Spucke. Aaron nahm sich vor, die Trage zu Hause zu waschen – im Schonwaschgang. Er war stolz darauf, dass ihm dieser Gedanke gekommen war, und es war ihm ein bisschen peinlich, dass sein neu erworbenes Wissen über Wäsche ihn mit Stolz erfüllte.

»Entschuldigen Sie, Sir?«, rief die Empfangsdame an der Rezeption, um seine Aufmerksamkeit zu erregen. Sie trug einen dünnen Pullover über einer Polyesterbluse und hatte eine dicke Schicht Make-up aufgelegt. »Haben Sie Julia Harper herbegleitet?«

»Ja, das ist richtig.« Aaron durchquerte den Raum mit langen Schritten. »Wie geht es ihr?«

Die Empfangsdame saß hinter dem Tresen. Ihre falschen Wimpern ließen sie wie Bambi aussehen. »Ich weiß es nicht, aber der Arzt bat mich, ihre Notfallkontaktperson anzurufen.«

»Was?« Aaron hielt sich an der Kante des Tresens fest und nahm dann schnell die Hände wieder fort, da er befürchtete, er könnte Keime zu Jack nach Hause bringen. Er pumpte einen Klecks Händedesinfektionsmittel in seine Handflächen und verrieb es mit Nachdruck. »Das klingt ernst.«

»Das ist ein Standardverfahren, wenn ein Bekannter einen Patienten herbringt. Das Problem ist, dass die primäre Notfallkontaktnummer auf Ms Harpers Liste nicht mehr erreichbar ist.«

Aaron überlegte. Wen konnte Julia genannt haben? Die Antwort fiel ihm eine Sekunde später ein. »War es ihre Mutter, Waverley Harper? Sie ist letzten Herbst verstorben.«

Die Empfangsdame nickte. »Das erklärt einiges. Vielleicht hat Ms Harper ihr Formular noch nicht aktualisiert.« Sie klopfte mit einem Bleistift auf ihren Schreibtisch und telefonierte, wobei sie den Hörer mit der Hand abdeckte, damit Aaron nichts hören konnte. »Okay«, sagte sie, als sie auflegte. »Die gute Nachricht ist, dass ihre zweite Notfallkontaktperson schon auf dem Weg hierher ist. Es steht Ihnen frei, nach Hause zu gehen.«

»Sie schicken mich weg? Ohne mir zu sagen, was los ist?«

Hinter Aaron hatte sich eine Schlange gebildet. Die Empfangsdame schaute an ihm vorbei zur nächsten Person, die Hilfe brauchte. »Es tut mir leid, Sir, aber ich kann nicht gegen die Datenschutzauflagen verstoßen.«

»Ich gehe nirgendwo hin, bevor ich nicht weiß, dass es Julia gut geht«, beharrte Aaron mit höflicher, aber fester Stimme. »Ich werde hier so lange warten, bis Julias Notfallkontaktperson eintrifft.«

»Wie Sie wünschen.« Sie nickte knapp.

Inzwischen war es Zeit fürs Abendessen und Aaron hatte Hunger. Jack ging es vermutlich genauso, daher sollte er wohl eine Flasche herausholen. Bevor er sich jedoch hinsetzte, schaute er sich den Verkaufsautomaten an, um zu sehen, ob es irgendetwas annähernd Gesundes zu essen gab. Sein Magen knurrte und verlangte nach echtem Essen, nicht nach einer lebensmittelähnlichen Substanz, die mit Soja, Maissirup und »natürlichen« Aromen vollgestopft war, von denen er eine Stunde später Krämpfe bekommen würde. Zum Glück fand er einen Studentenfuttermix. Der enthielt zwar auch Schokolinsen, aber die konnte Aaron aussortieren. Er klappte seine Brieftasche mit dem Bargeld auf und kaufte den Snack sowie eine Flasche Wasser.

Jack wurde quengelig, sobald Aaron sich auf einen Vinylstuhl im Wartezimmer gesetzt hatte. Dabei weinte er nicht, sondern zeigte vielmehr seinen Unmut darüber, dass seine aufregende Tour durch das Wartezimmer vorbei war. »Halte durch, kleiner Mann«, bat Aaron mit beruhigender Stimme. Er kramte in der Wickeltasche nach der Flasche. »Dein Essen kommt gleich.« Jack aus der Trage zu nehmen war schwierig, aber Aaron war inzwischen ziemlich gut darin. Mit einer Hand umfasste er die Vorderseite des Babys, mit der anderen löste er die Schnappverschlüsse. Anschließend zog er ihn mit einer Schulter nach der anderen aus dem Geschirr. Er legte die Vorrichtung auf den Stuhl neben sich, lehnte sich auf seinem Stuhl zurück und brachte Jack in eine aufrechte Position, um ihn zu füttern. »Das Abendessen ist serviert.« Aaron führte den Nippel in den Mund des Babys ein. Jack schnappte zu und begann zu nuckeln. »Du bist hungriger, als ich dachte«, stellte Aaron fest.

Jetzt, wo er alle Hände voll hatte, konnte er den Studentenfuttermix nicht mehr wie geplant essen. Er streckte den linken Arm aus, um Jack zu halten und gleichzeitig die Flasche zu stabilisieren. Dann riss er mit den Zähnen die Tüte mit den Nüssen auf und schüttete sie in seinen Mund. Die Schokolinsen knirschten unter seinen Zähnen und schmeckten so gut, dass er solche Dinge wie Farbstoffe oder den glykämischen Index ganz vergaß. Sein empfindlicher Magen-Darm-Trakt würde sich später dafür rächen, aber hoffentlich war er bis dahin zu Hause und in der Nähe seiner eigenen Toilette.

Aaron hatte keine Ahnung, wer Julias zweiter Notfallkontakt sein mochte. Vielleicht ein Ex-Freund? Er erinnerte sich an das Bild von ihr und ihrem italienischen Romeo und rümpfte die Nase. Hoffentlich war der Typ noch am Mittelmeer, wo er hingehörte. Aaron schüttete sich einen weiteren Schwung Studentenfutter in den Mund. In der Bay Area hatte er auf Formularen wie diesem immer Sara und Jared als seine Notfallkontakte angegeben. Aber seit er hierher nach Harper Landing gezogen war, hatte er noch keinen neuen Arzt gefunden, sodass er keine Ahnung hatte, wie er nunmehr solche Fragen auf medizinischen Formularen beantworten sollte. Jack hatte natürlich seine Kinderärztin vor Ort, aber Aaron war bislang überfordert gewesen, einen Arzt für sich selbst zu suchen.

Die Außentür zum Warteraum öffnete sich, und eine kleine Frau in mittleren Jahren mit glänzendem schwarzem Haar eilte in den Raum. Sie kam ihm bekannt vor, aber Aaron konnte sie nicht richtig einordnen. Eine Sache, die ihm in Harper Landing aufgefallen war, war, dass er immer wieder die gleichen Leute sah. Es war, als wäre man mit den Leuten bekannt, ohne sie wirklich zu kennen. Die Frau stellte sich in die Schlange und wartete, bis sie an der Reihe war. Erst als sie sprach, erkannte Jack, dass sie die Besitzerin von Paige's Pages war, der örtlichen Buchhandlung, wo er kürzlich einen Ratgeber über das Schlafen von Babys im Elternbett gekauft hatte.

»Ich bin Paige Lu und hier für Julia Harper«, erklärte Paige der Empfangsdame.

»Ich sage der Ärztin Bescheid, dass Sie hier sind.«

Aaron hielt Jack fest im Griff und stand auf. »Ich habe Julia hergebracht«, rief er und winkte, um Paiges Aufmerksamkeit zu erregen.

»Ich erinnere mich an Sie«, stellte sie fest. »Sie sind der Mann, der Toby gerettet hat.«

»Schuldig im Sinne der Anklage. Hat man Ihnen etwas über Julias Zustand gesagt? Mir geben sie aus Datenschutzgründen keine Auskunft.«

Paige setzte sich auf den Stuhl neben ihm. »Die Ärztin sagt, sie hat eine leichte Gehirnerschütterung und ein geprelltes Steißbein und braucht jemanden, der über Nacht bei ihr bleibt. Ich habe eine Tasche gepackt, bevor ich losgefahren bin, und Essen für meinen Mann Bob in die Mikrowelle gestellt, also bin ich startklar. Sobald sie entlassen wird, bringe ich sie nach Hause und verbringe dort die Nacht, damit ich ein Auge auf sie haben kann.«

Aaron wünschte sich einen Augenblick lang, er hätte derjenige sein können, der bei Julia übernachtete, schob diesen Gedanken aber beiseite, da es unmöglich war. »Das ist gut.« Er setzte sich hin und zog den Reißverschluss der Wickeltasche zu.

»Wissen Sie, was passiert ist?«

»Ich bin mir nicht ganz sicher.« Er beschrieb die Szene im Wohnzimmer mit dem aufgespießten Porträt und den umgestoßenen Kaminutensilien. »Da lag auch eine leere Tüte mit Hundeleckerlis auf dem Boden«, erinnerte sich Aaron. »Aber ich habe keine Anzeichen für ein gewaltsames Eindringen entdeckt.«

»Ein Rätsel!« Paige klatschte in die Hände. »Wenn Julia nicht verletzt wäre, würde ich das aufregend finden. Ich werde sehen, was ich herausbekommen kann, wenn ich sie heute Abend nach Hause bringe.«

»Hoffentlich haben Sie einen Schlafsack für die Couch dabei, denn alle Zimmer im Obergeschoss sind verschlossen«, sagte er, bevor er merkte, wie gruselig er klang. »Wo wir schon über Rätsel reden«, fügte er hinzu.

»Ich war noch nie oben in Julias Haus.« Paige tippte sich ans Kinn. »Aber es ist interessant, dass Sie dort waren.«

»Ich wollte ihre Schuhe und Socken holen.«

»Natürlich.« Paige verzog die Mundwinkel nach oben. »Ich habe eine ziemlich gute Vorstellung davon, was sich in den verschlossenen Räumen oben befinden könnte, auch wenn ich mir nicht sicher bin, und glauben Sie mir – es erklärt eine Menge über Julia.«

»Was meinen Sie damit?« Aaron hatte eigentlich gehen wollen, aber jetzt gewann die Neugier die Oberhand. Er ließ die Wickeltasche auf dem Boden stehen.

»Warum sie sich ständig abwertet. Warum sie sich nie für sich selbst einsetzt. Warum sie einer der klügsten, freundlichsten und schönsten Menschen ist, die ich kenne – innerlich und äußerlich –, aber dennoch zulässt, dass alle in dieser Stadt auf ihr herumtrampeln und ihr nicht zuhören, ihr Hund eingeschlossen.«

Aaron war schockiert über Paiges harte Worte. »Ich dachte, Sie sind befreundet?«

Paige verschränkte die Arme vor der Brust. »Ich *bin* ihre Freundin. Deshalb tut es mir weh, wie die Leute sie ausnutzen. Spenden für Schulauktionen sind eine Sache – das ist gut fürs Geschäft, und ich tue es auch –, aber sie hätte die Mieten für die Hälfte der Immobilien, die sie besitzt, schon vor langer Zeit erhöhen sollen.« Paige beäugte ihn von oben bis unten. »Also fangen Sie nicht auch noch an, sie auszunutzen.«

»Das würde ich nie tun.« Aaron strich sich mit den Fingern durch die Haare. »Wie kommen Sie überhaupt auf so etwas?«

Paige streckte eine Hand aus und zählte an den Fingern ab. »Als Erstes haben Sie ›Der Schlafratgeber für moderne Eltern‹ gekauft. Als Nächstes ›Der Überlebensratgeber für alleinerziehende Väter‹ und ›Man braucht ein ganzes Dorf‹. Dann kamen Sie noch einmal für ›Kolikprobleme gelöst‹ zurück.«

»Jack hat *keine* Koliken. Das war nur eine Hintergrundrecherche.«

Paige brummte und fuhr fort. »Dann stören Sie ihren Arbeitstag mit einer übervollen Windel.«

»Ich war verzweifelt«, erklärte er. »Es war ein Notfall.«

»Ja, genau, Kumpel. Für mich sieht es so aus, als seien Sie erschöpft, überfordert und könnten etwas Hilfe gebrauchen.«

»Und?«, fragte Aaron. »Was ist daran falsch? Ich *bin* überfordert. Ich *brauche* Hilfe.« Er spürte, wie sein Blutdruck anstieg.

»Gar nichts ist falsch daran, außer, dass Julia immer Ja sagen wird, weil sie zu allen Ja sagt, und sie sich dann völlig umsonst Hoffnungen macht.« Paige öffnete ihre Handtasche und nahm eine Zeitschrift heraus.

»Ich will niemandem Hoffnungen machen«, widersprach Aaron. Aber was er im Inneren fühlte, war: *Es gibt keine Hoffnung.* Alle Hoffnung war weg. Alles Hoffnungsvolle in seinem Leben hatte in dem Moment geendet, als Sara im Krankenhaus gestorben war, angeschlossen an Maschinen. Er durfte nicht darauf hoffen, dass eine Frau wie Julia sich für ihn interessierte.

Paige schlug ihre Zeitschrift auf und hielt sie ihm vor die Nase. Sie zeigte auf ein glänzendes Farbfoto. »Das sind Sie, richtig? Der begehrteste Junggeselle des Silicon Valley im letzten Jahr?«

Aaron zuckte zusammen, wie immer, wenn er dieses Bild von sich sah. Darauf trug er ein eng anliegendes graues T-Shirt, das seinen Bizeps zur Geltung brachte, ausgeblichene Jeans und Wildleder-Turnschuhe. Der Fotograf hatte ihn in einem merkwürdigen Winkel auf den Sandsteinstufen vor dem Innenhof in Stanford positioniert. Die unbequeme Pose hatte sich als perfekt für die Kamera erwiesen. Die Art und Weise, wie er auf dem Sandstein hockte und seine Beine ausstreckte, strahlte Selbstvertrauen und eine Lässigkeit aus, von der Aaron nicht wusste, ob er sie jemals besessen hatte, nicht einmal damals. Sicher, die ersten Wochen nach dem Abschluss mit General Mills hatte er wie auf Wolken geschwebt, aber das war nicht sein Alltag.

Paige zeigte auf einen hervorgehobenen Absatz. »Genau hier steht, dass du kein Interesse daran hast, zu heiraten.« Sie hielt den Text näher an ihr Gesicht, damit sie die Schrift lesen konnte. »Palo Altos neuester Millionär ist ein eingefleischter Junggeselle, der lieber einen Triathlon in der Half Moon Bay absolvieren würde, als sich mit seiner Langzeitfreundin Leah Noble häuslich niederzulassen.«

»Lügen«, stotterte Aaron. »Ich hasse Triathlons.« Es fuchste ihn immer noch, dass Leah dem Journalisten gegenüber alle seine Fehler ausgebreitet hatte. Er hätte diesem Interview niemals zustimmen dürfen.

»Und der Teil über deine Langzeitfreundin?« Paige musterte ihn über den Rand der Zeitschrift hinweg. »Sind das auch ›Fake News‹?«

Aaron rümpfte die Nase. »Nein. Ich habe kein Interesse daran, Leah zu heiraten, so viel ist sicher. Und sie ist nicht mehr meine Freundin. Wir haben uns im Januar getrennt.«

Paige rollte die Zeitschrift zusammen und stopfte sie in ihre Handtasche. »Genau wie ich vermutet habe. Du bist ein Serienmonogamist, der sich nie wirklich bindet. Nun, zieh weiter, Kumpel, denn ich werde garantiert nicht zulassen, dass Julia dein nächster Fußabtreter wird.«

»Nicht, dass es Sie etwas angehen würde, aber ich treffe mich im Moment mit niemandem, und selbst wenn, würde ich Julia niemals wie einen Fußabtreter behandeln.«

»Wie würden Sie sie dann behandeln?« Paige zog eine Augenbraue hoch. »Ich meine, falls Sie sie um ein Date bitten würden.«

»Nun, zunächst einmal wäre ich nicht in der Lage, sie um ein Date zu bitten, weil ich sozusagen beschäftigt bin.« Er schob Jack von einem Arm auf den anderen.

»Ich könnte babysitten«, entgegnete Paige schnell. »Nehmen wir einmal rein theoretisch an, Bob und ich würden uns als Babysitter anbieten. Wo würden Sie mit ihr hingehen? Sie wandert gern, wissen Sie.«

»Nein, das wusste ich nicht.«

Paige nickte. »Klettern mag sie auch. Normalerweise geht sie in die Kletterhalle, wegen der Höhensicherung, aber sie liebt auch das Klettern im Freien. Als sie damals ein Jahr in Italien verbracht hat, ist sie sogar in den Dolomiten geklettert.«

»Ich wusste gar nicht, dass es hier in der Nähe eine Kletterhalle gibt.«

»Jep.« Paige lehnte sich auf ihrem Stuhl zurück. »Ich war noch nie dort, aber Julia geht ein- oder zweimal im Monat hin. Sie besucht auch regelmäßig den Cascade Athletic Club unten am Wasser. Wussten Sie, dass es dort eine Kinderbetreuung gibt? Das sollten Sie sich vielleicht mal anschauen.«

Aaron schüttelte den Kopf. »Ich laufe lieber draußen.«

Paige zog die Brauen hoch. »Das wird schwer mit einem Baby, wenn es regnet.«

»Ich habe einen Regenschutz für den Kinderwagen gekauft.«

»Einen Regenschutz.« Paige schnaubte. »Genau. Als ob das was nützen würde. Sie haben zu viel Zeit in Kalifornien verbracht. Aber zurück zum Thema – wo würden Sie hingehen?«

»Mit dem Kinderwagen?«

Paige stieß einen verärgerten Seufzer aus. »Nein, Dummerchen, mit Julia.«

»Oh.« Aaron neigte den Kopf nach links und rieb über eine Verspannung in seiner Schulter. Paige verwirrte ihn ganz schön. Er war sich nicht sicher, ob sie versuchte, ihn zu verschrecken oder ihn zu verkuppeln.

»Ich schätze, ich würde sie in dieses Restaurant in Seattle ausführen, das ich schon immer mal ausprobieren wollte. Es heißt Pure Food and Wine. Anschließend würden wir vielleicht in die Stadt zurückkommen und einen Film in diesem altmodischen Kino in der Main Street ansehen.«

Paige nickte zustimmend. »Das klingt perfekt. Julia würde das gefallen.« Sie warf ihre Haare zurück. »Schade, dass ich nicht zulassen kann, dass Sie mit ihr ausgehen.«

»Ich will nicht mit ihr ausgehen«, sagte Aaron lauter als beabsichtigt. »Ich meine, nicht, wenn sie eine Gehirnerschütterung hat. Sollte sie sich nicht darauf konzentrieren, wieder gesund zu werden?«

»Auf jeden Fall.«

»Paige Lu?«, rief die Empfangsdame. »Sie können jetzt mitkommen.«

»Das bin ich.« Paige stand auf. Sie blickte zu Aaron hinunter, der immer noch saß. »Danke, dass Sie Julia in die Notaufnahme gebracht haben.« Sie streichelte das seidig weiche Haar auf Jacks Kopf. »Und viel Glück bei der Suche nach Ihrem Dorf.«

Aaron sah zu, wie die ältere Frau mit der Arzthelferin wegging, und fühlte sich gleichzeitig erleichtert und enttäuscht, dass Paige nicht zu seinem und Jacks Dorf gehörte. Sie war leidenschaftlich, so viel war sicher, und Aaron wünschte, er hätte jemanden wie sie auf seiner Seite.

KAPITEL 11

Selbst die ausgebeulte Jogginghose, die sie normalerweise über ihren Badeanzug zog, wenn sie ins Fitnessstudio ging, und ihr altes »University of Washington Huskies«-Sweatshirt konnten nicht bewirken, dass Julia sich besser fühlte. Sie lag auf der Couch mit Toby, der sich zu ihren Füßen zusammengerollt hatte, und versuchte, sich einen Reim darauf zu machen, worüber Paige und Bob sprachen. Seit dem Unfall waren vierundzwanzig Stunden vergangen, und sie hatte immer noch Probleme, Informationen zu verarbeiten. Auf dem Couchtisch vor ihr stand eine Schachtel mit Pad Thai neben einem Stapel Servietten, aber Julia hatte keinen Hunger. Sie hatte ein mulmiges Gefühl im Magen, allerdings nicht so schlimm, dass sie sich tatsächlich übergeben musste.

»Heute sind nach dem Gottesdienst viele Leute in den Laden gekommen.« Bob nahm Nudeln mit hölzernen Essstäbchen auf. Das rote Flanellhemd, das er trug, hatte die gleiche Farbe wie seine rosigen Wangen. »Die neue Auslage im Schaufenster mit dem Miniatur-Kajak bringt die Kunden rein.« Bob besaß einen Laden für Outdoor-Ausrüstung namens Wanderer's Home, zwei Geschäfte von Paige's Pages entfernt. Er war ein introvertierter Mensch, der Mutter Natur den Menschen vorzog und deshalb nur selten an gesellschaftlichen

Veranstaltungen teilnahm. Aber in seinem eigenen Revier oder innerhalb einer ausgewählten Gruppe von Menschen war Bob recht gesprächig. Julia gab ihm immer Bescheid, bevor sie auf Wanderungen ging, damit jemand, der sich auskannte, wusste, wohin sie ging, falls ihr unterwegs etwas zustieß.

»Das ist toll.« Paige zog einen Bissen Nudeln in den Mund und kaute zu Ende, bevor sie weitersprach. »Ich hatte noch keine Gelegenheit, in der Buchhandlung anzurufen, um den heutigen Umsatz zu erfahren, aber hoffentlich war er hoch.«

»Sollte ich das auch machen?«, fragte Julia. »In meinem Laden anrufen?«

»Ich bin sicher, das kann bis morgen warten«, erwiderte Bob.

»Die Ärztin meinte, es wird mindestens fünf Tage dauern, bis du dich von deiner Gehirnerschütterung erholt hast, und dass du es ruhig angehen lassen sollst. Ich bin sicher, dass Tara bis dahin mit Sweet Bliss klarkommt«, antwortete Paige.

Julia verlagerte ihr Gewicht auf dem aufblasbaren Donut, den man ihr im Krankenhaus gegeben hatte, und zuckte zusammen, als ihr geprelltes Steißbein gegen die Rückenlehne der Couch stieß. »Meine Seite tut weh, wenn ich in dieser Position liege, aber es ist noch schlimmer, wenn ich versuche, mich ganz aufzusetzen.« Sie drückte die Augen zu und atmete durch den Schmerz.

»Kannst du alles noch einmal mit mir durchgehen?«, bat Paige. »Was ist das Letzte, woran du dich erinnerst?«

»Du und ich waren bei diesem Geschäftsessen im Jachtklub, und Walt war gemein zu mir.« Julia rieb sich ihre Schläfe.

»Ja, und danach bist du nach Hause gegangen«, spann Paige den Faden weiter. »Das hast du mir erzählt. Weißt du noch, wen du unterwegs getroffen hast?«

»Nein.« Julia streckte einen Arm aus, sodass er von der Couch hing. »Tut mir leid.«

»Aaron Baxter. Jareds Freund und Geschäftspartner.« Paige sah Julia erwartungsvoll an.

»Ich habe das Gefühl, dass du willst, dass ich etwas Bestimmtes sage, aber ich bin mir nicht sicher, was«, erwiderte Julia.

»Seinem Baby ist die volle Windel ausgelaufen?« Paige formulierte es wie eine Frage, bevor sie einen besorgten Blick mit ihrem Mann tauschte.

»Oh«, sagte Julia. »Igitt.« Sie drückte ihre Augen wieder zu.

Bob zerknüllte seine Serviette und legte sie auf den Teller. »Ich werde mit Toby einen Spaziergang machen. Er wird wahrscheinlich rauswollen.«

Bei der Erwähnung des Wortes »Spaziergang« spitzte Toby die Ohren. Als er hörte, wie Bob die Leine vom Haken neben der Hintertür nahm, sprang er von der Couch. Ein paar Minuten später gingen sie los.

»Nimm eine Kacktüte mit!«, rief Julia ihnen nach. »Nein, warte – lieber zwei.«

»Wenigstens erinnerst du dich daran«, kommentierte Paige. »Ich betrachte das als ein gutes Zeichen.«

Julia stöhnte und fasste sich an den Kopf. »Warum passiert mir das?«

»Sich nicht an die vierundzwanzig Stunden vor einer Gehirnerschütterung erinnern zu können, ist normal.« Paige stand auf und sammelte den Müll ein. »Zum Glück weiß ich alles, was nach dem Treffen mit der Handelskammer von Harper Landing passiert ist, denn du hast es mir erzählt, als du in meinem Laden vorbeigekommen bist, um dieses Buch über Alzheimer zu kaufen.« Paige ging zum Rand der Couch und nahm ein Buch auf dem Beistelltisch mit dem Titel ›Der 36-Stunden-Tag‹ in die Hand.

»Alzheimer?« Julia geriet in Panik. »Oh nein! Ist das der Grund, warum ich mein Gedächtnis verliere?«

Paige seufzte und ließ sich in den Sessel fallen. »Nein, Schätzchen, das habe ich dir gerade erklärt. Deine Gehirnerschütterung bringt dein Gehirn durcheinander; das ist alles. Die Ärzte haben gesagt, dass es dir bald besser gehen wird.« Sie verbrachte die nächsten zehn Minuten damit, Julia über die vergangenen achtundvierzig Stunden aufzuklären, angefangen von der Windelexplosion bis hin zum gemeinsam verbrachten Tag auf der Couch, an dem sie sich »Rick Steves' Europe« auf PBS angeschaut hatten. Julia liebte Reisesendungen. Die zwei Semester, die sie in Italien verbracht hatte, hatten ihr Interesse an Abenteuern geweckt, und sie wollte mehr.

»Vielleicht hilft es meinem Gedächtnis auf die Sprünge, wenn ich auf Facebook nachschaue«, sagte Julia. »Wo ist mein Laptop?«

»Ich glaube, ich habe ihn in der Küche gesehen. Ich hole ihn.« Einen Moment später kam Paige zurück, wartete, bis Julia sich aufgesetzt hatte, und reichte ihn ihr dann.

Das Erste, was Julia bemerkte, als sie Facebook öffnete, waren ihre Benachrichtigungen. »Ich habe eine Freundschaftsanfrage bekommen«, stellte sie fest, und ihr Herz setzte einen Schlag lang aus. »Von Aaron.« Sie drehte ihren Computer so, dass Paige ihn sehen konnte. Aarons Profilbild war ein Foto von ihm mit einer Marathonmedaille um den Hals, vor einer riesigen Bigfoot-Pappfigur. Hinter ihm prangten in riesigen Buchstaben die Worte »BIG FOOT PALEO«. Aaron war schweißgebadet und wirkte, als wäre jeder Muskel in seinem Körper vor Anstrengung angespannt. »Soll ich annehmen?«, fragte sie Paige.

»Warum fragst du mich das?«, antwortete Paige. »Du bist eine erfolgreiche achtundzwanzigjährige Frau, die ihre eigenen Entscheidungen treffen kann.«

Julia seufzte. »Du hast recht«, erwiderte sie nach einer Pause. »Ich bin im Moment nur so verwirrt.«

»Dann triff keine Entscheidungen, bevor dein Gehirn nicht wieder voll auf der Höhe ist.« Paige stand auf und ging zu dem leeren Kaminsims hinüber. »Vielleicht kannst du für diesen Platz etwas finden, was dir gefällt. Geh in eine der Kunstgalerien und such dir ein Gemälde aus, das deine Seele anspricht.«

Julias Blick wanderte hinauf zu der Stelle, an der das Porträt ihrer Mutter gehangen hatte. *Du dumme Idiotin,* hörte sie Waverley schimpfen. *Das Gemälde war unbezahlbar. Hab ein bisschen Respekt!* Der Teil ihres Gehirns, der Waverleys Predigten und Vorwürfe enthielt, schien von ihrem kürzlich erlittenen Trauma unberührt geblieben zu sein.

»Ich wüsste nicht, was ich mir aussuchen sollte.« Julia schaute wieder auf ihren Bildschirm und scrollte durch ihre Benachrichtigungen, von denen die meisten von Leuten stammten, die sie auf Bildern von Sweet-Bliss-Kreationen markierten, die sie sich selbst zusammengestellt hatten. »Sieht köstlich aus«, schrieb sie unter diese Fotos. »Lecker!« Zumindest dieser Aufgabe war ihr Gehirn gewachsen. Aber als sie zu einer Benachrichtigung kam, die besagte, dass Jared ihr Bild geliked hatte, erstarrte sie wieder.

»Was ist los?«, wollte Paige wissen.

Julia schüttelte den Kopf. »Nichts«, behauptete sie, während sie ihren Laptop zuklappte.

Paige rückte das Stirnband zurecht, das sie trug. »Ich glaube, ich sollte noch eine Nacht bleiben.« Sie zeigte auf Julia. »Du bist nicht hundertprozentig fit.«

»Ich weiß, und das ist okay. Ich werde wahrscheinlich noch ein paar Tage lang nicht hundertprozentig fit sein.« Julia zog die Füße unter ihre Knie. »Aber du brauchst mich nicht zu babysitten. Ich habe dich schon genug in Anspruch genommen.«

Paige wedelte mit der Hand in der Luft, als würde sie den Kommentar wegwischen. »Das ist überhaupt kein Problem. Es tut Bob gut, wenn er sich ab und zu sein eigenes Frühstück machen muss. Es erinnert ihn daran, wie sehr er mich liebt.«

»Aber ich brauche dich hier nicht mehr.« Julia setzte sich aufrechter hin und versuchte, überzeugend zu wirken. »Ich bin jetzt auf dem Weg der Besserung und werde keine Dummheiten anstellen. Ich werde auf der Couch herumliegen, mir Essen liefern lassen und viele Nickerchen machen.« Sie lehnte sich noch ein wenig weiter zurück und verdrehte dabei ihr verletztes Steißbein. Ihr Lächeln verwandelte sich in eine Grimasse, und sie wechselte schnell die Position. »Wenn ich etwas brauche, kann ich Martha und Frank anrufen.«

»Wir haben gerade erfahren, dass Frank Alzheimer hat, schon vergessen?«, rief Paige ihr ins Gedächtnis.

»Oh, das stimmt. Ich meine, ich erinnere mich nicht daran, dass er sich verirrt hatte, aber ich erinnere mich, dass du mir davon erzählt hast.« Julia nahm das Buch auf dem Beistelltisch in die Hand. »Ich werde mich zu dem Thema informieren.«

»Morgen«, beharrte Paige. »Heute Abend ruhst du dich aus.« Sie klickte auf die Fernbedienung, und Rick Steves erwachte wieder zum Leben und beschrieb eine Reise nach München.

Sie schauten ihm zwanzig Minuten lang zu, und Julia begann, sich besser zu fühlen. Ihre Gedanken waren klarer und weniger verschwommen. »Ich wollte schon immer mal nach München«, sagte sie. »Aber die Eurail-Fahrt von Italien aus dauerte zwölf Stunden. Das schien mir zu weit zu sein.«

»Du hast noch dein ganzes Leben vor dir, um solche Reisen zu machen. Vielleicht kannst du eine buchen, sobald du dich besser fühlst.«

»Vielleicht mache ich das.« Julia zog eine Decke über ihre Knie. »Ich bin immer noch so froh, dass du meine Mutter überredet hast, mich im dritten Studienjahr nach Italien gehen zu lassen. Dafür werde ich dir ewig dankbar sein.«

Paige lachte leise und zeigte auf den Biergarten, der gerade über den Bildschirm flimmerte. »Alkohol hat bei diesem Gespräch geholfen, wenn ich mich recht erinnere.«

»Bier?«, fragte Julia in einem schockierten Tonfall. Ihre Mutter hatte nie Bier getrunken, zumindest nicht in Julias Anwesenheit.

»Nicht Bier – Champagner.« Paige grinste. »Wir waren im September im Jachtklub für die Benefizveranstaltung der Handelskammer. Bob und ich haben das Ganze ausgerichtet, und es waren ein paar Leute da, darunter Walt, deine Mutter und Cheryl und Nick von der Nuthatch Bakery. Nun, du kennst Nick – er sagt fast nie etwas. Ich könnte ihn mit Bob in einen Raum stecken, und die beiden würden sich zufrieden den ganzen Abend lang anschweigen. Aber Cheryl erzählte uns von ihrer Tochter Grace, die mit dem Rucksack im Sommer durch Europa gereist ist.«

»Ich kenne Grace. Sie war in der Schule ein Jahr über mir und hat jetzt die Wohnung über der Bäckerei gemietet.«

»Das stimmt.« Paige nickte. »Wie auch immer, Walt hat ihnen erklärt, dass er das für absolute Geldverschwendung hielt, und deine Mutter sagte, dass es nicht sicher sei, seine Tochter allein nach Europa zu schicken.«

Julia seufzte. »Das klingt ganz nach ihnen.«

»Jep.« Paige nickte. »Ich habe nie herausgefunden, was zwischen deiner Mom und Walt vor sich ging. Ich weiß, dass sie auf der Highschool zusammen waren, aber als Erwachsene waren sie nur Freunde, oder war da mehr?«

»Ich bin mir nicht sicher.« Waverley war stets großzügig mit ihrer Kritik gewesen, aber wortkarg, wenn es um persönliche Dinge ging. »Ich weiß, dass meine Mutter sich auf ihre wöchentlichen Mittagessen mit Walt gefreut hat«, erklärte Julia, »aber sie hat ihn nie zum Essen zu uns nach Hause eingeladen.«

»Interessant, aber es überrascht mich nicht wirklich. Walt hat ein fieses Temperament, und deine Mutter war es gewohnt, von deinem Vater wie eine Königin behandelt zu werden.«

»Du wolltest mir erzählen, was im Jachtklub passiert ist«, erinnerte Julia sie.

»Oh ja, richtig. Walt behauptete, seine Tochter nach Europa zu schicken, sei Geldverschwendung, und das hätte er nicht sagen sollen, nicht vor Cheryl – oder Bob, wie sich herausstellte. Cheryl belehrte Walt mindestens fünf Minuten lang über Feminismus. Dann mischte Bob sich ein, und du weißt ja, wie gut Bob Rucksacktourismus findet.« Paige straffte die Schultern, ein stolzes Lächeln im Gesicht. »Es stellte sich heraus, dass er derjenige war, der Grace ihre Ausrüstung verkauft hat: Schlafsack, Rucksack, Energieriegel, alles. Offenbar hat Grace den ganzen Sommer über nur wenig Geld ausgegeben. Sie wohnte in Jugendherbergen und hat nicht in Restaurants gegessen.«

Julia erkannte, worauf das hinauslief. Abgesehen davon, dass sie zur Miss Washington State gekrönt worden war, war Waverleys kurze Karriere als Kellnerin im Restaurant oben auf der Space Needle ihre größte Leistung gewesen. »Lass mich raten«, meinte sie. »Meine Mutter hat unhöfliche Bemerkungen darüber gemacht, dass Grace sich von Energieriegeln ernährt hat, statt die jeweilige Landesküche zu genießen.«

»Das ist richtig.« Paige schnippte mit den Fingern. »Es hat mich geärgert, weil ich weiß, wie hart Cheryl und Nick all die Jahre gearbeitet haben, um ihr Geschäft aufzubauen. Sie hätten Grace mit einem fetten Batzen Geld nach Europa geschickt, wenn sie es sich hätten leisten können. Wer war deine Mutter, um so über sie zu urteilen?« Paige runzelte die Stirn. »Besonders, da sie bei dir immer so geizig war.«

»Woher weißt du das?«, fragte Julia. Sie hatte sich erst mit Paige angefreundet, als das Mentorenprogramm der Handelskammer sie zusammengebracht hatte.

»Waverley hat dir nie ein einziges Buch in meinem Laden gekauft, obwohl du eindeutig gern gelesen hast.«

Julia nickte. »Das ist wahr. Sie sagte, dafür seien Bibliotheken da, was wohl auch stimmt. Aber es bedeutete, dass ich nicht das lesen konnte, was meine Freunde von der Highschool lasen, weil die Wartelisten für die Jugendbestseller so lang waren.«

»Dein Vater hat dir Bücher gekauft«, fuhr Paige mit sanfter Stimme fort. »Stapelweise.«

Julia schluckte den Kloß in ihrem Hals hinunter. »Ich erinnere mich.«

»Ich auch. Jedenfalls hat mich Waverley an diesem Abend im Jachtklub so genervt, dass ich beschloss, ein bisschen zu sticheln. Ich winkte die Kellnerin herbei und sorgte dafür, dass sie die Champagnerflöte deiner Mutter nachfüllte. Nach dem zweiten Mal kam Waverley richtig in Fahrt. *Ihre* Tochter würde niemals in einer Jugendherberge in Europa schlafen. *Ihre* Tochter würde mehr als genug Geld haben, um in europäischen Restaurants zu essen wie ein ›normaler Mensch‹.« Paige machte Anführungszeichen in der Luft. »*Ihre* Tochter würde in einer beaufsichtigten Gruppe reisen, damit sie nicht allein unterwegs war.«

»Du hast die Sache ins Rollen gebracht.« Julia lächelte und schätzte Paige in diesem Moment mehr denn je.

»Das ist das, was ich am besten kann.« Paige polierte ihre Fingernägel an ihrem Ärmel. »Aber was ich nicht erwartet hatte, war Walts unbeabsichtigte Hilfe.«

»Was?«

»Er sagte deiner Mutter, dass sie zu arm sei, um dich nach Europa zu schicken. Ich glaube, seine genauen Worte waren

›Frauen, die im Restaurant Gutscheine verwenden, können es sich nicht leisten, extravagant zu sein‹.«

»Oh-oh«, machte Julia.

»Oh ja. Waverleys Gesicht wurde violett wie eine Aubergine, und sie sagte Walt, er solle sich um seine eigenen Angelegenheiten kümmern. In dem Moment habe ich mich eingemischt und das Auslandsstudienprogramm der University of Washington ins Spiel gebracht. Als der Nachtisch kam, war sie bereit, dich dafür anzumelden. Walt stürmte wütend davon, und deine Mutter versuchte, seinen plötzlichen Abgang zu entschuldigen. Sie schob es auf seine Blutdruckmedikamente.«

»Woher wusste meine Mutter, welche Medikamente er einnahm?«

Paige hob die Augenbrauen. »Keine Ahnung, aber das ist eine interessante Frage.«

Julia fühlte sich verunsichert, war aber im Moment nicht bereit, diesem Gedanken weiter nachzugehen. »Nach Italien zu gehen, war das Beste, was mir je passiert ist«, sagte sie stattdessen. »Danke.«

»War mir ein Vergnügen.«

Eine Weile lang sagten sie nichts mehr. PBS zeigte jetzt eine Folge von Rick Steves, in der er Kroatien besuchte, und sie schauten zu, wie sonnige mediterrane Landschaften den Bildschirm füllten. Aber als sie bei Dubrovnik ankamen, platzte Julia mit einer Frage heraus, die ihr auf der Seele brannte. »Was glaubst du, warum hat sie zugestimmt?«

»Wer?« Paige folgte immer noch der Sendung. »Die Reiseleiterin in Dubrovnik? In einer Fernsehshow aufzutreten, ist wahrscheinlich gut fürs Geschäft.«

»Nicht bei Rick Steves – meine Mutter. Woher wusstest du, dass du sie überreden konntest, mich nach Europa zu schicken?«

Paige lehnte sich auf ihrem Stuhl zurück. »Wissen konnte ich es nicht, aber ich hatte so eine Ahnung. Du und Waverley, ihr hattet noch etwas gemeinsam außer eurem Nachnamen.«

»Und was war das?« Julia konnte sich nichts vorstellen, worin sie ihrer Mutter ähnlich war.

»Ihr habt beide ein geringes Selbstwertgefühl.«

»Ich habe kein geringes Selbstwertgefühl.« Julia schob sich in eine neue Position auf der Couch, in der ihr Steißbein nicht schmerzte. Normalerweise konnte Paige andere Menschen sehr gut einschätzen, aber in diesem Fall lag sie komplett falsch. Julia kannte sich genau. Schließlich kannte man sich selbst am allerbesten, nicht wahr?

»Oh doch«, widersprach Paige. »Deshalb mache ich mir Sorgen, dass Leute wie Walt dich ausnutzen.«

Julia blies sich eine Haarsträhne aus den Augen und runzelte die Stirn.

»Ich gebe deiner Mutter die Schuld«, fuhr Paige fort. »Jeder, der Waverley kannte, konnte sehen, dass sie Kinder nicht mochte. Diese Frau hatte nichts Mütterliches an sich.«

»Da werde ich dir nicht widersprechen. Mein Vater hat mir erzählt, er wollte, dass ich einen Bruder oder eine Schwester bekomme, aber meine Mutter hat das abgelehnt.« Julia war sich nicht sicher, ob es gut oder schlecht war, ein Einzelkind zu sein. Mit Geschwistern hätte sie wenigstens Spielkameraden gehabt. »Aber was hat das geringe Selbstwertgefühl meiner Mutter damit zu tun, dass sie Tausende Dollar dafür bezahlt hat, mich nach Europa zu schicken, obwohl sie so sparsam war?«

»Weil sie es nicht ertragen konnte, im Vergleich zu Cheryl und Nick schlechter dazustehen. Sie hatten Grace geholfen, nach Europa zu gehen. Sobald ich ihr das auf die richtige Art und Weise bewusst gemacht hatte, fühlte sich Waverley verpflichtet, jedem auf die Nase zu binden, dass ihre Tochter ebenfalls nach Europa gehen würde, und zwar auf eine bessere Art.«

Es klopfte an der Tür, und Paige stand auf, um zu öffnen. Bob und Toby waren von ihrem Spaziergang zurück. Toby stürmte zu seinem Wassernapf und trank, während Paige und Bob im vorderen Zimmer flüsterten. Als Paige zurückkam, lenkte sie im Hinblick auf die zweite Nacht ein. »In Ordnung«, sagte sie. »Wie es aussieht, geht es dir wirklich besser. Wenn du willst, dass ich bleibe, tue ich das gern, aber …«

»Mir geht es gut«, unterbrach Julia sie. »Ich habe schon genug von deinem Wochenende in Anspruch genommen.«

Paige warf ihr einen scharfen Blick zu. »Versprichst du, dass du mich anrufst, wenn du etwas brauchst?«

Julia nickte langsam, damit ihr Kopf nicht pochte. »Versprochen.«

Aber später an diesem Abend, nachdem Paige und Bob gegangen waren, bereute Julia es. Jetzt erschien es ihr töricht, dass sie aus Stolz darauf bestanden hatte, sich ihrer Freundin nicht länger aufdrängen zu wollen. Das jahrhundertealte Haus knarrte ominös, und da die Vorhänge noch weit geöffnet waren, konnte jeder, der die Ninth Avenue entlangfuhr, hereinblicken, als würde Julia in einem Zoo leben. Sie humpelte von Fenster zu Fenster, so gut sie konnte, und zog die Vorhänge einen nach dem anderen zu. Das kostete sie eine Menge Kraft, und als es Zeit war, nach oben zu gehen und sich die Zähne zu putzen, stand Julia unsicher am Fuß der Treppe. Toby machte alles noch schlimmer, lief ihr immer vor die Füße, und einmal wäre sie fast über ihn gestolpert. Als sie es bis zu dem Absatz auf halber Höhe der Treppe geschafft hatte, sank Julia auf die Knie, um sich auszuruhen. Sie konnte sich wegen ihres Steißbeins nicht ganz hinsetzen, also rollte sie sich in der Embryonalstellung zusammen, um abzuwarten, dass der Schwindel, der sie befallen hatte, abebbte.

Julia schlief jedoch die ganze Nacht auf dem Treppenabsatz. Als sie aufwachte, war es Morgen, und die Sonne strömte durch die Seitenfenster neben der Eingangstür. Julia fühlte sich, als ob sie eine Million Jahre alt wäre. Sie hatte einen steifen Nacken, und ihre Schultern schmerzten von der merkwürdigen Stellung, in der sie geschlafen hatte. Sie hatte auch Mundgeruch. Allerdings war ihr Verstand inzwischen klarer. Sie konnte sich zwar nicht an den Unfall, der ihre Gehirnerschütterung verursacht hatte, erinnern, aber dafür an den gestrigen Morgen. An ihre Aufregung, als sie zügig die Main Street entlang zur Buchhandlung gelaufen war, um Paige zu erzählen, was sie über Aaron erfahren hatte – dass er Single war und Jack das Baby von Jared. Sie wusste auch wieder, dass gestern der Tahitisches-Paradies-Tag im Sweet Bliss hätte sein sollen, aber dass sie noch auf die bestellte Vanille gewartet hatten. Mit großer Traurigkeit erinnerte sie sich auch an ihren Spaziergang am Freitagabend, bei dem sie auf den umherirrenden und verwirrten Frank gestoßen war.

Julia schob sich auf die Knie und benutzte das Geländer, um sich hochzuziehen. Sie stieg die Stufen zu ihrem Schlafzimmer hinauf und holte ihr Lieblingspaar Leggings heraus, die so weich waren, dass sie längst Knötchen gebildet hätten, wenn Julia sich nicht so gut um sie gekümmert hätte. Sie füllte die auf Füßen stehende Wanne im Badezimmer mit warmem Wasser und fügte eine halbe Tasse Bittersalz hinzu, das sie in der Haushaltswarenabteilung von Gnome's Backyard gekauft hatte. Sie musste vorsichtig sein und sich mehr auf die Hüfte als auf den Rücken legen, aber das Wasser fühlte sich gut an, als ob alles Schreckliche vom Wochenende weggespült wurde. Es war Montag, erkannte Julia. Das schreckliche Wochenende war vorbei, und sie konnte von vorn beginnen.

Julia wusste genau, was sie tun wollte. Sobald sie aus der Badewanne stieg, würde sie sich abtrocknen und ihr gemütlichstes Outfit anziehen. Sie würde sich einen Milchkaffee aufbrühen und eine Schüssel Müsli zum Frühstück zubereiten. Dann, wenn sie es sich auf der Couch in ihrem Wohnzimmer gemütlich gemacht hatte, würde Julia Aarons Freundschaftsanfrage annehmen. Sie lehnte sich zurück, ein breites Grinsen im Gesicht, malte es sich aus und war überrascht, als ihr ein unfreiwilliges Kichern entwich. Toby winselte auf seinem Platz auf der Bademate und sah sie besorgt an. Er hatte schreckliche Angst vor der Badewanne, legte aber eine Pfote auf den Wannenrand – bereit, sie zu retten, falls sie in Schwierigkeiten geriet.

»Mir geht es gut«, versicherte sie ihrem treuen Begleiter. »Es ist alles in Ordnung. Ich bin nur albern, das ist alles.«

Beruhigt, dass sie in Sicherheit war, rollte sich Toby wieder auf der Matte zusammen und legte den Kopf auf seine Pfoten. Dann klingelte es an der Tür, und er bekam einen mordsmäßigen Schreck. Toby sprang so schnell auf die Füße, dass er die Bademate unter sich wegschob. Er hüpfte an der Tür hoch und zerkratzte die Farbe. Als es erneut klingelte, jaulte er.

»Toby!« Julia kletterte aus der Badewanne und schnappte sich ein Handtuch. »Hör auf.« Sie trocknete sich so schnell wie möglich ab und zog ihre Leggings an. Ohne sich mit einem BH aufzuhalten, warf sie sich ihr Sweatshirt über und ging vorsichtig die Treppe hinunter, um die Tür zu öffnen. Julia nahm an, dass es Paige war, denn wer sonst hätte sie an einem Montagmorgen gestört? Hätte sie auch nur eine Sekunde innegehalten, um vor dem Öffnen zu fragen, wer draußen war, hätte sie ihren Aufzug vielleicht noch einmal überdacht.

Auf ihrer Türschwelle, neben den weißen Säulen, stand Will Gladstone, der Immobilienentwickler von Mercer Island, der sich für ihre Grundstücke interessierte. Er war vierzig Jahre alt, hatte grau meliertes Haar und trug eine Khakihose, ein orangefarbenes Poloshirt und eine Pilotensonnenbrille. Toby schob sich vor sie und knurrte.

»Toby, nein!« Julia packte den Labrador an seinem Halsband und zog ihn weg.

»Julia«, sagte Will, nahm die Brille ab und betrachtete das um ihren Kopf gewickelte Handtuch. »Verzeih mir. Habe ich den Tag verwechselt?« Er trat einen Schritt zurück und hob die Hände. »Das tut mir leid. Ich wollte dich nicht stören.«

»Du störst nicht«, behauptete Julia und wünschte sich verzweifelt, sie hätte einen BH angezogen. So wie sie Toby im Moment hielt, konnte Will wahrscheinlich direkt in ihr Shirt sehen. »Warte einen Moment, ich bringe Toby in seinen Käfig.« Sie schloss die Tür, zog Toby nach oben in ihr Schlafzimmer, wo der Käfig stand, und gab ihm einen Kauknochen, um ihn zu beruhigen. Julia wickelte das Handtuch von ihrem Kopf ab, rieb sich sanft die Haare damit trocken und warf es dann auf ihr Bett. Sie zog ihr Sweatshirt aus und einen BH an, bevor sie das Shirt wieder überstreifte. Weil sie ihre Haarbürste nicht finden konnte, kämmte sie stattdessen ihre Locken mit den Fingern aus. Irgendwo in ihrem Hinterkopf erinnerte sie sich vage daran, dass sie eine Verabredung mit Will hatte. Sie sah sich, wie sie unter der Pinnwand in ihrem Büro bei Sweet Bliss gesessen und auf seine E-Mail geantwortet hatte. Julia eilte wieder nach unten und riss die Haustür auf. »Komm rein, damit ich es dir erklären kann.«

Will trat über die Schwelle. »Ich war zuerst bei Sweet Bliss, aber der Laden hatte noch nicht geöffnet.«

»Das ist richtig. Im Sommer machen wir nicht vor elf auf.« Die Uhr im Flur verriet ihr, dass es 9.22 Uhr war, was ihrem Gedächtnis auf die Sprünge half. »Ich wollte dich dort treffen, bevor die Kunden kommen. Aber das war, bevor ich mir eine Gehirnerschütterung zugezogen habe. Es tut mir so leid.« Julia runzelte die Stirn. »Komm wenigstens mit in die Küche, damit ich dir einen Kaffee anbieten kann.«

»Eine Gehirnerschütterung?« Will neigte seinen Kopf zur Seite. »Julia, ich hatte ja keine Ahnung. Du brauchst dich für nichts zu entschuldigen.« Er legte die Hand auf den Türknauf.

»Ich sollte gehen und dich ausruhen lassen. Wir können unser Treffen verlegen.«

Julia seufzte. »Das wäre wahrscheinlich das Beste. Ich bin so durcheinander, ich habe noch nicht einmal gefrühstückt.«

Will ließ den Türknauf los. »Da kann ich helfen. Wie wärs, wenn ich dich zum Brunch einlade?«

»Danke für das Angebot.« Julia blickte auf ihre nackten Füße hinunter. »Aber ich fühle mich noch nicht gut genug, um auszugehen.«

»Kein Problem. Ich war Fast-Food-Koch in meinem allerersten Restaurant. Du ruhst dich aus, und ich zaubere dir etwas Leckeres.«

»Wirklich? Das ist sehr nett von dir.« Unter normalen Umständen hätte Julia das nicht zugelassen, weil sie das Gefühl gehabt hätte, ihn auszunutzen, aber sie hatte seit dem Pad Thai vom Vorabend nichts mehr gegessen. Sie war am Verhungern. »Vielleicht können wir das Geschäftliche beim Frühstück besprechen. Dann müsstest du nicht extra noch einmal von Mercer Island herkommen.«

»Oh, die Fahrt macht mir nichts aus«, erwiderte Will. Er grinste, und Julia war beeindruckt von seinen perfekten Zähnen. Seine Eltern mussten ein Vermögen für Zahnspangen ausgegeben haben. »Zum Wohnzimmer geht es hier entlang, richtig?«, fragte er. Ohne ihre Antwort abzuwarten, legte Will ihr eine Hand auf den Rücken und führte sie durch den Flur.

KAPITEL 12

Das Erste, was Aaron roch, als er den Kinderwagen auf Julias Veranda zum Stehen brachte, war der würzige Duft von gebratenem Speck. Er lächelte und nahm das als Zeichen dafür, dass es ihr besser gehen musste. Aaron stellte die Bremse fest und beugte sich hinunter, um nach Jack zu sehen, der glücklicherweise immer noch sein Mittagsschläfchen hielt. Sie waren vor fünfundvierzig Minuten zu Hause losgefahren und hatten die ganze Strecke zu Fuß zurückgelegt. Aaron redete sich ein, dass heute ein Erholungstag war und er deshalb nicht laufen musste, aber in Wirklichkeit hatte er nicht schwitzen wollen. Er hatte sich auch davon überzeugt, dass es völlig normal war, bei Julia vorbeizuschauen, um nach ihr zu sehen, zumal er derjenige war, der sie überhaupt erst zum Arzt gebracht hatte. Sicher, sie hatte seine Facebook-Freundschaftsanfrage noch nicht angenommen, und vielleicht war das ein schlechtes Zeichen. Aber vielleicht hatte sie auch seit dem Unfall Bildschirmgeräte gemieden. Aaron hatte seinen Platz im Leben nicht erreicht, ohne Risiken einzugehen, und beim Spazierengehen beiläufig bei Julia vorbeizuschauen und Hallo zu sagen, war ein Risiko, das er bereitwillig auf sich nahm. Obwohl es ihm selbstverständlich bei ihr nur um Freundschaft ging.

Zumindest redete er sich das immer wieder ein.

Aaron strich sich sein dunkelbraunes Haar zurück und holte tief Luft, bevor er an die Tür klopfte. Die Klingel wollte er nicht benutzen, falls Julia noch unter Kopfschmerzen litt. Eine Minute später öffnete sie die Tür in engen grauen Leggings und einem rosa Sweatshirt, das über eine Schulter hing. Ihr blondes Haar fiel ihr in Wellen über den Rücken, als wäre sie gerade aus dem Bett gestiegen. Sie hielt einen riesigen Becher mit Kaffee in der Hand und lächelte.

»Ich war gerade in der Gegend«, begann Aaron mit vor Nervosität hoher und zittriger Stimme. Er hustete und versuchte es erneut. »Ich war gerade in der Gegend«, wiederholte er, diesmal eine ganze Oktave tiefer, »und wollte mal nachschauen, ob es dir besser geht.«

»Das ist sehr nett von dir.« Julia spähte über seine Schulter zum Kinderwagen. »Schläft Jack?«

Aaron blickte sich um, bevor er sich wieder Julia zuwandte. »Ja. Tief und fest. Was ist mit dir? Hast du dich ausgeruht?«

Julia nickte. »Ich habe allerdings nicht so viel Zeit im Bett verbracht, wie ich es mir gewünscht hätte.« Sie deutete auf den Absatz in der Mitte der Treppe. »Letzte Nacht habe ich …«

»Julia?«, rief eine Männerstimme aus der Küche. »Möchtest du noch etwas French Toast?« Ein großer Mann mit gebräunter Haut und zurückgegeltem Haar in einer Schürze von Sweet Bliss kam zur Tür. Er stellte sich hinter Julia und nickte Aaron zur Begrüßung zu. »Hey.«

»Hey«, antwortete Aaron. Ein winziger Muskel in seinem Nacken zuckte. »Tut mir leid. Ich wusste nicht, dass du Besuch hast.« Er wandte sich zum Gehen und fühlte sich genauso dumm wie damals, als Jared ihn überredet hatte, in einer Country-und-Western-Bar beim Linedance mitzumachen. Wie hatte er Julias Situation nur so völlig falsch einschätzen können? Sicher, er hatte sie nie direkt gefragt, ob sie einen Freund hatte, aber Paige hatte bei ihrem Gespräch im Krankenhaus nicht erwähnt, dass Julia in einer festen Beziehung war.

»Warte«, bat Julia. Sie wickelte sich eine Haarsträhne um den Finger. »Danke, dass du vorbeigekommen bist. Und für deine Hilfe, als du mich zum Arzt gebracht hast. Ich erinnere mich nicht daran, aber Paige hat mir erzählt, dass du dich wunderbar verhalten hast.«

»Nichts zu danken.« Aaron zuckte mit den Schultern.

»Will Gladstone«, sagte der Mann und hielt Aaron die Hand hin. Wills gebräunte Haut war brauner als sein orangefarbenes Poloshirt, also vermutete Aaron, dass die Bräune echt war, aber sicher war er sich nicht. »Von Gladstone Enterprises.«

»Aaron Baxter, Big Foot Paleo.« Er achtete auf direkten Augenkontakt, während er Wills Hand schüttelte. Nur weil der Mann fünfzehn Zentimeter größer war als er, musste er den Kerl nicht die Situation dominieren lassen. Der Typ sah aus, als verbrächte er mehr Zeit auf seiner Jacht als im Fitnessstudio. Nicht, dass Aaron viel ins Fitnessstudio ging, aber er machte dreimal pro Woche Zirkeltraining mit den freien Gewichten in seinem Keller. Aaron betrachtete den Puderzucker auf Wills Schürze. »Wie es aussieht, backen Sie gerade. Ich sollte jetzt gehen.«

Will ließ die Schultern hängen. »Ein Mann sollte sich in der Küche auskennen, finden Sie nicht auch?« Er wandte sich Julia zu und ließ ein Lächeln aufblitzen. »Wo wir gerade dabei sind, möchtest du einen Nachschlag? Es sind noch drei Scheiben French Toast übrig.«

»Oh, da kann ich nicht widerstehen«, sagte sie. »Ja, bitte.«

Hatte dieser Will keine Ahnung von Omega-3-Fettsäuren? Pochierte Eier und Lachs, das hätte Aaron Julia zum Frühstück gemacht, zusammen mit gedünstetem Grünkohl, für ihr Gehirn. Wie sollte er mit French Toast konkurrieren?

Gar nicht, erinnerte sich Aaron. Das hier war kein Wettbewerb. »Schön, dass es dir gut geht.« Er schnappte sich den Kinderwagen und löste die Bremse. »Wir sehen uns, Julia.«

»Die Kleinkindgruppe trifft sich morgen in der Bibliothek«, sagte sie. »Falls du hingehst, schau anschließend auf jeden Fall im Sweet Bliss vorbei. Die Mütter behaupten immer, das wäre das Beste daran.«

»Die Mütter?« Aaron hob die Augenbrauen. »Du hast mir nicht gesagt, dass es eine Müttergruppe ist.«

»Väter können auch kommen.« Julia biss sich auf die Unterlippe.

»Hast du schon einmal einen Vater in der Gruppe gesehen?«

»Ja«, erklärte sie. »Ein Mal.«

Will warf den Kopf zurück und lachte. »Julia, Julia, Julia«, sagte er. »Ich bin mir sicher, dass Aaron auf keinen Fall einer Mommy-und-ich-Gruppe in der Bücherei beitreten will.«

Will hatte recht. Das war das Letzte, womit Aaron seine Zeit verbringen wollte. Aber er verspürte mit einem Mal auch den unerklärlichen Drang, Will das Gegenteil zu beweisen. »Eigentlich«, erwiderte er daher, »gefällt mir die Idee, Eltern aus der Gegend zu treffen, und es macht mir nichts aus, wenn ich der einzige Mann bin.« Er achtete darauf, nicht »Vater« zu sagen, und das erfüllte ihn mit Traurigkeit. Aaron umklammerte den Griff des Kinderwagens so fest, dass sein Bizeps hervortrat. »Um wie viel Uhr, sagtest du, trifft sich die Gruppe?«

»Um neun. Ich öffne Sweet Bliss für sie um zehn.«

Aaron blickte direkt in Julias braune Augen. »Dann sehen wir uns morgen.« Er nickte Will noch einmal zu. »Hat mich gefreut«, sagte er, bevor er davonschlenderte. Aaron lief in die nächstbeste Richtung, in die der Kinderwagen rollte, und das war zufällig Richtung Main Street. Er stürmte die Ninth Avenue hinunter, ohne besonderes Ziel, abgesehen davon, die Gereiztheit loszuwerden, die in ihm hochkochte. Wie kam es, dass ein Typ im Polohemd Julia Frühstück machte? Noch dazu in ihrer Schürze!

Aaron kam an die Kreuzung zur Main Street und bog nach rechts ab. Vielleicht würde er am Smoothie Hut anhalten und ein Glas Karottensaft trinken. Normalerweise lehnte Aaron Saft ab, da es sich dabei nicht um Obst oder Gemüse in ihrer natürlichen Form handelte, aber heute fühlte er sich leichtsinnig. Verdammt, vielleicht würde er später sogar im Pariser Café anhalten und sich ein Croissant holen. Was machte es schon, wenn er eine Stunde später davon Krämpfe bekam? Mr Polohemd war nicht der Einzige, der Gluten essen konnte.

Er atmete tief ein und zählte bis vier, bevor er ausatmete und bis fünf zählte, genau wie es ihm der Trauerbegleiter im Krankenhaus beigebracht hatte. Dann atmete er noch einmal tief ein und zählte bis vier, aber dieses Mal ging er beim Ausatmen bis sechs. Aaron machte weiter, bis seine Lungen es nicht mehr aushielten. Sein Puls war jetzt langsamer, aber sein Stolz war immer noch verletzt. Bevor er realisierte, wo er war oder was er tat, stand er am Eingang zu Paige's Pages. Perfekt, denn Aaron hatte vor, Paige gründlich die Meinung zu geigen.

Der knifflige Teil war das Betreten des Ladens. Die Tür öffnete sich nach außen, was mit dem normalen Kinderwagen kein Problem gewesen wäre, aber der Jogger war extralang. Er musste die Tür mit einer Hand öffnen und gleichzeitig den Wagen mit der anderen Hand herumdrehen.

»Danke«, sagte eine etwa Zehnjährige, die annahm, Aaron würde ihr die Tür aufhalten. Sie stürmte voraus und betrat den Laden, gefolgt von ihrem kleinen Bruder. Hinter den Kindern kamen noch ein älteres Ehepaar und eine Touristenfamilie, die sich über die lange Wartezeit an der Fähre beschwerte. Aaron stand wie ein improvisierter Türsteher da, bis er endlich die Gelegenheit bekam, einzutreten.

Die Buchhandlung roch nach Zimt und Papier. Der größte Teil des Bestandes war neu. Hardcover und *New York Times*-Bestseller säumten die vordere Wand. Es gab auch eine umfangreiche Sammlung von Wanderbüchern, Wanderführern und Sachbüchern über den pazifischen Nordwesten. Ein riesiges Regal mit Malbüchern und bunten Stiften stand neben der Kasse, falls die Leute auf dem Weg zur Fähre vielleicht einen Spontankauf tätigen wollten. Aber an der hinteren Wand befanden sich Aarons Lieblingsabteilungen: gebrauchte Bücher und Erziehungsratgeber. Momentan konnte er sich kaum vorstellen, irgendwann mal wieder Zeit zu haben, die spannenden Thriller zu lesen, die er sich früher wöchentlich gegönnt hatte, aber es war schön zu wissen, dass es einen dicken Stapel gebrauchter Taschenbücher gab, die auf ihn warteten, wenn das Leben eines Tages weniger kompliziert wurde. Den Gang mit den Erziehungsratgebern empfand er auch als tröstlich, obwohl es ihn ein wenig störte, dass Paige sich offenbar jedes Buch merkte, das er hier kaufte. Zum Glück hatte er »Babykacke: Was Ihr Kinderarzt Ihnen vielleicht verschweigt« im Regal stehen lassen. Paige sollte ihn nicht für einen Spinner halten.

Der Gedanke an Paige und daran, was sie ihm über Julias Liebesleben verschwiegen hatte, ließ Aarons Blutdruck wieder in die Höhe schnellen. Er sah sie neben der Kochbuchabteilung stehen und mit einem Kunden sprechen, der versuchte, sich zwischen zwei Büchern zu entscheiden. Paige trug eine anthrazitfarbene Hose und ein fließendes grünes Tanktop. Ihr kinnlanger Bob glänzte und hatte die gleiche schwarze Farbe wie ihre praktischen Schuhe. »Ah, Aaron«, sagte sie, sobald sie ihn entdeckte. »Was für ein perfektes Timing!« Sie winkte ihn zu sich.

»Hi, Paige«, erwiderte er in grimmigem Ton. Es fiel ihm schwer, freundlich zu der Frau zu sein, die ihm Hoffnung auf ein hypothetisches Date mit Julia gemacht hatte, ohne ihm von Will zu erzählen.

»Ich möchte Ihnen Lawrence Knowles vorstellen, den Besitzer von Emerald City Books.« Paige trat zurück, damit in dem winzigen Gang Platz für den Kinderwagen war. »Lawrence, das ist der Mann, von dem ich dir erzählt habe. Aaron Baxter, Superstar der Paleo-Welt.«

»Hm?« Aaron hatte diese Beschreibung von sich noch nie gehört, obwohl es vermutlich zum Teil stimmte. Als Besitzer – oder ehemaliger Besitzer – von Big Foot Paleo hatte er die Bewegung jahrelang repräsentiert. »Ich würde mich nicht als Superstar bezeichnen«, konterte er brummig. »Eher als einen gewöhnlichen Menschen, dessen gesundheitliche Probleme gelöst werden konnten, als mir klar wurde, dass ich bestimmte Nahrungsmittel nicht vertrug.«

»Und Sie haben ein Baby«, stellte der Verleger fröhlich fest. Er beugte sich hinunter, um in den Kinderwagen zu spähen. »Hallo, kleiner Kumpel!«, sagte Lawrence mit einer Stimme, die laut genug war, um Jack aufzuwecken.

Aarons Beherrschung hing nur noch an einem seidenen Faden. Wenn Lawrence das Baby aufweckte, würden böse Worte fallen – Worte, die er nicht würde zurücknehmen können und die ihm vermutlich für immer Hausverbot bei Paige einbringen würden. »Es ist Jacks Schlafenszeit«, knurrte er. »Ich gehe jetzt besser.«

»Warten Sie.« Paige trat näher. »Lawrence ist auf der Suche nach einem Autor, der ein Buch für Eltern über Paleo-Mahlzeiten als Brotzeit für die Schule schreiben kann. Sie wären perfekt dafür.«

»Aber ich bin kein Elternteil«, widersprach Aaron.

»Sind sie nicht?«, fragte Lawrence.

Aaron konnte es nicht mehr ertragen. Seine nebulös definierte Rolle als Jacks Vormund ging diesen Mann nichts an, und was fiel Paige überhaupt ein, hinter seinem Rücken über ihn zu reden? Aaron würde verdammt sichergehen, dass er sich von nun an von ihr fernhielt. Aber zuerst würde er sich das holen, weswegen er gekommen war: Informationen.

»Warum haben Sie mir nicht gesagt, dass Julia schon mit jemandem zusammen ist?«, verlangte Aaron zu wissen.

»Was?« Paige zog schockiert die Brauen hoch.

»Ein Typ namens Will mit einer so dunklen Bräune, dass es aussieht, als wäre er gerade von Maui heimgeflogen.«

»Ich habe keine Ahnung, wovon Sie reden.« Paige schüttelte den Kopf und blickte kurz in Lawrence' Richtung. »Würden Sie mich für einen Moment entschuldigen?«

»Natürlich.«

Paige packte Aaron am Ellbogen und führte ihn in den hinteren Teil des Ladens, wobei er den Kinderwagen hinter sich herzog. »Sind Sie verrückt?«, fragte sie. »Ich habe Sie gerade mit dem größten Verleger im pazifischen Nordwesten bekannt gemacht. Das war eine einmalige Chance für Sie.«

»Ich will kein Kochbuch für Eltern schreiben. Ich bin kein Elternteil.« Aaron verschränkte die Arme vor der Brust.

»Sie *sind* ein Elternteil, Sie Schwachkopf. Was glauben Sie, wie viele Onkel in meinen Laden kommen, um sich mit Erziehungsratgebern einzudecken?«

»Wechseln Sie nicht das Thema. Sie haben mich in dem Glauben gelassen, dass Julia Single ist.«

»Sie *ist* Single.«

»Dann eben, dass sie nicht exklusiv mit jemandem ausgeht.« Aaron ließ die Arme seitlich sinken. »Sie wissen, was ich meine.«

»Tut sie nicht, zumindest nicht, soweit ich weiß.«

»Wer ist dann Will, und warum trug er ihre Schürze?«

»Was?« Paige stemmte die Hände in die Hüften. »Das klingt ganz und gar nicht nach Julia. Wie heißt denn dieser Will mit Nachnamen?«

»Gladirgendwas. Gladstone. Gladiolus. Keine Ahnung.«

»Will Gladstone? Der Immobilienmakler?«

135

»Er hat nichts davon gesagt, dass er Immobilienmakler ist.«

»Projektentwickler, was auch immer. Will Gladstone ist ein Immobilienentwickler, der Harper Landing aufkaufen und es in Immobilien mit Mischnutzung verwandeln will. Er hat mir einen hohen Preis für meine Buchhandlung geboten, aber ich habe abgelehnt.« Sie hob ihr Kinn. »Dieses Gebäude ist über hundert Jahre alt und steht auf der Denkmalliste. Ich werde nicht zulassen, dass es für Eigentumswohnungen abgerissen wird.«

»Projektentwickler?« Aaron wusste im ersten Moment nicht, was er sagen sollte. »Was ich gesehen habe, sah nicht nach einem geschäftlichen Treffen aus.«

»Nicht, dass es Sie etwas angehen würde.« Paige tippte ihm auf die Brust. »Sie haben behauptet, Sie wären nicht daran interessiert, mit Julia auszugehen.«

»Ich habe kein Interesse an Dating«, stellte Aaron klar. »Das ist etwas anderes, als kein Interesse an einem Date mit Julia zu haben. Das sind zwei verschiedene Dinge.«

Paige nickte zufrieden. »Dann lassen Sie uns einen Termin ausmachen. Ich habe Freitagabend Zeit. Sie können Jack bei mir in der Buchhandlung lassen und ihn später abholen, nachdem Sie Julia nach Hause gebracht haben.«

»Ich kann mein Baby nicht bei jemandem lassen, den ich erst seit ein paar Tagen kenne.« Martha fällt auch aus, dachte er bei sich. Die hatte alle Hände voll mit Frank zu tun.

»Ha!« Paige wedelte mit dem Zeigefinger in der Luft. »Sie haben ›mein Baby‹ gesagt. Nur ein Elternteil würde das sagen.«

»Sie wissen, was ich meine.«

»Zu Ihrer Information, Mister, ich weiß eine Menge. Ich habe zwei Kinder großgezogen, und beide haben das College abgeschlossen. Es wäre mir ein Vergnügen, ein paar Stunden auf Jack aufzupassen, denn Enkelkinder sind hoffentlich bei uns noch kein Thema.«

»Ich habe nie gesagt, dass ich Julia zu einem Date einladen will«, protestierte Aaron.

»Sie haben nie gesagt, dass Sie sie *nicht* um ein Date bitten würden.«

Aaron seufzte. »Was, wenn sie Nein sagt? Die Sache mit Will wirkte ziemlich häuslich.«

»Dann haben Sie es wenigstens versucht.« Paige schob ein Taschenbuch zurück, das in einem merkwürdigen Winkel aus dem Regal stand. »Die Alternative ist, sie nicht zu fragen und darauf zu warten, dass Will sie am Wochenende ausführt. Ist es das, was Sie wollen?«

Aaron presste die Kiefer zusammen. »Nein.«

»Dann seien Sie tapfer, Soldat.« Paige klopfte ihm auf den Rücken. »Ich habe noch eine tolle Idee. Sie sollten morgen zur Kleinkindgruppe in die Bücherei gehen. Die gehen anschließend immer ins Sweet Bliss. Das wäre die perfekte Gelegenheit, sie um ein Date zu bitten.«

»Das hat Julia auch gesagt.«

Paige zog fragend eine Braue hoch.

»Ich meine, sie hat nicht gesagt, dass ich sie um ein Date bitten soll«, stellte Aaron klar. »Sondern dass ich mir die Kleinkindgruppe mal anschauen soll.«

»Dann sollten Sie auch genau das tun.« Paige strahlte. »Schließen Sie sich der Gruppe an und bitten Sie Julia um eine Verabredung.«

»Warum planen Sie nicht auch noch den Rest meines Lebens, wenn Sie schon dabei sind?« Aaron schaute an die Decke und zählte bis zehn. Das Leben in Palo Alto war nie so kompliziert gewesen. Damals im Silicon Valley hatte niemand überwacht, welche Bücher er las, ihn ermutigt, neuen Klubs beizutreten, oder sich überhaupt die Mühe gemacht, seinen Namen in Erfahrung zu bringen. Das Leben in einer Kleinstadt war entweder der Himmel oder die Hölle. Aaron war sich noch nicht sicher.

KAPITEL 13

Über ihren Köpfen schwebten Heliumballons, die von einer Geburtstagsfeier vor ein paar Tagen stammten und gelegentlich Julias und Georges Gesichter mit den Bändern kitzelten. Sie saßen im Geburtstagsraum im Sweet Bliss und hatten auf dem Tisch vor sich jede Menge Tabellen ausgebreitet. In der Ecke stand ein goldener Thron, und daneben befand sich ein knallbunter Behälter für Geschenke. Der ganze Raum war fröhlich und festlich ausgestattet, was Julias Treffen mit ihrem Buchhalter im Gegensatz dazu eher deprimierend machte. Julia starrte ein weiteres Mal auf die Anzeige ihres Taschenrechners. »Eine Million Dollar? Diesen Betrag kann ich unmöglich bis August aufbringen.«

»Ich weiß, es ist eine schwindelerregende Summe, aber das ist das Ergebnis der Pfennigfuchserei deiner Mutter.« George schob seine Brille weiter den Nasenrücken hinauf. »Ich habe ihr gesagt, dass es auf lange Sicht eine schlechte Idee ist, Dächer zu flicken, anstatt sie zu ersetzen. Jetzt hast du achtzehn Häuser, die alle auf einmal neu gedeckt werden müssen, und nicht genug Geld in deinem Instandhaltungsfonds, um das zu bezahlen.«

»Was ist mit meinem Treuhandfonds? Sind nicht die Mieteinnahmen all die Jahre dorthin geflossen?«

»Ja, das meiste davon«, bestätigte George. »Aber die Bedingungen im Testament deines Vaters besagen, dass du keinen Zugriff auf dieses Geld hast, bis du dreißig Jahre alt bist.«

»Bis dahin dauert es noch zwei Jahre.« Julia stützte den Kopf in die Hände. Es war Dienstagmorgen, nur drei Tage nach ihrer Gehirnerschütterung. Die Ärztin hatte ihr geraten, sich zu schonen, aber dieses Treffen mit George konnte nicht warten, vor allem nicht nach dem, was sie gestern beim Frühstück mit Will erfahren hatte. Er hatte ihr angeboten, eines ihrer Grundstücke für eine Summe zu kaufen, die alle ihre Probleme lösen konnte. Aber Julia zögerte. »Warum brauche ich das Geld bis August? Wenn ich die Mieten erhöhen würde, könnte ich Geld ansparen, um die Dächer im nächsten Sommer zu ersetzen.«

George schob ihr Bilder von den Dächern verschiedener Gebäude hin, die ihr gehörten. »Es ist zu spät für weitere Flickarbeiten. Die Lage ist ernst. Dave beschwert sich bereits über undichte Stellen in seiner Küche im Pariser Café.«

»Dave beschwert sich über mich?« Der Chefkoch war ihr nie als Klatschtante aufgefallen.

George verzog das Gesicht. »Nun, nein, eigentlich nicht. Walt beschwert sich im Namen von Dave. Er erzählt jedem, der es hören will, dass du nicht nur zu viel Miete verlangst, sondern auch deine Gebäude verfallen lässt. Shelly war im Smoothie Hut und hat zufällig mitgehört, wie Walt den neuen Besitzern sagte, sie sollten vorsichtig sein, sonst könnte deine schlechte Instandhaltung dazu führen, dass das Gesundheitsamt ihren Laden schließt.«

Dass Shelly Fiege, Julias Lehrerin in der fünften Klasse, solch schreckliche Dinge über sie gehört hatte, war ein fürchterliches Gefühl. »Aber der Smoothie Hut ist eines meiner neuesten Gebäude«, protestierte sie.

betrachtete noch einmal die Papiere. »Was hat Will mit dem Land vor?«

»Er nennt es ›Mischnutzungsobjekte‹, was bedeutet, dass unten Läden und oben Eigentumswohnungen sind.«

»Und auf der Second hat man eine Hammeraussicht. Da klingelt die Kasse. Ich wette, er verkauft jede Eigentumswohnung für drei Millionen. Wir reden hier von einer Transaktion, die Wills Einsatz vervierfachen wird.«

Sie seufzte. »Und die Geschichte von Harper Landing geht dabei verloren.« Julia fuhr mit den Fingern durch ihr Haar und zog daran. »Was würden meine Urururgroßeltern dazu sagen?«

»Dass du es Harper Landing schuldig bist, die Schönheit der Main Street zu bewahren. Wenn das bedeutet, harte Entscheidungen zu treffen, um sicherzustellen, dass die Gebäude, die dir gehören, sicher sind, dann ist es eben so.« George schob einige Papiere zusammen. »Aber es gibt auch noch andere Möglichkeiten, wie du das Geld auftreiben könntest. Wie wäre es mit einer Hypothek, um auf das Eigenkapital in Form deines Hauses zuzugreifen? Dein Haus auf der Ninth Avenue ist locker eine Million wert. Beleih es, wie es dein Vater getan hat.«

»Du weißt, wie meine Mutter über Schulden dachte.« Julia konnte immer noch die Warnungen ihrer Mutter hören. »Nur dumme Menschen zahlen Zinsen«, pflegte Waverley mit eindringlichem Blick zu sagen. »Meine Mutter hat eine Menge Opfer gebracht, um den Kredit abzubezahlen.«

»Deine Mutter war eine Schönheitskönigin, keine Finanzanalystin.« George klopfte mit den Fingerknöcheln auf den Tisch. »Es tut mir leid, schlecht über eine Tote zu sprechen, aber es ist die Wahrheit. Ich habe mich siebzehneinhalb Jahre lang mit der Misswirtschaft deiner Mutter herumgeschlagen. Du würdest nicht in diesem Schlamassel stecken, wenn sie nicht so eine verdrehte Auffassung von Geld gehabt hätte. Sie hat jeden einzelnen Penny in diesen Treuhandfonds gesteckt, auf den nur sie Zugriff hatte. Du hast keinerlei Zugang zu deinem eigenen Geld.«

Julias Wangen färbten sich rosa. »Meine Mutter ist in einem schlechten Viertel von Seattle aufgewachsen. Sie hatte damals nicht viel Geld, also lernte sie Sparsamkeit zu schätzen. Wären die Schönheitswettbewerbe nicht gewesen, hätte sie vermutlich wie ihre Highschool-Freunde geendet.«

Julia konnte sich genau vorstellen, wie ihre Mutter jetzt geschimpft hätte. »Schönheitswettbewerbe oder Tod«, pflegte Waverley zu sagen. »Das waren meine Optionen. Nur Walt und ich haben es da raus geschafft.«

Julia schluckte schwer, bevor sie fortfuhr. »Wusstest du, dass die beste Freundin meiner Mutter in dem Jahr, in dem sie Miss Washington wurde, an einer Überdosis starb?«

George schüttelte den Kopf. »Nein, Waverley hat ihre Kindheit nie erwähnt. Im Umgang mit mir war sie immer der Inbegriff von Klasse.«

Julia nickte. »Selbstsicher, reich, schön, schlank« – das waren alles Worte, die ihre Mutter beschrieben. Aber auch »geizig«. Waverley hatte nie einen Cent für irgendetwas ausgeben wollen, außer für sich selbst. Als Harrison noch lebte, hatte sie sich pausenlos über sein Rauchen beschwert – nicht, weil Zigaretten ihn umbringen konnten, sondern weil sie so viel kosteten. Ihre Sparsamkeit brachte sie dazu, ihr Haus mit Fundstücken aus Nachlässen einzurichten. Um ihre Schönheitsoperationen zu bezahlen, servierte Waverley zu Hause monatelang Erdnussbutter-Marmelade-Sandwiches. Als das College kam, zwang sie Julia, zu Hause zu wohnen und mit einem alten Auto zur University of Washington zu pendeln, anstatt die zusätzlichen Kosten für das Wohnheim zu tragen. Selbst in Florenz hatte Julia einen Teilzeitjob in einer Gelateria annehmen müssen.

»Vielleicht hat meine Mutter unser Vermögen im Lauf der Jahre falsch verwaltet, aber hast du schon mal in Betracht gezogen, dass sie die Mieten möglicherweise deswegen nicht auf den aktuellen Marktwert erhöht hat, weil sie keine gierige Vermieterin sein wollte?«

»Wollte sie keine gierige Vermieterin sein, oder wollte sie nicht als gierige Vermieterin ›bezeichnet werden‹?«, hielt George dagegen.

Julia antwortete nicht, denn sie wusste, dass er recht hatte. Ihr Ruf hatte ihrer Mutter alles bedeutet.

»Waverley konnte es nicht ertragen, wenn Leute Schlechtes über sie sagten, das ist wahr«, fuhr George fort. »Aber zu verlangen, dass man den Preis erhält, den etwas wert ist, ist keine Gier, sondern gesunder Menschenverstand.«

»Aber Walt behauptet, er komme kaum über die Runden.«

»Walt Lancaster redet Blödsinn. Sein ›Süßigkeiten-des-Monats‹-Abo-Programm ist die reinste Goldgrube. Du weißt, dass er in der Burke Road wohnt, oder?«, fragte George und meinte damit die von Villen gesäumte Straße im Norden der Stadt. »Seine Garage ist größer als dein ganzes Haus.«

»Wenn ich eine Hypothek auf mein Haus aufnehme und sie nicht zurückzahlen kann, könnte ich mich finanziell ruinieren.« Besorgt zog Julia die Stirn in Falten.

»›Ruinieren‹? Du wärst nicht ruiniert. Das schlimmste Szenario wäre der Bankrott. Und vermutlich würdest du das Haus verkaufen, bevor es dazu kommt.«

Julia tätschelte die empfindliche Stelle an ihrem Kopf, die von dem Unfall herrührte, und kniff die Augen zusammen, bevor sie sie wieder öffnete. »Wie genau unterscheidet sich das von finanziellem Ruin?«

George stieß einen entnervten Seufzer aus. »Vergiss, dass ich Bankrott erwähnt habe, denn das wird nicht passieren. Zum einen führst du ein profitables Geschäft. Zum anderen bräuchtest du nur eine andere Immobilie zu verkaufen, um die Hypothek zu tilgen.« Er nahm die Mappe von Will und ließ sie auf den Tisch fallen. »Wie das Grundstück an der Second.«

Julia kaute auf ihrer Unterlippe und überlegte. Warum benahm sie sich so verrückt? Wenn George es ihr so erklärte, ergab es absolut Sinn. Aber hier am Geburtstagstisch fühlte sie sich, als wäre sie wieder zehn Jahre alt und ihre Mutter trüge Schwarz. »Banken nehmen Häuser weg«, hatte Waverley ihr gesagt, als sie von ihrem Besuch bei einem Anwalt zurückgekommen war. »Es ist die Schuld deines Vaters, dass ich Sweet Bliss verkaufen muss.« Das hatte Waverley in gewisser Weise auch getan. Um die Hypothek für ihr Haus abzubezahlen, hatte sie das Geschäft an einen Nicht-Einheimischen aus Seattle verpachtet, der es prompt in den Ruin getrieben hatte. Das Gebäude hatte zehn Jahre lang leer gestanden, bis Julia aus Europa zurückgekommen war und es in einen Laden für Frozen Yogurt umgewandelt hatte.

»Ich muss über eine Menge nachdenken«, gab Julia zu. Ihr Kopf schmerzte.

»Nachdenken ist gut, aber ticktack.« George zeigte nach oben an die Decke. »Oder sollte ich sagen tropf-tropf?«

Julia sammelte den Papierkram ein. »Bestell die Dachdecker für August. Ich werde das Geld irgendwie auftreiben. Aber lass uns bis nach dem Vierten Juli warten.« Sie stopfte die Unterlagen in ihre Aktentasche.

»Was ist mit der Anhebung der Mieten auf Marktniveau?«

Julia schüttelte den Kopf. »Momentan bin ich nicht bereit, das in Betracht zu ziehen.«

»Lass sie uns wenigstens inflationsbereinigen. Sonst verlierst du Geld.«

»Aber es wird mich nicht gut aussehen lassen.« In Julias Magen bildete sich ein Knoten. »Meine Mieter werden denken, dass ich die Kosten für die neuen Dächer direkt an sie weitergebe.«

»Weil genau das passieren muss. Sie zahlen nicht ihren gerechten Anteil, und das schon seit achtzehn Jahren.«

»Okay, okay.« Julia ließ die Schultern sinken. »Du hast recht. Schick eine Mitteilung heraus, dass wir die Miete an die Inflationsrate anpassen.« Sie stand vorsichtig auf, ihr Steißbein schmerzte noch immer.

»Du leitest keine Wohltätigkeitsorganisation, Julia«, gab George zu bedenken. »Es ist völlig in Ordnung, das zu verlangen, was deine Liegenschaften wert sind. Was *du* wert bist.«

»Ich weiß.« Julia schob ihren Stuhl beiseite.

»Tust du das?« George warf ihr einen besorgten Blick zu. »Jedes Mal, wenn ich zur Tür hinausgehe, um mich mit dir zu treffen, erinnert mich Shelly daran, dass du eine ihrer Lieblingsschülerinnen warst.«

»Das sagt sie wahrscheinlich über alle ihre Schüler.«

»Das tut sie in der Tat.« George gluckste. »Aber es ist die Wahrheit. Genau wie du eine meiner Lieblingsklientinnen bist. Du bist herzlich und kreativ, und du verstehst, was diese Stadt braucht. Als deine Mutter meine Klientin war, musste ich tun, was sie wollte, aber jetzt hast du das Sagen, und ich lasse nicht zu, dass dich jemand ausnutzt. In vielerlei Hinsicht ist dein Leben ohne sie jetzt einfacher. Zumindest in finanzieller Hinsicht.«

»Wie kannst du nur so etwas Furchtbares sagen!« Julia war schockiert. Sie hatte ihren Buchhalter noch nie über jemanden schlecht reden hören. Dass es sich um ihre eigene Mutter handelte, machte es noch ungewöhnlicher. Normalerweise war George die Ruhe in Person.

George wurde rot. »Es tut mir leid – ich bin zu weit gegangen. Shelly würde mir den Kopf abreißen, wenn sie wüsste, dass ich schlecht über deine Mutter gesprochen habe.« Er räusperte sich.

»Schon gut. Ich verstehe, was du mit den Finanzen meinst. Es klingt, als hätte meine Mutter keine guten Entscheidungen getroffen.«

»Nein.« George schüttelte den Kopf. »Das hat sie nicht. Versprich mir, dass du nichts bei Will Gladstone oder einem Hypothekenmakler unterschreibst, ohne dass ich einen Blick darauf geworfen habe, ja?«

»Ja, Sir.« Julia salutierte. Sie hasste es, belehrt zu werden, aber sie wusste, dass George recht hatte. Julia war großartig darin, ihr eigenes Geschäft zu führen, aber als Vermieterin fühlte sie sich unwohl. Sie schaute auf ihre Uhr. »Es ist schon zehn Uhr vierzig. Die Bibliotheksgruppe ist wahrscheinlich schon im vorderen Raum.« Julia bauschte ihr Haar auf. »Wie sehe ich aus?«, platzte sie heraus, bevor sie nachdenken konnte.

»Was?«

»Schon gut.« Julia errötete. »Vergiss, dass ich gefragt habe.«

»Warte mal einen Moment.« George nahm seine Brille ab und wischte sie am Saum seines Hemdes ab. Er setzte sie wieder auf und musterte Julia genau. »Mit deinem Kragen stimmt etwas nicht.«

»Ach ja?« Julia betastete ihren Ausschnitt und stellte fest, dass ein Teil ihrer Bluse an einer Stelle merkwürdig hochstand. Sie glättete es mit den Fingern.

»Viel besser.« George nickte zustimmend. »Da draußen wartet nicht zufällig ein gewisser Hundeheld auf dich, oder?«

Julia ließ die Hände sinken. »Wie kommst du denn darauf?«

George gluckste. »Vielleicht war ich gestern zufällig in der Buchhandlung, als Paige ihm von der Babygruppe erzählt hat, die jeden Dienstag herkommt.«

»George!« Julia bedeckte ihr Gesicht mit den Händen. »Bitte nimm mich nicht auf den Arm.«

»Das würde ich nie tun.« George nahm seinen Laptop in die Hand. »Er wäre ein Idiot, wenn er dich nicht bemerken würde.«

»Danke«, sagte sie und nahm die Hände herunter. Julia öffnete die Tür zum Hauptteil des Ladens und fand die Tische und Stühle im Kreis angeordnet. Mindestens ein halbes Dutzend Kinderwagen waren an die Seite des Raumes geschoben, vor die Nischen, und es wurde gelacht. Frauen verschiedenen Alters wippten mit ihren Babys auf dem Schoß oder stillten sie unter Decken. Becher mit halb aufgegessenem Frozen Yogurt standen verlassen auf den Tischen. Ein Kleinkind, dem der Bauch über die Cordhose hing, tanzte im Kreis herum und stopfte sich Cornflakes in den Mund. Es war das normale Chaos, das die Elterngruppe jede Woche mit sich brachte, mit einer Ausnahme. Alle Augen waren auf Aaron gerichtet, der in der Nähe der vorderen Fenster stand, ein kleines Mädchen vor sich hielt und es sanft auf und ab wiegte.

»Elf Kilo und neunhundertachtzig Gramm«, verkündete er mit einem Grinsen. Eine Locke seines braunen Haars fiel ihm in die Stirn, was ihm ein jungenhaftes Aussehen verliehen hätte, wäre da nicht die Art und Weise gewesen, wie sich sein Bizeps wölbte, als er das Kind hielt. Statt der Trainingskleidung, in der Julia ihn zu sehen gewohnt war, trug er gut sitzende Jeans und ein grünes Hemd, das zu seinen Augen passte. Er hatte sich rasiert, und obwohl Julia die Stoppeln vermisste, war seine glatt rasierte Erscheinung genauso ansprechend.

»Stimmt!«, rief die Mutter, die links von Julia stand. Sie trug eine Jogginghose und ein fleckiges T-Shirt. »Genau das hat Evelyn letzte Woche beim Arzt gewogen.« Sie nahm ihre Tochter wieder in die Arme.

»Mich als Nächstes«, verlangte eine Frau in Shorts und einer zerknitterten Bluse. Ihr braunes Haar war zu einem unordentlichen Pferdeschwanz zurückgebunden. »Ich meine,

Ethan. Ethan als Nächstes.« Sie ging hinüber und reichte Aaron ein pummeliges Baby, das so kahlköpfig war, dass es Winston Churchill ähnelte, aber auf eine niedliche Art und Weise.

»Wow«, sagte Aaron, während er in die Augen des Babys blickte. »Was für ein Brocken Liebe!«

»Das kann man wohl sagen«, meinte die Frau, die neben Julia stand. Als Julia erkannte, wer es war, machte sie den Mund auf.

»Melanie?«, fragte sie. »Was machst du denn hier? Ich dachte, Timmy ist in der Vorschule.«

»Das ist er.« Melanie grub ihren Löffel in eine Spirale aus Orangen-Sahne-Strudel. »Ich war zufällig in der Bibliothek und …« Ihr Blick wanderte zu Aaron hinüber. »Da überkam mich ein plötzliches Verlangen nach Froyo.«

»Mm-hmm.« Julia verdrehte die Augen und sah wieder zu Aaron.

»Glatt sechzehneinhalb Kilo«, erklärte er.

»Schon wieder richtig«, bestätigte Winston Churchills Mutter in einem hohen, mädchenhaften Ton.

»Wie wurde das Babywiegen zu deinem geheimen Talent?«, fragte eine Frau, die Julia aus dem Fitnessstudio kannte.

Aaron zuckte mit den Schultern. »Ich habe mit Anfang zwanzig eine Menge Zeit damit verbracht, Müsli zu wiegen.«

»Müsli?«, wiederholte Melanie.

Aarons Blick wanderte durch den Raum zu ihr und Julia. Sobald er Julia entdeckte, grinste er. »Jared Reynolds und ich …« Aaron hielt inne und sah sich in der Gruppe um. »Hat jemand Jared gekannt?«

Ich, dachte Julia, aber sie sagte nichts.

Die Frau aus dem Fitnessstudio nickte. »Ich bin mit seiner Schwester Jessica befreundet.«

»Ja, nun … Jared und ich haben eine Firma namens Big Foot Paleo gegründet, und zu Beginn haben wir den Großteil der Arbeit selbst erledigt. Das bedeutete, Säcke mit Mandeln, getrocknetem Obst und anderen guten Sachen abzuwiegen.« Er reichte Winston Churchill zurück an seine Mutter und setzte sich.

»Wo ist Jack?«, fragte Julia.

Aaron deutete auf die geparkten Kinderwagen. »Er schläft nach seinem großen Tag in der Bibliothek.«

Die Frau in der Jogginghose wiegte ihre Tochter in den Armen hin und her. »Arbeitest du jetzt von zu Hause aus? Wir haben nicht viele Väter, die zu Hause bleiben, in unserer Gruppe.«

»Viele? Keine«, warf eine Frau am Topping-Büfett ein.

Aarons Lächeln gefror. »Jared und ich haben unser Geschäft verkauft, bevor er starb. Also kann ich mich jetzt ganz auf Jack konzentrieren.« Er durchquerte den Raum, trat zu Julia und flüsterte ihr ins Ohr: »Kann ich dich kurz was fragen?«

Julias Herz flatterte, und das lag nicht an den bösen Blicken, die sie von den Frauen im Raum zugeworfen bekam, weil sie ihnen Aaron weggenommen hatte. »Klar, was gibts?«

Aaron führte sie hinüber zu den Selbstbedienungsautomaten. »Welche Geschmacksrichtung hat die geringste Menge an zugesetztem Zucker?«

»Oh!« Julia straffte die Schultern und schaltete in den Geschäftsmodus. »Nun, obwohl keine unserer Geschmacksrichtungen als wirklich Paleo gilt, haben wir im Moment zwei laktosefreie Angebote – Kakao-Lama und Limeade. Kakao-Lama besteht aus Joghurt auf Kokosmilchbasis, aber die Limeade ist eigentlich eher ein Sorbet.« Sie nahm einen Probierbecher aus dem Regal. »Möchtest du mal kosten? Die Limeade hat die geringste Menge an Zucker, aber Kakao-Lama schmeckt am ehesten nach Eiscreme.«

»Ich habe seit Jareds und Saras Hochzeit kein Eis mehr gegessen, und dort auch nur, weil meine Mutter darauf bestanden hat«, erklärte Aaron in düsterem Ton.

Julia zerknüllte den Becher und warf ihn in den Papierkorb. »Natürlich. Tut mir leid.«

»Nein.« Aaron berührte ihren Arm und schickte damit einen Schauer über ihre nackte Haut. »Warte. Was ich eigentlich sagen wollte, ist, dass ich gern ein Eis oder einen gefrorenen Joghurt oder ein Sorbet oder was auch immer du hast, essen würde.«

»Wirklich?« Julia hob ihr Kinn und sah ihn an. »Ist das dein Ernst?«

»Definitiv. Das Leben ist zu kurz, um noch einen Tag ohne etwas Süßes auszukommen.« Aaron nahm ihre Hand in seine. »Wie geht es dir? Nach der Gehirnerschütterung, meine ich?«

Julia fühlte sich so vieles auf einmal – nervös, aufgeregt, geschmeichelt, hoffnungsvoll –, dass sie nicht sicher war, ob sie sprechen konnte. Bestimmt klopfte ihr Herz so laut, dass der ganze Raum es hören konnte. »Es geht mir schon besser«, brachte sie schließlich heraus. »Es tut immer noch weh, wenn ich mich zu lange hinsetze, und ich kann mich an nichts vom Samstag erinnern.«

Aaron drückte ihre Hand. »Es war beängstigend, dass dir das passiert ist, als du allein warst.«

»Toby war bei mir, aber ich bin mir nicht sicher, wie viel Hilfe er war.«

»Er hat sich auf jeden Fall über die Leckerlis hergemacht.«

Julia lachte und schaute zum Froyo-Spender hinüber, bevor sie wieder zu Aaron aufsah, der immer noch ihre Hand hielt. Julia erwiderte den Händedruck, wollte nicht loslassen. Jetzt war es an der Zeit, mutig zu sein, erkannte sie. Es kam nicht jeden Tag vor, dass ein gut aussehender Fremder in die Stadt zog, ihren Hund rettete und ihre Hand hielt. Sie konnte ihr ganzes Leben damit verbringen, zuzusehen, wie die Welt sich ohne sie weiterdrehte, wie sie als eine weitere Brautjungfer auf der Hochzeit einer weiteren Freundin zum Altar schritt, oder sie konnte die Verantwortung für ihr eigenes Schicksal übernehmen.

»Julia«, begann Aaron. »Ich habe mich gefragt …«

»Hättet du und Jack Lust, morgen mit mir ins Fitnessstudio zu gehen?«, platzte sie heraus. »Da gibt es ein Salzwasserbecken, das dreißig Grad warm ist. Das könnte Jack gefallen. Du kannst meinen Gästeausweis benutzen.«

Ein strahlendes Lächeln machte sich auf Aarons Gesicht breit. »Sehr gern.«

KAPITEL 14

Aaron bereitete sich auf einen Abend mit den Jungs vor. Oder, in seinem Fall, einen Abend mit Jack und Frank. Die Wickeltasche war gepackt, in seiner Brieftasche befand sich reichlich Bargeld, und er trug sein Glücks-T-Shirt aus Stanford. Darauf stand »FEAR THE TREE«, und Aaron hatte es bei einem Staffellauf in seinem ersten Semester gewonnen. Jack sah auch schick aus, er trug einen Strampler mit einer aufgestickten Krawatte.

Als sie Sweet Bliss am Vormittag verlassen hatten, war Aaron so aufgeregt gewesen, weil Julia ihn um ein Date gebeten hatte, dass er sofort nach seiner Rückkehr nach Hause Martha angerufen hatte, um ihr zu sagen, sie habe den Abend frei.

»Frei wovon?«, hatte sie gefragt.

»Frei von allem.« Aaron sah auf seinem Computer das Kinoprogramm nach, während sie sprachen. »Um 18 Uhr wird im Main Street Theater ›Rebecca‹ gezeigt. Magst du Hitchcock?«

»Ich habe ›Die Vögel‹ geliebt, aber ist ›Rebecca‹ unheimlich? Noch mehr Stress kann ich nicht ertragen.«

»Deshalb brauchst du einen freien Abend. Ruf ein paar Freundinnen an. Geht essen. Schaut euch einen Film an. Jack und ich werden …« Aaron hielt inne. Er wollte gerade sagen

152

»auf Frank aufpassen«, aber das schien ihm zu abwertend. »…
viel Spaß mit Frank haben«, sagte er stattdessen. »Wir holen
uns Burger am Drive-in, und dann fahren wir durch die
Waschanlage. Wir werden das Auto nicht verlassen, bis wir zu
Hause sind, aber es wird trotzdem Spaß machen.«

»Klingt aufregend.«

»Ja, ich schätze, ich sollte den Teil mit der Autowäsche noch
mal überdenken. Meine Vorstellung von Spaß hat in letzter Zeit
wirklich gelitten. Jack sieht gern zu, wie der Seifenschaum auf
der Windschutzscheibe verteilt wird.«

»Nein«, widersprach Martha schnell. »Ich finde die
Waschanlage eine tolle Idee. Frank würde das auch gefallen.
Alles, was ihn aus dem Haus bringt, macht ihn glücklich. Aber
abends ist seine Verwirrung am stärksten. Ich bin mir nicht
sicher, ob das eine gute Idee ist.«

Aaron war sich auch nicht sicher, aber er fand, dass es einen
Versuch wert war. »Ich möchte nicht, dass du einen Burn-out
riskierst«, gab er zu. »Sich ganz allein um Frank zu kümmern,
kann nicht einfach sein, und ich möchte helfen. Ich werde die
Türverriegelung in meinem Tesla aktivieren, wenn dich das
beruhigt.«

»Du meinst die Kindersicherung?«

Verdammt! Aaron hatte versucht, Frank nicht auf eine
Stufe mit einem Kind zu stellen, aber Martha machte
seine Bemühungen zunichte. »Ja«, bestätigte er. »Die
Kindersicherung.«

»Das würde mich tatsächlich sehr beruhigen«, sagte sie zu
seiner Erleichterung. »Aber bist du dir sicher?«

»Absolut. Ich möchte, dass Jack die Chance bekommt,
seinen Großvater kennenzulernen.« Solange er es noch kann,
dachte Aaron.

»Nun, okay«, gab Martha nach. »Und vielleicht geht ja
auch alles gut. Frank hat immer noch viele Tage, an denen sein

Verstand ziemlich klar ist. Heute ist es bisher gut gelaufen, vielleicht hast du also so einen erwischt.«

»Das höre ich gern.«

»Beim Film bin ich mir nicht ganz sicher, aber es wäre schön, mit ein paar Freundinnen aus der Kirche auszugehen. Ob es zu spät ist, um eine Reservierung im Western Cedar zu bekommen?«

»Keine Ahnung.« Aaron klemmte sich das Telefon zwischen Ohr und Schulter, während er auf dem Laptop die Website aufrief. »Lass mich nachsehen. Nein, es ist noch nicht zu spät. Soll ich dir einen Tisch reservieren?«

»Das wäre großartig. Für vier Personen bitte, und ich rufe gleich die Mädels an.«

Jetzt war es 16.45 Uhr, und Frank und Martha würden jeden Moment eintreffen. Aaron hatte bereits die Wickeltasche gepackt, unter anderem mit den neuen Babyflaschen, die er wegen Jacks Blähungen ausprobierte. »Bist du bereit für einen lustigen Abend mit deinem Grandpa?«, fragte Aaron, während er Jack auf seinem Knie auf und ab wippte. Jack gluckste vergnügt, und ein bisschen Sabber lief ihm über die Wange. »Ich auch«, sagte Aaron. »Wir machen besser einen Schnuppertest, nur für den Fall.« Er hob Jack hoch und roch an seiner Windel. Sie war zum Glück noch frisch. Als er hörte, wie Marthas Impala in die Einfahrt fuhr, setzte er Jack in die Babyschale und schnappte sich seine Schlüssel.

Aaron schloss hinter sich ab und ging die Stufen zur Auffahrt hinunter, gerade als Frank und Martha aus ihrem Auto stiegen. Frank trug eine Hose und ein langärmeliges Hemd, aber Martha glitzerte. Sie trug einen Hosenanzug aus Polyester mit um den Kragen genähten Edelsteinen, die in der Abendsonne funkelten.

»Überraschung!« Martha öffnete die hintere Tür ihres Fahrzeugs. »Schau mal, was Frank im Keller gefunden hat.«

»Was?«, fragte Aaron neugierig.

Frank blickte auf den Boden hinunter, ein breites Lächeln im Gesicht. »Das ist doch gar nichts«, wehrte er ab. »Sobald ich mich daran erinnerte, war mir klar, dass er perfekt für das Baby passen würde.« Er zuckte mit den Schultern, hob den Kopf und blickte Jack an.

Aaron stellte Jacks Schale auf den Boden und war gerührt, als Frank sich hinunterbeugte, um auf Augenhöhe mit ihm zu sein.

»Hallo, mein Kleiner.« Frank blähte die Backen auf wie ein Fisch, und Jack lachte. »Bist du mein kleiner Heilbutt?«

»Frank hat ihn sogar selbst installiert«, berichtete Martha. »Du kannst mir glauben, das Ding bewegt sich keinen Millimeter.«

»Hm?« Aaron hatte keine Ahnung, wovon Martha sprach, bis er den Kopf in ihren Chevy steckte. Da entdeckte er den Kindersitz. Jareds Kindersitz, so wie es aussah. Er war so alt, dass er noch einen Dreipunktgurt hatte. »Wow!«, machte er, während ihm die Kinnlade herunterfiel. »Wow.« Eine Million Gedanken schossen ihm durch den Kopf, angefangen bei *Todesfalle* und endend bei *Wer behält einen Kindersitz neunundzwanzig Jahre lang?* Aber er wusste, er konnte nichts sagen, ohne Franks großen Moment zu ruinieren. Das Einzige, was er tun konnte, war, sich zu schwören, dass Martha Jack niemals irgendwohin fahren würde.

»Und er befindet sich in einem tollen Zustand.« Martha strich über ihre Locken. »Ich will ja nicht prahlen, aber mit dem Kindersitz hatte ich nur einen einzigen Unfall, weil ich so eine gute Fahrerin bin.«

»Es war ein Unfall mit Blechschaden«, ergänzte Frank. »Sie hat Jessica beim Schwimmteam abgesetzt und ist jemandem hinten draufgefahren.« Er kratzte sich am Kopf. »Wie heißt diese Frau, die Yoga unterrichtet? Der Hippie?«

Martha runzelte die Stirn. »Laura Jonas, und ich kann nicht fassen, dass du dich daran erinnerst. Da habe ich einmal einen klitzekleinen Unfall, und du hältst es mir für den Rest meines Lebens vor.«

»Das nennt man Ehe.« Frank richtete sich auf und kniff Martha in den Hintern.

Martha kicherte mädchenhaft. »Oder so ähnlich.« Sie lächelte Aaron an. »Ich glaube, ihr drei werdet einen lustigen Abend haben.«

Und so war es auch. Frank war bei klarem Verstand und gut gelaunt. Er verzog keine Miene, als Aaron sich bei Wendy's einen mit Salat umwickelten Burger bestellte. Die Autowäsche war lustig, und Jack lachte, als das Regenschutzmittel über die Windschutzscheibe spritzte und Regenbögen bildete. Alles lief prima, bis zur Heimfahrt, als Jack sich auf das Lederpolster übergab. Seine Blähungen hatten wieder zugeschlagen.

»Oh-oh«, machte Frank und wurde aktiv. Er griff auf den Rücksitz und öffnete den Reißverschluss der Windeltasche. »Du hast doch einen Lappen hier drin, oder?«

Aaron nickte, während der gärige Geruch das Auto durchdrang. »Da sollten ein paar Spucktücher drin sein.«

Frank wischte die Sauerei auf. »Es sieht aus, als hätte jemand kein richtiges Bäuerchen gemacht, das ist alles.«

Aaron blickte wieder zu Jack und war erleichtert, dass Jack lächelte, jetzt wo das Gas aus seinem Bauch heraus war. »Verdammt, ich hatte wirklich gehofft, die neuen Flaschen würden helfen. Ich frage mich, ob es an seiner Milchnahrung liegt.« Die Mütter bei Sweet Bliss hatten ihm erzählt, dass manche Babys Schwierigkeiten hatten, die Milchnahrung zu verdauen, die Jack momentan bekam.

»Es könnte nicht schaden, die Kinderärztin zu fragen.« Frank drehte sich auf seinem Sitz zurück und faltete den schmutzigen Lappen zusammen. »Vorsicht ist besser als Nachsicht.«

»Das sehe ich genauso«, antwortete Aaron und witterte eine Gelegenheit. »Hast du schon einen Termin bei deinem Arzt gemacht, um über deine Gedächtnisprobleme zu sprechen?«

Frank runzelte die Stirn und grunzte. »Hat Martha dich dazu angestiftet?«

»Nein. Aber ich möchte, dass Jack so viel Zeit wie möglich mit seinem Großvater verbringen kann – du nicht?«

»Dem kann ich nicht widersprechen.« Frank seufzte. »Aber was ist, wenn der Arzt sagt, dass ich Alzheimer habe?«

»Ich weiß es nicht.« Aaron wünschte sich verzweifelt, er hätte Antworten. »Aber wenigstens kannst du dann einen Plan machen.«

Aaron und Frank waren beide froh, als sie zu Hause ankamen und aus dem Auto kletterten. Frank half Aaron, den Rücksitz sauber zu machen, und ging dann ins Wohnzimmer, um fernzusehen, während Aaron Jack badete. Als Aaron Jack ins Bett brachte, döste Frank bereits im Wohnzimmer. Er schlief, bis Martha kam, um ihn abzuholen.

»Danke«, sagte Martha, als sie Aaron zum Abschied umarmte.

»Nicht der Rede wert«, erwiderte Aaron, weil er das Gefühl hatte, durchaus einen schönen Abend gehabt zu haben.

Am nächsten Morgen legte Aaron Handtücher quer über den Rücksitz des Tesla, überall dorthin, wo der Kindersitz nicht hinreichte, für den Fall, dass Jack sich wieder übergeben musste. Auf der Fahrt zu Julia ließ er die Fenster herunter, um das Auto zu lüften. Hoffentlich würde Julia den Geruch auf dem Weg zum Schwimmen nicht bemerken.

»Ich weiß.« George nickte. »Shelly hat sich für dich eingesetzt und gesagt, Walt sei ein Lügner. Daraufhin hat er dich einen Miethai genannt, der seine Mieter in Elendsquartieren hausen lässt.«

»Ganz unrecht hat er da nicht.« Julia zeigte auf eines der schlimmsten Bilder, das ein klaffendes Loch zeigte, wo eigentlich Ziegel hätten sein sollen. »Dieses Dach ist furchtbar.« Sie klappte ihren Laptop auf. »Ich habe nicht genügend Geld zur Verfügung, um die Dächer sofort neu decken zu lassen.«

»Du bist reich an Land und arm an Geld – das beschreibt deine Situation genau.«

Julia nickte. »Aber dafür gibt es eine Lösung. Wie wäre es, wenn ich ein Gebäude verkaufe und mit den Einnahmen den Rest bezahle?« Sie wühlte sich durch den Papierkram, bis sie die Mappe fand, die Will ihr gegeben hatte. »Wenn ich das Grundstück an der Ecke Second und Main verkaufen würde, brächte es vier Millionen Dollar. Das würde reichen, um alle Dächer zu bezahlen und mit der Erneuerung der Elektrik und der Sanitäranlagen zu beginnen. Will meinte, so wie einige der alten Gebäude verkabelt sind, stellen sie ein gewaltiges Haftungsrisiko dar.«

George schaute auf das Blatt und pfiff. »Das ist eine Menge Geld, schon klar, aber wir reden hier von zwei Mietshäusern und dem Pariser Café. Könntest du es ertragen, solche Vermögenswerte zu opfern? Das Land ist seit über einem Jahrhundert im Besitz deiner Familie.«

»Ich weiß.« Julia ließ die Schultern sinken. »Es fühlt sich schrecklich an, auch nur über einen Grundstücksverkauf nachzudenken. Aber stell dir vor, wie schrecklich ich mich erst fühlen würde, wenn eines der Gebäude durch einen Kabelbrand Feuer finge und Leute verletzt würden.«

»Verletzt oder schlimmer«, bestätigte George. »Nun, das ist deine Entscheidung. Ich bin nur dein Buchhalter.« Er

»Ich möchte eines klarstellen«, begann Aaron und betrachtete Jack durch ein kompliziertes System von Saugnapfspiegeln, die ihm halfen, den nach hinten gerichteten Kindersitz im Blick zu behalten. »Ich hasse Triathlon. Beim Radfahren tut mir der Hintern weh und beim Schwimmen die Ohren. Laufen ist das Richtige für mich. Hörst du?«

Jack kicherte und fasste sich an die Zehen. Er trug einen Strampler mit einem lächelnden Alligator auf der Vorderseite. Seine gesamte Schwimmausrüstung – Badehose, Schwimm- windeln, normale Windeln, Creme gegen Windelausschlag, Feuchttücher, Sonnencreme, Hüte, Schwimmflügel, Kleidung zum Wechseln, Babyshampoo, eine Notfallflasche und Spucktücher – befand sich in der prallvollen Wickeltasche. Aaron war sich sicher, dass er etwas vergessen hatte, aber er konnte sich nicht erinnern, was. Er wusste auch nicht, ob er Sonnenschutzmittel brauchte. War das Schwimmbecken drinnen oder draußen? Er hätte Julia gern eine Nachricht geschickt, um das herauszufinden, aber er hatte ihre Nummer nicht, was ihn wie einen Idioten aussehen ließ. Die Sache mit der Sonnencreme war wichtig, denn er wollte nicht, dass Jack Sonnenbrand bekam, aber er wollte das Baby auch nicht unnö- tig mit Chemikalien vollschmieren. Aaron spürte Anspannung im Nacken. Schwimmen gehen mit einem Baby war viel schwie- riger, als er erwartet hatte.

Trotzdem konnte er die Leichtigkeit nicht fassen, die er seit dem Moment gestern Morgen verspürte, als Julia ihn um ein Date gebeten hatte, kurz bevor er sie für Freitag zum Essen hatte einladen wollen. Er wusste, dass es nach dem Trauma vom Januar noch zu früh war, um an eine Beziehung zu denken. Aaron befand sich auf einer Achterbahn der Gefühle zwischen Trauer und Schlafentzug.

Aber aus irgendeinem Grund war Aaron begierig darauf, allein mit Julia zu sprechen und alles über sie zu erfahren. Julia war einzigartig. Er wollte mehr über sie herausfinden. Abgesehen von gestern war jeder Moment, den sie bisher zusammen verbracht hatten, auf die eine oder andere Art stressig gewesen. Toby, der aufs Meer hinausschwamm, Jacks Windeldesaster, Frank, der sich verirrt hatte, Julia, die verletzt war, oder dieser Polohemd tragende, kohlenhydratessende Projektentwickler, der ihr Frühstück machte. Eine Verabredung zum Schwimmen klang perfekt.

Er parkte am Bordstein zwischen dem Haus der Reynolds und ihrem und bewunderte, wie die rosa Rosen über ihren weißen Lattenzaun wuchsen. In ihrer Einfahrt parkte ein Auto, was ihn verunsicherte. Es war ein silberner Cadillac mit Schalensitzen. Hatte Aaron sich im Datum geirrt? Er schaute nach hinten zu Jack und geriet in Panik. Vielleicht hatte sie nicht heute, sondern nächsten Mittwoch gemeint. Eisiger Schweiß brach ihm unter dem hellblauen T-Shirt auf dem Rücken aus. Das Letzte, was er wollte, war, vor Julias Tür zu stehen und von ihr abgewiesen zu werden. Das war genau der Grund, warum er noch nicht mit Dating anfangen wollte. Es war zu stressig. Aaron war sich nicht sicher, ob er damit umgehen konnte.

Jack gluckste auf dem Rücksitz. Die Sonne schien auf sie herunter und das Auto begann sich aufzuheizen, obwohl die Fenster noch heruntergelassen waren. »Okay, Kumpel«, sagte Aaron. »Jetzt oder nie.« Er stieg aus, öffnete die hintere Tür und löste den Kindersitz aus seiner Halterung. »Lass uns nachsehen, ob Julia bereit ist, oder ob dein Onkel … Ich meine, Daddy … Ich meine, was auch immer … ein riesiger Idiot ist.« Dieser Tag wurde von Minute zu Minute besser. Aaron konnte nicht einmal mit Jack sprechen, ohne sich zu verhaspeln. Er presste die Zähne zusammen und schwor sich, es von nun an besser zu machen.

Julia trat gerade auf die Veranda, als Aaron hinaufgehen wollte. Sie trug Shorts, die ihre durchtrainierten Beine zur

Geltung brachten, und glitzernde lila Flip-Flops. Das Oberteil ihres Badeanzugs lugte aus dem verblichenen Sweatshirt der University of Washington hervor, das sie anhatte. Ihr blondes Haar hatte sie zum Pferdeschwanz hochgebunden, und Lippenstift ließ ihren Mund rosig aussehen, obwohl der Rest ihres Gesichts ohne einen Hauch von Make-up war. »Aaron«, begrüßte sie ihn strahlend. »Du bist schon hier. Ich wollte zum Auto laufen, sobald du vorfährst, damit du Jack nicht erst herausnehmen musst, aber ich musste Toby noch in seinen Käfig bringen.« Sie schwang sich ihre Sporttasche über eine Schulter und schloss die Haustür ab. Toby bellte irgendwo im Haus.

»Wir sind gerade erst gekommen.« Aaron blickte auf den silbernen Cadillac. »Hast du Besuch?«

Julia steckte ihre Schlüssel ein. »Nein. Das ist der Immobiliengutachter, den der Hypothekenmakler geschickt hat, weshalb Toby in seinem Käfig liegt.« Sie seufzte. »Es ist eine lange Geschichte.« Dann warf sie einen Blick in die Babyschale und lächelte Jack an. »Hey, Süßer. Bist du bereit fürs Schwimmen?«

Jack kicherte und schlug an die Rassel, die vom Griff des Kindersitzes baumelte.

»Er freut sich, dich zu sehen«, stellte Aaron fest. »Genau wie ich auch.«

Julias Wangen erröteten in der gleichen Farbe wie ihre Lippen. »Ich freue mich auch, euch zu sehen.«

»Hier, ich nehme dir die Tasche ab.«

»Danke, aber bist du nicht schon genug beladen?«

»Das ist gar nichts.« Aaron hob mit seiner freien Hand die Sporttasche von Julias Schulter. Er öffnete ihr die Beifahrertür und stellte dann Jack und ihre Tasche auf die sauberen Handtücher, die den Rücksitz bedeckten. Der Tesla roch immer noch leicht nach Erbrochenem, aber er hoffte, dass Julia es nicht bemerken würde.

»Oh nein«, sagte Julia, nachdem Aaron auf dem Fahrersitz Platz genommen hatte.

»Was ist los?«

Sie legte die Stirn in Falten. »Neulich Abend, als ich meine Gehirnerschütterung hatte und du mich in die Notaufnahme gebracht hast … habe ich mich da in deinem Auto übergeben?«

Aaron lachte. »Nein. Das bist du alles schon auf dem Teppich bei deiner Haustür losgeworden. Bis wir zum Krankenhaus gefahren sind, war das schon erledigt. Ich entschuldige mich für den Geruch.« Er deutete mit dem Daumen auf den Rücksitz. »Mein Kumpel verträgt nicht mehr so viel wie früher.«

Julia lachte. »Da bin ich aber erleichtert. Wobei es mir natürlich leidtut, dass du mir dabei zusehen musstest, egal, wo es passiert ist.«

Aaron ließ den Wagen an und fädelte sich in den Verkehr ein. Da die Ninth Avenue mitten in der Stadt lag, war viel los, besonders um diese Tageszeit. »Der Cascade Athletic Club ist unten am Wasser, richtig?«

Julia nickte. »Ja. Auf der anderen Straßenseite vom Jachtklub.«

»Zwei Klubs, die direkt nebeneinanderliegen?«

»Der Jachtklub ist zum Bootfahren da und das CAC ist ein Fitnessstudio. Zwei verschiedene Geschäftsmodelle. Aber ich denke, es wird dir gefallen. Der Pool ist so warm wie Badewasser und dadurch prima geeignet für ältere Menschen und Babys. War Jack schon mal schwimmen?«

Aaron schüttelte den Kopf. »Das wird heute sein erstes Mal in einer Badehose. Hey, ich habe ganz vergessen zu fragen: Ist der Pool draußen oder drinnen?«

»Drinnen«, sagte Julia in entschiedenem Tonfall. »Sonst könnte ihn die Hälfte des Jahres niemand benutzen, weil es zu kalt wäre.« Sie blickte ihn von der Seite an und grinste. »Man merkt, dass du aus Kalifornien kommst.«

»Eigentlich stamme ich aus New Jersey.« Aaron griff im Türfach nach seiner Sonnenbrille. Die Sonne hatte sich durch die Nebelschicht gebrannt und es wurde warm. »Besitzt du ein Boot?«

Julia schüttelte den Kopf. »Nicht mehr. Mein Vater hatte eines, aber meine Mutter hat es nach seinem Tod verkauft.«

»Wann ist er gestorben?«

»Als ich zehn war.« Sie faltete die Hände in ihrem Schoß.

»Wie war er so?«

Julia nahm einen tiefen Atemzug und hielt die Luft an. Aaron fragte sich, ob er etwas Falsches gesagt hatte. Vielleicht hätte er nicht so neugierig sein sollen. Aber dann atmete sie aus. »Mein Vater hat alles mit mir gemacht«, erzählte sie mit ruhiger Stimme. »Er nahm mich mit zum Angeln, brachte mir das Krabbenfischen bei, half mir bei den Hausaufgaben, war bei allen meinen Schulveranstaltungen dabei und kam sogar mit, um Pfadfinderkekse zu verkaufen.«

»Klingt wie ein toller Typ«, meinte Aaron. »Und das komplette Gegenteil von meinem Vater«, fügte er hinzu, bevor er es verhindern konnte.

»Wirklich? Aber du bist so ein wunderbarer Vater für Jack, dass ich dachte, du hättest vom Besten gelernt.«

Aaron schüttelte den Kopf. »Nein. Die einzige Art der Erziehung, die mein Vater beherrschte, war das Öffnen seiner Brieftasche.«

»Nun, zumindest hat Jack einen hervorragenden Großvater auf Jareds Seite. Frank war ein guter Vater«, sagte Julia. »*Ist* ein guter Vater«, korrigierte sie sich.

»Jack und ich waren gestern Abend mit Frank unterwegs, während Martha mit Freundinnen essen war. Es hat Spaß gemacht.«

»Das ist großartig. Ich bin froh, dass du Teil ihres Lebens bist.«

»Ja. Der einzige unangenehme Teil war, als sie bei mir zu Hause auftauchten und Jareds alten Kindersitz in Marthas Chevy eingebaut hatten. Er muss dreißig Jahre alt sein.« Er fühlte sich schuldig, darüber zu reden, aber er musste es jemandem erzählen.

»Was?« Julia bedeckte ihren Mund mit der Hand und unterdrückte ein Lachen. »Ach du meine Güte, das ist ja schrecklich.« Sie zog ihre Hand herunter, aber es war zu spät – sie lachte.

»Ja, oder? Was soll ich nur tun? Ich kann nicht zulassen, dass Martha Jack in einem so alten Kindersitz herumfährt. Er hat nicht einmal einen Fünfpunktgurt.«

»Ich bin bei Facebook mit Jessica befreundet. Vielleicht kann ich ihr eine Nachricht schicken«, bot Julia an.

Aaron seufzte. »Ich weiß nicht …«

»Oder wie wäre es, wenn ich Martha gegenüber beiläufig erwähne, dass Kindersitze ein Verfallsdatum haben, wenn ich ihr Auto in der Einfahrt parken sehe? ›Oh, hey, nebenbei bemerkt, mir ist aufgefallen, dass Jacks Kindersitz nicht mehr aktuell aussieht. Wusstest du, dass … blah-blah-blah‹.« Julia sah Aaron an. »Was meinst du?«

»Das könnte funktionieren.« Aaron hatte das Gefühl, als hätte sie ihm eine Last von den Schultern genommen. »Danke.« Er betätigte den Blinker und bog auf den Parkplatz des Cascade Athletic Club ein. Glücklicherweise konnte er den Wagen im Schatten abstellen.

Aaron plante seinen nächsten Schritt, während er die Fenster hochfuhr. Leider nicht mit Julia, sondern in Bezug auf die Frage, wie er Jack und all seine verschiedenen Utensilien am besten ins Gebäude transportieren konnte. Würde ein Kinderwagen in der Umkleidekabine Platz finden? Nein, das schien unpraktisch. Wahrscheinlich würde auch die Babyschale nicht passen. Außerdem konnte sie nass werden. Das bedeutete, dass er entweder die Babytrage benutzen musste oder Jack in den Armen tragen.

»Alles in Ordnung?« Julia berührte seinen Ellenbogen.

»Was? Nein, tut mir leid.« Aaron schüttelte schnell den Kopf, um sich wieder zu sammeln. »Ich habe nur überlegt, ob ich den Kinderwagen brauche, das ist alles.«

»Oh!« Julia löste ihren Sicherheitsgurt. »Das glaube ich nicht. Ich habe noch nie einen Kinderwagen in der Frauenumkleide gesehen. Aber ich habe dir ein Vorhängeschloss für die Herrenumkleide mitgebracht.« Sie griff in ihre Tasche und zog ein Schloss heraus. »Der Code ist achtzehn null null. Das ist die Temperatur, bei der Frozen Yogurt gefriert. Achtzehn Grad Fahrenheit.«

»Danke. Ich wusste, ich habe etwas vergessen.« Aaron nahm ihr das Schloss aus der Hand, und ihre Finger berührten sich. Er überlegte, ob er ihre Hand noch einmal drücken sollte, so wie gestern im Froyo-Laden, aber das Auto fing schon an, warm zu werden, und er wollte nicht, dass Jack unruhig wurde. Außerdem war er ein Feigling. Er wusste nicht, ob er mit Zurückweisung umgehen konnte. In diesem Jahr hatte es schon so viel Kummer in seinem Leben gegeben, dass sein angeschlagenes Herz nicht noch mehr verkraften konnte. Aaron drückte einen Knopf, und die Heckklappe hob sich automatisch. Er stieg aus und holte die Wickeltasche, bevor er Jack aus seinem Kindersitz nahm.

Julia trug ihre Tasche selbst, da Aaron beide Hände voll hatte. Sie führte ihn zum Eingang und hielt ihnen die Tür auf. Kurz bevor sie das Gebäude betraten, riss Jack Aarons Sonnenbrille herunter und warf sie auf den Boden. Das Plastik zersplitterte.

Aaron seufzte. »Schon wieder eine«, stellte er kopfschüttelnd fest. »Gut, dass ich billige kaufe.«

»O nein!« Julia ließ die Tür zuschwingen und bückte sich, um die Trümmer aufzuheben.

Dabei betrachtete Aaron ihren Hintern länger als nötig, aber nicht annähernd lange genug. Sie hätte das Cover-Model eines Klettermagazins sein können, mit der Kamera direkt unter ihrem Hintern. Er errötete, als er merkte, dass er sie anstarrte, und hoffte, dass sie es nicht bemerkt hatte.

Die Klimaanlage war so hoch aufgedreht, dass das Betreten des Klubs wie das Betreten eines Kühlschranks war. In der zweistöckigen Lobby befanden sich raumhohe Wandgemälde der Cascade Mountains. Aaron betrachtete sie einen Moment lang ehrfürchtig und fragte sich, wie die einzelnen Gipfel hießen. Eines Tages wollte er sie gern selbst besteigen. Sofas und Couchtische bildeten gemütliche Sitzecken, und in der hintersten Ecke des Raumes befand sich eine Smoothie-Bar. Fitnessstudiobesucher unterschiedlichen Alters und Leistungsniveaus liefen mit Tennisschlägern und Yogamatten durch die Lobby. Eine Gruppe älterer Damen saß auf einem der Sofas und trank Cappuccinos aus hohen Glastassen.

»Hi, Laura, hier ist mein Gästeausweis«, sagte Julia und reichte der Frau am Tresen ihre Schlüssel zusammen mit einem kleinen Stück Papier. Lauras langes graues Haar war zu einem Dutt geschlungen, und sie trug ein marineblaues Shirt mit dem Logo des Cascade Athletic Club auf der Vorderseite. »Aaron, das ist Laura Jonas, Miteigentümerin des Klubs. Laura, das ist Aaron Baxter.«

»Laura Jonas, wie die Person, der Martha hinten draufgefahren ist?« Die Worte fielen aus Aarons Mund, bevor er es verhindern konnte.

Laura lachte und ließ die Kristallohrringe, die an ihren Ohren baumelten, erzittern. »Genau die. Aber das ist lange her, es sei denn, Martha ist mir in letzter Zeit noch mal hinten draufgefahren und ich weiß nichts davon.« Sie scannte einen Anhänger an Julias Schlüsselbund und reichte ihn ihr zurück.

»Nein, tut mir leid.« Aaron hielt das Baby hoch. »Das ist Marthas Enkel Jack.« Es war so viel einfacher, Jack auf diese Weise vorzustellen.

»Was für ein süßer Kerl!« Laura pumpte Handdesinfektionsmittel auf ihre Hände, bevor sie an Jacks nackten Zehen wackelte.

»Können wir bitte sechs Handtücher haben?«, fragte Julia.

»Sechs Handtücher?«, fragte Aaron genau in dem Moment, als ihm einfiel, dass er vergessen hatte, welche mitzubringen. »Warum brauchen wir sechs?«

»Eins für den Pool, eins für die Dusche«, erklärte Laura.

»Genau.« Julia steckte den Schlüssel zurück in ihre Tasche. »Aber eigentlich können wir auch acht nehmen. Mit dem Baby brauchen wir vielleicht ein paar zusätzlich.«

»Kein Problem. Ich erinnere mich gut daran, als meine Tochter Marlo noch ein Baby war.« Laura schob ein Stück Papier über den Tresen und reichte Aaron einen Stift. »Sie müssen nur zuerst das Anmeldeformular mit der Verzichtserklärung ausfüllen.« Sie drehte sich um, um die Handtücher zu holen.

Aaron setzte Jack von seiner rechten auf seine linke Hüfte und versuchte zu verhindern, dass die Wickeltasche ihm den Arm hinabrutschte.

»Hier.« Julia streckte ihm ihre Hände entgegen. »Ich werde Jack halten, während du den Papierkram ausfüllst.«

»Danke.« Er übergab ihr das Baby und nahm den Stift in die Hand. Das meiste auf dem Formular war leicht auszufüllen. Er notierte seinen Namen, seine Adresse, sein Geburtsdatum und seine Versicherungsgesellschaft und kreuzte dann das Kästchen über seine gesundheitliche Vorgeschichte an. Abgesehen von einer Schulterverletzung, die er sich bei einem brutalen Fußballspiel in der zehnten Klasse zugezogen hatte und die ihn manchmal immer noch quälte, war Aaron in ausgezeichneter Verfassung. Als er zu der Zeile für die Angabe einer Kontaktperson für Notfälle kam, wusste er zunächst nicht, was er schreiben sollte. Aber dann wurde ihm klar, dass Martha, auch wenn er sie nicht gefragt hatte, unbedingt wollen würde, dass er sie nannte, also schrieb er ihre Nummer auf. »Fertig«, erklärte er, während er die Kappe auf den Stift steckte. Er reichte Laura das Blatt und griff nach Jack.

»O nein.« Julia drehte sich aus seiner Reichweite. »Lass mich Jack wenigstens tragen, bis wir bei der Umkleide sind. Komm mit, ich zeige dir, wo du sie findest. Die Herrenumkleide ist oben, und das Schwimmbad ist hier drüben rechts.«

Was ein kurzer Weg hätte sein sollen, dauerte eine Ewigkeit, weil so viele Menschen anhielten, um Jack zu betrachten. Julia konnte keinen Meter weit gehen, ohne jemandem zu begegnen, den sie kannte.

»Julia!« Ein Mann mittleren Alters mit schulterlangem Haar stützte seine Yogamatte auf die Schultern und blieb stehen, um sie zu begrüßen. »Wer ist denn dieses süße Kerlchen?«

»Hi, Matt.« Julia wiegte sich von einer Seite zur anderen, und das Baby kicherte. »Das ist Jack.« Sie drehte sich um und sah Aaron an. »Und das ist Aaron, und wir gehen schwimmen.« Sie sprach mit einer Singsangstimme, die Jacks Aufmerksamkeit völlig in Beschlag nahm. Das Baby konnte seinen Blick nicht von ihr abwenden.

»Matt Guevara«, sagte der Mann und streckte die Hand aus. »Sind Sie neu in Harper Landing? Ich habe Sie bisher noch gar nicht gesehen.«

»Oh!« Julia hörte auf, sich hin- und herzubewegen. »Es tut mir leid, ich hätte dich richtig vorstellen sollen. Aaron, Matt gehört der Gnome's Backyard, das ist der beste Gartenladen in ganz Snohomish County. Matt, Aaron ist erst vor etwas mehr als einem Monat hierhergezogen.«

»Das ist richtig.« Aaron schüttelte Matts Hand. »Schön, Sie kennenzulernen.«

»Wenn Sie nicht dazusagen, wo Sie vor Ihrem Umzug gewohnt haben, dann tippe ich auf Kalifornien«, sagte Matt mit gespielter Missbilligung.

Aaron schnitt eine Grimasse. »Schuldig im Sinne der Anklage.«

Matt klopfte ihm auf den Rücken. »Wir werden es Ihnen nicht übel nehmen, nicht wahr, Julia?«

Julia schüttelte den Kopf. »Nein, aber ich schlage vor, dass du ab jetzt sagst, dass du aus New Jersey kommst. Die Washingtoner sind ziemlich verärgert darüber, dass Kalifornier hierherziehen und unseren Immobilienmarkt kaputtmachen.«

Nach Matt trafen sie zwei ältere Damen, die mit Julias Mutter befreundet gewesen waren, Paiges Ehemann Bob, eine Frau, die den Korb von Sweet Bliss bei der Orca-Tree-Preschool-Auktion gewonnen hatte, und schließlich einen völlig Fremden, der die einzige Person im ganzen Ort zu sein schien, die Julia nicht kannte, aber dennoch stehen blieb, um das Baby zu bewundern. »Wie kommst du mit diesem Kind bloß irgendwohin?«, fragte Julia am Eingang zu den Umkleideräumen. Ihr Sweatshirt rutschte ihr kurz von der Schulter, bevor sie es wieder zurechtzog, und Aaron konnte einen Blick auf ihren langen Hals und ihre seidig glatte Haut erhaschen. »Jack ist so süß, dass alle ihn begrüßen wollen.«

»Normalerweise ist es nicht so schlimm«, versicherte ihr Aaron, als er das Baby wieder entgegennahm. »Das Problem ist eher, dass du anscheinend eine lokale Berühmtheit bist.«

»Stimmt nicht! Die Hälfte der Zeit bemerken mich die Leute nicht einmal.« Sie kitzelte das Baby an den Knien, und es kicherte. »Es liegt an Jack. Er ist ein Herzensbrecher.«

Da ist er nicht der Einzige, dachte Aaron, als er in Julias warme braune Augen blickte. Die Achterbahn der Gefühle, auf der er fuhr, raste auf und ab. Aaron war dabei, sich Hals über Kopf in sie zu verlieben. Der Kummer war immer noch da, zusammen mit der überwältigenden Traurigkeit über den Verlust seiner Schwester und seines besten Freundes. Aber da war noch etwas anderes, das auf ihn zukam, und es war so nah, dass er es fast schmecken konnte: Freude. Als er neben Julia stand, Jack in den Armen hielt und sie beide lachen hörte, fühlte Aaron sich zum ersten Mal seit Monaten wieder glücklich.

KAPITEL 15

Das Wasser war warm und einladend, aber Julia wollte ihr Gesicht nicht nass machen. Sie streckte den Arm zur Seite aus und hielt den Kopf über der Wasseroberfläche, während sie mit einem altmodischen Seitenschlag durch das Becken glitt. Julia konnte eigentlich besser schwimmen, aber die zehn Sommer, in denen sie zur Teilnahme am Schwimmteam gezwungen worden war, hatten bewirkt, dass sie es verabscheute, ihr Gesicht ins Wasser zu halten. Sie hasste das brennende Gefühl, wenn es ihr versehentlich in die Nase stieg, und die Art und Weise, wie ihre Ohren noch mehrere Stunden nach dem Verlassen des Beckens verstopft waren. Aber im Moment war das ihre geringste Sorge. Julia fragte sich, wo Aaron und Jack blieben. Es war zwanzig Minuten her, dass sie in die Männerumkleide gegangen waren, und sie waren immer noch nicht aufgetaucht.

Vielleicht war das Ganze eine schlechte Idee gewesen, dachte Julia bei sich. Vielleicht hatte Aaron nur Ja gesagt, weil sie ihn in Zugzwang gebracht hatte. Sobald sie mit den Selbstzweifeln angefangen hatte, waren auch die anderen Bedenken wieder da. Wie sollte sie eine Million Dollar auftreiben, wenn sie keine Hypothek auf ihr Haus aufnehmen konnte? Alles hing von diesem Immobiliengutachter ab. Was hatte er gefunden? Sie wusste, dass sie Holzameisen im Haus hatte. Sie sprühte jedes Jahr, aber sie kamen immer wieder zurück. An ihrem Treppengeländer musste ein Stück ersetzt werden, weil Toby es angeknabbert hatte. Wahrscheinlich würde der Gutachter dafür Punkte abziehen. Und wie ging es Toby gerade, eingesperrt in seinem Käfig? Normalerweise ließ Julia ihn im Haus frei laufen, da es eine Hundeklappe zum Garten gab, aber das war natürlich nicht möglich, während ein Fremder mit Klemmbrett und Taschenrechner im Haus herumspazierte.

Julia stieß sich vom Beckenrand ab und schwamm eine weitere Runde. Sie schaute auf die Wanduhr und beobachtete das Ticken des Sekundenzeigers. Jetzt war es vierundzwanzig Minuten her, dass sie Aaron das letzte Mal gesehen hatte. Er war gegangen. Das war die einzige Erklärung. Warum hatte sie sich bloß mit Jack in der Lobby so lächerlich verhalten? Ihr hatte es einfach so gut fallen, wie der Kleine jedes Mal gelacht hatte, wenn sie das Wort »wow« sagte. Er hatte noch mehr gekichert, als sie von einem Fuß auf den anderen gehüpft war. Aaron musste sie für eine Verrückte halten, die durch Fitnessstudios tänzelte und »Wow! Wow! Wow!« rief. Julias Magen zog sich zu einem Knoten zusammen. Sie hätte nie das Risiko eingehen dürfen, ihn zum Schwimmen einzuladen. Wie hatte sie nur so dumm sein können?

Doch dann schwang die Tür zur Lobby auf, und Aaron kam in einer marineblauen Badehose herein und hielt Jack an der nackten Brust. Der Knoten in Julias Magen verwandelte sich in Schmetterlinge. Jack sah hinreißend aus in den blassgrünen Shorts mit einem Hai auf dem Po. Seine zarte Haut hatte die Farbe von Milch. Er war kein pummeliges Baby, aber er hatte etwas Weiches an sich, das in scharfem Kontrast zu Aarons harten Brustmuskeln stand. Julia zog instinktiv ihre Bauchmuskeln ein und hoffte, dass das Elasthan in ihrem Badeanzug hielt. Sie spannte ihren Trizeps an, bevor sie ihm aus dem Wasser zuwinkte. Ganz sicher wollte sie ihm keinen schwabbeligen Arm präsentieren.

Aaron erwiderte ihr Lächeln und hob Jacks Hand, um ihm beim Winken zu helfen. Sobald Jack Julia sah, brach er in ein Grinsen aus. Aber als die beiden die Stufen herunter in den Pool stiegen, verzog Jack das Gesicht. Er riss die Augen weit auf, klatschte mit der Hand auf die Wasseroberfläche und sah zu, wie Tröpfchen aufspritzten. Dann blickte er zu Aaron auf, um zu sehen, wie er reagierte.

»Es ist okay«, versicherte ihm Aaron in beruhigendem Ton. »Das ist ein Pool. Es ist wie eine Riesenbadewanne.«

Julia schwamm zu ihnen hinüber. »Badet er gern?«

»Er liebt es geradezu«, bestätigte Aaron. »Aber er hasst es, in die Badewanne gelegt zu werden, und er hasst es, wieder herauszukommen.«

»Das ergibt überhaupt keinen Sinn.«

Aaron zuckte mit den Schultern. »Wem sagst du das. Tut mir leid, dass wir so lange gebraucht haben. Es war viel schwieriger, uns beide umzuziehen, als ich dachte. Ich konnte ihn nicht auf den Bänken vor dem Spind ablegen, weil ich Angst hatte, er würde auf den Fliesenboden rollen. Zum Glück kam Matt herein und hat Jack für mich gehalten, damit ich meine Badehose anziehen konnte.«

»Oje! Das tut mir leid. Ich habe nicht bedacht, wie schwierig es sein würde.«

»Es ist nicht deine Schuld.« Aaron stieg die restlichen Stufen herunter und sank bis zu Jacks Schultern ins Wasser. »Alles ist schwieriger mit einem Baby – einkaufen, zum Briefkasten gehen, schlafen …« Er runzelte kurz die Stirn, bevor er Jacks Wange küsste. »Aber das ist okay. Jack ist es wert. Ich wünschte nur, ich hätte daran gedacht, mein Handy mitzunehmen, denn ich wollte ein Foto machen von Jacks erstem Mal im Schwimmbad.«

»Ich habe mein Handy im Spind. Ich werde es holen gehen.« Julia kletterte die Stufen hinauf und versuchte, sich nicht zu schämen, dass ihr Körper im Badeanzug zur Schau gestellt wurde. Sie drückte sich das Wasser aus ihrem Pferdeschwanz. »Ich bin gleich wieder da.« Rasch schlüpfte sie in ihre Flip-Flops, wickelte sich in ihr Handtuch und eilte in die Umkleidekabine. Die Luft war kalt im Vergleich zu der Wärme des Wassers, und eine Gänsehaut lief ihr über die Haut. In der Umkleide begegnete sie einer Freundin aus der Highschool, aber sie hielt nicht an, um mit ihr zu plaudern. Stattdessen flitzte sie zurück zum Pool, um Fotos zu machen.

»Das ging schnell«, bemerkte Aaron, als sie zurückkam.

Julia ging in die Hocke und stellte ihr Telefon in den Porträtmodus. »Lächeln«, bat sie, bevor sie das erste Foto knipste. »Warte, Jack hat nicht in die Kamera geschaut.« Sie bewegte ihr Gesicht vom Telefon weg und versuchte, seine Aufmerksamkeit zu erregen. »Ja-ack«, rief sie mit Singsangstimme. »Jack, Jack, Jack.« Das Baby drehte sich um und schaute sie an, und Julia tippte auf die Kamera. »Ein Bild hätten wir«, stellte sie fest. »Aber er sieht so ernst darauf aus.«

»Mal sehen, ob ich ihn zum Lächeln bringen kann.« Aaron kitzelte das Baby unter dem Kinn und versuchte sogar, den Kleinen im Kreis herumzuschwenken. Doch trotz Aarons Bemühungen blieb Jacks Miene ernst.

»Wow!«, machte Julia. »Wow, wow, wow.« Jack drehte den Kopf in ihre Richtung und kicherte. »Wow!«, sagte sie wieder und machte ein Foto. »Wowey, wow, wow, wow.« Das Baby gluckste und spritzte im Wasser herum.

»Keine Ahnung, was du in Babysprache sagst, aber es funktioniert offensichtlich«, kommentierte Aaron grinsend.

»Wie lautet deine Nummer?« Julia hielt beide Daumen wartend über das Display. »Ich schicke dir die Bilder.« Aaron ratterte sie herunter, und Julia drückte auf Senden. Dann legte sie das Handy neben ihren Sachen ab und sprang zurück in den Pool. Als sie wieder sicher im Wasser war, wurde ihr klar, was sie getan hatte. Zuerst hatte sie ihn um ein Date gebeten. Dann hatte sie sich seine Nummer besorgt. Wer war sie, und was war aus ihr geworden? »Du bist schlicht«, hatte Waverley immer zu ihr gesagt. »Gut aussehende Jungs mögen keine unscheinbaren Mädchen.« Julia erhaschte einen Blick auf ihr Spiegelbild im Fenster und bemerkte, dass ihr ganzer Lippenstift abgewaschen war. Ihr Gesicht war rot und aufgedunsen vom Chlor, und ihr Pferdeschwanz hing herunter. Julia wandte sich vom Fenster ab und trat Wasser, sodass jeder Teil von ihr bis zum Hals bedeckt war.

»Hast du schon immer davon geträumt, einen Frozen-Yogurt-Laden zu besitzen?«, fragte Aaron.

Julia verdrängte die dunklen Gedanken aus ihrem Kopf und konzentrierte sich auf die Gegenwart. »Ja«, antwortete sie. »Ich meine, irgendwie schon. Meinem Vater gehörte Sweet Bliss, als es noch ein Eiscafé war, und es war einer der traurigsten Tage meines Lebens, als es geschlossen wurde. Als Teenager träumte ich davon, das Geschäft eines Tages wieder zu eröffnen, aber nachdem ich aufs College gegangen war und im Ausland studiert hatte, entschied ich, dass ein Frozen-Yogurt-Laden vielleicht ein besseres Geschäftsmodell für unsere Stadt wäre. Ich habe auch über Gelato nachgedacht, aber dann meine Meinung geändert.«

»Warum? Gelato klingt auch nach einer guten Idee.«

»Ist es auch.« Julia nickte. »Ich liebe Gelato. Aber Frozen Yogurt klingt gesünder, und Harper Landing ist eine aktive Gemeinde. Wir haben Familien, die ihre Wochenenden mit Fußballspielen füllen, und Babyboomer, die jeden Tag ins Fitnessstudio gehen. Ich fand, dass ich mit Frozen Yogurt bessere Chancen hatte, Geld zu verdienen, weil die Leute es weniger als eine Belohnung empfinden, die für besondere Anlässe reserviert ist.« Sie änderte die Richtung, in die ihre Arme paddelten. »Ich meine, in Italien essen die Menschen ständig Gelato, weil sie nur eine kleine Kugel nehmen. Aber das hier sind die USA. Eine kleine Kugel funktioniert hier nicht. Ich habe Kunden, die ein paar Mal in der Woche kommen und sich einen großen Becher von der fett- und zuckerfreien Sorte gönnen und dann Beeren draufgeben. Da es kalorienarm und voller Kalzium ist, ist es nicht schlecht für ihre Gesundheit.«

»Bis auf die künstlichen Süßstoffe«, warf Aaron ein.

Julia zuckte mit den Schultern. »Das ist ihre Entscheidung. Die meisten meiner Geschmacksrichtungen sind mit natürlichen Zutaten hergestellt. Was ist mit dir? Wie habt du und Jared Big Foot Paleo aufgebaut?« Es tat weh, Jared zu erwähnen, aber Julia wollte es wissen. Außerdem hoffte sie, das Gespräch von Sweet Bliss wegzulenken. Ihr Geschäft war ihr Baby, und Aarons Bemerkung über die künstlichen Süßstoffe hatte sie getroffen. Welches Recht hatte er, so etwas zu behaupten? Sie persönlich fand, dass jede Ernährungsform, bei der ganze Nahrungsmittelgruppen ausgeschlossen wurden, lächerlich war, aber das wollte sie Aaron nicht sagen, da ihm Paleo so wichtig war. Das wäre unhöflich gewesen.

»Jared und ich haben uns im ersten Studienjahr kennengelernt, wir lebten im Wohnheim nur zwei Zimmer auseinander. Im Frühjahr begannen wir beide mit dem Training für einen Triathlon.«

»Ich wusste nicht, dass du Triathlon machst.«

»Tue ich auch nicht.« Aaron zog eine Grimasse. »Das habe ich irgendwann Mitte Mai aufgegeben und bin stattdessen dazu übergegangen, meinen ersten Marathon zu laufen. Aber Jared trainierte weiter für den Triathlon, und wir waren beide frustriert, was die Verpflegung anging. Das Essen im Wohnheim war in Ordnung, aber wir hatten keine transportierbaren Snacks. Außerdem wurde mir ständig schlecht.«

Aaron runzelte die Stirn und zog die Augenbrauen zusammen. »Eigentlich war ich schon mein ganzes Leben lang krank, aber mir war nicht klar, warum, bis Jared meinte, dass ich vielleicht eine Laktoseunverträglichkeit habe. Wie sich herausstellte, machen mir nicht nur Milchprodukte, sondern auch andere entzündungsfördernde Lebensmittel wie Zucker und Mais zu schaffen.«

»Und das hast du vor dem College nicht gemerkt?«

Aaron schüttelte den Kopf. »Nein. Als Kinder hatten wir alle sechs Monate ein neues Kindermädchen. Sie hielten es alle nicht lange bei uns aus, bevor sie kündigten oder meine Mutter sie feuerte. In der Highschool war ich zu ahnungslos, um zu erkennen, dass das, was ich aß, mich krank machte. Aber dann im College las Jared ein Buch über die Paleo-Diät und schlug vor, sie auszuprobieren. Nach drei Tagen ging es mir zu neunzig Prozent besser. Nach einem Monat war ich ein völlig neuer Mensch. Aber Paleo-gerechtes Essen im Wohnheim war schwierig. So fingen wir an, in der Gemeinschaftsküche getreidefreies Müsli zu backen und mit zum Training zu nehmen. Die Leute, mit denen wir trainierten, alles reiche Techies im Silicon Valley, haben uns welches abgekauft, und bevor wir wussten, wie uns geschah, waren wir Paleo-Müsli-Händler.«

»Hattet ihr einen Gewerbeschein?«, fragte Julia. »Und einen Hygieneausweis?«

Aaron gluckste. »Nein. Wir haben auch keine Großküche benutzt, hatten also Glück, dass wir nicht erwischt wurden. Aber einer unserer Kunden war ein Risikokapitalgeber, und er hat uns geholfen. Wir haben beide in der Mitte unseres zweiten Studienjahres das College offiziell abgebrochen. Selbst mit dem Geld des Risikokapitalgebers war es ein Glücksspiel. Meine Eltern weigerten sich zu helfen, weil sie wegen des abgebrochenen Studiums wütend auf mich waren, aber meine Schwester

Sara hat uns von Zeit zu Zeit Geld geschickt, um uns aus der Patsche zu helfen.«

»Jared war schon immer sehr risikofreudig.« Julia hielt mit dem Wassertreten einen Moment inne und erinnerte sich. »Einmal, als ich zehn war, kletterte er auf die Zeder in unserem Vorgarten, um einen Luftballon zu holen, der sich in den Ästen verheddert hatte.«

»Das klingt nach Jared.« Aaron hob das Baby von einer Seite seines Körpers auf die andere.

Julia schaute weg, damit er nicht sah, wie ihr Tränen in die Augen stiegen. Es war lange her, dass sie an diesen Ballon gedacht hatte, oder an all die Ballons, die sie auf dem Friedhof von Harper Landing bei der Beerdigung ihres Vaters hatten steigen lassen. Es war Schicksal oder Pech gewesen, dass einer der Ballons weggetrieben war und sich ein paar Tage später in den Ästen neben ihrem Schlafzimmerfenster verheddert hatte. Julia wollte nicht jedes Mal, wenn sie aus dem Fenster schaute, an die Beerdigung ihres Vaters erinnert werden. Sie hatte ihre Mutter angefleht, ihn herunterzuholen, aber Waverley hatte nur geschrien: »Was soll ich denn machen, eine Leiter hochklettern?«

Jared hatte keine Leiter benutzt. Er kletterte frei und ohne Gurt neun Meter hoch, obwohl er erst in der fünften Klasse war. Als er den Ballon erreichte, riss er ihn so heftig aus den Nadeln, dass er fast das Gleichgewicht verlor. Ein paar Sekunden später schwebte der Ballon nach unten, aber Jared hielt sich am Stamm fest. Als er endlich wieder den Boden erreichte, brach Julia in Tränen aus. Sie schlang die Arme um ihn und versprach, für immer seine Freundin zu sein.

»Kann ich Jack halten, während du ein paar Bahnen schwimmst?«, fragte Julia. Ihre Stimme war etwas zittrig.

»Das wäre großartig«, erwiderte Aaron. »Danke.«

Jack fühlte sich im Wasser schwerelos an, und seine nackte Haut klebte an ihren Schultern, als wäre er eine Fortsetzung ihres Körpers. Er grinste, griff nach ihrem Pferdeschwanz und steckte das Ende in den Mund. »Hey«, sagte sie und zog ihn sanft heraus. »Haare sind nicht zum Essen da.« Also griff Jack stattdessen nach ihren Wangen und drückte sie zusammen. »Wow«, machte Julia und brachte ihn zum Lachen. Er gab ihr einen Klaps auf die Wangen, damit sie es wiederholte. »Wow, wow, wow.« Sie wollte ihn auf die Wangen küssen, wie sie es bei Aaron gesehen hatte, wusste aber nicht, ob sie das durfte. Stattdessen schmiegte sie sich einen Moment an ihn, bevor sie ihn im Kreis herumzog. »Superbaby!«, rief sie, während sie mit ihm im Pool herumspazierte. Sie war so sehr auf Jack konzentriert, dass sie gar nicht mitbekam, wer sich in der Bahn neben ihr befand.

»Na, sieh mal an, wer da ist«, sagte eine mürrische Stimme. »Der Miethai von Harper Landing.«

Julia blickte auf und erkannte Walt Lancasters drahtiges weißes Haar, das seitlich von seinem Kopf abstand, und seinen dicken Bauch, der über einer tief sitzenden Badehose hing. Sie zog Jack in die Armbeuge und hielt ihn fest. »Ich bin kein Miethai, Walt.«

»Erzähl das Dave Parson.« Walt zeigte nach oben an die Decke. »Er hat ein Leck von der Größe der Elliott Bay in seinem Dach.«

»Im August kommen neue Dächer drauf.« Julia stellte sich aufrecht hin und schlang auch den anderen Arm um Jack.

»Noch einer von deinen Freunden?«, fragte Aaron, als er zu ihnen herüberschwamm.

»Nein«, blaffte Walt. »›Opfer‹ wäre eine bessere Bezeichnung. Die Harpers behandeln mich schon seit achtunddreißig Jahren ungerecht.«

Julia spürte, wie ihre Wangen heiß wurden. »Es ist nicht meine Schuld, dass meine Mutter dich vor dem Altar stehen gelassen hat«, erklärte sie, bevor sie sich davon abhalten konnte.

»Jede Frau mit einem Funken Verstand hätte meinen Vater dir vorgezogen.«

»Ganz genau«, hallte eine Stimme vom Rand des Pools herüber. Es war Matt, der seine Yoga-Klamotten trug, aber einen Turnschuh in der Hand hielt. »Hör endlich auf damit, Walt. Jeder weiß, dass Julia ihre Immobilien unter Marktwert vermietet. Sie leitet praktisch eine Wohltätigkeitsorganisation.«

»Die Mieten werden bald erhöht, um die Inflation auszugleichen«, antwortete Julia und fühlte sich gedemütigt. Erst schikanierte Walt sie, und jetzt kam Matt zu ihrer Verteidigung – indem er ihren mangelnden Geschäftssinn bloßstellte.

»Warum sollten wir mehr Geld bezahlen, wenn deine Gebäude auseinanderfallen?«, wollte Walt wissen.

»Ich habe dir doch gerade gesagt, dass ich im August alle meine Häuser neu decken lasse«, erwiderte Julia.

Walt zeigte mit dem Finger auf sie. »Wenn deine Mutter noch leben würde, würde sie sich für dich schämen.«

»Ja? Und?« Julia ignorierte die Tränen, die sie blinzeln ließen. »Meine Mutter hat sich immer für mich geschämt, das ist also nichts Neues.« Jack klammerte sich wieder an ihren Pferdeschwanz und zog daran. Julia griff nach seiner kleinen Faust, um die Haare daraus zu befreien, und das Gefühl der winzigen Babyhand, die ihre drückte, verlieh ihr Mut.

»Du kannst die Mieten nicht einfach erhöhen, nur weil dir danach ist«, beharrte Walt. »Mieter haben Rechte.«

»Die meine Anwälte genau beachten werden.« Julia küsste Jacks Hand. »Du kannst gern mit ihnen reden, wenn du Fragen hast.« Sie wirbelte im Wasser herum und stieß dabei fast mit Aaron zusammen, der direkt hinter ihr stand. »Können wir los?«, fragte sie mit höherer Stimme als sonst. Sie fühlte sich, als würde ihr die Kehle ein wenig eng.

Aaron verschränkte die Arme vor der Brust und starrte Walt böse an. »Ja. Ich bin fertig mit Schwimmen.«

Matt wandte seinen bösen Blick von Walt ab, und seine Miene wurde weicher. »Braucht ihr ein Handtuch für das Baby?«

»Das wäre toll.« Julia eilte, so schnell sie konnte, zu den Stufen am Rande des Pools. »Da hängt eins an dem Haken dort drüben.«

Matt holte das flauschige Badetuch. Er hielt es auf, während sie aus dem Pool kletterte, dann nahm er ihr Jack ab und wickelte das Baby ein, als wäre es eine Dahlienknolle, die für den Winter sicher verpackt werden sollte. Julia warf sich das Handtuch um die Schultern und zwängte die Zehen in ihre Flip-Flops. Sie nahm ihr Handy in die Hand und versuchte, nicht zu Walt zu blicken. Als sie es doch tat, war sie überrascht, dass er wütend aussah, allerdings nicht auf sie, sondern auf Aaron, der immer noch im Pool war und mit Walt sprach.

»Haben wir uns verstanden?«, fragte Aaron ihn.

»Kümmern Sie sich um Ihre eigenen Angelegenheiten«, verlangte Walt mit einem Knurren.

»Sie *ist* meine Angelegenheit. Und da, wo ich herkomme, ist es nicht in Ordnung, Leute im Schwimmbad anzugreifen.«

»So werden die Dinge in Harper Landing auch nicht gehandhabt«, fügte Matt hinzu und hielt Jack fest. »Und das weißt du auch, Walt. Was du heute getan hast, verstößt gegen den Ehrenkodex für die Mitglieder der Handelskammer. Wir sollen unsere Geschäftspartner unterstützen, nicht uns gegenseitig zerfleischen.«

Eine Menschenmenge versammelte sich, als andere Schwimmer, die den Poolbereich betreten hatten, stehen blieben, um die Szene zu beobachten. Julia schnappte nach Luft, als sie merkte, dass sie den Atem angehalten hatte. Sie konnte nicht verstehen, was ihre Mutter jemals in Walt gesehen hatte. Worüber hatten sie während ihrer wöchentlichen Mittagessen in Lynnwood gesprochen? Was für eine Enttäuschung sie als Tochter war? Julia stieß die Luft aus. Ja, dachte sie bei sich. Genau darüber hatten sie vermutlich gesprochen.

»Komm, Julia«, meinte Aaron. »Lass uns gehen.« Er verabschiedete sich von Matt mit einem Fauststoß, bevor er das Baby nahm. »Danke, Mann. Ich schulde Ihnen was.«

»Wie wäre es, wenn ich auf Jack aufpasse, während du dich anziehst?«, bot Julia an.

»Wirklich?«, fragte Aaron. »Aber du bist klatschnass.« Er blickte über ihre Schulter zu Walt. »Außerdem ist da immer noch dieser Typ.«

»Ich werde auf Jack aufpassen«, schlug Matt vor. »Ich muss erst um elf im Gnome's Backyard sein.«

»Danke, aber ich sollte ihn wahrscheinlich mit unter die Dusche nehmen, um das Chlor abzuspülen.« Aaron machte ein paar Schritte in Richtung Umkleide. »Ich treffe dich in der Lobby, sobald ich kann«, versprach er Julia.

»Du meinst, so in drei Stunden?«, antwortete sie. Es fühlte sich gut an, wieder zu scherzen, als ob der Stress ihrer Konfrontation mit Walt bereits abebbte.

»So ähnlich«, erwiderte Aaron grinsend. »Wartest du auf mich?«

»Natürlich«, gab sie spielerisch zurück. »Du bist meine Mitfahrgelegenheit nach Hause.«

Kapitel 16

Die Art und Weise, wie Jack quengelte, verriet Aaron, dass die Zeit für ein Schläfchen unmittelbar bevorstand. Möglicherweise war es sogar zu spät, um dem Baby noch ein Fläschchen zu geben, bevor es einnickte. Leider war der Kinderwagen im Auto. In der Horizontalen wäre Jack schon längst eingeschlafen gewesen, Flasche hin oder her. Stattdessen wand er sich auf dem Weg aus der Umkleidekabine in Aarons Armen. Als sie die Lobby erreichten, saß Julia auf einem der dick gepolsterten Sofas und nippte an einem Smoothie. Sie klopfte auf den Platz neben sich. »Ich habe dir auch einen gekauft, mit Kokosnusswasser, Grünkohl, Mangold und Pfirsichen. Das ist Paleo, richtig?«

Aaron nickte und ließ die Windeltasche zu seinen Füßen fallen. »Das hast du gut gemacht. Würde es dir etwas ausmachen, wenn wir einen Moment hierbleiben, während ich Jack füttere?« Sie schüttelte nur den Kopf, und er setzte sich neben sie. »Jack mag eigentlich keine kalten Flaschen, aber er trinkt sie, wenn er hungrig genug ist.« Das Baby schlug ihm auf die Brust und begann zu weinen.

»Oh-oh. Sieht aus, als hätte das Schwimmen seinen Appetit angeregt.« Julia nahm Jack aus Aarons Armen und versuchte, ihn zu beruhigen. Jack bog den Rücken durch und weinte noch lauter. Die Leute um sie herum blickten zu ihnen herüber, um zu sehen, woher der Lärm kam.

Aaron riss die Windeltasche auf und fand die Flasche innerhalb von fünfzehn Sekunden, die sich wie fünfzehn Jahre anfühlten. Er nahm den Deckel ab und steckte den Nippel Jack mitten beim Schreien in den Mund. Das Baby schnappte zu, beruhigte sich sogleich und saugte gierig. Jetzt, da das Weinen aufgehört hatte, spürte Aaron, wie die Anspannung von ihm abfiel. Er beobachtete, wie Julia Jack in ihren Armen wiegte und ihm die Flasche gab.

»Willst du nach draußen gehen?«, fragte sie. »Da gibt es eine schattige Bank, wo man die Boote beobachten kann, die in den Jachthafen ein- und auslaufen.«

»Das klingt toll.« Aaron war nicht besonders erpicht darauf, dass ganz Harper Landing sie beobachtete. Im Cascade Athletic Club kam er sich mit Julia vor wie in einem Goldfischglas. »Ich nehme die Taschen.« Er zog den Reißverschluss der Wickeltasche zu und nahm auch Julias Sportsachen mit. Dann folgte er ihr nach draußen und einen Weg hinunter zum Wasser. Sie setzten sich auf eine Metallbank unter einer Pappel. Die Luft roch nach Salzlake und Tauwerk. Im Hafen schaukelten Segelboote neben Motorbooten und gelegentlich einer Jacht. Sie saßen ein paar Augenblicke schweigend da, bevor Julia das Wort ergriff.

»Jetzt weißt du also, warum ein Immobiliengutachter bei mir zu Hause ist«, stellte sie fest. »Ich nehme eine Hypothek auf mein Haus auf, weil alle meine Mietobjekte neue Dächer brauchen. Meine Mutter hat die Instandhaltung ziemlich schleifen lassen, als sie noch das Sagen hatte.« Das sagte sie sachlich, ohne Wertung.

»War das die Idee von Will?«, fragte Aaron. Der Gedanke, dass der Bauunternehmer Julia am Morgen des Vortags ein Frühstück zubereitet hatte, machte ihn brummig.

»Nein, Will möchte, dass ich ihm etwas von meinem Land verkaufe und er einen fetten Profit rausschlagen kann. Nein, eigentlich mein ganzes Land, aber das habe ich meinem Buchhalter nicht gesagt. George meint, ich soll stattdessen einen Kredit aufnehmen und dann die Miete bis auf Marktniveau erhöhen, um meine Mittel wieder aufzustocken.«

»Ich bin kein Immobilienexperte, aber das klingt für mich nach einem klugen Rat.« Aaron lehnte sich auf der Bank zurück und legte seinen Arm über die Lehne, in der Hoffnung, dass Julia es ihm gleichtun würde.

»Das sehe ich auch so«, erwiderte sie und lehnte sich an seinen Arm. »Und genau das werde ich Will beim Abendessen am Freitag sagen. Danke, aber nein danke.«

»Abendessen am Freitag?« *Verdammt noch mal!* Er hatte mit seiner Einladung zu lange gewartet. Würde Paige stattdessen auch am Samstag babysitten können? Da war sich Aaron nicht sicher. »Kannst du Will nicht telefonisch absagen?«

»Das könnte ich, aber ich möchte mehr darüber erfahren, was er sich für das Stadtzentrum vorstellt.«

»Das Stadtzentrum.« Aaron schnaubte. »Genau. Es sah allerdings nicht so aus, als wäre Will am Stadtzentrum interessiert, als er dir am Montagmorgen French Toast gemacht hat.«

Julia gluckste. »Mach dich nicht lächerlich. Es war ein Geschäftstreffen, das ich wegen meiner Gehirnerschütterung völlig vergessen hatte. Will wollte nur nett sein.«

»Es gibt nett, und dann gibt es das In-deiner-Schürze-herumlaufen-nett.«

»Komplexe Kohlenhydrate können sehr komplex sein.« Julia reichte ihm die leere Flasche. »Hast du ein Spucktuch? Ich sollte dir wahrscheinlich Jack zurückgeben, weil mir mein Steißbein wehtut.« Sie verlagerte ihr Gewicht auf eine Seite, was dazu führte, dass sie sich näher an ihn lehnte.

»Irgendwo habe ich eins.« Er kramte in der Windeltasche, bis er ein weiches blaues Tuch fand.

Nachdem Julia ihm das Baby gereicht hatte, schob sie ihre Sporttasche wie ein Sitzkissen unter sich. Aaron regte Jack zum Aufstoßen an, indem er das Baby über seinen Unterarm legte und ihm sanft auf den Rücken klopfte. Kurz darauf stieß das Baby einen gewaltigen Rülpser aus, der viel zu groß für seinen winzigen Körper schien, und sie lachten. Dann machte Jack dasselbe gleich noch mal, was wieder Aarons Sorgen wegen der Blähungen auf den Plan rief. Sobald sie zu Hause waren, würde er Dr. Agarwal anrufen, um sie nach ihrer Meinung zu einem Wechsel der Milchnahrung zu fragen. Kaum war die Luft aus seinem Körper verschwunden, fielen Jack die Augen zu, und als Aaron ihn noch einmal auf seinen Arm legte, um zu sehen, ob er auch ein drittes Mal aufstoßen würde, war Jack bereits eingeschlafen.

»Das kannst du gut«, stellte Julia fest.

»Jetzt vielleicht, aber du hättest mich sehen sollen, als Jack ein Neugeborenes war.« Aaron beobachtete das stetige Auf und Ab von Jacks Atmung. »Ich hatte keine Ahnung, was ich da tat.«

»Die meisten Leute haben neun Monate Zeit, um sich vorzubereiten.«

Aaron nickte. »Ich nicht. Das erste Mal, als ich eine Windel anlegte, war sie falsch herum.« Er lachte und bemühte sich, das Gespräch unbeschwert zu halten. In Wahrheit hatten ihn die ersten Wochen von Jacks Leben an seine Belastungsgrenze gebracht. Trauer, Schlafmangel und seine eigene Inkompetenz hatten ihm das Gefühl gegeben, zu ertrinken. Erst nachdem er sein erstes Buch über Säuglingspflege gelesen hatte, während er Jack die Fläschchen gab, hatte er das Gefühl gehabt, doch irgendwie schwimmen zu können.

»Vater zu sein scheint dir im Blut zu liegen«, meinte Julia. »Bei dir sieht das leicht aus.«

Aaron rutschte unbehaglich auf der Bank vor und zurück, weil er das Gefühl hatte, den Titel nicht zu verdienen. »Aber ich bin kein Vater; ich bin ein Onkel.«

Julia legte ihm eine Hand auf den Arm. »Mir kommst du wie ein Vater vor. Aber dann eben Onkel. Onkel in einer väterlichen Rolle.«

Aaron blickte in die Ferne und beobachtete einen blauen Reiher, der vom Himmel herabschwebte und auf dem Wasser landete. »Ich weiß nicht, was ich bin.« Er legte Jack auf seinen Schoß, bettete ihn sicher zwischen beide Beine und achtete besonders darauf, dass der Schatten der Pappel über das Gesicht des Babys fiel.

»Du bist jemand, der Jack liebt und sich hervorragend um ihn kümmert. Das ist für jeden offensichtlich.«

»Ich tue mein Bestes, aber meine Schwester Sara hätte das besser gemacht.«

»Jared wäre auch ein guter Vater gewesen«, stimmte Julia ihm zu. »Vielleicht sogar so wunderbar wie du – wer weiß?« Sie schob sich eine ihrer blonden Locken hinters Ohr und lächelte sanft.

Julia sah so süß und unschuldig aus, dass er ihr auf der Stelle gestehen wollte, was er getan hatte. Er wollte erklären, dass er sich hartnäckig widersetzt hatte, als Jared vorgeschlagen hatte, die Büros nach Modesto zu verlegen, um näher an der Fabrik zu sein. Er wollte ihr in deutlichen Worten klarmachen, warum es seine Schuld war, dass Jared und Sara in jener verregneten Januarnacht unterwegs nach Palo Alto gewesen waren. Sie hatten die Firma im Dezember verkauft, waren aber im Januar noch dabei gewesen, den Übergangsplan fertigzustellen. Er wollte beschreiben, wie es gewesen war, neben Saras regungslosem Körper zu stehen, während die Maschinen sie lange genug am Leben gehalten hatten, damit die Ärzte Jack retten konnten.

Wenn Aaron nur nicht so stur gewesen wäre! »Wenn nur«, flüsterte er.

»Wenn nur was?«, fragte Julia und zog die Augenbrauen hoch.

»Nichts.« Er blickte auf das schlafende Baby hinunter.

Julia ließ die Schultern sinken und nahm ihre Hand von seinem Arm. »Was wirst du jetzt tun, wo du die Firma verkauft hast? Braucht General Mills dich noch als Manager?«

»Nein. Sie brauchten mich am Anfang des Jahres, um noch ein paar offene Fragen zu klären. Aber das hatten wir schnell erledigt.«

»Was ist mit euren Mitarbeitern passiert?«

»Die Arbeiter sind geblieben«, erklärte Aaron. »Aber das Führungsteam – das waren im Prinzip nur Jared, Sara und ich – wurde durch Leute aus ihrem Hauptquartier in Minneapolis ersetzt.«

»Sobald ihr verkauft hattet, wart ihr also arbeitslos?«

Aaron nickte. »Im Grunde genommen schon. Sara war glücklich darüber, weil sie sich für uns um PR und Marketing gekümmert hatte. Sie freute sich darauf, mit Jack nach seiner Geburt zu Hause zu bleiben.«

Julia griff nach Aarons Hand und drückte sie. »Und Jared?«

»Er wollte zurück nach Hause, also nach Harper Landing ziehen. Ich bin mir nicht sicher, ob er wusste, dass Frank geistig abgebaut hatte, oder nicht. Falls er es wusste, hat er es mir gegenüber nie erwähnt. Aber er wollte seine Kinder in der Nähe ihrer Großeltern großziehen, und Saras und meine Eltern kamen da ganz sicher nicht infrage.«

»Deshalb hast du also deine Zelte abgebrochen und bist an einen Ort gezogen, an dem du noch nie zuvor warst?«

Aaron nickte. »So ungefähr.«

»Das war extrem selbstlos von dir. Ich weiß nicht, ob ich das gekonnt hätte. Allerdings habe ich auch mein ganzes Leben im selben Haus verbracht, bis auf die beiden Semester in Florenz.«

»›Selbstlos‹ ist das letzte Wort, mit dem ich mich beschreiben würde.« Aaron ballte die Hände zu Fäusten und entkrampfte sie wieder.

»Glaubst du, deiner Schwester hätte es hier in Harper Landing gefallen?« Julia tippte mit dem Fuß ein paarmal auf den Boden, als würde sie besorgt auf seine Antwort warten.

»Sie hätte perfekt in diese Mutter-Kind-Gruppe in der Bibliothek gepasst.« Aaron zuckte mit den Schultern. »Zumindest besser als ich.«

»Ja, aber glaubst du, sie hätte auch den Rest von Harper Landing gemocht?«, fragte Julia. »Die Bäume und den Strand und die süßen kleinen Läden in der Innenstadt … und auch die unangenehmen Dinge; zum Beispiel, dass es sogar Mitte Juni eiskalt werden kann, oder dass es einhundertachtundfünfzig Tage im Jahr regnet.«

»Einhundertachtundfünfzig Tage im Jahr?«, wiederholte Aaron. Sicher, es hatte viel geregnet, seit er hergezogen war, aber er hatte gehofft, dass das an der Jahreszeit lag.

Julia rümpfte die Nase. »Ja. Bei uns regnet es oft. Aber die gute Nachricht ist, dass es normalerweise nicht den ganzen Tag regnet, sondern nur einen Teil davon. Wenn man also den richtigen Zeitpunkt erwischt, kann man trotzdem spazieren gehen oder im Garten herumwerkeln, ohne durchnässt zu werden.«

»Ich bin sicher, dass ich mich daran gewöhnen werde«, überlegte Aaron. »Ich habe einen Regenschutz für meinen Jogging-Kinderwagen gekauft.«

»So bleibt wenigstens Jack trocken.«

»Was ist mit dir?«, fragte er sie. »Könntest du jemals woanders als in Harper Landing leben? Auf Dauer, meine ich.«

Julia nickte. »Ich glaube, das könnte ich. Das hat mir die Zeit in Italien bewiesen. Es wäre schwer, eine Stadt zu verlassen, in der ich so tief verwurzelt bin, aber ich habe keine Familie, die mich hier hält. Manchmal denke ich darüber nach, wie aufregend es wäre, in eine große Stadt zu ziehen, wo mich niemand kennt.« Ihr Blick schweifte über den Horizont und fiel auf ein Segelboot, das in den Hafen einlief. »Wenn ich Wills Angebot annehme und alles verkaufe, könnte ich genau das tun. Weiterziehen und woanders neu anfangen.« Sie drehte sich um und sah ihn an. »So wie du es gemacht hast, Aaron.«

»Aber warum solltest du das wollen?« Aaron streckte seine Beine so weit aus, wie er konnte, ohne Jack zu stören. »Jeder hier scheint dich zu lieben – mit Ausnahme von diesem Walt-Typen – und Sweet Bliss boomt.«

»Weil ich schon immer davon geträumt habe, zu reisen. Das Auslandsstudium in Italien war toll, aber ich möchte auch den Rest von Europa sehen. Und Asien und Südamerika.« Julia zeigte auf eine Jacht, die im Hafen festgemacht war. »Ich möchte vorwärtsgehen. Wenn ich mutig genug wäre, würde ich sofort auf dieses Boot steigen und nach Australien segeln.« Sie stieß einen tiefen Seufzer aus. »Aber ich kann nicht. Ich habe zu viele Verpflichtungen hier in Harper Landing. Da sind mein Geschäft und die Mietshäuser. Außerdem könnte ich Toby nicht verlassen.«

»Ich wollte auch immer reisen«, stimmte Aaron ihr zu und erinnerte sich an den kleinen Stein in Julias Handtasche, auf dem das Wort »Vorwärts« stand. »Bevor das alles passiert ist, war es sogar mein Ziel, einen Marathon auf jedem Kontinent der Erde außer der Antarktis zu laufen. Aber ich wollte mir auch die Sehenswürdigkeiten dort ansehen. Es wäre nicht nur um die Läufe gegangen.«

»Das klingt fantastisch«, stellte Julia fest. »Bis auf den Teil mit dem Laufen«, fügte sie grinsend hinzu. »Aber warum kannst du das nicht trotzdem machen? Babys sind tragbar. Du müsstest lediglich ein Kindermädchen einstellen, das euch begleitet.«

»Auf keinen Fall«, erwiderte Aaron schärfer als beabsichtigt. »Sara hätte das nicht gewollt. Wir haben unsere ganze Kindheit mit Kindermädchen verbracht. Das war nicht das, was sie für Jack geplant hatte.«

»Es ist gut, dass du ihre Wünsche respektierst, aber du musst auch deinen eigenen Weg im Auge behalten.«

»Jack *ist* jetzt mein Weg. Es gibt genug Marathons, für die ich hier in Washington mit einem Jogging-Kinderwagen trainieren kann.«

»Und mit deinem Regenschutz«, fügte Julia mit dem Anflug eines Grinsens hinzu.

»Und mit dem Regenschutz.«

»Nun, wenn du vorhattest, alle fünf Kontinente zu besuchen, dann bist du vermutlich sehr reiseerfahren.«

»Nicht so erfahren, wie ich es gern wäre«, gab Aaron zu. »Manchmal hat meine Mutter Sara und mich mitgenommen, wenn sie beruflich unterwegs war, aber normalerweise bedeutete das, in schicken Hotels in großen Städten zu übernachten und mit unseren Kindermädchen Essen beim Zimmerservice zu bestellen.«

»Das klingt furchtbar. Ich verstehe.«

Aaron gluckste. »Okay, es war nicht alles schlecht. Vor allem nicht die warmen Schokocroissants in Paris. Aber später, als wir Teenager waren, sind wir mit der Schule auf Sommerreisen gegangen und haben uns die normalen Touristensachen angesehen: Museen, Theater, Wahrzeichen, Pyramiden …«

»Pyramiden? Wer macht denn eine Klassenfahrt nach Ägypten? Der einzige Ort, an den wir mit meiner Highschool gefahren sind, war Olympia, um für die Rettung der Orcas zu demonstrieren.«

Aaron rieb sich den Nacken und runzelte die Stirn. Nicht, weil er eine Verspannung entwickelte, sondern weil er wusste, wie seltsam seine Highschool-Erfahrung für Julia klingen würde. »Ich war auf dem Internat in Andover«, erklärte er. »Sara auch. Wir waren ab der neunten Klasse dort.«

»Moment.« Julia formte ihre Hände zu einem T, als würde sie ein Time-out verlangen. »Du willst damit sagen, dass du mit vierzehn von zu Hause fortgegangen bist?«

Aaron nickte. »Und nie wieder zurück.«

»Wow!« Julia lehnte sich zurück an die Bank. »Kein Wunder, dass es für deine Schwester so wichtig war, als Mutter zu Hause zu bleiben. Es klingt so, als wollte sie für Jack genau das Gegenteil von dem, was ihr als Kinder hattet.«

»Das stimmt.« Aaron beobachtete das stetige Heben und Senken von Jacks Brust und fühlte sich geerdet. »Das war es, was Sara wollte. Genau das hier. Sie wollte mit Jack zusammen sein, sich um ihn kümmern, ihn aufziehen und ihn wirklich kennenlernen.«

»Und du willst das auch?«, hakte Julia nach.

»Ja. Von dem Moment an, als ich ihn das erste Mal in meinen Armen hielt, wollte ich genau das.«

»Dann beweist das meine Aussage von vorhin«, erwiderte Julia mit ruhiger Stimme. »Du bist ein geborener Vater, und Jack hat großes Glück, dass er dich hat.«

»Aber ...«

»Kein Aber.«

»Ich weiß nicht einmal, wie er mich nennen soll.« Anspannung kroch Aaron den Rücken hinauf. Dies war eine seiner größten Ängste. »In allen Babybüchern steht, dass man so viel wie möglich mit Säuglingen reden soll, um ihre Sprachentwicklung zu fördern, aber ich weiß nicht einmal, wie ich mich selbst bezeichnen soll.«

Julia hielt einen Moment lang inne, ihr Blick huschte hin und her, während sie darüber nachdachte. »Möchtest du, dass Jack dich Daddy nennt?«

»Nein«, gab Aaron zu. »Das fühlt sich falsch an. Aber ich will auch nicht, dass er vaterlos aufwächst.«

»Er ist nicht vaterlos, er hat dich.«

»Aber ich bin nicht Jacks Vater, und ich möchte Jareds Andenken ehren.«

»Dann soll er dich Onkel Aaron nennen, und wenn er dich später Dad nennen möchte, dann lass ihn.« Julia streckte die Hand aus und drückte sanft Jacks Fuß, ohne ihn aufzuwecken.

»Das ist ein guter Rat.« Aaron war gar nicht bewusst gewesen, dass er die Luft angehalten hatte, bis er sie jetzt ausstieß. »Danke.«

»Keine Ahnung, ob das ein guter Rat ist oder nicht.« Julia neigte den Kopf zur Seite. »Aber genau das würde ich tun.« Sie rutschte auf ihrem Platz hin und her. »Hey, es tut mir leid, denn ich würde gern während des ganzen Nickerchens von Jack hier mit dir sitzen, aber mein geprelltes Steißbein lässt das nicht zu.« Sie erhob sich behutsam. »Das Schwimmen hat sich gut angefühlt, aber das ist vermutlich das einzige Körperliche, was ich in nächster Zeit machen werde.«

»Natürlich. Es tut mir so leid. Das Sitzen auf einer Metallbank ist garantiert nicht gut für deine Verletzung.«

»Warum entschuldigst du dich?« Julia nahm ihre Sporttasche. »Die Bank war meine Idee.«

Aaron hob Jack auf die Arme, damit er weiterschlief, und schob sich den Träger der Wickeltasche über die Schulter. »Ich weiß es nicht«, gab er zu. »Ich habe in letzter Zeit das Bedürfnis, mich für alles zu entschuldigen.« Er bereute die Worte, sobald er sie ausgesprochen hatte, denn sie ließen ihn schwach erscheinen, und Aaron war nicht schwach. Aber es war auch die

Wahrheit. Die Schuldgefühle lasteten auf seinen Schultern wie ein Felsbrocken.

Julia trat einen Schritt näher und blickte ihm in die Augen. »Du brauchst dich für gar nichts zu entschuldigen. Dein Leben hat sich in den letzten Monaten stark verändert.« Sie presste die Lippen zu einer dünnen Linie zusammen und blickte auf das Wasser hinaus. »Genau wie meins.«

Traurigkeit legte sich über ihr Gesicht wie ein Schleier, den Aaron am liebsten weggezogen hätte. Er stellte sich vor, wie er ihr Gesicht mit seinen Händen umfasste und seine Lippen auf ihre presste. Er fragte sich, ob ihre Lippen wohl so weich waren, wie sie aussahen. Doch seine Arme waren damit beschäftigt, Jack zu halten. »Würdest du Samstagabend mit mir essen gehen?«, platzte er heraus. »Vorausgesetzt, ich finde einen Babysitter.«

Julia lächelte zu ihm auf. »Wirklich? Das würde ich gern.«

Aaron straffte die Schultern. »Gut. Die Details können wir später besprechen. Jetzt sollte ich dich erst einmal nach Hause bringen, damit du dich ausruhen kannst.« Als sie zum Auto zurückgingen, schwor sich Aaron, wenn er das nächste Mal so neben Julia stand, würde er seine Arme um ihre kurvige Taille legen und sie küssen.

KAPITEL 17

Zahlen leuchteten auf dem Taschenrechner auf. Es war Freitagnachmittag, und Julia saß in ihrem Büro bei Sweet Bliss und prüfte das Angebot des Hypothekenmaklers. Sie hatte es George bisher noch nicht gezeigt, aber das hatte sie vor, denn sie war gespannt auf seine Meinung. »Banken nehmen Häuser weg«, hörte sie Waverley sagen, als sie den schwindelerregenden Betrag las, den sie der Bank jeden Monat schulden würde, wenn sie die Hypothek abschloss. Konnte sie sich wirklich eine monatliche Zahlung von fast 10 000 Dollar leisten? Und dann war da noch die Hypothekenversicherung für das, was der Makler als »Jumbo-Hypothek« bezeichnet hatte. Allein das Wort »Jumbo« hätte Waverley abgeschreckt.

Alles wäre anders gewesen, hätte sie ein paar Jahre früher auf ihren Treuhandfonds zugreifen können – zweiundzwanzig Monate früher, um genau zu sein –, aber nach der morgendlichen Besprechung mit ihrem Anwalt wusste sie, dass das nicht möglich war. Harrison hatte den Fonds so eingerichtet, dass Julias Vermögen geschützt war, bis sie »eine reife Erwachsene« war, wie es im Testament hieß. Aus irgendeinem Grund, den Julia nicht nachvollziehen konnte, war in Waverleys Testament auch ihre Hälfte von Harrisons Nachlass direkt in den Fonds übertragen worden. Julia rechnete noch einmal alle ihre Mieteinnahmen zusammen. Sie besaß achtzehn Immobilien, aber eine davon war ihr Haus und eine war Sweet Bliss. Damit blieben sechzehn Mietzahlungen pro Monat übrig, die sie erst seit Kurzem eintrieb, da die Vollstreckung von Waverleys Testament so lange gedauert hatte. Die Miete brachte zu jedem Monatsersten 22 000 Dollar ein. Nach Abzug der Grundsteuer, der Versicherung und der Aufstockung ihres mageren Instandhaltungsfonds blieben ihr 11 300 Dollar Gewinn pro Monat, von denen 10 000 Dollar für die Hypothekenzahlung aufgewendet werden müssten. Wenn nur ein Mieter seine Miete nicht pünktlich bezahlte, war sie geliefert.

Sie wusste, was ihre Mutter in dieser Situation getan hätte. Waverley hätte ihre Vermögenswerte verkauft, bevor sie den Kredit riskiert hätte. Julia stellte sich die herrliche Genugtuung vor, das Gebäude mit Walts Sugar Factory zu verkaufen, aber sie wollte sich nur ungern von einem ihrer Besitztümer trennen. Sie wünschte, sie hätte gewusst, was ihr Vater ihr in dieser Situation geraten hätte. Sie drehte sich auf ihrem Schreibtischstuhl um und betrachtete sein Bild an der Pinnwand. Es zeigte ihn bei der Eröffnung des ursprünglichen Sweet Bliss. Das Geschäft war auch ein Risiko gewesen, erkannte Julia. Ihr Vater hatte sich nicht damit begnügen wollen, Vermieter zu sein und den Rest seines Lebens von Mieteinnahmen zu leben. Stattdessen hatte er etwas riskiert und eine Eisdiele eröffnet. Er hatte eine Vision gehabt und sie verwirklicht.

Ein Klopfen an ihrer Bürotür riss Julia aus ihren Grübeleien. »Julia?«, rief eine Stimme von draußen. »Es ist sechzehn Uhr, und ich sollte dich daran erinnern, heute Abend pünktlich zu gehen.«

Julia sprang auf und öffnete Tara die Tür. »Danke. Diese Erinnerung habe ich definitiv gebraucht. Wie läuft es im Laden?«

Tara zog die Bänder ihrer Schürze über ihren breiten Hüften zusammen. Ihr Haar war diesen Monat rubinrot gefärbt, und sie trug große goldene Ohrringe, die bis auf ihre Schultern reichten. »Es ist das reinste Chaos. Ein Baseballcamp hat gerade für heute Schluss gemacht, und da draußen sind jetzt ein Dutzend Jungs, die sich an den Gratisproben bedienen.«

»Bist du sicher, dass ich nicht bleiben soll? Ich kann mir eine Schürze überwerfen und …«

»Du kannst ruhig gehen«, versicherte ihr Tara lächelnd. Jordan und ich haben alles im Griff. Sie füllt gerade die Schüsseln wieder auf. Viel Spaß bei deinem Date mit Will.«

»Es ist keine Verabredung.« Julias Wangen liefen rot an. »Es ist ein geschäftliches Treffen.«

»Ach ja? Hast du nicht gesagt, dass Will mit dir ins Pariser Café geht?«

»Ja, und ich wünschte, er täte es nicht, besonders weil …«

»Besonders weil was?«

»Nichts«, erwiderte Julia. Sie hatte gerade sagen wollen, dass es besonders unangenehm war, im Pariser Café zu Abend zu essen, weil das die Immobilie war, über deren Verkauf sie nachdachte, aber das musste Tara nicht wissen. Es hatte keinen Sinn, dass ihre Mitarbeiterin bei Sweet Bliss von ihren finanziellen Schwierigkeiten erfuhr. In einer Kleinstadt wie Harper Landing sprach sich das schnell herum, und Julia wollte nicht, dass noch mehr über sie getratscht wurde, als es ohnehin schon der Fall war.

»Will holt dich nicht hier ab, oder?«, wollte Tara wissen.

»Nein. Warum?«

Tara zog die Brauen hoch. »Du trägst Jeans und ein T-Shirt.«

»Ich habe meinen Blazer über dem Stuhl hängen. Den ziehe ich über, und dann bin ich fertig.«

»Ich weiß, du liebst diesen Blazer, aber das ist definitiv nicht das, was du bei einem Date im Pariser Café tragen solltest.«

»Ich habe dir doch eben schon gesagt, dass es keine Verabredung ist.« Das morgen ist ein Date, dachte sie bei sich und spürte ein aufgeregtes Prickeln bei der Erinnerung an Aarons Einladung.

»Du sprichst hier mit einer Frau, die seit drei Jahren geschieden ist. Ich erkenne ein Date, wenn ich eins sehe. Geh nach Hause, lös die Haare aus dem Pferdeschwanz und zieh das Kleid an, das du normalerweise am Vierten Juli trägst.«

»Mein Kleid für den Vierten Juli? Aber das ist so kurz!«

»Ganz genau. Außerdem ist es ärmellos und bringt deine Muskeln zur Geltung.« Tara hob ihren Arm an und wackelte mit der nach unten hängenden Haut. »Wenn ich deinen Trizeps hätte, würde ich die ganze Zeit damit angeben.«

»Ich will vor Will nicht mit meinen Armen angeben.« Julia nahm ihre Handtasche vom Schreibtisch und griff nach ihrem Blazer.

»Warum nicht? Er ist gut aussehend, reich, groß, und man kann sich gut mit ihm unterhalten. Jedes Mal, wenn er im Laden vorbeikommt, lacht ihr miteinander. Amüsiert euch heute Abend. Zeig ein bisschen Bein.«

»Du hast einen völlig falschen Eindruck. Will ist nur an meinen Immobilien interessiert. Falls du es nicht bemerkt hast, er ist mindestens zehn Jahre älter als ich.«

»Und? Waren deine Eltern nicht zehn Jahre auseinander?«

»Fünfzehn«, gab Julia zu. »Aber das war etwas anderes.«

»Inwiefern?«

»Sie waren ineinander verliebt.«

Tara zog ihre klobige rote Brille bis zur Nasenspitze herunter und starrte Julia über die Ränder hinweg an.

»Wer sagt, dass Will nicht in dich verliebt ist?«

»Das ist lächerlich, und ich bitte dich, damit aufzuhören.« Julia marschierte durch die Tür ihres Büros und in die Küche.

Tara folgte ihr. »Es ist nicht lächerlich zu glauben, dass ein gut aussehender, erfolgreicher Mann wie Will Interesse an dir hat.«

Julia warf einen Blick auf die Maschinen, um sich zu vergewissern, dass die Frozen-Yogurt-Produktion ordnungsgemäß lief, und hielt an der Seitentür kurz inne. Ihre Gefühle waren ein einziges Durcheinander, aber eins davon konnte sie klar benennen: ein schlechtes Gewissen. Sie erinnerte sich an ihr Gespräch mit Paige vom letzten Wochenende, als Paige ihr gesagt hatte, sie leide unter einem geringen Selbstwertgefühl. Stimmte das? Julia erschien es zwar lächerlich, dass ein Mann wie Will sich für mehr als nur ihre Immobilien interessieren könnte, aber vielleicht lag Tara ja richtig. »Es tut mir leid, dass ich dich so angeblafft habe«, sagte sie daher. »Du hast recht mit dem Blazer. Er ist nicht die beste Wahl für ein französisches Restaurant, also lasse ich ihn zu Hause.«

»Gute Entscheidung.«

»Aber ich trage sicher nicht mein Kleid vom Vierten Juli.«

»Mach wenigstens den Pferdeschwanz auf!«, rief Tara ihr nach, als Julia durch die Tür verschwand.

Zehn Minuten später war Julia zu Hause und begutachtete mit Tobys Hilfe ihren Kleiderschrank. Der Labrador saß neben ihr und stupste mit seiner Schnauze ihren Oberschenkel an; eine Aufforderung, ihn zu streicheln. Julia massierte sein weiches Fell und ging ihre Optionen durch. Die waren sehr begrenzt. Da war das rote Baumwollkleid, das sie immer am Vierten Juli trug und das sie für den heutigen Abend bereits abgelehnt hatte. Sie wollte es lieber für ihr Date mit Aaron aufsparen. Ihre Alternative war das weiße Wickelkleid aus Seidenmodal, das sie in Florenz für ein Date mit Mario gekauft hatte, welches sich jedoch als eines der schlimmsten Ereignisse ihres Lebens herausgestellt hatte. Als sie bei ihm zu Hause auftauchte, um ihn mit einem Picknickkorb zu überraschen, fand sie ihn mit seiner Nachbarin knutschend auf der Couch vor. Todunglücklich hatte sie das Kleid fortan nie wieder getragen, aber sie hatte es trotzdem behalten, weil es so teuer gewesen war.

Julia nahm das Kleid vom Bügel und betrachtete das italienische Etikett, das in den Saum eingenäht war. Sie war sich nicht mal sicher, ob ihr das Kleid überhaupt noch passte. Italienische Kleider fielen immer klein aus, und sie hatte es vor sechs Jahren gekauft. Als ihre Finger über den feinen Stoff strichen, musste sie zugeben, dass es das perfekte Kleid für einen solchen Abend war. Es war lang genug, dass es ihr bis knapp über die Knie reichte, und war in einem klassischen Design gehalten, das für jede Gelegenheit funktionierte.

Toby winselte, enttäuscht, dass Julia ihn nicht mehr streichelte, und er hüpfte auf ihr Bett und rollte sich auf seinem Platz am Fußende zusammen. »Wie findest du es?«, fragte sie ihn ein paar Minuten später, während sie sich in dem Kleid drehte, um die Zustimmung ihres Hundes zu erhalten. »Ich kann nicht fassen, dass es noch passt.« Als sie in den Spiegel schaute, fühlte sie sich wie eine weniger glamouröse Version von Marilyn Monroe. Sie bürstete ihr Haar zu weichen Wellen, die ihr über die Schultern fielen, und ergänzte ihr Outfit mit einem Paar goldene Sandalen, das sie im Vorjahr als Brautjungfer getragen hatte.

Toby spitzte die Ohren und bellte, sprang vom Bett und rannte zu ihrer Schlafzimmertür, während Julia sich die Perlenohrringe ansteckte, die sie von ihrer Mutter geerbt hatte. »Was ist los?«, fragte sie und hörte in diesem Augenblick eine Tür in der Auffahrt zuschlagen. Will war fünf Minuten zu früh hier. Julia schnappte sich die erstbeste Jacke, die sie in ihrem Kleiderschrank entdeckte, eine abgeschnittene Jeansjacke. Zum Glück passte sie gut zu dem Wickelkleid und den Sandalen. Sie brachte Toby in seinen Käfig, gab ihm als Entschädigung ein Quietschspielzeug und eilte dann nach unten, um die Haustür zu öffnen.

Will trug eine gebügelte Chino-Hose und ein braunes Seidenhemd, das im hellen Sonnenlicht glitzerte. Da es Ende Juni war, würde die Sonne erst um neun Uhr untergehen – bis dahin waren es noch ein paar Stunden. Bei Julias Anblick stieß er einen lauten Pfiff aus. »Sieh dir diese Beine an«, sagte er und warf ihr einen abschätzenden Blick zu.

Julia wünschte sich verzweifelt ihren Blazer zurück. Dieses Kleid war ein großer Fehler gewesen. Sie hatte nicht vorgehabt, Will einen falschen Eindruck zu vermitteln. »Sprichst du so mit allen deinen Geschäftspartnern?«, fragte sie, überrascht über ihren Mut.

»Nur mit den hübschen.« Will zwinkerte. Er streckte seinen Arm aus, um sie zu seinem Jaguar zu begleiten.

»Ich brauche noch meine Handtasche. Ich bin gleich wieder da.« Julia schloss die Tür und ging in die Küche, wo ihre Handtasche und ihr Handy auf dem Tresen lagen. Schweißperlen traten ihr in den Nacken, und sie wischte sie mit einer Serviette weg. Worauf hatte sie sich da eingelassen? Sie fühlte sich irgendwie unbehaglich, zwang aber ihr Nervenkostüm, sich zu beruhigen. Will musste ja glauben, dass sie gerade mit ihm geflirtet hatte. Sie musste in Zukunft deutlicher werden, das war alles. Julia knöpfte ihre Jeansjacke bis zum Kragen zu und ging zurück zur Tür. Als sie auf die Veranda hinaustrat, ging sie Will aus dem Weg, indem sie die Tür verriegelte und die Auffahrt hinunterlief, bevor er ihr wieder seinen Ellbogen anbieten konnte.

»Lass uns losfahren«, verlangte sie in forschem Ton. »Wir haben heute Abend eine Menge Geschäftliches zu besprechen.«

»Ja, Ma'am.« Will klickte auf seinen Schlüsselanhänger, und der Jaguar piepte.

Als Julia einstieg, roch sie den satten Duft von Leder. Es wurden erst dreihundert gefahrene Meilen angezeigt. »Vielleicht sollten wir lieber zu Fuß gehen«, meinte sie. »Das Pariser Café ist nur eine halbe Meile entfernt, und an einem Freitagabend kann es mit dem Parken schwierig sein.«

»Ja, aber dann müsstest du die Main Street hochlaufen, um nach Hause zu kommen. Das ist ein furchtbar steiler Hügel.«

»Das macht mir nichts aus. Ich tue das ständig.«

»In diesen Schuhen?« Sein Blick wanderte an ihren nackten Beinen hinunter.

Julia überkreuzte ihre Knöchel und legte ihre Handtasche über die Knie. »Ich hoffe, du kannst gut parallel zum Bordstein einparken«, erwiderte sie steif. Sie war es nicht gewohnt, dass ihr Körper so angestarrt wurde, und unter Wills Blick fühlte sie sich unwohl. Gott sei Dank hatte sie nicht ihr rotes Kleid angezogen, das deutlich kürzer war.

»Oh, ich bin in allem gut.« Will ließ das Fenster herunter und stützte seinen Ellbogen auf den Fensterrahmen, während sie die Main Street hinunterfuhren. »Was ich an Harper Landing liebe, ist seine Urigkeit.«

»Ich würde es nicht als ›urig‹ bezeichnen«, widersprach Julia. »›Charmant‹ trifft es wohl eher.«

»Es ist nicht Bellevue, so viel ist sicher«, antwortete Will abschätzig.

»Das wollen wir auch gar nicht. Bellevue hat seine Seele verloren. Sicher, das Microsoft-Geld fließt in jede Straßenecke, aber die Stadt ist so schnell gewachsen, dass der ehemalige Stadtkern von Hochhäusern und Eigentumswohnungen ausradiert wurde.« Julia schaute genau hin, als sie an Sweet Bliss vorbeifuhren. Sie freute sich, dass der Laden voller Kunden war. Auch die Nuthatch Bakery und der Smoothie Hut waren gut besucht. Sicher, die Dächer waren geflickt und die Fassaden verblasst, aber die Häuser an der Main Street waren wertvoll, und sie musste sie schützen.

»Denk doch mal daran, was all das Geld von Microsoft für die Einwohner von Bellevue getan hat.« Will drehte das Lenkrad, als sie um den Brunnen an der Kreuzung von Fifth und Main fuhren. Er trat gerade noch rechtzeitig auf die Bremse, um nicht mit einem älteren Ehepaar zusammenzustoßen, das über den Zebrastreifen schlenderte. »Bellevue hat hervorragende Schulen, schöne Parks, und die Wirtschaft dort boomt.«

»Harper Landing boomt auch.« Julia zeigte auf die belebten Restaurants an der Straßenseite. »Zumindest so sehr, wie wir es wollen.«

»So sehr, wie Harper Landing es will, oder so sehr, wie du es willst?«, hakte Will nach.

Julia wusste nicht, was sie sagen sollte. »Ich spreche nicht für ganz Harper Landing«, gab sie zu. »Aber der Stadtrat hat die Bauhöhenbeschränkungen nicht ohne Grund beachtet. Wir schätzen den kleinstädtischen Charme.«

»Ich schätze den kleinstädtischen Charme auch«, behauptete Will, als sie sich dem Pariser Café näherten. Wie Julia vorausgesagt hatte, waren alle Parkplätze besetzt. »Aber die meisten Gebäude an der Main Street sind uralt, auch deine.« Er deutete auf die Zedernholzverkleidung und das Ziegeldach des Restaurants. »Stell dir vor, wie großartig es aussehen würde, wenn wir es abreißen würden, eine Tiefgarage ausheben und das Gebäude dann in einem neoklassischen Stil wieder aufbauen, der zum Thema des Restaurants passt. Es wäre immer noch zweistöckig, um die Vorschriften zur Bauhöhe einzuhalten, aber oben könnten Eigentumswohnungen mit schmiedeeisernen Balkonbrüstungen und einer Wahnsinnsaussicht sein.«

»Da drüben ist eine Parklücke.« Julia zeigte auf einen Subaru, der rückwärts ausparkte. Sie stellte sich vor, wie furchtbar hässlich die künstliche französische Architektur im Herzen von Harper Landing aussehen würde, behielt ihre Meinung aber für sich. Der heutige Abend war dazu da, Informationen von Will zu sammeln, nicht dazu, seine Ideen zu kritisieren. »Was würdest du mit den Häusern nebenan machen?«, fragte sie und bezog sich dabei auf die Gebäude im Craftsman-Stil aus dem zwanzigsten Jahrhundert auf der Second Avenue, die ihr gehörten.

Will parkte den Jaguar direkt am Bordstein. »Die würde ich auch ersetzen. Niemand will frei stehende Garagen und geteilte Räume. Wer nutzt heute noch Kellerwerkstätten?«

»Mein Dad zum Beispiel«, erwiderte Julia. »Dort hat er immer seine Krebskäfige repariert.«

»Diese Häuser wurden für Fischer und Holzfäller gebaut«, fuhr Will fort und ignorierte ihre Bemerkung über Harrison. »Ich entwickle Wohnraum für Software-Ingenieure und Informatiker.«

»Neu bedeutet nicht unbedingt besser.« Julia löste ihren Sicherheitsgurt und stieg aus dem Auto. »Und die Häuser auf der Second Avenue gehörten ursprünglich Holzschindelarbeitern, nicht Fischern oder Holzfällern. Harper Landing war eine Schindelproduktionsstadt.«

»Das erklärt die durchhängenden Dächer.« Will betrachtete das Dach des Pariser Cafés. »Einige dieser Schindeln sehen noch original aus.«

»Sie sind nicht original.« Julia öffnete sich selbst die Tür zum Restaurant. »Mein Großvater hat die Dächer ersetzt, bevor ich geboren wurde. Diese Schindeln halten fünfzig Jahre lang, weil sie aus alten Zedern gemacht wurden.«

Will zog die Brauen hoch. »Ich möchte gar nicht deine Instandhaltungsrechnung für diese alten Reliquien sehen.«

Julia schauderte. Ausnahmsweise musste sie ihm da zustimmen. Ihr besorgter Ausdruck verwandelte sich jedoch in ein Lächeln, als sie die Hostess im Restaurant sah. Es war Lily Parson, die junge Tochter des Restaurantbesitzers Dave Parson.

Lily holte zwei Speisekarten hervor. »*Bonsoir*«, sagte sie mit piepsiger Stimme. »*Bienvenue au* Pariser Café.« Ihr langes Haar war blauschwarz gefärbt und lief an der Taille in Strähnen aus, die wie Federn aussahen. Ihr Kajal war dick und dramatisch, aber ungleichmäßig aufgetragen, was ihrem Gesicht ein leicht schiefes Aussehen verlieh.

»*Bonsoir à toi aussi, jeune fille.*« Will lehnte einen Ellbogen auf ihr Pult und zeigte seine strahlenden Zähne. »*Je voudrais ta meilleure table.*«

»Was?« Lily riss erschrocken die Augen auf. Sie hatte offensichtlich kein Wort von dem verstanden, was Will gesagt hatte.

Julia sprach hauptsächlich Englisch und Italienisch, aber nach einem Besuch in den Alpen konnte sie genug Französisch, um sich zurechtzufinden. Sie wollte Lily gerade zu Hilfe kommen und sagen, dass Will um den besten Tisch gebeten hatte, als Will zuerst den Mund aufmache.

»*Tu ne parles pas français?*«

»Hm?« Lilys Hände zitterten so stark, dass sie die Speisekarten fallen ließ. »Entschuldigen Sie bitte. Tut mir leid«, sagte sie, als sie sich bückte, um sie aufzuheben.

Julia half ihr, sie einzusammeln. »Kein Problem. Er hat nur gefragt, ob du Französisch sprichst, das ist alles.«

»Oh.« Lily wurde knallrot. »Ja. Ich meine, nein. Ich meine, irgendwie schon. Ich belege Französisch im dritten Jahr an der Highschool.« Sie hielt die Speisekarten vor sich wie eine Rüstung. »Lassen Sie mich Ihnen Ihren Tisch zeigen.«

Will verdrehte die Augen. »Bis jetzt bin ich von diesem Etablissement nicht beeindruckt«, flüsterte er laut.

Nun waren es Julias Wangen, die brannten. Sie war nie ein großer Fan von Daves Kochkünsten gewesen, aber sie wusste, dass es viele Senioren gab, die dieses Restaurant liebten und jedes Mal hier einen Tisch reservierten, wenn sie etwas zu feiern hatten.

»Warum heißt es Pariser Café?«, fuhr Will fort. »Es sollte ›Café Parisien‹ heißen.«

Julia wusste, dass Will recht hatte, aber ihre Toleranz für seine Kritik an ihrer Heimatstadt hatte eine Grenze erreicht.

Sie folgte ihm in den Gastbereich und hoffte, dass Lily seine abfälligen Bemerkungen nicht gehört hatte.

Sobald sie in dem schwach beleuchteten Raum Platz genommen hatten, legte Julia ihre Serviette auf den Schoß und versuchte, sich zu entspannen. Sie war hier, um ihre Optionen auszuloten; das war alles. Bisher waren Wills Ideen für die Sanierung ihres Grundstücks nicht sehr ansprechend gewesen, aber das hieß nicht, dass sie nicht dennoch etwas lernen konnte. Eine Tiefgarage anzulegen war zum Beispiel eine interessante Idee, falls man das tun konnte, ohne die historische Integrität der Gebäude zu zerstören. Sie trank einen Schluck Wasser und nahm sich vor, genau zuzuhören.

»In meiner Zeit als Restaurantmanager habe ich die Gäste nie länger als vier Minuten sitzen lassen, bis sich ein Kellner um sie gekümmert hat.« Will sah sich im Raum nach dem Bedienpersonal um.

»Du hast zwar erwähnt, dass du als Fast-Food-Koch gearbeitet hast, aber ich wusste nicht, dass du mehrere Restaurants geleitet hast.« Julia legte ihre Speisekarte weg, da sie immer das Gleiche bestellte, wenn sie hierherkam: Ente à l'Orange.

»Ich bin die Verkörperung des amerikanischen Traums.« Will klopfte mit dem Siegelring, den er trug, auf den Tisch. »Mit sechzehn habe ich bei Red Robin angefangen, mich zum Manager hochgearbeitet, und dann mit vierundzwanzig mein eigenes Franchise eröffnet.«

»Wow«, machte Julia. »Das ist beeindruckend, dass du in so jungen Jahren schon ein Franchise-Unternehmen übernehmen konntest. Woher hattest du denn das Kapital dafür?«

»Mein Schwiegervater gab mir einen kleinen Kredit von einer Million Dollar.« Will zuckte mit den Schultern. »Er wusste, dass ich es wert war.«

Julia fühlte sich, als ob ein kleines Erdbeben den Tisch erschüttert hätte. »Ich wusste gar nicht, dass du verheiratet bist«, sagte sie.

»Ich *war* verheiratet«, stellte Will klar. »Ich hätte *ehemaliger* Schwiegervater sagen sollen.«

Julia hatte eine Menge Fragen zu Wills angeblicher Geschichte vom Tellerwäscher zum Millionär – angefangen bei »Gilt es wirklich als hochgearbeitet, wenn man reich geheiratet hat?« –, aber sie wollte nicht den Eindruck erwecken, neugierig auf sein Liebesleben zu sein. Sie beschloss, stattdessen mit einer neutralen Frage zu beginnen. »Wie war es denn, ein Franchise-Besitzer zu sein?«

»Am Anfang war es toll. Ich kannte zu diesem Zeitpunkt alle Aspekte des Geschäfts und verdiente eine Menge Geld. Nach drei Jahren zahlte ich meinem Schwiegervater das Geld zurück, ließ mich scheiden, eröffnete drei weitere Franchises, und als ich zweiunddreißig wurde, habe ich sie alle zu Bargeld gemacht und angefangen, stattdessen in Immobilien zu investieren.« Er blickte sich in dem gemütlichen Raum um. »Mit Grundstücken lässt sich richtig Geld verdienen, besonders im pazifischen Nordwesten. Wenn die Immobilienpreise weiter so steigen, werden wir im Handumdrehen die nächste Bay Area sein. Hübsche kleine Eigenheime werden dann für zwei Millionen verkauft.«

Julia bekam eine Gänsehaut, als Will das sagte. *Banken nehmen Häuser weg.* Die Vergangenheit, vor der ihre Mutter sich gefürchtet hatte – Zwangsversteigerungen, Zwangsräumungen und Notunterkünfte –, würde die Zukunft vieler Menschen werden. »Und du glaubst, dass der Umbau der Main Street in Eigentumswohnungen im Obergeschoss die Lösung ist?«, wollte Julia wissen.

»Auf jeden Fall.« Will nickte. »Vertrau mir; ich weiß, wovon ich rede.«

KAPITEL 18

Aaron hatte Jack noch nie mit jemandem außer Martha allein gelassen, und er versuchte, keinen Herzinfarkt zu bekommen. Es war Samstagabend, und er gab Anweisungen an das Mädchen, das Paige ihm als Babysitter vermittelt hatte. Paige war an diesem Abend nicht verfügbar, aber sie hatte eine Schülerin namens Alyssa von der Harper Landing Highschool besorgt, die, wie Paige Aaron versicherte, einen Erste-Hilfe-Kurs absolviert hatte und Klassenbeste sowie Vizepräsidentin der National Honor Society war. Selbst wenn Alyssa über Wasser hätte laufen können, hätte Aaron ihr trotzdem nicht zu einhundert Prozent vertraut. Es wäre ihm lieber gewesen, wenn Martha auf Jack aufgepasst hätte, doch die hatte schon den Vormittag mit ihm verbracht.

»Auf dieser Liste hier am Kühlschrank stehen alle Notrufnummern«, erklärte er Alyssa. »Meine Nummer, die des Kinderarztes, die des Giftnotrufs und die Nummer von Jacks Großeltern hier in der Stadt.« Aaron hielt Jack fest umklammert und spürte, wie ihm beim Gedanken, das Baby an Alyssa zu übergeben, ein panischer Schauer über den Rücken lief. Sie sah normal aus mit ihren kurzen braunen Haaren, den Jeans und dem Kapuzenpulli, aber man konnte sich nie sicher sein. Was, wenn sich hinter den blauen Augen und der sommersprossigen

Nase eine Serienmörderin verbarg? Oder, noch schlimmer, was, wenn sie vor Jack zu rauchen begann, sobald Aaron das Haus verließ? »Machen Sie sich keine Sorgen, Mr Baxter.« Alyssa lächelte. »Es wird alles prima klappen. Wann soll ich Jack seine nächste Flasche geben?«

Aaron holte tief Luft und versuchte, sich zu beruhigen. »Ich habe hier eine vorbereitet, die kannst du ihm geben, wenn ich gehe. Ich dachte, das könnte bei der Trennung helfen.« Er ging hinüber zur Küchenspüle, wo gerade eine Glasflasche unter dem fließenden heißen Wasser erwärmt wurde. »Das ist eine neue Sorte Säuglingsnahrung, die die Kinderärztin gestern bei der Untersuchung empfohlen hat. Ich gebe sie Jack seit gestern Abend, und er scheint sie zu mögen. Aber falls es damit Probleme geben sollte, ist seine normale Sorte hier drin.« Aaron öffnete den Schrank, in dem sich alles befand, was mit Flaschen zu tun hatte. »Du darfst die Flasche nur nicht in der Mikrowelle erhitzen.«

»Auf keinen Fall.« Alyssa schüttelte den Kopf. »Ich habe die Babysitter-Ausbildung vom Roten Kreuz mitgemacht. Ich weiß, was ich tue.« Sie griff nach Jack, und einen Moment lang weigerte sich Aaron, ihn loszulassen. Aber die Uhr am Ofen verriet ihm, dass er Julia in fünf Minuten abholen musste, also lockerte er schließlich seinen Griff. »Jack und ich werden uns prima amüsieren, Mr Baxter«, sagte Alyssa. »Gehen Sie und genießen Sie Ihren Abend.«

»Okay.« Aarons Atemzüge waren flach, und er wusste, wenn er sich nicht zusammenriss, würde er vielleicht anfangen zu hyperventilieren. »Ich gehe jetzt zur Tür hinaus«, verkündete er, blieb jedoch gleich darauf wie angewurzelt stehen.

»Ein ganz kurzer Abschied.« Alyssa hielt Jack in einem Arm und nahm mit der freien Hand die Flasche. »Das funktioniert meiner Erfahrung nach am besten.«

»Als ob man ein Pflaster abreißt«, sagte Aaron, der sich immer noch nicht rührte. Doch dann bemerkte er, dass eine weitere Minute verstrichen war. Wenn er nicht sofort losfuhr, würde er zu spät kommen. »Ich werde in drei Stunden wieder zu Hause sein«, versicherte er Alyssa und steckte seine Brieftasche ein. »Oder vielleicht schon in zwei. Ruf mich an, falls du etwas brauchst.«

»Wir schaffen das schon«, versprach Alyssa.

Aaron kaute auf der ganzen Fahrt zu Julias Haus auf seinem Daumennagel herum, was er nicht mehr getan hatte, seit er drei Jahre alt gewesen war. Sein damaliges Kindermädchen hatte ihm jedes Mal den Mund mit Seife ausgewaschen, wenn sie ihn dabei erwischt hatte. Sobald er in Julias Einfahrt geparkt hatte, überprüfte er sein Handy, um sicherzugehen, dass es keine Nachrichten von Alyssa gab. Dann überprüfte er dreimal, ob er den Ton für Benachrichtigungen eingeschaltet hatte, falls sie versuchte, ihn zu erreichen. Er stieg aus dem Tesla und ging zu Julias Veranda, und mit einem Mal gesellte sich zu seiner Angst auch Vorfreude. Als Julia in einem kurzen roten Kleid und einer Jeansjacke die Haustür öffnete, löste sich der Knoten in Aarons Magen und wurde verdrängt von dem Verlangen, sie in den Armen zu halten.

»Du siehst wunderschön aus«, begrüßte er sie und blickte ihr in die braunen Augen. Er streckte seine Hand aus, mit der Handfläche nach oben, und als sie ihre hineinlegte, führte er sie an seine Lippen und küsste sie.

Julia lächelte, und die Sehnsucht, sie in seine Arme zu ziehen, wurde noch stärker. Gerade wollte er ihr nachgeben, als Toby sich an ihr vorbeischlängelte, in die Luft sprang und versuchte, Aarons Gesicht abzulecken.

»Runter, Toby«, verlangte Julia und packte ihn am Halsband. »Sitz.«

»Toby, sitz!«, befahl Aaron und hob den Finger zu dem Handzeichen, das Greta bei ihren portugiesischen Wasserhunden benutzt hatte. »Sitz, und dann streichle ich dich.« Toby ließ sein Hinterteil auf den Boden fallen und wedelte mit dem Schwanz über die Dielen. »Guter Hund.« Aaron belohnte ihn, indem er ihn hinter den Ohren kraulte. »Es tut mir leid«, sagte Julia. »Ich wollte ihn eigentlich wieder trainieren, aber wegen meiner Gehirnerschütterung bin ich nicht dazu gekommen.« Sie brachte Toby zurück ins Haus und schloss die Eingangstür ab. »Fertig.« Sie steckte den Schlüssel in ihre Handtasche und griff nach Aarons Hand. »Wo gehen wir hin?«

Der Name des Restaurants lag ihm auf der Zunge, aber sobald er Julias Hand in seiner spürte, erlag er dem Drang, sie an sich zu ziehen. Sein Herz schlug bereits wie wild, und pures Adrenalin strömte durch seine Adern, als er seinen Arm um ihren Rücken legte und sie festhielt. Ihre Münder waren nur Zentimeter voneinander entfernt, und Aaron sehnte sich danach, die Lücke zwischen ihnen zu schließen. Er drückte Julias Hand, bevor er sie losließ und sie ganz umarmte. Als sie ihre Hand auf seine Schulter legte und dann die Finger in seinen Nacken schob, nahm er das als Einladung, sie zu küssen.

Ihre Lippen fanden zueinander, und Aaron vergaß alles bis auf Julias Geschmack nach minziger Zahnpasta und ihren Duft nach Schokolade und Lavendel. Sie überwältigte seine Sinne auf allen Ebenen, und er fühlte sich wie berauscht. Ihre Brust, die sich gegen seine drückte, war weich und warm. Jeder Nerv in seinem Körper sprühte Funken, und alles in ihm drängte sich danach, ihr noch näher zu sein. Julia schmolz in seinen Armen dahin, als wären sie füreinander geschaffen. Er wollte seine Arme um sie schlingen und sie nie wieder loslassen. Sie hielt ihn fest, gab ihm Halt, erinnerte ihn daran, wie es sich anfühlte, wieder ein Mann zu sein und nicht nur ein Vater oder ein Onkel oder was auch immer er war, denn da war sich Aaron immer noch nicht sicher. Er wusste nur, dass sich alles richtig anfühlte, wenn Julia bei ihm war, und jetzt, in diesem Moment, war es mehr als richtig; es war außergewöhnlich.

Aaron legte den Kopf zur Seite und vertiefte den Kuss, erforschte Julias Mund und berührte ihre Zunge mit seiner. Als ihr ein winziges Stöhnen entwich, stieg sein Puls vor Erregung ins Unermessliche. Seine Hände wanderten über ihren Rücken und suchten verzweifelt nach einem festeren Griff. Er konnte nicht glauben, dass eine so schöne Frau wie Julia in diesem Moment in seinen Armen lag, ihr Herz an das seine gepresst, an ihn gelehnt, um das Gleichgewicht zu halten, und mit den Fingern durch sein Haar strich. Noch nie waren seine Sinne so von der Berührung einer Frau überwältigt worden. Aaron fühlte sich zittrig, und er verließ sich darauf, dass Julia ebenso sehr sein Gleichgewicht wiederherstellen würde, wie sie ihn zu brauchen schien, während sie durch endlose Küsse miteinander verbunden waren.

»Wow!«, sagte Aaron, als sie sich endlich voneinander lösten. »Das war ziemlich unglaublich, wenn man bedenkt, dass du meine Facebook-Freundschaftsanfrage noch nicht angenommen hast.«

Julia lachte und lehnte ihren Kopf an seine Schulter. »Das tut mir leid. Ich habe diese Woche nicht viel Zeit online verbracht, wegen des Unfalls.« Sie schmiegte sich enger an ihn, und Aaron war fasziniert von der Art, wie sich ihre Schultern hoben und senkten, während sich ihr schneller Atem allmählich wieder auf einen normalen Rhythmus einpendelte. Er atmete den süßen Duft ihres Haares ein und schloss die Augen, vollkommen im Reinen mit sich und der Welt. Für einen Augenblick waren die vorbeifahrenden Autos auf der Ninth Avenue und das Gurren der Tauben in der Ferne die einzigen Geräusche, die zu hören waren.

Aaron hätte noch ewig so stehen bleiben können, doch in diesem Moment summte sein Telefon, und er zuckte zusammen, voller Panik, es könnte Alyssa sein. »Tut mir leid«, sagte er und zog das Telefon aus seiner Tasche. »Das ist vielleicht die Babysitterin.«

»Natürlich. Ist alles in Ordnung?«

Aaron warf einen Blick auf das Display und atmete erleichtert aus. »Es ist nur eine Benachrichtigung vom Supermarkt, dass meine Bestellung am Montag abgeholt werden kann.« Er nahm Julias Hand und führte sie zum Tesla, wo er die Beifahrertür für sie öffnete.

»Das klingt praktisch«, sagte sie, während sie sich anschnallten. »Ich habe diesen Abholservice noch gar nicht ausprobiert.«

»Es erspart mir mit Jack jede Menge Arbeit. Vor allem, weil er so viel Milchpulver verbraucht.«

»Das kann ich mir vorstellen. Also, wohin gehen wir zum Essen? Alles außer dem Pariser Café ist mir recht.«

»Was spricht denn gegen das Pariser Café?«, wollte Aaron wissen. »Obwohl wir da nicht hinfahren.«

»Ich glaube nicht, dass es dort etwas für dich zu essen gibt. In allen Gerichten ist Butter oder Gluten. Außerdem ist es anscheinend nicht so authentisch, wie alle in Harper Landing denken. Das Hähnchen Cordon bleu stammt von Costco, aufgepeppt mit einer raffinierten Soße.«

Aaron lachte. »Wie hast du denn das herausgefunden?«

»Ähm … Ein Freund, der sich mit Kochen auskennt, hat es mir erzählt. Wie auch immer, wo gehen wir hin?«

»Wir fahren nach Seattle.« Aaron ging im Geiste die Wegbeschreibung durch, die er sich am Nachmittag eingeprägt hatte. »Dort gibt es ein Restaurant namens Pure Food and Wine, das gute Kritiken bekommen hat.«

»Ich habe in der Zeitung davon gelesen, war aber noch nie dort. Klingt prima.« Julia lehnte sich in ihrem Sitz zurück und schlug die Beine übereinander.

»Das hätte ich fast vergessen.« Aaron griff nach einem kleinen Paket auf dem Rücksitz. »Ich habe dir ein Geschenk mitgebracht.« Er reichte ihr den wattierten Umschlag und hielt den Atem an, während sie ihn öffnete. Als er zusah, wie sie das Siegel aufriss, kamen ihm erste Zweifel. Warum hatte er ihr nicht stattdessen Blumen mitgebracht? Das hier war eine dumme Idee gewesen. Mit Rosen hätte er nichts falsch machen können, aber stattdessen hatte er beschlossen, kreativ zu sein. In wenigen Sekunden würde Julia das in der Hand halten, was als romantische Geste gedacht gewesen war, weshalb sie ihn aber vermutlich für verrückt halten würde. Vielleicht würde sie nicht einmal erkennen, was es war.

»Das ist so geheimnisvoll«, stellte Julia fest und betastete den Umschlag. »Es fühlt sich an, als wäre da ein Reagenzglas aus dem Chemieunterricht drin.«

Kalter Schweiß brach in Aarons Nacken aus, und er fühlte sich unsicherer denn je. »Es ist kein Reagenzglas«, erwiderte er. »Zumindest glaube ich das nicht.« *Verdammt!* Was, wenn sein Lieferant die Bestellung verwechselt hatte?

Julia riss den oberen Teil des Umschlags ab und schüttete den Inhalt vorsichtig in ihren Schoß. Eine durchsichtige Röhre fiel heraus, und darin befand sich etwas, was wie ein halbes Dutzend Würmer von etwa zwanzig Zentimeter Länge aussah. Sobald sie den Behälter sah, leuchteten ihre Augen vor Freude auf. »Tahitische Vanilleschoten! Die sind schwer zu finden.« Julia öffnete den Deckel, und der schwere Duft von Vanille erfüllte den Tesla. Sie schloss die Augen und atmete das Aroma ein. »Mmm … Ich liebe es. Was für ein besonderer Genuss. Wo hast du die gefunden?« Sie öffnete die Augen wieder und hielt ihm das Röhrchen hin, damit er auch daran riechen konnte.

Aaron schnupperte daran und stellte erfreut fest, dass sein Naturkosthändler ein hochwertiges Produkt geliefert hatte. Madagaskar-Vanille wäre billiger gewesen, aber er wusste von Julias zusammenhanglosem Geschwafel, als sie ihre Gehirnerschütterung gehabt hatte, dass sie Tahitische Vanille bevorzugte. »Einer meiner Big-Foot-Paleo-Lieferanten hatte einen Kontakt zu einem Importeur. Oh, das hätte ich fast vergessen.« Aaron fischte auf dem Rücksitz nach einem wiederverwendbaren Lebensmittelbeutel und zog eine Flasche Bourbon heraus. »Das gehört dazu. Auf diese Weise kannst du …«

»Meinen eigenen Vanilleextrakt machen und muss mir nie wieder Sorgen machen, dass er mir ausgeht«, beendete Julia seinen Satz. »Das ist toll! Vielen Dank.« Sie umarmte ihn.

Alle Anspannung, die Aaron verspürt hatte, als er ihr beim Öffnen des Geschenks zugesehen hatte, schmolz dahin. Er schloss die Augen und genoss den Moment, der vollkommen perfekt war, bis sein Magen knurrte.

»Oh-oh.« Julia kicherte. »Das klingt, als hätte jemand Hunger.« Sie zog sich zurück und rückte ihren Sitzgurt zurecht.

»Schuldig.« Aaron grinste. »Ich freue mich auch darauf, etwas zu essen, das jemand anderes als ich gekocht hat. Ich war seit Monaten nicht mehr in einem Restaurant«, gab er zu. »Seit der Trauerfeier nicht mehr.« Er ließ das Auto an und fuhr aus der Einfahrt.

»Mit Jack auswärts zu essen, muss schwierig sein.«

»Wenigstens ist er mobil«, erwiderte Aaron, als er sich in den Verkehr einreihte. »Bei der Trauerfeier hat er …« Aaron wollte gerade sagen, dass der neugeborene Jack damals die ganze Zeit in seiner Babyschale geschlafen hatte, doch in diesem Moment klingelte sein Handy. Er klickte auf die Medienkonsole, um den Anruf auf die Freisprechanlage umzuleiten. »Ich muss rangehen«, erklärte er. »Es könnte …«

»… die Babysitterin sein«, ergänzte Julia seinen Satz. »Das verstehe ich.«

»Mr Baxter?« Alyssas Stimme ertönte quietschend über die Lautsprecher. »Jack bricht.« Im Hintergrund wimmerte das Baby.

»Er tut was?« Aaron sah in den Rückspiegel und betätigte den linken Blinker, um sich auf eine Kehrtwende vorzubereiten.

»Er übergibt sich!«, rief Alyssa. »Überallhin. Ich kann ihn nicht dazu bringen, aufzuhören.«

»Bekommt er Luft?«, fragte Julia. »Hat er einen Ausschlag?«

»Ja, er kann atmen. Nein, er hat keinen Ausschlag«, antwortete Alyssa. Wegen des schreienden Babys war sie nur schwer zu verstehen. »Aber er übergibt sich immer weiter.«

»Ich bin gleich da.« Aaron riss am Lenkrad und wendete den Wagen. »Wir sind in fünf Minuten da, allerspätestens. Bleib mit mir am Telefon, ja?«

»Ich kann nicht am Telefon bleiben. Ich muss Jack helfen.« Das Geräusch von Jacks Würgen erfüllte den Lautsprecher. »Igitt!«, quiekte Alyssa. »Es ist was auf mein iPhone gekommen!«

»Sollen wir den Notarzt rufen?« Julia öffnete den Reißverschluss ihrer Handtasche. »Ich denke, wir sollten den Notruf wählen. Was, wenn es ein anaphylaktischer Schock ist?«

»Ja«, pflichtete Aaron ihr bei. »Nein. Ich meine, vielleicht. Er weint doch, richtig? Das heißt, er kann atmen. Alyssa«, sagte er laut. »Du hast Jack keine Erdnussbutter gegeben, oder?«

Es kam keine Antwort. Aaron konnte Jack über das Telefon weinen hören, und er hörte Wasser laufen, aber das war es auch schon.

»Habt ihr Erdnussbutter im Haus?«, fragte Julia. »Ich dachte, Erdnüsse sind bei der Paleo-Ernährung nicht erlaubt.«

»Nein, ich habe keine Erdnussbutter. Ich esse stattdessen meistens Mandelbutter oder Cashewbutter.« Aaron fasste sich an die Stirn. »Warum rede ich über Nüsse, wenn Jack in Gefahr ist?«

»In Gefahr sein *könnte*.« Julia griff ans Armaturenbrett. »Wir wissen es nicht genau. Vielleicht hat er nur einen Magen-Darm-Infekt.«

Aaron raste in halsbrecherischem Tempo durch die ruhigen Wohnstraßen, fuhr doppelt so schnell wie erlaubt und hielt selbst bei den Stoppschildern kaum an. Als er seine Einfahrt erreichte, kam er so abrupt zum Stehen, dass er und Julia in die Sitze gedrückt wurden. »Tut mir leid«, entschuldigte er sich, während er bereits die Tür aufstieß.

»Kein Problem.« Julia schnappte sich ihre Handtasche und sprang aus dem Auto, dann rannte sie mit ihm die Stufen zur Haustür hinauf und folgte ihm nach drinnen.

Aaron stürmte in die Küche, wo er Jack schreien hörte. Alyssa hielt das Baby in den Armen, saß mitten auf dem Linoleumboden und war mit Erbrochenem bedeckt. Es sah aus, als wäre eine Flasche mit halb verdauter Milchnahrung explodiert. Jeder Schrank und jedes Gerät hatte etwas abbekommen.

»Mr Baxter.« Alyssa liefen Tränen über das Gesicht. »Tut mir leid, aber ich wusste nicht, was ich tun sollte.«

Aaron nahm ihr Jack ab und versuchte, ihn zu trösten, aber das Baby würgte immer wieder. Seine kleinen Augen waren fest zusammengepresst, und sein Gesicht war so rot wie eine Tomate, aber immerhin bewies sein Heulen, dass seine Lunge gut funktionierte.

»Du Arme.« Julia half Alyssa auf die Beine. »Es war richtig, ihn anzurufen. Was genau ist passiert?«

»Ich weiß es nicht.« Alyssa wischte ihr Handy an ihrer Jeans ab. »Ich habe Jack nur die Flasche gegeben, die Sie gemacht haben. Beim Trinken war alles in Ordnung, aber als ich ihn ein Bäuerchen machen lassen wollte, hat er plötzlich alles wieder ausgespuckt.«

»Das neue Milchpulver!«, rief Aaron und fühlte sich wie ein Idiot. Er rannte zu dem Schrank, in dem er die Schachtel aufbewahrte, und betrachtete die Zutatenliste. »Soja«, murmelte er. »Warum ist mir das nicht vorher aufgefallen? Jack hatte noch nie Berührung mit Soja.«

»Wo wohnst du?«, fragte Julia Alyssa. »Brauchst du eine Mitfahrgelegenheit nach Hause?« Sie legte ein Bündel Bargeld in die Hand des Mädchens.

»Danke. Sie brauchen mich nicht zu fahren.« Alyssa steckte das Geld ein. »Ich kann nach Hause laufen. Es ist noch hell draußen.«

»In Ordnung. Tut mir so leid, dass das passiert ist«, sagte Julia und begleitete Alyssa zur Tür. »Es war eine gute Lernerfahrung für alle.«

Aaron füllte gerade eine neue Flasche mit Wasser, als er hörte, wie sich die Tür schloss. *War Julia auch gegangen?* Er fragte sich, wie Julia nach Hause kommen würde, aber er wusste nicht, was er jetzt dahingehend tun konnte. Vielleicht nahm sie einen Uber. Seine größte Sorge war, dass Jack momentan vielleicht dehydriert war. Würde Wasser helfen, oder sollte er ihm eine Flasche mit seiner normalen Milchnahrung machen? Aaron war sich nicht sicher. Sobald er Jack beruhigt hatte, würde er die Nummer des Bereitschaftskinderarztes anrufen. Zu seiner Überraschung tauchte eine Minute später jedoch Julia wieder in der Küche auf.

»Ich dachte, du wärst auch nach Hause gegangen«, gab er zu und versuchte, Jack dazu zu bringen, die Wasserflasche anzunehmen.

»Was? Nein, natürlich nicht. Warum gibst du Jack Wasser?«

»Weil er vielleicht dehydriert ist.«

Julia biss sich auf die Unterlippe. »Hör mal, ich trinke jeden Tag Leitungswasser und denke, dass das Wasserwerk von Harper Landing vertrauenswürdig ist, aber ich bin mir nicht sicher, ob es gut genug ist, dass Jack es trinken kann. Bist du sicher, dass Babys Leitungswasser trinken dürfen?«

Aaron versuchte, sich zu erinnern, was in dem Babybuch gestanden hatte. Aber er war so aufgewühlt, dass es ihm nicht einfiel. »Ich habe keine Ahnung.« Er stellte die Flasche auf dem Tresen ab.

Im Prinzip war es egal, denn Jack nahm die Flasche sowieso nicht an. Seine Schreie waren leiser geworden, und sein Kopf kippte auf die Seite, als wäre er wach, aber apathisch. Immer wieder musste er würgen, aber es kam nichts. Julia ging näher an Aaron und Jack heran und betrachtete das Gesicht des Babys.

»Aaron«, sagte sie mit sanfter, aber fester Stimme. »Ich möchte dich nicht beunruhigen, aber ich denke, wir sollten Jack ins Kinderkrankenhaus bringen. Du gehst und trägst ihn ins Auto; ich werde ein paar Sachen für ihn holen.«

»Das Krankenhaus. Richtig«, antwortete Aaron, als wäre das die natürlichste Antwort der Welt. »Okay. Dann wollen wir mal. Ich werde die Wickeltasche holen. Wo ist die Wickeltasche?« Vor lauter Hysterie schrie er fast.

Julias Stimme wurde noch sanfter. »Ich hole die Wickeltasche«, flüsterte sie und legte eine Hand auf seine Schulter. »Du bringst ihn ins Auto und überprüfst, ob du deine Versicherungskarte hast. Okay?«

»Die ist in meiner Brieftasche. In meiner Tasche. Genau hier.« Aaron umarmte Jack, der immer noch nicht schlief, aber sich auch nicht regte. »Sollen wir den Notarzt rufen?«

Julia legte zwei Finger an Jacks Hals und prüfte seinen Puls. »Nein, ich glaube nicht. Aber wir sollten die Kinderärztin anrufen, sobald wir im Auto sitzen, damit sie im Krankenhaus Bescheid sagen kann, dass wir kommen.« Sie deutete in Richtung Haustür. »Geh schon. Ich bin gleich da.«

»Okay.« Aaron folgte ihrer Anweisung. Er wiegte die für ihn wichtigste Person auf der ganzen Welt in seinen Armen und versuchte, nicht die Zukunft vorauszusagen oder an die Vergangenheit zu denken. Er konzentrierte sich auf die einfachen Anweisungen, die Julia ihm gegeben hatte, und verließ die Küche, wobei er darauf achtete, nicht auf dem feuchten Boden auszurutschen. Er ging die Treppe hinunter, zur Tür hinaus und direkt zum Auto, ohne sich auch nur die Mühe zu machen, das Haus abzuschließen. Jack in den Kindersitz zu setzen, erwies sich als problemlos, da er nicht zappelte. Er wirkte wie eine Stoffpuppe mit blinzelnden Augen. Gerade als Aaron den letzten Gurtverschluss einrasten ließ, war Julia da und reichte ihm die Wickeltasche.

»Du sitzt neben ihm«, sagte sie. »Ich fahre, während du den Arzt anrufst.«

Aaron hatte noch nie auf dem Rücksitz seines eigenen Autos gesessen, und es gab nicht annähernd genug Platz für seine langen Beine. Aber seine eigene Bequemlichkeit war das Letzte, woran er im Moment dachte. Er wählte die Nummer von Dr. Agarwals Praxis, während Julia sie aus Harper Landing hinausfuhr, sprach mit dem Anrufbeantworter, als sie den Highway erreichten, und wartete eine gefühlte Ewigkeit, bis der diensthabende Arzt aus der Zentrale, in die der Anruf weitergeleitet worden war, ihn zurückrief. Der Arzt bestätigte, dass sie auf dem richtigen Weg waren, und Aaron fühlte sich beruhigt, als er endlich das Schild für das Kinderkrankenhaus entdeckte. Besonders, da Jack wieder angefangen hatte, sich zu übergeben.

KAPITEL 19

Neonlicht und piepsende Monitore strapazierten Julias Nerven. Sie stand hinter dem mit Kunstleder bezogenen Stuhl, straffte die Schultern und schenkte der Ärztin der Notaufnahme ihre volle Aufmerksamkeit. Aaron saß vor ihr und wiegte Jack in seinen Armen. Das Baby trug jetzt eine saubere Windel und ein winziges Krankenhaus-Outfit, das wie ein Kimono aussah. Jack hatte auch ein Sicherheitsarmband am Handgelenk, das äußerlich mit dem identisch war, das Aaron trug, und das dazu diente, dass das Baby nicht aus dem Krankenhaus gestohlen werden konnte. Julia legte die Hände auf Aarons Schultern und versuchte, ruhig zu bleiben. Die letzten zwanzig Minuten, die sie im Krankenhaus verbracht hatten, waren wie im Flug vergangen, aber sie hatten immer noch keine Antworten.

»Die kurze Antwort ist Nein«, sagte die Ärztin. »Wir wissen nicht, was Jacks Erbrechen verursacht hat, aber dafür sind die Bluttests da. Wenn nötig, werden wir eine Sonografie anordnen.« Sie hatte dunkle Ringe unter den Augen und sah aus, als hätte sie eine Weile nicht mehr geschlafen, aber sie trug einen sauberen Kittel und schien Jacks Zustand ernst zu nehmen.

»Das neue Milchpulver«, erklärte Aaron. »Es war Soja drin, und Jack hatte bis gestern noch keine Berührung mit Soja.«

»Das sind Informationen, die wir auf jeden Fall im Hinterkopf behalten werden. Eine Soja-Unverträglichkeit klingt wahrscheinlich.« Die Ärztin tippte zweimal auf das Tablet vor ihr. »Ich habe eine Infusion angeordnet, um den Flüssigkeitshaushalt auszugleichen und das Ondansetron zu verabreichen. Das ist ein Medikament, das die Botenstoffe im Körper blockiert, die Übelkeit auslösen. Es wird Jack helfen, Flüssigkeit bei sich zu behalten. Sobald er die Infusion erhalten hat, verabreichen wir ihm ein Milchpulver namens Alimentum, das leicht verdaulich ist.«

»Wenn es keine Reaktion auf die Säuglingsnahrung ist, was könnte es sonst sein?«, fragte Julia. »Vielleicht Norovirus oder etwas in der Art?«

»Das ist möglich.« Die Ärztin nickte. »Aber es gibt noch andere Möglichkeiten. Es gibt einen Zustand namens Pylorusstenose, der bei Säuglingen manchmal auftritt und bei dem ein Muskel die Nahrung daran hindert, in den Zwölffingerdarm überzutreten. Mit einer OP kann man das korrigieren, aber normalerweise wird das bereits im ersten Monat diagnostiziert.«

»O nein!« Aaron schloss die Augen.

»Aber es könnte auch so etwas wie ein Säurereflux sein«, fuhr die Ärztin fort. »Machen Sie sich keine Sorgen. Die Schwester wird bald mit der Infusion hier sein.« Sie schenkte ihnen ein kleines Lächeln und ging dann.

»Das wars dann wohl. Jack muss wahrscheinlich operiert werden«, sagte Aaron mit einem Hauch von Panik in der Stimme.

»Das ist überhaupt nicht das, was ich gehört habe.« Julia ging um den Stuhl herum und setzte sich auf die Kante des leeren Krankenhausbettes. »Die Ärztin hat gesagt, dass es viele mögliche Ursachen gibt, die das Erbrechen verursacht haben könnten, und das Darmproblem ist nur ein mögliches Szenario.

Und bis wir Genaueres wissen, ist Jack an dem bestmöglichen Ort, um genau die Pflege zu bekommen, die er braucht.« Julia beugte sich hinunter und blickte auf Jack, der unruhig in Aarons Armen döste.

»Ich bin froh, dass wir hierhergekommen sind. Danke, dass du uns hergebracht hast.«

»Ich bin auch froh, dass wir hier sind.« Julia sah zu Aaron auf. »Aber jetzt musst du dich erst mal umziehen, sonst machst du Jacks Kimono schmutzig.« Sie stand auf, öffnete den Reißverschluss der Wickeltasche und nahm ein langärmeliges Hemd heraus, das sie im Schrank gefunden hatte. Es war das Erste, was sie gesehen hatte, als sie in sein Schlafzimmer gesaust war, um ihm saubere Kleidung zu holen. Julia legte das Hemd auf dem Bett ab. »Ich übernehme Jack, während du das Oberteil wechselst.«

»Du meinst, ich muss nicht die ganze Nacht ein Shirt voller Erbrochenem tragen?« Aaron grinste flüchtig, bevor er ihr Jack übergab.

Jacks bewegungslosen Körper in ihren Armen zu spüren, gab Julia einen Stich ins Herz, zumal das Baby blasser war als sonst. Wenn sie nicht so besorgt um Jacks Gesundheit gewesen wäre, hätte sie es genossen, Aaron dabei zuzusehen, wie er sich aus seinem Shirt schälte und anschließend langsam das Hemd zuknöpfte.

»Ich bin dir wirklich dankbar, Julia«, sagte Aaron, während er sein schmutziges Shirt zusammenknüllte und es in ein spezielles Fach am Boden der Wickeltasche steckte. »Wenn du jetzt nicht hier bei mir wärst, würde ich durchdrehen.« Er griff nach Jack, um ihn wieder zu übernehmen.

Julia schnalzte mit der Zunge. »Geh und wasch dir zuerst die Hände mit heißem Wasser und viel Seife.«

»Seife. Richtig.« Aaron stand auf und ging zu der Handwaschstation in der Ecke des Raumes. »Weißt du was, ich werde gleich mal eine Toilette suchen, wenn das okay ist. Da du hier bei ihm bist.«

»Dir ist doch nicht etwa auch übel, oder?« Julia musterte ihn, konnte aber keine Anzeichen entdecken, dass er sich grünlich verfärbte.

»Nein.« Aaron schüttelte den Kopf. »Ich muss pinkeln, das ist alles.«

»In Ordnung. Hoffentlich bedeutet das, dass es kein Norovirus ist.«

Aaron nickte. »Ich bin gleich wieder da.« Mit diesen Worten ging er zur Tür hinaus.

»Nun, Kleiner, jetzt sind hier nur noch du und ich.« Julia hielt Jack fest im Arm und wiegte ihn von einer Seite zur anderen, wobei sie ihr Gewicht von einem Fuß auf den anderen verlagerte. »Wir werden dafür sorgen, dass du wieder ganz gesund wirst – versprochen.« Sie spürte, wie sich ihr Herz vor Sorge zusammenzog, während sie das schlafende Baby wiegte. Jack war in diesem Moment so hilflos und schwach, dass sie ihn einfach nur beschützen wollte. Julia wünschte verzweifelt, sie hätte auch gewusst, wie. Krankenhäuser machten ihr Angst, nachdem sie ihre Mutter im letzten Jahr in einem hatte sterben sehen. Selbst der Geruch des Desinfektionsmittels mit Zitronenduft, das hier benutzt wurde, ließ ihre Augen brennen. Das war der letzte Ort, an dem sie Jack sehen wollte. »Du darfst bald nach Hause«, flüsterte sie ihm zu. »Versprochen.« Tränen kullerten über ihre Wangen, und sie wischte sie schnell weg.

Eine Krankenschwester in einem rosafarbenen Kittel klopfte an die Tür und kam herein, wobei sie einen Infusionswagen hinter sich herzog. »Hallo, Mama, ich bin hier, um dem Baby etwas Flüssigkeit zuzuführen.«

»Oh, ich bin nicht die Mutter des Babys«, erwiderte Julia. »Aber sein Daddy ist gleich wieder da.« Kaum hatte sie das gesagt, fühlte sie sich schuldig, weil sie wusste, dass Aaron mit der Bezeichnung so seine Schwierigkeiten hatte. Aber es schien einfacher zu sein als »Onkel« oder »Vormund« zu sagen.

»Nun, wie es aussieht, ist das Baby in guten Händen.« Die Krankenschwester nickte. Sie war kräftig, hatte ein freundliches Lächeln und graues Haar, das zu Dreadlocks gedreht war. Sie las in der Akte, die sie in der Hand hielt. »Können Sie mir bitte den Namen des Babys nennen, damit ich überprüfen kann, ob wir hier den richtigen Patienten haben?«

»Jack Franklin Reynolds«, erwiderte Julia. Sie kannte den vollständigen Namen, da sie Aaron gerade geholfen hatte, das Aufnahmeformular auszufüllen. Auch Jacks Geburtstag wusste sie.

»Sehr gut.« Die Krankenschwester deutete auf ein durchsichtiges Plastikkörbchen in der Ecke. Es sah eher wie eine Wanne als wie ein Kinderbettchen aus. »Bitte legen Sie das Baby dort hinein, damit es ruhig hält, während ich die Infusion lege.«

»Okay.« Julia schluckte schwer. Sie wollte Jack nicht loslassen, wusste aber, dass es sein musste. Das Plastikbettchen hatte eine weiche Unterlage, die mit einem sauberen weißen Laken bedeckt war. Julia legte Jack vorsichtig darauf und war froh, dass sie die Arme herausziehen konnte, ohne dass er aufwachte.

»Was habe ich verpasst?«, fragte Aaron, als er zurück ins Zimmer eilte.

»Noch nichts«, versicherte ihm Julia. »Die Schwester ist dabei, die Infusion zu legen.« Sobald sie sah, wie die Frau die Kanüle hervorzog, hatte sie das Gefühl, als wiche ihr alles Blut aus dem Kopf. Sie wollte stark sein für Jack, aber sie war sich nicht sicher, ob sie bei der Prozedur zusehen konnte.

»Was für klitzekleine Venen«, kommentierte die Schwester. »Lass uns das lieber an deinem Kopf machen.«

Das gab ihr den Rest. Julia musste sich hinsetzen. Sie ließ sich auf einen Stuhl sinken und hielt sich mit aller Kraft an der Armlehne fest. »Oh-oh«, machte die Schwester und schaute über Julias Schulter. »Hier wird gleich jemand ohnmächtig.«

»Mir geht es gut«, wollte Julia gerade sagen, als sie hörte, wie Aaron auf das Bett fiel und dann auf den Boden hinunterrutschte.

Und tatsächlich: Aaron Baxter, routinierter Marathonläufer und Anhänger der Paleo-Lebensweise, war ohnmächtig geworden. Julia krabbelte zu ihm hin und schlug ihm ein paar Mal auf die Wangen, damit er wieder zu sich kam.

»Ich muss mich um das Baby kümmern«, sagte die Schwester und lachte leise. »Bringen Sie Daddy am besten raus in die Lobby, sobald er laufen kann.« Sie stemmte die Hände in die Hüften. »Oder noch besser: Gehen Sie nach oben in die Cafeteria und essen Sie einen Happen. Ich verspreche Ihnen, dass Ihrem Baby nichts passiert. Wenn Sie zurückkommen, wird die Infusion gelegt sein, er wird ein niedliches Mützchen tragen und man wird den Schlauch kaum bemerken.«

»Okay«, antwortete Julia in einem Ton, von dem sie hoffte, dass er zuversichtlich klang. »Das werden wir tun.« Sie packte Aaron unter den Achseln und zog ihn auf die Füße.

»Ist es schon vorbei?«, erkundigte er sich.

»Noch nicht ganz«, entgegnete sie und schob ihn aus dem Zimmer. »Die Schwester sagte, du sollst etwas essen, bevor du zurückkommen darfst.«

»Aber Jack …«

»Ihm wird nichts passieren, solange wir weg sind. Komm schon, je schneller wir ein Sandwich oder so essen, desto eher sind wir wieder da.«

»Okay.« Aaron nickte, doch das helle Licht im Flur brachte ihn ins Straucheln.

»Möchtest du lieber einen Moment lang den Kopf zwischen die Knie legen?«

»Nein.« Aaron schluckte und griff nach ihrem Arm. »Ich komme schon klar. Spritzen und Nadeln machen mir zu schaffen, das ist alles. Du musst mich für einen riesigen Idioten halten.«

»Natürlich nicht.«

»Dann einen Feigling.«

»Garantiert nicht.« Sie umarmte ihn fest. »Ich mag Nadeln genauso wenig«, flüsterte sie. »Deshalb hätte ich auch keine Ärztin werden können.« Sie ließ ihn los und hakte sich bei ihm unter. »Oder stell dir mal vor, ich wäre Diabetikerin. Gott sei Dank muss ich mich nicht ständig spritzen.«

»Ja.« Aaron stolperte nach vorn und blickte dann nervös zurück zum Zimmer. »Ich sollte bei ihm sein. Sara wäre bei ihm geblieben.«

»Das wissen wir doch gar nicht. Sie wäre vielleicht auch weggeschickt worden. Es wird einfacher für die Schwester sein, wenn wir nicht im Weg herumstehen. Los gehts.« Sie schob ihn vorwärts.

Sie liefen durch das Korridorlabyrinth in der Notaufnahme, bis sie den Aufzug zur Cafeteria fanden. Julia hatte schon mächtig an ihren Sorgen um Jack zu knabbern, aber dass sie sich im Kinderkrankenhaus befanden, machte alles noch schlimmer. Als der Aufzug in der zweiten Etage hielt, trat ein Paar ein, dem die Tränen über das Gesicht liefen. Julia schaute diskret weg und bemerkte dabei den Schriftzug »KINDERKREBSSTATION« in großen Buchstaben an der Wand hinter ihnen. Aaron musste es auch gesehen haben, denn er drückte ihre Hand so fest, dass sie einen Moment lang glaubte, ihr Blutzufluss sei unterbrochen.

Im sechsten Stock stiegen sie aus und folgten den Pfeilen zur Cafeteria, die in fünfzehn Minuten schließen würde. »Sieht aus, als hätten wir es gerade noch rechtzeitig geschafft«, stellte Julia fest, als sie ein Tablett in die Hand nahm. »Glück gehabt.«

Aaron nickte und überprüfte das Angebot. Warme Speisen gab es nicht mehr, aber an der Salatbar und im Kühlregal entdeckte er noch etwas zu essen. Julia wählte einen abgepackten Chefsalat und ein Trinkpäckchen mit fettarmer Milch. An der Kasse legte sie noch ein Tütchen mit Mandeln in Schokolade dazu, weil ihr nach einem kleinen Energieschub war. Aaron stieß ein paar Sekunden später mit einem selbst zusammengestellten Teller von der Salatbar zu ihr, auf dem sich Blattsalate, Gemüse und Hähnchenstücke befanden.

»So hatte ich das mit der Essenseinladung eigentlich nicht gemeint«, kommentierte er, während er seine Brieftasche öffnete und der Kassiererin seine Kreditkarte reichte.

»Samstagabende in medizinischen Einrichtungen scheinen unser Ding zu sein.« Julia holte zweimal Plastikbesteck aus dem Behälter neben ihnen und schnappte sich ein Bündel Servietten. Dann benutzte sie den Desinfektionsmittelspender. »Wenigstens werde ich mich an heute Abend erinnern können.« Sie lächelte einen Moment lang, bevor sie wieder ernst wurde.

Die Wahrheit war, dass Krankenhäuser ihr Angst machten. Sie brachten schlechte Erinnerungen an die Zeit zurück, als sie Waverley zu den Terminen für ihre Krebsbehandlung begleitet hatte. »Das ist die Schuld deines Vaters«, murrte Waverley dann. »Er und diese teuren Todesstäbchen.« Julia hatte nie gewusst, was sie darauf sagen sollte, denn ihre Mutter hatte recht gehabt. Es *war* Harrisons Schuld, dass Waverley Lungenkrebs bekommen hatte. Aber auch wenn ihr Vater nicht perfekt gewesen war, hatte sie ihn trotzdem geliebt. Jedes Mal, wenn Waverley Harrison die Schuld an ihrem Krebs gab, hatte Julia das Gefühl gehabt, zwischen ihren Eltern wählen zu müssen, und für Julia gab es keine Wahl. Harrison hatte ihre Kindheit mit bedingungsloser Liebe und Lachen erfüllt. Waverley hatte ihr nichts als Angst und Selbstzweifel mitgegeben. Julia verdrängte die dunklen Gedanken und konzentrierte sich auf Aaron. »Ich werde uns einen Tisch suchen.«

Eine Minute später fand sie einen Platz an einem Fenster mit Blick aufs Atrium. Tropische Pflanzen und Ornamentglas schufen eine beruhigende Atmosphäre. Julia öffnete ihr Milchpäckchen und nahm einen Schluck direkt aus der Packung. Sie war hungriger, als sie zugeben wollte. Ihr Kleid für den Vierten Juli saß ein bisschen eng, deshalb hatte sie seit dem Mittag nichts mehr gegessen.

»Ich weiß nicht, ob ich etwas runterbringe.« Aaron stellte sein Tablett neben ihrem ab. »In meinem Magen liegt ein Stein.«

»Versuch es wenigstens.« Julia reichte ihm einmal Plastikbesteck. »Iss mindestens drei Bissen.« Das Gleiche hatte sie immer zu ihrer Mutter gesagt, wenn ihr übel gewesen war.

Julia spürte einen kurzen Anflug von Schmerz, als sie an Waverley dachte. »Wenigstens bin ich dünn«, hatte ihre Mutter im Krankenhausbett gemurmelt. »Sag mir noch mal, wie viel ich abgenommen habe.«

Aaron nickte und rollte die Serviette auseinander, in die das Plastikbesteck eingewickelt war. »Ich bin vorhin einfach erstarrt. Zu Hause, und eben im Zimmer. Selbst als es um das Ausfüllen des Aufnahmeformulars mit dem Versicherungskram ging.« Er stützte den Ellbogen auf den Tisch und legte die Stirn in Falten. »Julia, wenn du nicht da gewesen wärst und mir gesagt hättest, was ich tun sollte – keine Ahnung, was passiert wäre.«

»Du hättest das geschafft.« Sie strich ihm in kleinen Kreisen über den Rücken. »Vielleicht hättest du eine andere Möglichkeit genutzt, um hierherzukommen, zum Beispiel einen Krankenwagen. Wer weiß? Möglicherweise wäre das sogar besser gewesen, und ich habe dir einen falschen Rat gegeben.«

Aaron drückte seine Augen zu. »Ich bin schrecklich bei so was.«

»Wobei? Mit einem Notfall umzugehen? Das geht vielen Menschen so, und das ist normal. Der einzige Grund, warum ich Übung darin habe, ist, dass meine Mutter Lungenkrebs hatte. Deshalb habe ich viel Erfahrung mit Notaufnahmen und dem Umgang mit Krisensituationen. Als ihr schließlich Hospizpflege bewilligt wurde, war es ein Segen.«

Aaron öffnete die Augen und warf ihr einen fragenden Blick zu. »Wie kann Hospizpflege ein Segen sein?«

Julia nahm die Hand von Aarons Rücken und legte sie auf die Serviette, die ihren Schoß bedeckte. »Vor dem Hospiz war es so, dass jedes Mal, wenn der Blutdruck meiner Mutter abfiel oder sie Atemnot bekam, die Sanitäter sie ins Krankenhaus brachten, sie an die lebenserhaltenden Maschinen anschlossen und sie zurückholten – aber nur knapp. Es war eine Qual für sie. Meine Mutter war eine stolze Frau, und so wollte sie nicht gesehen werden. Aber sobald sie Hospizpflege erhielt, konnte sie friedlich zu Hause ruhen.« Julia holte tief Luft und seufzte. »Dadurch war sie endlich in der Lage, auf natürliche Weise zu sterben.«

»Das tut mir leid, Julia. Das wusste ich nicht.«

»Es muss dir nicht leidtun. Ich habe meine Mutter geliebt, aber in vielerlei Hinsicht ist mein Leben ohne sie einfacher.«

»Wirklich?«

Schuldgefühle überkamen sie, und Julia konnte nicht glauben, was sie gerade von sich gegeben hatte. Es waren dieselben Worte, die George zu ihr gesagt hatte, im Zusammenhang mit ihrem Cashflow-Problem. Aber da war es um ihre Finanzen gegangen; hier ging es um ihr Leben an sich. War Julias Welt ohne Waverley wirklich einfacher? Julia schauderte. Sie fühlte sich schuldig, diese Frage überhaupt zu stellen. Vermutlich lag es daran, dass sie sich im Krankenhaus befand. Ein Hauch dieses zitronigen Antiseptikums hatte gereicht, um die Erinnerungen aufzuwühlen. »Egal.« Sie zerknüllte ihre Serviette. »Vergiss, dass ich etwas gesagt habe.«

Für Julia gab es jedoch kein Vergessen. »Du kannst nichts richtig machen«, hörte sie Waverley sagen, während sie mit dem Holzlöffel herumfuchtelte. »Gut, dass dein Vater nicht mehr lebt, um zu sehen, wie dumm du bist.«

Julia spießte mit ihrer Gabel einen Bissen Käse und ein Salatblatt auf, verspürte aber keinen Hunger mehr. »Vielleicht sollten wir jetzt zurückgehen«, schlug sie vor und legte ihr Besteck beiseite.

»Ja.« Aaron zeigte auf ihren Salat. »Aber zuerst musst du drei Bissen essen.«

KAPITEL 20

Ganz wie versprochen hatte die Krankenschwester Jacks Infusionsschlauch so mit Pflastern abgedeckt, dass es nicht allzu schlimm aussah. Aaron saß auf dem Bett und sah zu, wie das Baby in dem Plastikbettchen schlief. Die Flüssigkeit ließ seine Gesichtsfarbe wieder normal werden, und er schlummerte friedlich, mit geöffneten Handflächen an beiden Seiten seiner Wangen. Es war fast Mitternacht, aber Aaron war hellwach. Die Bluttestergebnisse sollten jede Minute eintreffen, und die Sonografie stand auch noch aus. Hoffentlich würde die Ultraschalluntersuchung eine Pylorusstenose ein für alle Mal ausschließen. Aaron wäre es am liebsten gewesen, wenn die sojabasierte Milchnahrung sich als Quelle allen Übels herausstellt hätte, denn eine Ernährungsumstellung wäre am einfachsten gewesen. Aber er empfand auch enorme Schuldgefühle. Wenn das der Fall war, dann war es seine Schuld, dass es Jack so schlecht ging, denn er war derjenige, der darum gebeten hatte, das Milchpulver umzustellen, nachdem er blindlings dem Rat der Müttergruppe gefolgt war. Sicher, Dr. Agarwal hatte es auch für eine gute Idee gehalten, aber warum hatte er ihr nicht mehr Fragen gestellt? Ja, die neue Formel hatte mehr DHA. Ja, Dr. Agarwal hatte geglaubt, dass das neue Pulver für Jack leichter zu verdauen sei, nachdem ihm bei der Autofahrt mit

Frank übel geworden war. Aber dennoch war das Baby jetzt in der Notaufnahme gelandet.

»Wenn Sara noch leben würde, wäre das nie passiert«, sagte Aaron leise.

»Das weißt du doch gar nicht.« Julia nahm seine Hand.

»Doch. Sie wollte stillen.«

»Wollen und können sind zwei verschiedene Dinge«, erwiderte Julia. »Stillen ist natürlich am besten. Das sagen sie in der Kleinkindgruppe. Vor ein paar Jahren war da ein Baby, das ausschließlich gestillt wurde, aber am ganzen Körper einen Ausschlag entwickelte, weil sich herausstellte, dass es allergisch auf so ziemlich alles war. Die Mutter aß daraufhin nur noch Hühnchen und Reis, um den Ausschlag wieder verschwinden zu lassen.«

»Igitt. Aber es war die Müttergruppe, die mir gesagt hat, ich solle die neue Säuglingsnahrung ausprobieren.«

»Ich bin kein Elternteil, aber die Ernährung von Babys scheint keine exakte Wissenschaft zu sein, richtig? Dinge passieren, und Eltern lernen, damit umzugehen. Du machst deine Sache wunderbar, Aaron, und ich weiß, wenn Jared jetzt hier wäre, würde er mir zustimmen.« Sie lehnte ihren Kopf an seine Schulter.

Aaron schniefte und lehnte seinen Kopf an ihren. »Du bist wahrscheinlich erschöpft. Ich rufe dir einen Uber, damit du nach Hause fahren kannst.«

Julia hob den Kopf. »Willst du, dass ich nach Hause gehe?«, fragte sie. »Ich will mich nicht aufdrängen.«

»Nein.« Aaron legte einen Arm um ihren Rücken. »Und du drängst dich nicht auf. Ich will dich hier haben, aber ich will dich auch nicht ausnutzen.«

»Das tust du nicht.« Sie kuschelte sich enger an ihn. »Ich könnte kein Auge zumachen, bevor die Testergebnisse da sind.

Außerdem muss jemand hierbleiben, der dafür sorgt, dass du dich auch um dich kümmerst.«

»Das klingt wie etwas, was Sara gesagt hätte. Sie hat immer auf mich aufgepasst, schon als wir klein waren.«

»Sie muss ein toller Mensch gewesen sein.«

»Das war sie.«

»Und es klingt, als hätte sie dich sehr geliebt.«

»Das hat sie.« Aarons Herz zersplitterte in eine Million Stücke. Julia war so freundlich und verständnisvoll und ehrlich. Sie hatte es verdient, die Wahrheit zu erfahren. »Es ist meine Schuld, dass Sara und Jared gestorben sind«, sagte er.

»Was?« Julia zuckte zurück, woraufhin Aarons Arm herunterrutschte.

»Es ist wahr.« Aaron ließ die Schultern sinken und blickte auf seine Schuhe hinunter. »Es ist meine Schuld, dass sie in dieser Nacht unterwegs waren. Wenn ich nicht gewesen wäre, wären sie noch am Leben.« Er erklärte ihr so deutlich wie möglich, warum er dafür verantwortlich war, dass das Geschäftsbüro von Big Foot Paleo in Palo Alto blieb, obwohl es sinnvoller gewesen wäre, es näher an die Fabrik in Modesto zu verlegen. »Jetzt kennst du die Wahrheit. Jared und Sara wären heute noch am Leben, wenn ich nicht so stur gewesen wäre.«

»Wie kannst du das sagen?« Julia drehte sich zu ihm hin. »Das kannst du nicht mit Sicherheit wissen. Autounfälle passieren dauernd, sogar in Harper Landing. Erst letztes Jahr gab es einen Unfall direkt auf der Main Street, als ein Auto beim Überqueren der Gleise von einem Kohlezug erfasst wurde. Paige wurde letztes Jahr auf dem Heimweg von ihrem Buchladen von einem betrunkenen Autofahrer angefahren und hat sich das Bein gebrochen. Sechs Monate lang hatte sie einen Gipsverband. Autounfälle sind schrecklich, aber eins kann ich dir sagen, Aaron – Autofahrer sind für Unfälle verantwortlich, nicht Leute, die hundert Meilen entfernt sind.«

»Aber ...«

»Kein *Aber*!« Sie zeigte auf Jack. »Wenn du nicht wärst, wäre Jack jetzt ein Waisenkind. Du bist der Held in seinem Leben, nicht der Bösewicht.«

Bei Julias Worten fühlte er sich, als würde ein Damm brechen. All die aufgestauten Sorgen und die Scham der letzten fünf Monate brachen gleichzeitig über ihn herein. Aarons Herz pochte heftig und Schweißperlen traten ihm auf die Stirn. Zitternd wiegte er sich hin und her, während er darum kämpfte, seine Emotionen unter Kontrolle zu bekommen. Sagte Julia die Wahrheit? War er Jacks Retter und nicht sein Peiniger? Das Leben konnte ab jetzt viel einfacher sein, wenn Aaron das nur hätte glauben können, und er sah keinen Grund, warum Julia ihn hätte anlügen sollen. Sie war ehrlich und durch und durch vertrauenswürdig. Wenn sie neben ihm saß, wurde seine Welt nicht nur erträglich, sondern er entdeckte mit einem Mal auch viel Potenzial für Freude darin.

Am liebsten hätte er sie geküsst, gleich hier in der Notaufnahme, aber das war nicht der richtige Ort. Immerhin lag Jack mit einer Infusion hier. Außerdem wollte er nicht, dass Julia die Tränen auf seinen Wangen schmeckte, die ihm hinunterliefen. Im grellen Licht der Monitore konnte sie vielleicht nicht sehen, dass er weinte. Falls doch, war es ihm egal. Er schämte sich nicht für seine Gefühle. Sein Kummer gehörte genauso zu ihm wie die Narben, die ihm die letzten fünf Monate zugefügt hatten. Aber er hatte es überlebt. Jack und Aaron waren beide hier, machten weiter und kämpften für ein glückliches gemeinsames Leben. Die Ärzte würden ihm sagen, was los war, und Jack würde wieder gesund werden. Sie würden nach Hause gehen und einen Tag nach dem anderen weiterleben, die Seiten im Kalender umblättern, bis Jahre vergangen waren und sie nur noch ihr Glück sehen konnten. Die turbulenten ersten fünf Monate von Jacks Leben wären dann nur noch eine schwache Erinnerung.

»Julia«, sagte er langsam. »Es tut mir leid, dass Toby nicht gekommen ist, als du ihn gerufen hast, aber ich bin unglaublich dankbar dafür, dass er vor zwei Wochen dem Seehund hinterhergeschwommen ist. Sonst wären wir uns vielleicht nie begegnet.«

»O doch!«, erwiderte sie und ließ den Kopf hängen. »Wir sind hier in Harper Landing. Irgendwann lernt man jeden kennen, der hier wohnt. Aber du hättest mich wahrscheinlich nicht bemerkt.«

»Wieso hätte ich dich nicht bemerken sollen?«

»Meine Mutter, die Schönheitskönigin, hat achtundzwanzig Jahre lang die Aufmerksamkeit in ihre Richtung gelenkt. Aber es ist nichts falsch daran, durchschnittlich zu sein, solange …«

»Du bist *nicht* durchschnittlich«, unterbrach Aaron sie. »Du bist außergewöhnlich.« Sanft nahm er ihre Hand in seine beiden. »Als ich dich das erste Mal sah, hielt ich dich schon für die schönste Frau, die ich je gesehen habe, und je mehr ich dich kennenlerne, desto mehr wird mir klar, dass du innerlich genauso schön bist. Dass du alles stehen und liegen lässt, um einem Nachbarn zu helfen, sogar einem völlig Fremden wie mir, ist absolut liebenswert.«

»Du hast *mir* geholfen, Toby zu retten, obwohl du mich zu der Zeit nicht mal kanntest. Das ist Hilfe für einen Fremden.«

»Ich habe nicht *dir* geholfen, sondern deinem Hund«, gab er zu. »Ich hätte dasselbe für jeden anderen Hund getan.« Julia gluckste, und Aaron fuhr fort. »Du bleibst in Krisensituationen ruhig. Du bist großzügig gegenüber der ganzen Stadt.« Er ließ seinen Blick über ihre kurvige Figur schweifen. »Und falls es dir noch nicht aufgefallen ist, du siehst umwerfend aus, egal, was du trägst, ob es Shorts und Flipflops sind oder dieses heiße rote Kleid.«

»O bitte! Das ist das Sommerkleid, das ich zur Parade am Vierten Juli trage«, erwiderte Julia mit einem Lächeln. »Das ist absolut jugendfrei.«

Aaron legte einen Arm um ihren Rücken und zog sie an seine Seite. »Glaub mir, niemand sieht sich die Parade an, wenn du in diesem Kleid vorbeiläufst.«

»Das stimmt nicht. Du warst noch nie bei der Parade, also weißt du nicht, wie toll sie ist. Es gibt kostenlose Süßigkeiten.« Sie beugte sich vor, um nach Jack zu sehen, der immer noch friedlich schlief. »Nächsten Donnerstag kannst du dich selbst davon überzeugen. Ich werde dir vor dem Sweet Bliss einen Platz reservieren.« Sie sah ihn wieder an. »Direkt neben meinem, wenn du das möchtest.«

»O ja!« Aaron nickte. »Das möchte ich lieber als alles andere. Na ja, abgesehen davon, dass es Jack besser geht.« Er starrte auf die Anzeige auf den Monitoren und konzentrierte sich auf den gleichmäßigen Herzschlag des Babys.

»Dann haben wir eine Verabredung«, flüsterte Julia. »Nur dieses Mal nehmen wir Jack mit, weil ich ihn nie wieder bei einem Fremden lassen möchte.«

»Das sehe ich genauso.« Diesmal küsste Aaron Julia tatsächlich. Seine Lippen berührten zärtlich die ihren, und er genoss das Gefühl der Nähe. Er schloss die Augen und spürte, wie sich ein Gefühl der Ruhe und des Friedens in ihm ausbreitete. Julia legte ihm eine Handfläche an die Wange und wischte mit den Fingerspitzen seine Tränen weg. Als sie sich umarmten, fühlte er sich stärker – fähiger – und bereit für alles, was vor ihm lag.

Die Ärztin kam zwanzig Minuten später mit den Ergebnissen der Blutuntersuchungen und um nach Jack zu sehen. Die Krankenschwester war bei ihr und schaltete das Licht an, um zu überprüfen, ob Jacks Windel feucht war. Erleichtert stellten sie fest, dass sie völlig durchnässt war. Das war ein gutes Zeichen.

Jack schlief immer noch, da das Ondansetron ihn ausgeknockt hatte, aber alle seine Vitalzeichen waren gut.

»Eine Pylorusstenose kann ich immer noch nicht vollständig ausschließen«, erklärte die Ärztin. »Deshalb habe ich eine Sonografie in Auftrag gegeben, aber aufgrund der Blutwerte sieht es so aus, als ob Jack extrem allergisch auf Soja ist. Die Werte für seine Immunglobulin-Antikörper waren sehr schlecht.«

»Wie lange wird die Sonografie dauern?«, fragte Aaron. »Wann können wir nach Hause gehen?«

»Ich habe die Überweisung vor einer Stunde ausgestellt«, antwortete die Ärztin mit einem tiefen Seufzer. »Aber ich weiß, dass sie eine Menge zu tun haben. Es war eine lange Nacht.« Sie klickte auf ihr Tablet und sah nach. »Es sieht so aus, als ob Jack als Nächster an der Reihe ist. Sobald das erledigt ist und wenn das Ergebnis negativ ausfällt, muss Jack noch drei weitere nasse Windeln haben, bevor ich Sie nach Hause schicke. Streng genommen haben wir ihn nicht stationär aufgenommen, aber so lange sollte er noch hierbleiben.«

»Ich kann Ihnen einen Liegestuhl herbringen«, bot die Krankenschwester an, während sie Jacks schmutzige Windel einpackte. »Falls Sie beide über Nacht hierbleiben wollen.«

»Das wäre toll«, sagte Julia. »Danke.«

Aaron wusste nicht, womit er es verdient hatte, dass Julia bereit war, an seiner Seite zu bleiben, aber er war dankbar dafür.

Zwölf Stunden später verließen sie das Krankenhaus mit Jack, dessen Flüssigkeitshaushalt komplett wiederhergestellt war und der abgesehen von einer medizinisch diagnostizierten Soja-Allergie vollkommen gesund war. Aaron fühlte sich in Anbetracht des ganzen Tumults erstaunlich gut ausgeruht. Er und Julia hatten in der Nacht zuvor abwechselnd in Drei-Stunden-Schichten geschlafen, sodass immer einer von ihnen wach war, um nach Jack zu sehen. Aber Aaron freute sich sehr auf eine heiße Dusche und ein hartes Work-out. Außerdem musste er sich mit Martha und Frank in Verbindung setzen. Er hatte Martha gestern Abend von der Notaufnahme aus angerufen, und auch Julia hatte mit ihr gesprochen, um sie zu bitten, Toby zu füttern. Es war klar, dass Martha keine Ruhe finden würde, bis sie Jack in den Armen hielt und mit eigenen Augen sah, dass es dem Baby gut ging. Aaron hatte sogar seinen Eltern, Darren und Lorraine, eine SMS geschickt, um sie wissen zu lassen, wie es um ihren einzigen Enkel stand. Keiner von ihnen hatte persönlich geantwortet, aber Aaron hatte eine automatische Nachricht erhalten, die besagte, dass sie beide außer Landes seien und er ihre jeweiligen Assistenten kontaktieren könne.

Sobald Jack in den Tesla gesetzt war und er mit Julia vom Krankenhaus wegfuhr, fühlte Aaron sich besser. Jack schlief fast sofort ein, auch ohne seinen Schnuller, und als sie den Freeway erreichten, fielen auch Julia die Augen zu. Aaron ließ das Radio ausgeschaltet und genoss die Stille. Eine Sache, die ihn an Washington beeindruckte, war, wie viele Bäume entlang der Straßen wuchsen. Als er in Richtung Norden nach Harper Landing fuhr, konnte er die Cascade Mountains zu seiner Rechten und die Olympic Mountains zur Linken sehen. Der Mount Rainier lag direkt hinter ihm, wie ein Riese, der über dem Weg thronte. Der für den pazifischen Nordwesten typische Sonnenschein blendete ihn, obwohl das Außenthermometer nur achtzehn Grad anzeigte. Als sie sich dem Meer näherten, legte sich eine Nebelschicht über Harper Landing wie eine dicke Decke. Aaron nahm seine Sonnenbrille ab, fuhr die letzte Meile bis zu Julias Haus und staunte über den Temperatursturz.

»Wir sind zu Hause«, sagte er, als er das Auto in ihrer Einfahrt parkte. »Ich meine, wir sind hier.«

Julia schlug die Augenlider auf und gähnte. »Entschuldige. Ich muss wohl eingenickt sein.«

»Julia«, begann Aaron, als er den Wagen abstellte. »Ich weiß nicht, wie ich dir danken kann.«

Julia warf einen Blick in den mit Saugnäpfen befestigten Babyspiegel, als wolle sie sich vergewissern, dass Jack noch da war und schlief. »Wie wäre es mit einem Kuss?«, fragte sie mit einem schelmischen Blick in den Augen.

»Mit Vergnügen.« Aaron konnte kaum glauben, dass nach so einer schrecklichen Nacht die schönste Frau der Welt neben ihm saß und um einen Kuss bat. Er löste seinen Sicherheitsgurt so schnell, dass die Schnalle gegen die Tür schnappte. »O Mist!«, murmelte er und drehte sich um, um zu sehen, ob das Geräusch Jack geweckt hatte.

Julia kicherte. »Sei vorsichtig.«

Lächelnd stützte Aaron sich mit einer Hand auf die Mittelkonsole und streichelte mit der anderen ihre Wange, wobei er ihren Mund sanft zu sich zog. Julias Lippen waren seidig weich, und als er seine gegen ihre drückte, öffnete er begierig seinen Mund. Julia stöhnte auf, als Aaron den Kuss vertiefte. Er neigte den Kopf zur Seite und fuhr mit den Fingern durch ihr goldenes Haar, atmete den Duft von Kakao und Lavendel ein, den sie auch nach der Tortur der vergangenen Nacht noch an sich trug. Er war sich der Welt um ihn herum nur entfernt bewusst. Draußen zwitscherten Stare, Autos rauschten die Ninth Avenue hinunter, und der Tesla erwärmte sich von der kraftlosen Sonne. Doch er nahm beinahe nur Julias köstlichen Mund wahr, der auf seinen gepresst war, und ihre Hand, die über seine Brust glitt und ihn zum Weitermachen drängte. Deshalb hörte er das Klopfen an seinem Fenster auch erst, als es so laut wurde, dass Julia zurückzuckte und mit feuerroten Wangen schnell wegschaute.

Aaron wollte wissen, wer sie unterbrochen hatte, und ärgerte sich, als er Martha in einem blumengemusterten Trainingsanzug und mit rotem Lippenstift entdeckte. »Du bist zu Hause!«, sagte sie laut genug, dass er es im Auto hören konnte. »Wir kommen gerade aus der Kirche zurück. Das ist perfektes Timing.« Sie trat einen Schritt nach rechts und machte Anstalten, die hintere Tür zu öffnen.

Aaron zögerte einen Moment, bevor er den Knopf drückte, um die Türgriffe zu entsperren. Er wollte nicht, dass Martha Jack aufweckte. Aber er verstand auch ihr Bedürfnis, nach dem Baby zu sehen und sich mit eigenen Augen davon zu überzeugen, dass es ihm gut ging. Außerdem wurde es im Auto immer wärmer. Er musste etwas Luft hereinlassen, oder er musste das Auto wieder anlassen und nach Hause fahren. Dazu war er jedoch noch nicht bereit; nicht, nachdem sein Abschied von Julia so abrupt unterbrochen worden war. Vielleicht konnte er noch einen Kuss ergattern.

»Er schläft«, sagte Martha lauter als nötig, sobald sie die Tür öffnete. »Und ich will sein Nickerchen nicht stören. Ich will ihn nur küssen.« Sie setzte sich auf die Rückbank und beugte sich über den Kindersitz.

»Warte!«, rief Julia. »Keine Küsse. Er ist gerade aus der Notaufnahme zurückgekommen. Ich will nicht, dass ihr euch versehentlich gegenseitig mit Keimen ansteckt.«

»Ich habe keine Keime«, behauptete Martha. »Ich fühle mich vollkommen wohl, und das Risiko macht mir nichts aus.«

»Du kommst gerade aus der Kirche«, widersprach Julia in einem strengeren Ton als sonst. »Wer weiß, was du aufgelesen hast, als du Leuten die Hand geschüttelt hast? Jack war im Krankenhaus.«

Seufzend lehnte sich Martha in ihrem Sitz zurück. »Du hast recht.« Sie wackelte an Jacks Fuß. »Er schläft jetzt so friedlich, dass man gar nicht merkt, dass es ihm gestern Abend so schlecht ging. Heather hat mir alles darüber erzählt.«

»Wer ist Heather?«, fragte Aaron, beunruhigt darüber, dass völlig fremde Menschen sich über die Gesundheit seines Babys unterhielten.

»Alyssas Mutter«, erklärte Martha. »Sie geht in meine Kirche. Es war definitiv eine ganz besondere Babysitting-Erfahrung.«

»Du meinst Heather, der das Ferry's Closet gehört?« Julia blickte Aaron an. »Das schreibt sich mit einem ›e‹, nicht mit ›ai‹. Das hier ist schließlich Harper Landing. Der Fährverkehr ist enorm.«

»Ja«, nickte Martha. »Genau die.«

»Ich verstehe nicht, warum Jacks private Angelegenheiten ein Gesprächsthema in der Kirche sein sollten«, murrte Aaron, und ein kleiner Muskel in seiner Kieferpartie zuckte.

»Natürlich war das ein Thema.« Martha rückte den Reißverschluss ihres Trainingsanzugs zurecht. »Jack stand auf der Gebetsliste, gleich nach Frank.«

»Natürlich.« Aaron schloss die Augen und schüttelte den Kopf.

»Wir sind hier nicht im Silicon Valley«, erklärte Julia. »Es würde mich nicht wundern, wenn sie für dich eine Essensversorgung organisiert hätten, wenn du nach Hause kommst.«

Aaron riss die Augen weit auf. »Ich brauche *keine* Essensversorgung.«

»Denk doch nur an all die Aufläufe.« Julia gluckste. »Alles mit Nudeln und Käse und Fertigsoße.«

»Hör auf«, bat Aaron und versuchte, nicht zu lachen, weil er Martha nicht beleidigen wollte.

»Ich habe ein tolles Rezept für Thunfischauflauf«, bot Martha an.

»Danke, Martha«, entgegnete Aaron. »Aber ...«

»Nein, wirklich. Jared hat es mir gegeben. Es ist Paleo. Statt Fertigsoße nimmt man Kokosnusscreme, und statt Weizennudeln nimmt man Süßkartoffelnudeln. Ich fand es köstlich, aber Frank war nicht begeistert.«

»Oh«, machte Aaron. »Ich glaube, das Rezept hätte ich doch gern.«

»Ich übernehme das, Martha.« Julia nahm ihre Handtasche und küsste Aaron leicht auf die Wange. »Ich koche den Auflauf und bringe ihn dir morgen Abend. Klingt das gut?«

»Klingt toll.« Aaron lächelte. »Jack und ich werden wahrscheinlich bis dahin durchschlafen.«

»Ich schätze, das ist auch mein Stichwort, um zu gehen.« Martha pustete mehrere Luftküsse um Jacks Kindersitz herum. »Keime«, murmelte sie. »Also wirklich!«

KAPITEL 21

Die dreihundert Dollar, die sie am Geldautomaten abgehoben hatte, waren fast weg. Julia war normalerweise keine große Einkäuferin, aber heute machte sie eine Ausnahme. Es war Montagmorgen, und sie besuchte jede Immobilie in der Main Street, die ihr gehörte, um die Nachricht persönlich zu überbringen: Alle Gebäude würden im August neue Dächer bekommen, und in den nächsten zwei Jahren würde sie die Mieten schrittweise auf den aktuellen Marktwert anheben. Als Geste ihres guten Willens hatte sie dabei unterwegs einen Smoothie, eine Teetasse, eine Mütze und eine Schachtel Briefpapier gekauft. Die meisten Ladenbesitzer nahmen die Nachricht gut auf, bis auf Dave Parson, der, als sie das Pariser Café besuchte, sagte: »Das wurde aber auch Zeit.« Dave war normalerweise nicht so unhöflich, aber Julia nahm an, dass seine Gefühle immer noch verletzt waren nach dem letzten Abend, als Will sein Hähnchen Cordon bleu nicht nur einmal, sondern zweimal in die Küche zurückgeschickt hatte und eine Szene gemacht hatte, dass es unmöglich frisch zubereitet worden sein konnte. Dave war schließlich in den Speisesaal gestürmt und hatte Will beschimpft, wobei er mit einem Baguette wie mit einem Schwert in der Luft herumgefuchtelt hatte. Julia war schockiert gewesen, denn Dave war normalerweise sanftmütig und mild gestimmt. Offensichtlich nahm Dave den Ruf seines Cordon bleu ernst.

Jetzt war Julia im Ferry's Closet, wo Heather ihr half, ein neues Outfit für den Vierten Juli am Donnerstag auszusuchen. Nachdem Julia gestern aus dem Krankenhaus nach Hause gekommen war, war sie praktisch bereit gewesen, ihr altes Kleid zu verbrennen, so lange hatte sie es getragen. Achtzehn Stunden in einem trägerlosen BH waren siebzehneinhalb Stunden zu viel. Julia wusste, dass Ferry's Closet der perfekte Ort war, um ein Ersatzkleid zu finden, denn Heathers Boutique hatte immer hübsche Stücke auf Lager, die man in normalen Geschäften nicht finden konnte. Außerdem wählte sie Stoffe, die kaschierten. Julia gab sich viel Mühe, ihr Gewicht zu halten, aber manchmal brauchte sie ein wenig Hilfe durch Spandex.

»Ich hoffe, Alyssa war nicht traumatisiert von diesem Wochenende«, sagte sie, während sie die Schaufensterpuppen betrachtete.

»Woher weißt du denn davon?«, fragte Heather. Sie trug schmale graue Shorts, hochhackige Sandalen und ein spitzenbesetztes blaues Shirt mit einem breiten silbernen Gürtel.

»Ich war bei Aaron, als sie ihn anrief.«

»Ooh.« Heather hob die Augenbrauen. »Das klingt vielversprechend. Ich meine, nicht, dass der kleine Jack krank wurde, aber …«

»Ich weiß, was du gemeint hast.« Julia zwirbelte eine Haarsträhne um ihren Finger. »Zum Glück geht es Jack inzwischen wieder gut. Es hat sich herausgestellt, dass er allergisch gegen Soja ist.«

»Freut mich, dass es ihm wieder besser geht.« Heather nahm einen Bügel mit einem glitzernden gelben Kleid. »Du suchst also ein Outfit fürs zweite Date?« Sie reichte Julia den Bügel.

»So was in der Art.« Julia betrachtete das Kleid und hängte es zurück. »Ich brauche etwas für den Vierten Juli, und ich muss

mich darin hinsetzen können, notfalls auch auf den Boden.«
Julia sah die verschiedenen Teile auf dem Ständer durch. »Wenn
ich mich bücke, um Süßigkeiten aufzuheben, möchte ich nicht
versehentlich jemandem meine Unterwäsche zeigen.«

»Verstehe.« Heathers lockiges braunes Haar war zu einem
tiefen Pferdeschwanz zurückgebunden. Die hochhackigen
Sandalen, die sie trug, machten ihre zierliche Statur ein paar
Zentimeter größer, aber sie war immer noch kleiner als Julia.
Heather durchsuchte den Kleiderständer und nahm ein
blaues Sommerkleid mit V-Ausschnitt herunter. »Dieses hier
ist aus Seide und absolut atmungsaktiv. Was gut ist, denn am
Donnerstag soll es heiß werden.«

»Seide?« Julia verzog das Gesicht und schüttelte den Kopf.
»Es ist wunderschön, aber ich habe vergessen, zu erwähnen,
dass es auch in der Maschine waschbar sein muss, wegen Jack.«

»Oh. Natürlich.« Heather schob das Kleid zurück auf den
Ständer, sortierte um und zog mehrere Bügel heraus. »Okay,
ich weiß, du hast gesagt, ein Sommerkleid, aber dieses Outfit
könnte perfekt sein. Es ist wie das, was du normalerweise trägst,
also weiß ich, dass du dich darin wohlfühlen wirst, aber etwas
schicker.«

»Was meinst du mit meinem normalen Stil?«

»Dein normaler Stil ist völlig in Ordnung.« Heather klopfte
ihr auf die Schulter. »Aber das hier ist ein bisschen festlicher. Du
weißt schon, für den Vierten Juli«, sagte sie und nickte.

Julia runzelte die Stirn und betrachtete die Bügel, die
Heather hochhielt. »Diese Shorts wirken furchtbar kurz.«

»Das sind Cutoffs, und du hast die Beine dafür.« Heather
nahm ein Paar hochhackige Sandalen aus dem Regal hinter
sich, die zu denen passten, die sie gerade trug. »Die würden toll
dazu aussehen.«

»Ich weiß nicht.« Julia legte die Stirn in Falten. »Am Vierten
Juli muss man normalerweise viel laufen.« Aber sie nahm die

Sandalen trotzdem entgegen. »Ich denke, es kann nicht schaden, alles mal anzuprobieren.«

»Das ist die richtige Einstellung. Ich mach dir eine Umkleide zurecht.«

Eine halbe Stunde später bezahlte Julia drei neue Outfits in bar und fügte eine große Tasche aus dem Ferry's Closet zu ihren anderen Einkäufen von diesem Morgen hinzu. Sie straffte die Schultern, denn sie wusste, dass es an der Zeit war, die Nachricht in Bezug auf die Mieterhöhung zu überbringen.

»Heather«, begann sie. »Ich muss dir etwas sagen, als deine Vermieterin. Ich wollte, dass du es von mir erfährst, bevor die offiziellen Briefe rausgehen.«

Heather schlug die Kasse mit einem lauten Klicken zu. »Was denn?«, fragte sie und erstarrte auf der Stelle.

»Nun, zuerst einmal bekommst du im August ein brandneues Dach.«

»Oh.« Heather lächelte erleichtert. »Das sind tolle Neuigkeiten.«

»Es sind leider nicht nur gute Nachrichten.« Julia klärte sie über die Mieterhöhung auf. »Es wird schrittweise geschehen«, sagte sie. »In den kommenden sechzig Tagen werden wir die Miete inflationsbereinigen, und im Lauf der nächsten beiden Jahre werden wir die Mietverträge mit jeder jährlichen Verlängerung an den aktuellen Marktwert anpassen.«

Heather seufzte und stützte sich auf den Tresen. »Ich wusste, dass das irgendwann kommen würde«, sagte sie. »Matt hat mir erzählt, dass seine Miete für den Gnome's Backyard fast doppelt so hoch ist wie die, die ich zahle.«

»Das ist wahrscheinlich richtig.« Julia nickte. »Das Gebäude gehört mir nicht.«

»Warum hast du dann nicht schon früher die Mieten erhöht?«

»Das war die Entscheidung meiner Mutter, und ich bin sicher, sie hatte ihre Gründe dafür. Aber ich muss die Mieten erhöhen, um alle meine Gebäude angemessen instand zu halten, damit sie weitere hundert Jahre stehen bleiben können. Es sind nicht nur die Dächer, die erneuert werden müssen; ich beabsichtige, eine ganze Reihe von Modernisierungen vorzunehmen, die die Sicherheit erhöhen, die Heizkosten senken und die Bedingungen für meine Mieter verbessern.«

»Nun, jetzt, wo du es zur Sprache bringst …« Heather öffnete eine Schublade unter dem Tresen. »Ich habe eine Liste mit Dingen, die repariert werden müssen. Bisher habe ich sie dir nicht gegeben, weil ich wusste, dass du uns zu wenig berechnest.«

Julia nahm das Blatt Papier und überflog die Punkte. »Undichte Fensterdichtungen, ein klappernder Boiler, ein Stück Teppich, das bis auf die Dielen abgetreten ist … ja. Um all das muss sich gekümmert werden.« Sie zeigte nach oben an die Decke. »Ich werde alles von oben bis unten erneuern, das verspreche ich. Aber es wird ein wenig dauern.«

»Ich denke, das klingt mehr als fair. Oh! Eine Sache noch.« Heather nahm einen Bleistift in die Hand, schnappte sich die Liste noch einmal und kritzelte etwas darauf. »Die Außentür klemmt.«

»Natürlich.« Julia ließ die Schultern sinken, hob ihre Tüten auf und ging zur Tür. Als sie den Türknauf drehte, passierte jedoch nichts.

»Gib ihr einen kleinen Ruck nach rechts«, empfahl Heather. »Das sollte reichen.«

Julia riss die widerspenstige Tür auf und trat hinaus in den strahlenden Sonnenschein. Sie wünschte sich, sie hätte ihr Auto dabei, damit sie ihre zahlreichen Einkäufe nicht nach Hause schleppen musste. Der Anstieg auf der Main Street war steil, und die Ninth Avenue schien weit weg zu sein. Wenigstens

247

hatte sie jetzt mit allen Mietern gesprochen, bis auf einen – Walt Lancaster. Genau genommen hatte Julia mit Walt bereits über die bevorstehende Mieterhöhung geredet, als er sie letzte Woche im Pool angesprochen hatte. Sie hob das Kinn und marschierte an der Sugar Factory vorbei, ohne dort anzuhalten und zu plaudern. Nach der Art, wie er am Pool mit ihr gesprochen hatte, verspürte sie keinerlei Lust, etwas bei ihm zu kaufen. Doch kaum war sie an dem Laden vorbei, stürmte Walt aus der Eingangstür und baute sich vor ihr auf, direkt auf dem Gehweg vor Starbucks.

»Was soll das bedeuten?«, fragte Walt. Sein buschiges weißes Haar wehte in der leichten Brise. »Warum hast du in jedem Laden, der dir gehört, etwas gekauft, außer in meinem?«

»Habe ich nicht«, widersprach Julia, deren Arme von den ganzen neuen Errungenschaften allmählich schwer wurden. »Ich habe nicht in *jedem* Geschäft etwas gekauft.«

»In jedem außer meinem, wie es scheint.« Walt verschränkte die Arme vor der Brust. »Was ist los – magst du keine Süßigkeiten? Oder wartest du auf das kostenlose Zeug, das am Donnerstag bei der Parade von den Wagen geworfen wird, dank dir und deinen idiotischen Freunden bei der Kammer?«

»Moment mal.« Julia stellte ihre Tüten auf dem Bürgersteig ab. »Sprich nicht so über meine Freunde. Das sind auch deine Kollegen.«

»Ich kann über sie reden, wie ich will«, gab Walt spöttisch zurück. »Das nennt man das Recht auf freie Meinungsäußerung. Vielleicht hast du schon mal davon gehört.«

Die kleine Menschenmenge, die vor dem Starbucks Kaffee trank, starrte sie an. Julia entdeckte Melanie und ihren Sohn Timmy, die Cake Pops aßen. George ging den Bürgersteig entlang, seine Frau Shelly rollte in ihrem Rollstuhl neben ihm her, mit ihrem Jack Russell Terrier auf dem Schoß. Shellys rotes Haar war frisch gefärbt.

»Auf Wiedersehen, Walt«, sagte Julia. »Wegen der kommenden Mieterhöhung werden sich meine Anwälte schriftlich mit dir in Verbindung setzen.«

»Du kannst meine Miete nicht erhöhen!«, blaffte Walt und wurde feuerrot im Gesicht. »Deine Mutter hat versprochen, dass sich der Betrag nie ändern wird.«

»Nun, meine Mutter ist nicht mehr zuständig, und ich bin diejenige, die die Miete festlegt.«

»Dann sieht man mal, was du weißt. Du hältst dich für so schlau mit deinem Abschluss von der University of Washington. Erhebst dich über alle, genau wie dein Vater.«

»Das würde ich nie tun.« Julia ballte die Hände zu Fäusten und löste sie wieder. Ihre Atemzüge wurden kürzer, und sie spürte Adrenalin durch ihren Körper rasen.

»Ich zahle keinen Cent Miete mehr, und damit basta.« Walt spuckte auf den Boden direkt neben Julias Tüte aus dem Ferry's Closet. »Waverley und ich hatten eine Abmachung.«

»Das mag sein«, entgegnete Julia mit ruhiger Stimme. »Aber das gehört jetzt der Vergangenheit an. Sobald dein Mietvertrag ausläuft, werde ich dein Mietverhältnis kündigen.«

»Das kannst du nicht tun!«

»Ich kann, und ich werde.«

»Du kannst mich nicht rauswerfen!«, empörte sich Walt. »Ich habe Rechte.«

»Ich werfe dich nicht raus ... noch nicht. Aber ich werde dein Mietverhältnis kündigen, sobald ich es nach Auskunft meines Anwalts kann. Viel Glück bei der Suche nach einem neuen Laden für die Sugar Factory.« Julia nahm ihre Tüten und stapfte davon, den Bürgersteig hinauf in Richtung Sweet Bliss und ihres Zuhauses.

»Deine Mutter hatte recht, was dich angeht!«, rief Walt ihr nach. »Du hast einen fetten Arsch.«

»Oh nein, das hat er gerade nicht wirklich gesagt.« Das war Melanie. Sie reichte Timmy ihren Cake Pop und begann, die Szene mit ihrem Handy zu filmen.

Julias Augen brannten. Sie brauchte Walt nicht, der ihr Beleidigungen entgegenschleuderte, um sich an die Worte ihrer Mutter zu erinnern. »Du bist hausbacken und fett wie dein Vater«, hatte Waverley zu sagen gepflegt. Julia musste diese Worte schon tausendmal gehört und noch tausendmal mehr geglaubt haben. Aber nicht heute. Julia stellte wieder ihre Tüten ab und wirbelte herum.

»Mit meinem Hintern ist alles in Ordnung.« Sie stützte eine Hand in die Hüfte. »Auch wenn dich das überhaupt nichts angeht. *Bodyshaming* ist falsch, vor allem, wenn es vom Besitzer eines Süßwarenladens kommt.«

»Gib's ihm, Julia!«, rief George. Midas kläffte Walt an.

Walt verzog das Gesicht. »*Bodyshaming* ist falsch«, wiederholte er und machte Julias Stimme in einem hohen Singsang nach. »Heul doch, Fettarsch!«

»Halt die Klappe, Walt.« Julia hob den Finger und richtete ihren ganzen Zorn auf ihn. Doch kaum waren die Worte aus ihrem Mund gekommen, wurde ihr klar, dass sie in diesem Augenblick auch mit Waverley sprach. Nur ein verbitterter, kaltherziger Mensch hätte die eigene Tochter so niedergemacht. Sie musste aufhören, sich ihr Leben von Waverleys Gejammer vergiften zu lassen. Paige hatte recht. Julia hatte wirklich ein geringes Selbstwertgefühl, und das lag an ihrer Mutter. Doch damit war jetzt Schluss.

»Du hältst dich für etwas Besonderes, nur weil dein Nachname Harper ist.« Walt bäumte sich auf wie ein wütender Elf. »Aber weißt du was? Niemanden interessiert's.«

»Mich interessiert's.« Julias Herz pochte wie verrückt in ihrer Brust. »Diese Stadt bedeutet mir etwas, und ich bin stolz darauf, dass meine Vorfahren sie gegründet haben.«

»So soll es auch sein!«, rief Melanie, immer noch filmend.

Julia zeigte mit dem Daumen die Straße hinauf in Richtung Sweet Bliss. »Ich verkaufe nicht nur Frozen Yogurt, ich verkaufe einen Traum. Die zunehmende Gleichgültigkeit gegenüber anderen, die sich in Harper Landing einschleicht, muss aufhören.«

»Da stimme ich zu«, sagte George, und Midas bellte.

Alle Emotionen, die sich in Julia aufgestaut hatten, entluden sich mit einem Mal. »Ich glaube, dass Harper Landing immer noch ein Ort ist, wo sich Nachbarn gegenseitig helfen. Wo Hunde am Strand schwimmen können. Wo ein verdammtes Feuerwehrauto und ein Haufen Vorschulkinder am Vierten Juli eine Parade auf der Main Street veranstalten können und ihnen alle zujubeln werden.« Sie holte tief Luft, um sich zu beruhigen. »Und wenn du nicht den Anstand besitzt, wenigstens freundlich zu sein, dann hast du es nicht verdient, hier zu leben.«

»Das stimmt!«, rief Shelly.

George und Shelly begannen zu klatschen. Andere Leute schlossen sich an, von denen Julia einige wiedererkannte und einige vielleicht mit der Fähre aus Port Inez gekommen waren. Julia hörte einen lauten Pfiff – es war Matt, der seine Gartenzwergmütze trug und an der Seite stand. Paige kam auch gerade angerannt und rief: »Was habe ich verpasst?« Officer Dillan war direkt hinter ihnen.

»Keine Angst«, beruhigte Melanie sie. »Ich habe es schon bei den Harper Landing Moms hochgeladen.« Sie legte ihr Telefon weg.

»Ich hab den Auflauf gesehen und bin sofort hergelaufen«, erklärte Paige schwer atmend. »Ich dachte, vielleicht hat wieder jemand Seifenblasenzeug in den Brunnen geschüttet.«

»Können wir das machen?«, fragte Timmy seine Mutter.

»Nein«, antwortete Officer Dillan. »Nicht ohne Erlaubnis.«

»Die nächste Präsidentin der Handelskammer, meine Damen und Herren!«, rief Matt mit seiner dröhnenden Stimme und zeigte auf Julia. »Hier ist sie.«

»Unglaublich!« Walt stampfte mit dem Fuß auf und stürmte zurück in seinen Laden.

»Das heißt also, dass du nicht an Will Gladstone verkaufst?«, fragte George, während Midas an Julias Hand schnupperte.

»An Will Gladstone verkaufen?«, hakte Shelly nach. »Das hast du doch nicht ernsthaft in Erwägung gezogen, oder?«

»Nein.« Julia schüttelte den Kopf. »Nicht wirklich.« Sie bückte sich, um Midas zu streicheln, bevor sie sich wieder aufrichtete. »Ich habe Will ein bisschen hingehalten, weil ich wissen wollte, wie man die Main Street seiner Meinung nach verbessern kann, aber das wars auch schon. Unsere historischen Gebäude müssen erhalten werden, nicht abgerissen. Ich würde mir eher den Arm abhacken, als eines meiner Gebäude an einen gierigen Projektentwickler wie ihn zu verkaufen.«

»Hört! Hört!«, rief eine ältere Dame, die einen Milchkaffee trank. Julia erkannte die Frau vage als jemanden aus Marthas Kirche wieder.

»Ich danke euch allen für die Unterstützung eben.« Julia sammelte ihre Einkaufstüten ein und winkte der Starbucks-Menge zu.

»Wo willst du hin?«, erkundigte sich Paige.

»Nach Hause«, erwiderte Julia mit einem Lächeln. »Und dann in den Supermarkt. Ich muss noch einen Thunfischauflauf machen.«

KAPITEL 22

Es war unvorstellbar, wie ein so winziges menschliches Wesen ein so großes Durcheinander anrichten konnte. Aaron hatte Jack in der Babytrage, weil das die einzige Möglichkeit war, etwas zu erledigen. Zwischen der Küche voller Erbrochenem, der Wäsche und dem Aufräumen, bevor die Putzfrau heute Morgen kommen konnte, schien es, als hätte Aaron den ganzen Tag damit verbracht, hinter Jack herzuräumen. Jetzt war die Putzfrau weg, und das Haus duftete zimtfrisch, aber er hatte immer noch die Flaschen zu spülen und zu sterilisieren, denn Aaron war nicht davon überzeugt, dass seine Reinigungskraft das seinen Hygieneanforderungen entsprechend tat. Jack kaute auf dem Stoffträger herum, bis er so viel sabberte, dass Aarons rechte Achselhöhle nass war; aber wenigstens war das Baby zufrieden.

»Okay«, sagte Aaron, während er auf die Uhr am Herd schaute. »Julia wird in einer halben Stunde hier sein. Jetzt, wo die Flaschen sauber sind, wie wäre es, wenn wir deine Windel wechseln?« Aaron roch nichts Unangenehmes, aber das bedeutete nicht, dass Jack ihm nicht dennoch eine Überraschung hinterlassen hatte. »Ich könnte auch ein frisches Shirt gebrauchen. Das hier ist ganz nassgesabbert.« Aaron stellte die letzte Flasche zum Trocknen hin und hängte das Geschirrhandtuch auf. Er wollte gerade ins Schlafzimmer gehen, als es an der Tür klingelte. »Ist das Julia?«, fragte er, während sein Puls heftiger zu pochen begann. Aaron drückte Jacks winzige Hand. »Vielleicht ist sie zu früh dran.«

Als es erneut klingelte und dann immer wieder, wurde Aaron klar, dass es nicht Julia sein konnte. Es gab nur eine Person in seinem Leben, die auf diese Weise an der Tür klingelte, und die sollte sich eigentlich gerade in einer anderen Zeitzone befinden. Aaron ging die Stufen zum Eingang hinunter. »Hallo, Mom«, sagte er, als er die Haustür öffnete.

Lorraine Baxter war zweiundsechzig Jahre alt, sah aber dank vierteljährlicher Laserpeelings und eines begabten plastischen Chirurgen keinen Tag älter als fünfzig aus. Lediglich ihre Hände verrieten ihr tatsächliches Alter, weshalb sie absichtlich Blusen mit zu langen Ärmeln und voluminösen Manschetten trug, die ihr bis zu den Fingerknöcheln reichten. Heute trug sie einen Lederrock und eine Seidenbluse. Ihr karamellfarbenes Haar war mit so viel Haarspray fixiert, dass es auch als Football-Helm hätte dienen können. Eine riesige Designertasche hing an ihrer Schulter. Ihre ersten Worte waren: »*Hier* wohnst du?«

Aaron blieb der Mund offen stehen; er wusste nicht, was er sagen sollte. Er hatte seine Mutter seit der Trauerfeier nicht mehr gesehen. Lorraine stürmte an ihm vorbei ins Haus, wobei ihre Pfennigabsätze sich in den Holzboden bohrten. Sie griff nach Jack. »Da ist ja der Süße«, sagte sie. »Ich will meinen Enkel.«

In diesem Moment fand Aaron seine Stimme wieder. »Was machst du denn hier? Ich dachte, du wärst in Thailand oder so. Das stand doch in deiner automatischen Antwortnachricht.« Er trat einen Schritt zurück, damit seine Mutter nicht an Jack herankam, den er immer noch vor sich hertrug.

»Was meinst du mit ›Was machst du hier?‹« Lorraine runzelte die Stirn – oder hätte es getan, wenn weniger Botox in ihrer Haut gewesen wäre. »Ich habe einen Jet gechartert, sobald ich deine SMS erhalten habe, dass Jack im Krankenhaus lag.«

»Das war vor zwei Tagen.«

»Ich habe vier Flüge gebraucht, um von den Fidschi-Inseln hierherzukommen.« Sie küsste Jack auf beide Wangen. »Viele Grüße von deinem Vater. Aber er ist der Hauptredner einer Konferenz und konnte nicht weg.«

»Prozessanwälte haben Konferenzen auf den Fidschi-Inseln?«, fragte Aaron. Er nahm an, dass sein Vater gerade an einem schwarzen Sandstrand Hurricanes trank.

»Nur die reichen.« Lorraine griff nach der Schnalle des Babytragegestells und versuchte, sie zu lösen.

»Hey, pass doch auf.« Aaron drehte sich aus ihrer Reichweite. »Sei vorsichtig, sonst könnte Jack herunterfallen.« Er ging die Treppe hinauf in den Wohnbereich. »Geh dir erst die Hände waschen, und dann kannst du Jack nehmen. Vielleicht hast du Keime vom Flughafen an dir.«

»Schätzchen«, antwortete Lorraine, während sie sich am schmiedeeisernen Geländer festhielt und hinter ihm die Treppe hinaufstieg. »Es ist ja nicht so, als wäre ich mit einem Linienflug gekommen.« Sie ging in die Küche und drehte den Wasserhahn auf. »Diese Küche ist winzig. Wie in einem Puppenhaus.« Sie trocknete sich die Hände am Geschirrtuch ab und hielt sich das Tuch dann an die Nase. »Du meine Güte, dieses Handtuch stinkt nach Schimmel. Wann hat das Dienstmädchen es das letzte Mal gewechselt?«

»Was? Damit habe ich gerade die Flaschen sauber gemacht.« Aaron nahm das Tuch, um zu überprüfen, wovon Lorraine sprach. Sie hatte recht; da war ein schwacher Geruch nach Schimmel, als wäre das Tuch schon ein paar Tage alt. »Verdammt. Jetzt muss ich die Flaschen noch mal spülen.« Er öffnete den Verschluss der Babytrage und reichte Jack an

Lorraine weiter. »Hier, du kannst ihn halten, während ich das erledige.«

»Während du die Flaschen spülst?« Lorraine hielt Jack eine Armlänge vor sich und starrte ihren Enkel an. »Macht das nicht das Tageskindermädchen?« Jack starrte zurück und knabberte an seiner speichelfeuchten Faust.

»Es gibt kein Tageskindermädchen.« Aaron spritzte Spülmittel in das Becken und drehte das heiße Wasser auf. »Wann hattest du zum letzten Mal ein Baby auf dem Arm? Er wird dich nicht beißen.«

»Das weiß ich«, fuhr Lorraine ihn an. »Aber er sabbert, und diese Bluse kann man nicht in der Maschine waschen. Hast du kein Tuch, das du mir geben kannst?«

»Du meinst ein Spucktuch?« Aaron schüttelte die nassen Hände über dem Spülbecken ab und beugte sich hinunter, um eine Schublade zu öffnen. »Die Spucktücher sind im Kinderzimmer, aber hier ist ein sauberes Handtuch.« Er legte es quer über Lorraines Schulter.

»Viel besser.« Sie drückte Jack an sich und verließ die Küche, wobei sie ihre Stilettos abstreifte, als sie den Teppich erreichte, und mit bloßen Füßen zur Couch hinüberging. Aaron folgte ihr. Bevor Lorraine sich setzte, musterte sie den Raum. Außer dem Sofa, dem Sessel, dem wackeligen Couchtisch und dem Großbildfernseher gab es nicht viel zu sehen, abgesehen von dem riesigen Pappaufsteller von Bigfoot in der Ecke. »Wie ich sehe, hast du immer noch dieses schreckliche Witzgeschenk von Jared.«

Aaron warf einen Blick auf die ursprüngliche Big-Foot-Paleo-Marketingkampagne und lächelte. »Ohne ihn wäre es kein richtiges Zuhause.« Er setzte sich in den Sessel.

»Ich nehme an, jetzt, wo der Verkauf durch ist, könnte man es als ein Relikt betrachten.« Lorraine verdrehte die Augen. »Wenn du mich um Rat gefragt hättest, hätte ich …«

»Du hast damals nicht mit mir gesprochen, schon vergessen?«

»Weil du das Studium in Stanford abgebrochen hast!«

»Du wolltest doch sowieso nicht, dass ich dort studiere, also wo lag das Problem?«

Sie seufzte. »Fünf Generationen von Baxters waren Princeton Tigers, und du wolltest lieber was sein, ein Baum? Schon allein die Maskottchen liegen Klassen auseinander.«

Jack verzog das Gesicht; er wurde unruhig. Anfangs noch leise, doch als Lorraine versuchte, ihn zu beruhigen, steigerte er sich zu heftigem Schreien.

»Na, na«, sagte sie streng. »Beruhig dich. Mama Lorraine ist hier.«

»Mama Lorraine?« Aaron sprang vom Sessel auf und nahm ihr Jack ab, bevor seine Mutter das Baby noch mehr verschrecken konnte. »Was wäre falsch daran, wenn er dich Grandma nennt?«

»Sehe ich etwa wie eine Großmutter aus?« Lorraine schmollte, und ihre unnatürlich prallen Lippen schienen Gefahr zu laufen, aufzuplatzen. »Und jetzt sag mir, wie es Jack geht. Auf mich wirkt er völlig gesund, aber deine Nachricht klang, als stünde er an der Schwelle des Todes.«

Jetzt, wo sich das Baby in Aarons Armen wieder sicher fühlte, hörte es auf zu weinen. Jack kuschelte sich an Aarons Schulter und schaute seitlich zu Lorraine, verfolgte sie, als hätte er Angst, sie würde ihn sich wieder schnappen. Aaron setzte sich in den Sessel, wiegte Jack hin und her und rieb seinen Rücken in gleichmäßigen Kreisen. Er wollte nicht, dass Jack so kurz vor dem Schlafengehen einnickte, aber er wollte auch nicht, dass das Baby verängstigt war. »Es geht ihm jetzt besser«, erklärte Aaron. Er erzählte von der Soja-Allergie und dass durch die Sonografie eine Pylorusstenose ausgeschlossen werden konnte. »Es sieht so aus, als wärst du umsonst hierhergeflogen. Hast du nicht die Nachricht bekommen, die ich dir gestern geschickt habe? Ich habe versucht, dich und Dad über alles auf dem Laufenden zu halten.«

»Nein.« Lorraine griff in ihre Handtasche und zog ein Handy heraus. »Definitiv nicht.« Sie starrte auf das Display. »Nein, nichts.«

»Merkwürdig.« Aaron nahm sein Handy aus der Gesäßtasche und überprüfte seine Nachrichten. »Oh«, machte er und fühlte sich schuldig. »Da steht, dass die Nachricht an dich und Dad noch im Entwurfsmodus ist. Sie scheint nicht weggegangen zu sein. Das tut mir leid.«

»Nun, mir tut es nicht leid.« Lorraine stand auf und strich ihren Rock glatt. »Das gibt mir die Gelegenheit, deinen Lagerplatz in Augenschein zu nehmen.«

»Lagerplatz?«

»Lagerplatz … besetztes Haus … Hütte …« Lorraine hob die Hände. »Keine Ahnung, wie du diese Bruchbude nennst, aber es ist gut, dass ich hergekommen bin und mit eigenen Augen gesehen habe, wie du haust. Zum Glück habe ich meine Sachen im Fairmont in Seattle gelassen und ein Taxi hierher genommen. Jack kann natürlich nicht in so einer Umgebung bleiben.«

»Wovon redest du?« Aaron richtete sich auf, was Jack ein wenig hochschrecken ließ. Er war kurz davor gewesen, durch das Schaukeln in den Schlaf zu driften. »Das hier ist ein Haus mit vier Schlafzimmern in einer schönen Nachbarschaft. Harper Landing hat einige der besten Schulen in der Gegend von Seattle.«

Lorraine zuckte zusammen. »Du willst mir doch nicht ernsthaft erzählen, dass du darüber nachdenkst, dieses arme Kind auf eine öffentliche Schule zu schicken?« Sie ging zum vorderen Fenster hinüber und blickte auf die Straße hinaus. »Diese Leute haben ein Wohnmobil in ihrer Auffahrt. In ihrer *Auffahrt,* Aaron. Wohnt da jemand drin?«

»Natürlich nicht. Sie benutzen es zum Campen. Es ist Sommer, Mom. Die Leute hier machen Familienurlaub.«

»Sprich nicht in diesem Ton mit mir, junger Mann. Wir haben viele Familienurlaube gemacht, und das weißt du. Nur nicht in einem« – sie hob ihre Finger und machte Anführungszeichen – »Freizeitfahrzeug.«

»Wenn ich dir erst einmal das ganze Haus gezeigt habe, wirst du das anders sehen«, bot Aaron an und wünschte, seine Aussage würde sich bewahrheiten. »Ich habe nicht viel an der Einrichtung gemacht, nur den Teppich ersetzt, aber ich habe Jack ein schönes Kinderbett gekauft und einen Wickeltisch. Er lässt sich in eine Kommode umwandeln, wenn Jack älter ist. Es wird dir gefallen.«

Leider half es nicht, Lorraine in dem Terrassenhaus herumzuführen, denn sie hatte an allem etwas auszusetzen, angefangen damit, dass der neue Teppich stank, bis hin zu der Behauptung, dass die Warmluftheizung Jacks Haut austrocknen werde. Aber als sie dann ins Hauptschlafzimmer kamen und Lorraine den Stubenwagen neben Aarons Bett entdeckte, wurde sie wütend.

»So habe ich dich nicht erzogen!« Sie zeigte auf den Stubenwagen und dann auf ihn. »Was hat das Nachtkindermädchen in deinem Bett zu suchen? Hat sie nicht ihr eigenes Zimmer?«

»Mom, es gibt kein Kindermädchen für die Nacht.« Aaron hob Jack in die Luft und machte einen Schnuppertest an seinem Po. Es ließ sich nicht mehr aufschieben, er musste das Baby wickeln. »Ich habe dir doch gesagt, dass ich keine Kindermädchen habe.«

»Was für eine Erleichterung.« Lorraine ließ die Hand sinken. »Nein, Moment mal. Das ergibt keinen Sinn. Wenn es keine Kindermädchen gibt, wie kommst du dann zurecht?«

»So gut ich kann.« Aaron verließ den Raum und ging über den Flur zum Kinderzimmer. Er legte Jack auf den Wickeltisch und knöpfte dem Baby die Hose auf. Wann konnte er seine Mutter wohl zurück ins Fairmont fahren?

»Sara hätte das nicht gewollt«, sagte Lorraine von der Tür her.

»Nein, das hätte sie nicht.« Aaron öffnete Jacks Windel. Die neue hatte er schon griffbereit, nur für alle Fälle. Einmal angepinkelt zu werden hatte gereicht, damit er seine Lektion gelernt hatte. »Sara hätte selbst hier sein wollen.«

»Das habe ich nicht gemeint.« Lorraine ging den Flur entlang zur Toilette und kam einen Moment später mit einem Taschentuch in der Hand zurück, mit dem sie sich über die Augen wischte. »Sie hätte nicht gewollt, dass du dein Leben pausierst und alles aufgibst, was dir wichtig ist.«

Aaron sagte zunächst nichts, weil das Gespräch zu sehr schmerzte. Die Wahrheit war, dass dies genau das war, was Sara gewollt hätte – und gleichzeitig auch nicht. Es hätte ihr nicht gefallen, dass Aarons Welt auf den Kopf gestellt wurde, aber sie hätte unbedingt gewollt, dass Jack einen Elternteil hatte, der zu Hause blieb und ihn mehr liebte, als es irgendjemand hätte tun können, der dafür bezahlt wurde. »Sara würde das Beste für Jack wollen«, sagte Aaron mit leiser Stimme. »Im Moment bin das ich.«

»Oh, Schatz«, erwiderte Lorraine, die leise hinter ihn trat. »Du musst das nicht machen. Lass uns Jack nach Rumson bringen, und ich werde veranlassen, dass die Agentur ein ganzes Team schickt. Du kannst unmöglich vierundzwanzig Stunden am Tag bei Jack sein, aber sobald ich ein Kindermädchen für den Tag und ein Kindermädchen für die Nacht und eins für das Wochenende eingestellt habe, ist Jack gut versorgt.«

»Nein«, widersprach Aaron mit fester Stimme. »Das ist nicht das, was Sara und Jared gewollt hätten, und ihr Testament war eindeutig. Ich bin Jacks Vormund. Du und Dad standet nicht mal auf der Ersatzliste.«

Lorraine wich zurück. »Du brauchst nicht grausam zu werden. Ich bin sicher, das war ein Versehen.«

Aaron zog Jack die Hose wieder an. »Es war kein Versehen.« Er hob das Baby hoch und hielt es in den Armen. »Sara und Jared wollten, dass Jack ein normales Leben hat, und genau das will ich ihm geben.« Er schmiegte seinen Kopf an Jacks. »Vielleicht kann ich jetzt auch ein normales Leben führen.«

»Was soll das denn heißen?«, fragte Lorraine in einem anklagenden Tonfall. Doch bevor sie das Gespräch fortsetzen konnten, klingelte es an der Tür.

»Julia«, flüsterte Aaron, dessen Stimmung sich plötzlich aufhellte. Er lächelte Jack an, und das Baby grinste zurück. »Lassen wir sie herein.«

»Wer ist Julia?«, fragte Lorraine und folgte ihnen auf den Treppenabsatz. »Kenne ich sie?«

»Noch nicht«, entgegnete Aaron. »Aber ich schätze, du wirst sie jetzt kennenlernen.« Er wünschte, er hätte sein sabberbeflecktes Shirt noch wechseln können, aber dafür war es jetzt zu spät. Außerdem wusste er, dass es Julia nichts ausmachen würde. Sie machte sich nichts aus schicker Kleidung. Aber was würde sie von seiner Mutter halten? Wenn Aaron sie nur hätte warnen können, dass Lorraine hier war. Als er die Haustür öffnete, hatte er das Gefühl, Julia geradewegs in eine Falle zu führen.

Julia stand auf der Türschwelle und trug kurze Shorts, ein grünes T-Shirt und darüber einen langen Pullover. Sie hielt eine mit Alufolie bedeckte Auflaufform in den Händen, und an ihrem Ellenbogen baumelte eine wiederverwendbare Einkaufstasche. Ihr Haar war zu einem lockeren Pferdeschwanz zurückgebunden, und sie strahlte über das ganze Gesicht. »Hi, Aaron. Hi, Jack. Habt ihr Hunger?«

Aaron hatte tatsächlich Hunger, allerdings mehr auf Julia. Allein ihr Anblick beruhigte seine Nerven so weit, dass er vielleicht in der Lage sein würde, Lorraines Besuch zu überstehen, ohne zu explodieren. Julias Lächeln erfüllte ihn mit Wärme. Es war eine Erleichterung, sie dort stehen zu sehen und zu wissen, dass sie auf seiner Seite war – und auch auf Jacks Seite. Aber sosehr Aaron auch darauf brannte, die Tür noch weiter aufzureißen und Julia hereinzubitten, er wollte sie auch beschützen. Sie wusste nicht, was sie erwartete.

»Meine Mutter hat mich mit einem Besuch überrascht«, sagte er mit einem gezwungenen Lächeln. »Sie ist vor einer halben Stunde eingetroffen.«

»Deine Mutter?« Julias Gesicht erstarrte. »Oh«, machte sie und stolperte zurück. »Dann gehe ich wieder.«

»Auf keinen Fall.« Aaron packte sie am Ellbogen und zog sie ins Haus. »Das Essen riecht köstlich.« Er küsste sie auf die Wange, schloss die Augen und atmete ihren Duft ein.

»Ich weiß nicht so recht.« Julia hielt am Fuß der Treppe inne. »Ich habe es noch nie zuvor gekocht, vielleicht schmeckt es schrecklich, und …« Sie wandte sich um. »Ich sollte gehen.«

»Bitte nicht«, flüsterte er ihr ins Ohr. »Ich flehe dich an.«

KAPITEL 23

Die Vorstellung, Aarons Mutter kennenzulernen, war mehr, als Julia verkraften konnte, besonders nach der stressigen Konfrontation mit Walt kurz zuvor auf der Main Street. Aber als Aaron sie in einem so flehenden Ton bat, zu bleiben, nahm sie ihren ganzen Mut zusammen. Julia musste einen Schritt nach vorn machen, nicht nur für Aaron, sondern auch für sich selbst. Sie wollte aufhören, in Angst vor dem Urteil anderer Menschen zu leben. Sie hatte nichts falsch gemacht. Es gab keinen Grund für sie, Aarons Mutter zu fürchten. Es war nicht Waverley, die dort oben stand und sie kennenlernen wollte, es war eine Fremde. Außerdem roch der Thunfischauflauf, den sie gemacht hatte, fantastisch, auch wenn er Süßkartoffelnudeln enthielt. Julia straffte die Schultern, drehte sich um und stieg die Treppe zur Küche hinauf.

»Mrs Baxter«, rief sie, während sie den Auflauf auf den Herd stellte. »Wie schön, Sie kennenzulernen.« Noch war niemand im Raum, aber Julia wollte gleich die Initiative ergreifen.

Lorraine kam auf ihren High Heels in die Küche. »Das heißt *Ms* Baxter.« Ihr Lippenstift war frisch aufgetragen. »Wir leben nicht im finsteren Mittelalter.«

»Oh!« Julias Wangen färbten sich rosa. »Klar. Aber natürlich.« Sie wünschte sich verzweifelt, sie hätte an diesem

Morgen ihre Schuhe geputzt. Aber mit etwas Glück würde die Frau die Kratzer auf ihren Lederhalbschuhen nicht sehen.

»Aber ich freue mich *sehr,* Sie kennenzulernen«, sagte Lorraine mit einem Lächeln. Sie streckte ihre Hand mit der Handfläche nach unten aus, als würde sie erwarten, dass Julia sie küsste.

Julia nahm die dargebotene Hand und drehte sie leicht zu einem normalen Händedruck. »Mein Name ist Julia Harper. Ich bin Jareds Nachbarin. *War* Jareds Nachbarin«, fügte sie hinzu. »Haben Sie schon gegessen?«

»Keinen Bissen. Das Essen, das sie auf meinem Flug serviert haben, war völlig ungenießbar.« Lorraine erschauderte. »Charterflüge sind auch nicht mehr das, was sie mal waren.«

»Ich hole Teller.« Aaron schob sich hinter Julia und öffnete einen Schrank. »Mom, möchtest du eine Flasche Wein öffnen?«

»Hast du denn etwas da, was sich zu trinken lohnt?«, fragte Lorraine.

»Ich habe eine Flasche Apfelschorle mitgebracht.« Julia nahm sie zusammen mit einer Schüssel buntem Salat aus ihrer Einkaufstasche.

»Apfelschorle? Ich bin doch nicht sechs«, erwiderte Lorraine lachend. »Ich versichere Ihnen, dass ich schon längere Zeit volljährig bin.«

»Länger, als du jemals zugeben würdest.« Aaron griff in den Kühlschrank. »Ich habe einen Château Ste. Michelle Chardonnay, den du sicher mögen wirst.« Er reichte seiner Mutter die Flasche.

»Davon habe ich noch nie gehört.« Lorraine betrachtete mit zusammengekniffenen Augen das Etikett.

»Es ist ein Weingut im pazifischen Nordwesten, das hier sehr beliebt ist«, erklärte Julia. »Seine Weine haben mehrere Auszeichnungen gewonnen.«

»Nun ja.« Lorraine zuckte mit den Schultern. »Wenn das alles ist, was du hast.«

Aaron verdrehte die Augen. »Der wird schon gehen, Mom.«

»Okay«, sagte Julia, wobei ihre Stimme unwillkürlich ein wenig quiekte. »Ich werde den Tisch decken.« Sie nahm Aaron die Teller ab und ging zum Küchentisch hinüber, schob einen Stapel Post aus dem Weg und auf die Küchentheke. So weit, so gut, dachte sie. So hatte sie sich den Abend nicht vorgestellt, aber hoffentlich war der Auflauf noch warm. Als Julia ihn vor zwanzig Minuten aus dem Ofen geholt hatte, war er heiß gewesen und hatte geblubbert. Der Duft von Kokosnuss, Süßkartoffeln und Thunfisch hatte sich zu einem wohlriechenden Aroma vermischt, das Julia das Wasser im Mund zusammenlaufen ließ. Julia ging zurück zu den Schränken und öffnete die erstbeste Schublade, um nach Besteck zu suchen. Es war eine Schublade voller Servierlöffel, darunter ein Holzlöffel.

Beim Anblick des Löffels lief ihr ein Schauer über den Rücken. Eigentlich sollten Haushaltsgegenstände erwachsene Frauen nicht zum Zittern bringen, aber Julias Knie wurden ein wenig weich, bevor sie sich zusammenriss und daran vorbei nach einem Sieblöffel griff. »Du machst alles kaputt«, hörte sie in Gedanken ihre Mutter schreien. »Erst meine Figur und jetzt mein Leben!« Julia spürte den Aufprall von Hunderten von Strafschlägen auf der empfindlichen Stelle über ihrem Steißbein. Und jetzt war sie hier, gefangen in einer winzigen Küche mit einer anderen Mutter, die sie nicht mochte. »Du kannst nichts richtig machen«, hörte sie Waverley sagen. Warum hatte Julia nicht daran gedacht, eine teure Flasche Wein mitzubringen? Lorraine hatte wahrscheinlich recht. Erwachsene tranken keine Apfelschorle.

»Weißt du«, begann Julia und wich von der noch offenen Schublade zurück, »ich glaube, ich gehe nach Hause. Ich möchte eure gemeinsame Zeit nicht stören.« Sie legte den Sieblöffel neben die Auflaufform und nahm ihre Einkaufstasche. »Ich kann mein Geschirr später abholen.«

»Wovon redest du da?«, fragte Aaron mit einem Hauch von Panik in der Stimme. »Du kannst nicht gehen. Ich habe mich auf dich gefreut.«

»Julia, meine Liebe, bitte bleiben Sie.« Lorraine setzte sich an das Kopfende des Tisches. »Ich finde Sie faszinierend.«

Aaron drückte Julia Jack in die Arme. »Hier, halte bitte das Baby, während ich Wein einschenke.« Aaron nahm seiner Mutter die Flasche Chardonnay aus der Hand und riss die Folie ab, die den Korken bedeckte. »Oder möchtest du lieber Apfelschorle?«

»Wein ist in Ordnung«, erwiderte Julia. Jacks warmer, weicher Körper in ihren Armen hatte sie geerdet. Sie atmete seinen süßen Duft ein und fühlte sich sofort besser. Das Baby lachte und griff nach ihrem Haar, versuchte, die goldenen Strähnen in seinen Mund zu ziehen. »O nein!«, sagte Julia und befreite sich. Dann konnte sie sich nicht mehr zurückhalten. »Wow!«, flüsterte sie. »Wow, wow, wow.« Jack brach in Gelächter aus, und sein Kichern war Musik in ihren Ohren. Sie verlagerte ihr Gewicht von einem Fuß auf den anderen und wiegte ihn hin und her. »Wow!«, machte sie wieder, diesmal etwas lauter. Jack quietschte vor Freude.

»Das Abendessen ist serviert«, verkündete Aaron vom Tisch aus. Der Auflauf und der Salat standen in der Mitte, und Jacks Babywippe befand sich am gegenüberliegenden Ende auf dem Tisch, sodass er sie sehen konnte.

»Ist das sicher?«, fragte Julia, während sie Jack hineinlegte und die Gurte einrasten ließ. »Was ist, wenn er vom Tisch fällt?«

»Ich mache das ständig«, entgegnete Aaron.

»Vom Tisch fallen?«, gab Lorraine mit einem verschmitzten Grinsen zurück. Sie schnupperte an ihrem Chardonnay, bevor sie einen Schluck nahm.

»Du bist eine richtige Komikerin, Mom.« Aaron zog einen Stuhl für Julia heraus, damit sie sich setzen konnte.

Julia konnte den Blick nicht von Jack in der Babywippe nehmen. Sie hätte sich wohler gefühlt, wenn er auf dem Boden gestanden hätte, wo er nicht umkippen konnte. Aber Aaron schien keine Bedenken hinsichtlich der Sicherheit zu haben, und sie wollte seine Entscheidung nicht infrage stellen. Außerdem hatte sie auch gar kein Mitspracherecht. Jack war Aarons Baby, nicht ihres.

»Das hier macht mich neugierig.« Lorraine starrte auf die Portion Auflauf, die sie soeben auf ihren Teller geschaufelt hatte. »Was ist es? Ich rieche Fisch.«

»Thunfisch.« Julia legte die Serviette auf ihren Schoß. »Es ist eine Paleo-Version von Thunfisch-Nudel-Auflauf.«

»Wie ein billiges Tagesgericht.« Lorraine stocherte mit ihrer Gabel in einem Stück Süßkartoffel herum. »Wie drollig.«

»Ich habe früher jeden Freitagabend in der Mensa in Andover Thunfischauflauf gegessen«, erzählte Aaron und lud sich eine ordentliche Portion auf den Teller. »Das war mein Lieblingsessen.«

»Martha hat mir erzählt, dass Jared es auch geliebt hat«, warf Julia ein, »und deshalb hat er ihr dieses Rezept geschickt, damit sie es kochen konnte, als er das letzte Mal hier war.«

Die Worte »das letzte Mal« hingen in der Luft wie Giftgas. Eine Minute lang sprach niemand. Julia nahm einen kleinen Schluck von ihrem Wein. Sie musste vorsichtig sein und nicht das ganze Glas trinken, sonst hätte sie nicht mehr nach Hause fahren können. Julia war es nicht gewohnt, Alkohol zu sich zu nehmen. Sie griff nach dem Salatbesteck und bediente sich, wobei sie hoffte, dass sie den Salat auch ausreichend in mundgerechte Stücke gerissen hatte, wie Waverley es ihr beigebracht hatte. Dann übergoss sie ihre Portion mit dem Paleo-Dressing, das sie am Nachmittag im Laden gekauft hatte, und reichte die Flasche an Lorraine weiter.

»Ich liebe Salat.« Lorraine betrachtete den Berg von Grünzeug auf ihrem Teller. »Es ist schwer, das zu vermasseln, außer das Restaurant übertreibt es mit dem Dressing.« Sie betrachtete das Etikett mit den Nährwerten und kniff die Augen zusammen, als versuchte sie, die Schrift zu lesen.

Julia nahm ihren ersten Bissen vom Auflauf und betete, dass er gut schmecken würde. Zum Glück war er noch heiß, und die tropischen Aromen von Kokosnusscreme und Süßkartoffel vermischten sich perfekt mit der richtigen Menge Schärfe durch den Thunfisch. Sie atmete erleichtert aus, dass der Auflauf gelungen war. Zumindest Julia fand ihn köstlich. Vorsichtig blickte sie hinüber zu Aaron, um zu sehen, ob er ihm auch schmeckte.

Aber da hätte sie sich keine Sorgen machen müssen. Aaron schlug mit der Handfläche auf den Tisch und schloss genießerisch die Augen. »Wow!«, rief er aus. »Wow, wow, wow.«

Jack gluckste in seiner Wippe, und die Federn sprangen auf und ab.

»Das ist hervorragend.« Aaron griff nach Julias Hand und drückte sie. »Vielen Dank, dass du uns Abendessen gekocht hast.«

»Das war keine große Sache.« Julia lächelte und blickte auf ihren Teller.

»Oh doch.« Aaron führte ihre Hand zum Mund und küsste sie. »Selbst gekochte Mahlzeiten sind da, wo ich herkomme, eher selten.«

Das gefiel Lorraine gar nicht. »Jeder kann kochen«, behauptete sie. »So schwer ist das nicht.«

»Deine Mutter hat recht.« Julia ließ Aarons Hand los und nahm ihre Gabel auf. »Man muss nur in der Lage sein, einem Rezept zu folgen.«

»Eine Frau wie Sie könnte das gut«, sagte Lorraine in einem abschätzigen Ton.

»Was soll das denn heißen?«, verlangte Aaron zu wissen.

»Nichts«, entgegnete Lorraine fröhlich. »Es war ein Kompliment.« Sie tupfte sich den Mund mit einer Serviette ab und hinterließ dabei rote Lippenstiftspuren.

Eine peinliche Stille legte sich über den Tisch und gab Julia das Gefühl, dass noch etwas anderes nicht stimmte. Eine Sekunde später fiel es ihr ein. »Die Brownies!«, rief sie aus. »Ich habe die Brownies im Auto vergessen, und jetzt stehen sie in der heißen Sonne.« Sie schob ihren Stuhl zurück und stand auf.

»Brownies?« Aarons Augen leuchteten auf.

»Mit Mandelmehl und Honig«, erklärte Julia. Sie nahm den Schlüssel, den sie auf den Tresen gelegt hatte. »Ich bin gleich wieder da.« Sie eilte aus der Küche und die Stufen zur Haustür hinunter. Als sie die Heckklappe ihres Subaru öffnete, stellte sie fest, dass sich die Brownies in der Hitze erwärmt hatten, genau wie sie es befürchtet hatte. Auf der Innenseite der Frischhaltefolie, mit der die Form abgedeckt war, befanden sich Wassertröpfchen. Julia hob eine Ecke der Folie an, um die Feuchtigkeit entweichen zu lassen, und ging dann zum Haus zurück. Doch als sie die Schwelle erreichte, hielt sie inne. Aarons und Lorraines Stimmen waren zu hören, und es klang, als ob sie sich stritten.

»Nein, das ist nicht in Ordnung«, blaffte Aaron. »Du bist unhöflich zu Julia, seit sie durch die Tür gekommen ist.«

»Und sie ist zu einfältig, um das zu erkennen«, schoss Lorraine zurück. »Siehst du nicht, dass sie unter deiner Würde ist?«

Einfältig? Julias Magen verkrampfte sich. Unter normalen Umständen hätte sie nicht gelauscht, aber jetzt neigte sie ihr Ohr nach vorn und konzentrierte sich.

»Julia ist eine intelligente Frau«, sagte Aaron. »Du hast kein Recht, unhöflich zu meiner Freundin zu sein.«

Der Knoten in Julias Magen verwandelte sich in Schmetterlinge. Ihr Unterkiefer entspannte sich, und sie grinste. Freundin?

»Sie ist engstirnig«, sagte Lorraine. »Wie in ›eine begrenzte Sichtweise auf das Leben haben‹.«

»Das ist nicht wahr. Du kennst sie nicht.«

»Ich kann verstehen, warum du dich zu ihr hingezogen fühlst, denn Julia ist hübsch auf eine provinzielle Katy-Perry-Art. Aber sie ist definitiv *nicht* die Frau, die ich für meinen Sohn will.«

Das Lächeln auf Julias Gesicht verblasste. Sie hatte doch gleich gewusst, dass die Shorts zu hoch geschnitten waren. Sie hätte sich niemals von Heather überreden lassen sollen, sie im Ferry's Closet zu kaufen.

»Mom, nimm das zurück«, verlangte Aaron in einem stählernen Ton.

»Ich bleibe bei meiner Meinung«, antwortete Lorraine. »Du bist reich, und dank des Artikels im *Wall Street Journal* weiß das jeder. Du hast beruflichen Erfolg und einen Treuhandfonds – jede Goldgräberin von hier bis Seattle wird hinter dir her sein.«

Jetzt hielt Lorraine sie auch noch für eine Goldgräberin? Julia konnte es nicht mehr ertragen. Sie stürmte durch die Haustür und die Treppe hinauf, um sich zu verteidigen.

»Du weißt nicht, wovon du redest, Mom, und du liegst falsch«, knurrte Aaron. Er drehte sich um, als er Julia hörte. Seine wütende Miene verschwand nach einem Blick in Julias Gesicht. »Julia, wie viel davon hast du gehört?«

»Genug«, entgegnete Julia und stellte die Brownieform auf den Tisch. »Ich bin keine Goldgräberin.«

»Natürlich nicht.« Aaron presste die Kiefer zusammen und funkelte seine Mutter böse an. »Entschuldige dich sofort bei Julia.«

»Ich entschuldige mich nie dafür, die Wahrheit zu sagen.«
Lorraine setzte sich aufrecht hin und hob das Kinn.

»Ich auch nicht.« Julia zerrte am Saum ihrer Shorts. In
Lorraines Augen entdeckte sie nichts als Boshaftigkeit. Julia
spürte, wie Adrenalin durch ihr Nervensystem rieselte wie
tropfendes Wasser. »Es ist Sommer, es ist heiß draußen, und ich
wusste nicht, dass ich heute Abend die Mutter von jemandem
treffen würde. Ich bin kein Flittchen.« Sie verschränkte
schützend die Arme vor der Brust. »Ich bin auch nicht hinter
Aarons Geld her. Mir gehört die halbe Stadt. Ich habe mein
eigenes Geld und mein eigenes Geschäft, und sogar meinen
eigenen Treuhandfonds, wenn ich alt bin genug, um darauf
zuzugreifen.«

Lorraine begutachtete ihre manikürten Fingernägel. »Wie
goldig. Ich bin sicher, das bedeutet etwas in einem solchen
Provinznest. Aber Aaron ist bessere Gesellschaft gewöhnt. Und,
meine Liebe, Sie würden Klasse nicht mal erkennen, wenn Sie
sich am Boden Ihres Thunfischauflaufs befände.«

Julia ballte die Hände zu Fäusten und ließ die Arme an
die Seiten sinken. »Nur damit Sie es wissen«, erwiderte sie
mit ruhiger Stimme, »Harper Landing ist *kein* Provinznest.
Wir sind die älteste eingetragene Stadt in Snohomish County.
Einige der erfolgreichsten Leute des ganzen Landes haben sich
entschieden, hier zu leben – Ingeneure, Anwälte, Politiker,
Banker, Klempner, Buchhändler, Lehrer und noch viele mehr.«
Julia stützte beide Hände auf den Tisch, beugte sich vor und
starrte Lorraine direkt in die Augen. »Haben *Sie* eine Stadt, die
nach *Ihnen* benannt ist? Gibt es ein Baxter, New Jersey, das ich
kennen sollte?« Als Lorraine nicht antwortete, richtete sich Julia
auf. »Ja, das habe ich auch nicht angenommen.« Mit einem letzten Blick auf das Baby wandte sie sich zum Gehen.

»Julia, warte!«, rief Aaron ihr hinterher. Er holte sie ein, als
sie ihr Auto in der Auffahrt erreichte. Aaron hatte Jack dabei,

mitsamt der Babywippe. Die setzte er im Vorgarten ab, neben einer Gruppe blühender orangefarbener Taglilien. »Es tut mir so leid. Meine Mutter hätte nie so mit dir reden dürfen. Sie hat nichts von dem, was sie über dich gesagt hat, ernst gemeint. Sie ist nur verbittert, dass ich ihr Jack nicht anvertraue und ihn nicht von ihrer Kindermädchenarmee aufziehen lasse. Sie weiß, dass sie mich nicht umstimmen kann, also hat sie stattdessen dir wehgetan. Es tut mir wirklich leid.«

»Eine Kindermädchenarmee?« Julia verarbeitete Aarons Worte, während sie auf Jack hinunterblickte, der fröhlich im Schatten wippte. Schließlich biss sie sich auf die Lippe und sah Aaron wieder in die Augen. »Das würde Martha das Herz brechen.«

Aaron nickte. »Mir auch. Ich könnte Jack niemals weggeben. Ich kann dir gar nicht sagen, wie viele Nächte ich im Internat nachts vor Heimweh wach lag.« Er breitete die Arme aus und deutete auf die ganze Nachbarschaft. »Und ich hasste meine Eltern! Ich hatte nicht einmal ein Zuhause, nicht wie hier. Nicht wie das, was ich für Jack schaffen will.« Aaron machte einen Schritt nach vorn und legte seine Hände auf ihre Hüften. »Julia, ich …«

Was auch immer er sagen wollte, wurde durch das laute Klingeln von Julias Handy unterbrochen. Weird Al Yankovics Hit »I Love Rocky Road« von 1983 schallte aus ihrer Handtasche. »Das ist Tara, meine Managerin bei Sweet Bliss.« Julia öffnete den Reißverschluss ihrer Tasche und holte ihr Handy heraus, lehnte den Anruf aber erst einmal ab. Doch als ihr Blick auf das Display fiel, musste sie zweimal hinschauen. »Ich habe Dutzende von Nachrichten bekommen!« So schnell wie möglich scrollte sie durch die Benachrichtigungen. »Oh mein Gott, es gibt einen Notfall im Laden. Tara schreibt, ich muss sofort hinkommen.« Julia schickte Tara eine kurze Antwort, dass sie in zehn Minuten da sein werde, und verstaute das Telefon in ihrer

Tasche. »Es tut mir leid, Aaron, aber ich muss los.« Sie küsste ihn auf die Wange. »Als Tara mir das letzte Mal einen Notruf geschickt hat, war die Kühltruhe ausgefallen.«

»Okay. Ich verstehe«, erwiderte Aaron und machte den Weg frei. »Fahr vorsichtig. Wir können später reden.«

Julia sprang in ihren Geländewagen. Kurz bevor sie die Tür schloss, schaute sie grinsend zu ihm auf. »Hast du es vorhin ernst gemeint, als du mich als deine Freundin bezeichnet hast?«

Aaron schlenderte zu ihr und stützte einen Arm auf die Tür. »Das ist mir irgendwie rausgerutscht. Ich hoffe, es macht dir nichts aus.«

Sie lächelte. »Nicht im Geringsten. Aber deiner Mutter vielleicht.« Ihr Telefon summte wieder, doch sie ignorierte es. »Wir sind immer noch für den Vierten Juli verabredet, oder?«

»Das würde ich auf keinen Fall verpassen wollen.« Aaron beugte sich herunter und küsste sie, und Julia spürte ein erregtes Kribbeln, als sich ihre Lippen teilten und ihre Zungen sich berührten. »Fahr vorsichtig«, wiederholte er, als er sich von ihr löste. »Ich rufe dich nachher an.«

»Prima. Dann bis später.« Julia wendete den Wagen und fuhr zügig davon, achtete jedoch darauf, die Geschwindigkeitsbegrenzung einzuhalten. Ihr sausten eine Million Gedanken durch den Kopf, angefangen von »Aarons Mutter hasst mich« bis hin zu »Ich habe einen Freund!«. Sie war so sehr auf ihr Privatleben konzentriert, dass sie sich nicht die Mühe machte, Taras kryptische Botschaften genauer zu entziffern. Daher war sie völlig überrascht, als sie die Main Street hinunterfuhr und eine riesige Menschenmenge auf dem Bürgersteig vor dem Sweet Bliss entdeckte.

Es gab keinen Parkplatz mehr, was für einen Montagabend ungewöhnlich war. Am Wochenende war immer viel los, aber zum Wochenbeginn ließ das Nachtleben von Harper Landing ein wenig nach. Julia fuhr vier Blocks am Sweet Bliss vorbei, bis sie endlich einen Platz beim Ferry's Closet fand. Sie schlang sich den Riemen ihrer Handtasche über die Schulter und rannte, so schnell sie konnte, die Main Street entlang. Als sie die Sugar Factory erreichte, konnte sie Sprechchöre hören.

»Freundlichkeit ist wichtig!«

»Freundlichkeit ist wichtig!«

Das war gar keine wütende Meute vor dem Sweet Bliss, sondern es waren glückliche Kunden, die Froyo aßen und mit ihren Löffeln in der Luft herumfuchtelten. »Freundlichkeit ist wichtig!«

Eine Menschenschlange hatte sich auf dem Bürgersteig in ihre Richtung gebildet. »Schaut!«, rief jemand. »Da ist Julia!« Es war die Mutter aus der Elterngruppe der Bibliothek mit dem Baby, das aussah wie Winston Churchill. »Ju-li-a!«, begann sie zu rufen. Innerhalb weniger Augenblicke stimmte jeder in der Menge ein. »Ju-li-a! Ju-li-a!«

»Wa-as?«, fragte Julia, wobei ihr der Mund offen stehen blieb. Als sie merkte, dass jemand die Szene mit dem Handy filmte, schloss sie ihn hastig.

»Ladet das bei den Harper Landing Moms hoch!«, verlangte eine Frau. »Fangt ihre Reaktion ein!«

Melanie und Timmy bahnten sich mit riesigen Bechern gefrorenen Joghurts in der Hand den Weg über den Bürgersteig. »Julia!«, rief Melanie. »Der Beitrag von heute Morgen hat bereits dreitausend Aufrufe. Du sollst wissen, dass die Harper Landing Moms hinter dir stehen. Niemand hat das Recht, dich herabzusetzen, erst recht nicht Walt Lancaster.«

»Das hier ist wegen einer Facebook-Gruppe?« Julias Augen schmerzten, weil sie sie so weit aufgerissen hatte, dass sie kaum blinzeln konnte.

»Ja«, bestätigte die Mutter von Winston Churchill. »Aber auch deinetwegen, Julia. Wir glauben an Harper Landing.« Das

Baby in der Trage vor ihrer Brust lachte und strampelte mit seinen pummeligen Beinen.

Melanie nickte und schob sich eine ihrer dunkelbraunen Locken hinters Ohr. »Wir sind stolz darauf, in einem Ort zu leben, wo sich die Nachbarn noch gegenseitig helfen.«

»Julia!«Tara kam kreischend den Bürgersteig entlanggerannt. Ihre langen baumelnden Ohrringe flogen hinter ihr her und verhedderten sich in ihren rubinroten Haaren. »Wir brauchen deine Hilfe an der Kasse, *pronto*!«

Timmy grub seinen Löffel tief in seine Kugel Ananas-Froyo und die bronzefarbenen Brownie-Stücke darauf.

»Du irrst dich, Mama«, sagte er mit seiner Kinderstimme. »Schokolade und Ananas *ist* lecker zusammen.«

Julia blinzelte die Tränen zurück. »Einhundertfünfzig Gramm Gratis-Froyo für alle!«, rief sie in die Menge, »und wer schon bezahlt hat, kann sich ein kostenloses Topping abholen!«

KAPITEL 24

Der Mittwochabendverkehr von Harper Landing zum Tacoma International Airport in Seattle war brutal, besonders mit einem Baby im Auto. Lorraine hatte angeboten, eine Limousine zum Flughafen zu nehmen, aber Aaron hatte darauf bestanden, sie selbst zu fahren, weil er das Gefühl hatte, dass sie noch etwas zu besprechen hatten. Jetzt, wo Jack jeden Moment aufwachen und nach einem Fläschchen schreien konnte, bereute Aaron diese Entscheidung. Er biss die Zähne zusammen und versuchte, ruhig zu bleiben, aber es war schwierig.

»Sieh dir bloß diesen Verkehr an.« Lorraine trommelte mit den Fingernägeln auf die Beifahrertür. »Hoffentlich verpasse ich meinen Flug nicht.«

»Da wir zu dritt im Auto sitzen, dürfen wir wenigstens die Fahrgemeinschaftsspur nehmen.«

»Ja.« Lorraine nickte. »Und ich darf mit meinen beiden Lieblingsjungs zusammen sein, statt hinten in einer muffigen Limousine festzusitzen.« Sie rümpfte die Nase. »Obwohl dein Auto leicht nach Babyspucke riecht. Du solltest es vielleicht mal reinigen lassen.«

»Das ist eine gute Idee. Der Geruch war mir selbst schon peinlich, als ich Julia das letzte Mal zu einem Date abgeholt habe.« Aaron beobachtete, wie seine Mutter auf Julias Namen reagierte.

Lorraine zuckte nicht mit der Wimper. Ihr Gesicht war wie versteinert.

Aaron seufzte. Er freute sich darauf, Julia zu sehen, aber er war auch begierig darauf, die Dinge mit seiner Mutter zu klären. Seit ihrem desaströsen Abendessen mit dem Thunfischauflauf waren zwei Tage vergangen. Er hatte die letzten achtundvierzig Stunden mit Lorraine verbracht. Aaron hatte seine Wut darüber, wie seine Mutter Julia behandelt hatte, immer noch nicht überwunden, aber er versuchte, sich bewusst zu machen, dass Lorraine um ihre Tochter trauerte. Er wusste, dass seine Mutter wirklich nur das Beste für Jack und ihn wollte – sie kannte sie beide nur nicht gut genug, um zu wissen, was das war. Aus diesem Grund hatte er sie durch den Westen Washingtons gefahren, sie zu malerischen Aussichtspunkten und Gourmet-Kaffeeständen gebracht. Er versuchte, sie davon zu überzeugen, was für ein großartiger Ort der pazifische Nordwesten war, wie gut man hier leben konnte, und wollte ihr außerdem Gelegenheit dazu geben, Zeit mit Jack zu verbringen. Aber ihre negative Einstellung zu seiner Beziehung mit Julia war immer noch nicht geklärt. Jetzt waren sie fast am Flughafen, und die Zeit wurde knapp.

»Ich bin immer noch nicht davon überzeugt, dass du in Harper Landing leben solltest«, sagte Lorraine. »Aber wenigstens ist es nicht Tacoma.«

»Harper Landing fühlt sich jetzt wie mein Zuhause an«, erwiderte Aaron und ignorierte die Anspielung auf Tacoma. »Ich weiß, dass du das nicht gern hörst, aber es ist die Wahrheit.«

»Hast du dir überlegt, stattdessen auf Mercer Island zu ziehen? Wenn es gut genug für Bill Gates ist, könnte es auch gut genug für meinen Enkel sein.«

»Auf Mercer Island gibt es weder Martha noch Frank, und was noch wichtiger ist, Julia ist auch nicht dort.« Aaron holte tief Luft. Jetzt oder nie. »Ich mache mir wirklich viel aus ihr.«

»Du hast sie doch gerade erst kennengelernt.«

»Ich habe das Gefühl, sie schon mein ganzes Leben lang zu kennen.«

Lorraine warf ihm einen undefinierbaren Blick zu. »Bist du betrunken?«

Aaron lachte. »Nein, ich bin verliebt.« Als er sich die Worte laut sagen hörte, wurden sie noch wahrer. »Mom, ich bin verliebt«, wiederholte er. »Julia ist alles, was ich mir je gewünscht habe, und noch mehr.«

»Eine Froyo-Ladenbesitzerin ist alles, was du dir wünschen könntest?« Lorraine verschränkte die Arme vor der Brust. »Wirklich?«

»Ja, wirklich«, erklärte Aaron. »Sei nicht so ein Snob.«

»Du sagst das, als sei es eine Beleidigung.«

»Es *ist* eine Beleidigung«, sagte Aaron. Sie waren fast am Flughafen. Ihm lief die Zeit davon, wenn er ihr das verständlich machen wollte. »Du beurteilst Menschen danach, auf welchem College sie waren oder wo sie Urlaub machen oder welchen Wein sie trinken. Aber mich interessiert das alles nicht, und Sara hat das auch nicht gekümmert.«

»Wage es nicht, deine Schwester da hineinzuziehen.« Tränen glitzerten in Lorraines Augen.

»Sara hat sich nur dafür interessiert, was im Herzen eines Menschen war, und bei Julia ist das genauso.«

»Willst du damit sagen, dass ich herzlos bin?«

»Natürlich nicht«, widersprach Aaron. Aber es war zu spät, Lorraine weinte bereits.

»Ich will nur das Beste für dich«, erklärte sie, während ihr Tränen über die Wangen strömten. »Dein Vater und ich haben unser ganzes Leben lang hart gearbeitet, um sicherzustellen, dass ihr das Beste von allem bekommen habt. Weißt du, wie viel ich geopfert habe, damit es dir und deiner Schwester an nichts fehlen würde?«

»Du hast mir so viel gegeben«, bestätigte Aaron. »Ich bin unglaublich dankbar und stolz, dass du meine Mom bist.« Sie erreichten jetzt den Abflugbereich. Aaron nahm die Einfahrt zum Parkhaus und war erleichtert, als er einen freien Platz fand. »Aber ich möchte, dass du stolz auf das bist, was ich erreicht habe. Ich …«

»Natürlich bin ich stolz auf dich«, unterbrach ihn Lorraine. »Ich habe den Zeitschriftenartikel über deine Firma allen gezeigt.«

»Das ist großartig.« Aaron parkte den Wagen und schaltete den Motor aus. Er sah seine Mutter an und hörte, wie Jack aufwachte. »Aber lassen wir das Prestige mal einen Moment beiseite. Bist du stolz auf das hier?« Er deutete auf sich selbst und dann auf Jack. »Ich bin jetzt ein Dad«, sagte er eindringlich. »Ich bin ein Vater, oder ein Onkel, oder was auch immer. Ich tue mein Bestes, um dafür zu sorgen, dass dein Enkel sich jede Sekunde seines Lebens geliebt und umsorgt fühlt. Bist du stolz darauf?«

»Ja«, antwortete Lorraine, ohne zu zögern. »Hundertprozentig. Ich bin nur traurig, dass du so große Opfer bringen musst.«

»Die Opfer sind es wert.« Aaron steckte Jack einen Schnuller in den Mund, bevor er den Blick wieder auf seine Mutter richtete. »Aber so wird mein Leben von nun an aussehen. Wenn du ein Teil davon sein willst, musst du aufhören, meine Entscheidungen schlechtzureden, und zu denen gehört es, Hausmann zu sein, in Harper Landing zu leben und Julia zu heiraten.«

Lorraines Augen weiteten sich. »Heiraten? Wer hat etwas von Heirat gesagt?«

»Ich nicht«, sagte Aaron. »Noch nicht. Aber vielleicht eines Tages.« Er konnte es sich im Geiste vorstellen, eine glückliche Zukunft mit Julia an seiner Seite. »Ich bin jetzt an einem guten Ort, Mom, im wörtlichen und übertragenen Sinne. Habe ich deine Unterstützung?«

Lorraine putzte sich die Nase mit einem Taschentuch. »Warum ist meine Unterstützung wichtig? Du machst immer, was du willst, ob ich es gutheiße oder nicht.«

»Dein Segen ist wichtig, weil du meine Mutter bist«, entgegnete Aaron. »Ich werde dich immer lieben, und es wird mir wichtig sein, was du denkst.«

»Ja?« Lorraine wischte sich die Tränen mit dem Handrücken ab. »Selbst nachdem ich so schrecklich zu deiner Freundin war?«

Aaron nickte. »Ja. Obwohl eine Entschuldigung bei Julia gut wäre.«

Lorraine runzelte die Stirn. »Ich nehme an, ich könnte meine Sekretärin bitten, ihr einen Obstkorb mit einer netten Nachricht zu schicken.«

»Oder du könntest die Nachricht selbst schreiben.«

»Oder ich könnte die Nachricht selbst schreiben.« Lorraine griff nach hinten und drückte Jacks Fuß. »Julia schien einen guten Draht zu Jack zu haben. Das muss ich anerkennen.« Sie drehte sich wieder zu Aaron um. »Du bist ebenfalls ein Naturtalent. Ich hätte nie geschafft, was du geschafft hast, Aaron. Allein der Schlafentzug hätte mich umgebracht.« Sie lächelte durch ihre Tränen hindurch. »Ich meine, kannst du dir das vorstellen? Dass ich um Mitternacht aufgestanden wäre, um ein Fläschchen zu machen?« Sie tätschelte sich die glatten Wangen. »Mein Dermatologe würde mir ein Vermögen in Rechnung stellen, um die Hautschäden zu reparieren, die durch so ein Leben entstanden wären.« Lorraine zwinkerte. »Aber dir stehen die schlaflosen Nächte gut.«

»Danke.«

»Julia hat auch schöne Haut«, fuhr Lorraine fort. »Sie muss eine Menge Sonnencreme benutzen.«

Aaron grinste. »Ich habe sie nie gefragt, aber ich nehme es an.«

»Warte nur, bis meine Freunde erfahren, dass mein Sohn mit einer Frau zusammen ist, nach der eine ganze Stadt benannt ist.« Lorraine löste den Sicherheitsgurt und nahm ihre Handtasche. »Damit kann im Country Club sonst niemand prahlen.«

»Genau«, sagte Aaron, während er den Kofferraum entriegelte. »Vermutlich nicht. Ich hole Jack aus seinem Kindersitz, und dann bringen wir dich rein.«

»Nicht nötig, ich komme schon klar.« Lorraine stieg aus dem Auto, ging nach hinten und holte ihr Gepäck heraus. Sie packte den Griff ihres Rollkoffers und marschierte noch einmal nach vorn zur Fahrerseite. »Ich bin stolz auf dich, mein Sohn.« Sie beugte sich hinunter und umarmte Aaron, der im Auto saß. »Sara wäre auch stolz auf dich«, flüsterte sie.

»Danke, Mom.« Aaron erwiderte die Umarmung seiner Mutter. Er spürte Tränen auf seinen Wangen und wusste nicht, wem von ihnen beiden sie gehörten.

Am nächsten Tag war Donnerstag, und es war endlich der Vierte Juli. Aaron war bepackt wie ein Sherpa, der den Mount Everest besteigt. Jack hing an seiner Brust in der Trage und trug einen breitkrempigen Hut als Sonnenschutz. Julia hatte klare Anweisungen für die Parade am Vierten Juli gegeben: Sei auf alles vorbereitet. Zum Glück hatte er in ihrer Einfahrt parken können, denn Harper Landing war so überfüllt, dass es den Anschein hatte, als wären die Leute von weither angereist. Die Polizei hatte die Main Street abgesperrt, überall liefen Menschenmassen umher, und die Stadt erinnerte mehr als je zuvor an die Main Street in Disneyland.

»Auf den Vierten Juli kann man sich immer verlassen«, sagte Frank, während er neben Aaron und Jack herlief. »Wegen des Wetters, meine ich.« Er schien einen guten Tag zu haben, was sein Gedächtnis anging.

»Das stimmt.« Martha hatte sich bei ihrem Mann untergehakt und hielt ihn fest im Griff. »Das letzte Mal hat es am Vierten Juli geregnet, als Jared in der dritten Klasse war.«

»Und der Wagen von seinen Wölflingen war hin.« Frank gluckste. »All diese blau-goldenen Luftschlangen wurden zu Brei.«

Martha lehnte ihren Kopf an Franks Schulter. »Das ist richtig, Schatz.« Sie trug eine Bluse mit winzigen eingestickten amerikanischen Flaggen.

»Jared war bei den Wölflingen?«, fragte Aaron.

Frank nickte. »Er war auch ein paar Jahre lang bei den älteren Pfadfindern, bevor er zu sehr mit der Schule beschäftigt war.«

»Das ist gut zu wissen.« Aaron hielt Jacks winzige Hand. »Vielleicht melde ich Jack später für eine Gruppe an.«

»Es gibt eine, die sich in unserer Kirche trifft«, berichtete Martha mit einem aufgeregten Gesichtsausdruck.

Während sie auf die Main Street zugingen, tat Aaron sein Bestes, um die Unterhaltung fröhlich zu halten. Er erwähnte Franks bevorstehenden Arzttermin in der kommenden Woche nicht, obwohl er wusste, dass jeder daran dachte. »Wo kommen denn all diese Stühle her?«, fragte er stattdessen. Auf dem Bürgersteig standen Klappstühle in Zweierreihen, was das Vorbeikommen erschwerte. Die Reynolds waren jetzt vor ihm, und sie liefen praktisch im Gänsemarsch, um nicht mit Leuten zusammenzustoßen, die auf dem Bordstein kampierten.

»Die Leute stellen sie am Vorabend auf«, erklärte Martha.

»Früher konnte man zwanzig Minuten vor Beginn der Parade hierherschlendern und sich einen Platz suchen«, erinnerte sich

Frank. »Aber dann sind die Kalifornier hergezogen und haben alles kaputtgemacht.«

»Also, Frank!« Martha warf ihm einen scharfen Blick zu. »Sei nicht unhöflich. Du vergisst, dass Aaron auch aus Kalifornien hergezogen ist.«

»Genau genommen komme ich aus New Jersey«, warf Aaron schnell ein.

»Hoffentlich hat Julia daran gedacht, Stühle vor ihren Laden zu stellen«, meinte Martha, während sie Frank den Bürgersteig entlangführte. »Sonst müssen wir noch stundenlang in der heißen Sonne stehen.«

»Stundenlang?« Aaron hob die Augenbrauen. »Wie lange dauert diese Parade eigentlich genau?«

»Es ist nicht nur eine Parade«, erläuterte Martha und blickte ihn über die Schulter hinweg an. »Es sind zwei. Zuerst die Kinderparade, bei der sie Süßigkeiten verteilen, und dann die eigentliche Parade mit den Festwagen und den Politikern.«

»Toll«, sagte Aaron. Und er meinte es auch so. Die Anspannung, die er den ganzen Morgen – eigentlich das ganze Jahr – mit sich herumgetragen hatte, löste sich in Luft auf. Jack war gesund, er selbst hatte sich mit Lorraine versöhnt, und jetzt verbrachte er den Tag mit Julia in seiner Wahlheimat. Seine Trauer um Sara und Jared würde niemals ganz vergehen, aber mit jedem Tag würde sie leichter zu ertragen sein.

Aaron beugte sich hinunter und küsste Jack auf den Kopf, genauer gesagt, auf den Hut. Es war der erste Feiertag, den sie gemeinsam feierten. Der Muttertag war zu traurig gewesen, um ihn zu erwähnen. Den Vatertag hatte er ignoriert. Aber jetzt war der Vierte Juli, und Jack war hier in Harper Landing, in Begleitung seiner Großeltern, und überall trugen glückliche Menschen rot, weiß und blau. Die Freude in der Stadt war ansteckend. Aaron spürte, wie sie ihn die Main Street hinuntertrug, als wäre er von einer großen Welle Fröhlichkeit erfasst worden.

Vor dem Sweet Bliss wehte, wie vor allen anderen Geschäften auf der Main Street auch, stolz die Flagge. Auf dem großen Schild im Fenster stand »GESCHLOSSEN. ABER DIE TOILETTE DARF BENUTZT WERDEN«. Eine Familie, die Aaron nicht kannte, saß mit einem Picknickkorb aus Weide vor dem Laden. Zwei ungefähr drei oder vier Jahre alte Jungen, Zwillinge, tanzten vor ihren Müttern herum und machten Seifenblasen. Die gesamte Familie trug einheitliche T-Shirts mit Rosie the Riveter, dem Symbol für Frauenpower, darauf.

Aaron suchte den Bürgersteig nach Julia ab, konnte sie aber nicht finden. Dann entdeckte er neben der Rosie-Familie vier Stühle, die mit einem Seil zusammengebunden waren. Auf dem Schild darauf stand »RESERVIERT FÜR JULIA HARPER UND IHRE GÄSTE«. In der Ferne hörte er eine Marschkapelle, die die ersten Takte von »Louie Louie« übte. Seifenblasen flogen an ihm vorbei und wirbelten durch die Luft, bis sie neben der wehenden Fahne zerplatzten. »Wo ist Julia?«, fragte er, und seine Aufregung wuchs.

Martha stellte Frank vor den reservierten Sitzplätzen ab und band das Seil los. »Ich weiß es nicht, aber ich nehme an, dass diese Stühle für uns sind.«

»Hier, Martha, lass mich helfen.« Eine der Mütter sprang auf die Füße und löste den Knoten. Sie hatte die Haare mit einem rot-weißen Bandana hochgebunden, genau wie Rosie.

»Danke, Alison.« Bevor Aaron wusste, wie ihm geschah, packte Martha ihn am Ellbogen und zog ihn nach vorn. »Habt du und deine Frau schon Aaron Baxter und meinen Enkel Jack kennengelernt?«

»Seid ihr sicher, dass wir hier sitzen dürfen?«, fragte Frank und ließ sich auf einem der Stühle nieder.

»Julia hat gesagt, dass sie für euch sind«, bestätigte Alison. Sie streckte eine Hand aus, um die von Aaron zu schütteln.

»Ich habe schon viel über Sie gehört. Martha gehört zu meinem Bibelkreis in der Kirche. Das ist meine Frau, Laurie.«

»Schön, Sie beide kennenzulernen«, sagte Aaron und schüttelte ihre Hände.

Statt eines Bandanas trug Laurie eine Baseballkappe der Mariners. »Julia ist irgendwo auf der Straße und verteilt kostenloses Eis an die Pfadfindergruppen.«

»Wann beginnt die Kinderparade?«, erkundigte sich Martha, als sie sich neben Frank setzte. »Ich habe jegliches Zeitgefühl verloren.«

»In etwa zwanzig Minuten«, antwortete Laurie. Sie nahm ihre Mütze ab und fächelte sich damit Luft ins Gesicht. »Es ist heute ganz schön warm.«

»Auf den Vierten Juli kann man sich immer verlassen, wenn es um gutes Wetter geht«, meinte Alison und verteilte Apfelspalten an die Jungen.

»Genau das hat Frank auch gesagt«, kommentierte Martha mit einem Lächeln. »Ist es nicht so, Frank?«

»Hm?«, machte er.

Aaron musterte Frank und bemerkte, dass seine Augen unkonzentriert schienen. Vielleicht machten ihm die Hitze oder die Aufregung des Tages zu schaffen. Aaron nahm den Rucksack ab und ließ ihn auf einen der beiden verbliebenen Stühle fallen, dankbar, dass sie im Schatten standen, und zog eine Thermoskanne heraus. »Hier ist etwas kaltes Wasser«, sagte er und bot Frank die Flasche an. »Hast du Durst?«

»Wasser klingt gut«, fand Martha. Sie half Frank, den Deckel aufzuschrauben.

Aarons Shirt war am Rücken schweißnass – gut, dass er die Fläschchen mit der Babynahrung direkt neben die Kühlpacks gestellt hatte. »Ich werde nach Julia suchen«, verkündete er. »Irgendeine Idee, in welche Richtung ich gehen soll?«

»Ich würde es an der Ecke Main und Third versuchen, neben dem alten Red-Slipper-Tanzstudio«, riet Alison. »Ich glaube, dort haben sich die Pfadfinderwagen versammelt.«

»Danke.« Er klopfte Martha sanft auf die Schulter. »Kommt ihr beide zurecht, bis ich zurück bin?«

»Wir kommen schon klar«, erwiderte Martha. »Stimmt's, Frank?«

»Aber sicher.« Frank nahm noch einen Schluck aus der Wasserflasche und schloss dann die Augen. »Ich glaube, ich werde ein kleines Nickerchen machen, bis die Parade beginnt.«

»Wir sind ja auch hier«, beruhigte Laurie Aaron, während sie Sonnencreme in ihre Handfläche spritzte. »Alison ist bei der Feuerwehr, müssen Sie wissen.«

Das stimmte Aaron zuversichtlich, und er machte sich so schnell wie möglich auf den Weg. Julia zu finden, war schwierig, vor allem jetzt, wo noch mehr Menschen auf die Bürgersteige drängten. Aaron hielt seine Arme wie eine Barriere vor Jacks Körper, damit er nicht versehentlich zerdrückt wurde. Nächstes Jahr, wenn Jack älter war, würde Aaron ihn vielleicht auf den Schultern tragen können. Ging das bei Kleinkindern? Er war sich nicht sicher. Möglicherweise musste Jack dafür schon drei sein.

An der Ecke Third und Main angekommen, bog Aaron nach links ab und lief weiter, bis sich die Menschenmenge lichtete und die Wagen begannen. Hier war die Wartezone für den Start der offiziellen Parade. Er sah Marschkapellen, die ihre Instrumente polierten, klassische Cabrios mit Bannern an jeder Seite und einige Dudelsackspieler, die ihre Lungen aufwärmten. Aaron ging an einer Gruppe vorbei, die wie Star-Wars-Figuren gekleidet war, und an einem Drillteam, das weiße Cowboystiefel trug. Er lief weiter, bis er schließlich einen Schwarm Mädchen in blau-braunen und grün-khakifarbenen Uniformen entdeckte, die geduldig in der Schlange warteten, sowie Jungen, die in einer eigenen Reihe auf und ab sprangen.

Julia trug die abgeschnittenen Shorts, die sie auch am Montagabend angehabt hatte, und rote Plateausandalen, die ihre tollen Beine zur Geltung brachten. Ihr weißes T-Shirt mit den winzigen Pailletten funkelte im Sonnenlicht, und ihr blondes Haar war mit einer glitzernden roten Spange, die zu ihren Lippen passte, zur Seite genommen. Julia griff in eine riesige Kühlbox auf Rädern und verteilte dann so schnell sie konnte Eis am Stiel. Aaron beobachtete, wie sie sich bückte, um die Leckereien herauszuholen, und spürte, wie sein Puls in die Höhe schoss. Er hätte noch ewig bewundernd wie erstarrt dastehen und ihr zusehen können, hätte Jack nicht gequietscht und ihn auf diese Weise wieder in die Realität zurückgeholt.

»Brauchst du Hilfe?«, fragte Aaron, als er sich Julia näherte.

»Das wäre fabelhaft.« Julia richtete sich auf und küsste ihn auf die Wange, bevor sie Jack einen Kuss zuwarf. »Wow!«, sagte sie mit einem Lachen. »Wow, wow, wow.«

Jack kicherte vor Vergnügen.

Zu zweit hatten Aaron und Julia das restliche Eis schnell verteilt. Zum Glück reichte es für alle Pfadfinder, sogar die, die ohne Uniform auftauchten und behaupteten, dass sie auch dazugehörten. Aaron schloss die Kühlbox und nahm den Griff in die Hand, froh, dass er sie rollen konnte, denn er trug Jack vor sich her. Die Räder der Kühlbox rumpelten über die asphaltierte Straße, aber die Menge war so laut, dass es sowieso schwierig geworden wäre, sich zu unterhalten.

Sie bogen um die Ecke auf die Main Street und liefen zwei Blocks den Hügel hinauf. Gerade als sie die Fifth Avenue überquerten, stürzte Walt aus seinem Süßigkeitenladen und sprach Julia wieder mitten auf der Straße an. Seine wilden weißen Haare flatterten an der Seite seines Kopfes wie ein Dreieck, und sein Gesicht war feuerrot. »Julia Harper!«, kreischte er, während er mit einem Stück Papier herumfuchtelte. »Wenn du glaubst, dass du mir den Mietvertrag kündigen kannst, dann irrst du dich!«

»O Mann!«, sagte Julia und verdrehte die Augen. »Jetzt geht das schon wieder los.«

Aaron griff nach ihrer Hand und drückte sie. »Ist schon gut«, murmelte er ihr ins Ohr. »Ich bin bei dir. Ich werde nicht zulassen, dass er uns den Tag verdirbt.«

»Du wirst noch von meinem Anwalt hören, du blöde Kuh«, knurrte Walt.

»Moment mal!«, rief Aaron aus. Sein Vorsatz, Walts Gehabe zu ignorieren, war damit erledigt. »So reden Sie gefälligst nicht mit ihr.«

»Ich kann mit ihr reden, wie ich will.« Walt zerriss den Brief und ließ die Fetzen auf den Boden flattern. Die Leute um ihn herum traten so weit wie möglich zurück, aber niemand stand aus seinem hart umkämpften Stuhl auf.

Julia straffte die Schultern und sprach so laut, dass es jeder ringsherum hören konnte. »Wie es in dem Brief stand, kannst du dich bei Fragen an meinen Anwalt wenden, der von nun an die gesamte Kommunikation zwischen uns übernehmen wird.«

»Wenn die Sugar Factory bankrottgeht, ist das *deine* Schuld.« Walt zeigte mit einem knorrigen Finger direkt auf Julia. »Wenn du nicht wärst, würde mir diese Stadt gehören.«

»Was soll das denn heißen?«, wollte Julia wissen.

»Ignorier ihn.« Aaron stellte sich vor Julia, um sie vor Walt abzuschirmen. »Lass uns gehen.«

»Deine Mutter wollte mich heiraten!«, rief Walt. »Wir haben uns geliebt.«

»Sie hat dich vor achtunddreißig Jahren abserviert«, entgegnete Julia. »Finde dich damit ab.«

»Nein!«, behauptete er, und sein Gesicht färbte sich lila. »Ich meine vor drei Jahren. Waverley wollte mich heiraten.«

»Was?« Julia ging um Aaron herum. »Das ist eine Lüge.«

»Es ist die Wahrheit.« Walt plusterte sich auf. »Aber Waverley wollte, dass ich einen Ehevertrag unterschreibe, der mich von allem ausschloss, was sie besaß.«

Julias Gesicht wurde so blass wie ihr weißes Shirt. »Das war das Geld meines Vaters, und du hattest kein Recht, es zu verlangen.«

»Ich hatte jedes Recht«, widersprach Walt und blähte die Nasenflügel auf. »Waverley und ich hätten glücklich werden können, wenn es dich und Harrison nicht gegeben hätte. Warum sie wollte, dass *du* das Geld bekommst, wird mir immer ein Rätsel bleiben.« Er spuckte auf den Boden und marschierte zurück in die Sugar Factory, bevor Julia reagieren konnte.

»Wollte meine Mutter wirklich wieder heiraten?«, fragte Julia. Schockiert sah sie Aaron an. »Aber sie hat es meinetwegen nicht getan? Wie ist das möglich?«

Aaron brodelte vor Wut darüber, wie Walt Julia behandelt hatte. »Vielleicht hat sie erkannt, dass Walt ein Arschloch ist«, meinte er und zog sie mit Jack zwischen ihnen in eine Umarmung. »Komm schon. Die Parade fängt gleich an. Lass Walt nicht gewinnen.«

»Du hast recht.« Julia lehnte ihren Kopf an Aarons Schulter. »Ich kann nicht zulassen, dass Walt den heutigen Tag ruiniert.« Sie trat einen Schritt zurück und lächelte das Baby an. »Nicht an Jacks erstem Unabhängigkeitstag.« Sie griff nach Aarons Hand und führte ihn die Main Street hinauf. »Niemand hat eine so tolle Parade wie Harper Landing. Niemand.«

Julia behielt recht. Sobald sie auf ihren Klappstühlen saßen und die Kinderparade begann, war es, als ob jeder, den Aaron jemals in der Stadt getroffen hatte, auf Fahrrädern, Wagen und Rollerblades an ihm vorbeirollte. Die Elterngruppe aus der Bibliothek marschierte mit geschmückten Kinderwagen die Straße entlang, bei denen Luftschlangen von den Radspeichen und Bänder von den Griffen wehten. Aaron erkannte Leute, die er am Strand beobachtet hatte, wenn er am Hundepark vorbeigelaufen war, und auch die Nachbarskinder aus seiner Straße, die mit ihren Fußball- und Basketballteams mitliefen. Viele der Paradenteilnehmer warfen Süßigkeiten in die Menge. Die Zwillingsjungen von Alison und Laurie sammelten sie freudig auf und brachten sie zum Picknickkorb ihrer Mütter.

Dreißig Minuten später begann die offizielle Parade mit einem Team von Polizisten aus Harper Landing auf Segways, die den Weg frei machten. Als Officer Dillan an ihnen vorbeifuhr, winkte sie ihm zu, aber Aarons Aufmerksamkeit wurde schnell von den Oldtimern eingenommen, die ihr folgten und Veteranen, sowohl junge als auch alte, transportierten. Die Menge erhob sich, und Laurie nahm ihre Mariners-Kappe ab. Neben ihm hatte Julia ihre Hand auf ihr Herz gelegt. Als die feierliche Prozession vorbei war, setzten sich alle wieder hin, und eine Highschool-Band marschierte heran und spielte ein John-Philip-Sousa-Lied, das Aaron zwar erkannte, aber nicht benennen konnte. Als Nächstes rollten antike Feuerwehrautos vorbei, und die Feuerwehrleute an Bord brüllten Alisons Namen und warfen den Jungs haufenweise Toffees zu.

Die Sirenen weckten Frank auf. »Ich liebe die Parade zum Vierten Juli«, verkündete er, während er sich ein Tootsie Roll schnappte. »Das ist mein Lieblingstag im ganzen Jahr.«

»Ich wünschte, Jessica und die Kinder hätten dafür von Seattle herfahren können«, sagte Martha. »Aber du weißt ja, wie Teenager sind.« Sie zuckte mit den Schultern. »Wenigstens kommen sie zu dem Barbecue in unserem Garten.« Martha klopfte Aaron auf die Schulter. »Danke für das Angebot, später am Grill zu stehen.«

»Kein Problem«, erwiderte Aaron, der keinerlei Interesse daran hatte, Frank in die Nähe von Grillanzünder und Feuer zu lassen. »Ich kann es kaum erwarten, diese Bison-Burger zu probieren, von denen du mir erzählt hast.«

»Ich habe sie bei Sprouts gefunden«, erklärte Martha. »Ich weiß nicht, wie gut sie ohne Brötchen schmecken werden, aber für den Rest von uns habe ich welche.«

Der letzte Wagen in der Parade war eine riesige Nachbildung der Fähre zwischen Harper Landing und Port Inez, die die Handelskammer gesponsert hatte. Matt Guevara saß darauf, da er der aktuelle Präsident war. Er zeigte auf Julia, als sie langsam vorbeirollten, und rief: »Nächstes Jahr, Julia. Nächstes Jahr!« Julia lachte und winkte zurück.

»Nun«, sagte Martha. »Ich denke, das wars.«

Frank kam schwerfällig auf die Beine. »Ich helfe, die Stühle wegzuräumen.«

»Danke, Frank.« Julia klappte den ersten Stuhl in Sekundenschnelle zusammen, aber Frank nahm seinen noch aufgeklappt hoch.

»Wir können auch helfen«, bot Alison an.

Aaron nahm seinen Rucksack auf und half mit den restlichen Stühlen. Jack war nach einem Windelwechsel und einem Fläschchen fest eingeschlafen. Es war gut, dass sie jetzt nach Hause fuhren, denn Aaron hatte das Gefühl, das Baby habe genug Zeit in der Hitze verbracht, obwohl ihre Stühle im Schatten gestanden hatten.

»Sind wir so weit?«, fragte Martha. »Hamburger hören sich jetzt hervorragend an.« Sie zwinkerte Aaron zu. »Selbst wenn es Bison-Burger sind.«

»Geht ihr schon mal vor«, bat Julia. »Ich muss warten, bis die letzten Leute die Toilette benutzt haben, bevor ich das Sweet Bliss abschließen kann.«

»Ich werde mit dir warten«, bot Aaron an.

Alle verabschiedeten sich, und Aaron saß mit Jack in einer Nische im klimatisierten Laden, während Julia herumwuselte und darauf wartete, dass die letzten Leute gingen. Dann, als die

Main Street bereits deutlich ruhiger war, schloss Julia den Laden ab, und Aaron nahm für den kurzen Heimweg ihre Hand.

»Ich muss ständig daran denken, was Walt gesagt hat«, gab Julia zu. »Ich weiß, ich sollte es nicht so an mich heranlassen, aber ich kann nicht anders.«

»Er ist ein unglücklicher alter Mann, der sein Elend auf andere projiziert.« Aaron blieb stehen und zog Julia seitlich an sich, da Jack an seiner Brust schlief. Er küsste sie auf den Scheitel. »Ich bin mir sicher, dass deine Mutter viele gute Gründe hatte, ihn nicht zu heiraten, und keiner davon hatte mit dir zu tun.«

»Vielleicht.« Julia ging weiter. »Aber ich bin mir da nicht so sicher. Die Sache ist die: Meine Mutter war seltsam, was Geld anging. Das erkenne ich jetzt. Sie hatte ständig Angst, es zu verlieren oder dass wir beide auf die Straße gesetzt werden würden.«

Aaron legte die Stirn in Falten und schaute Julia an, um zu sehen, ob sie einen Scherz machte. »Wie kann das sein, wenn deine Familie so viele Häuser besitzt?«

»So war sie eben«, erwiderte Julia. »In ihrer Kindheit wurde ihre Familie aus einer Wohnung nach der anderen vertrieben, und das hat sie nachhaltig geprägt.«

»Narben aus der Kindheit hinterlassen tiefe Wunden«, pflichtete Aaron ihr bei. »Vielleicht erklärt das das Verhalten deiner Mutter.«

»Ja.« Julia nickte. »Aber sie wollte auch nicht als Geizkragen oder gierige Vermieterin bezeichnet werden. Es ist kompliziert.«

Sie waren jetzt vor dem Haus von Frank und Martha angelangt, und Aaron konnte den Minivan von Jareds Schwester Jessica in der Einfahrt sehen. Er wusste, dass sie sich darauf freute, Zeit mit Jack zu verbringen. Sie war immer noch ein wenig eifersüchtig, dass Aaron zum Vormund ernannt worden war und nicht sie. Aber Jared und Sara hatten in ihrem Testament festgehalten, dass sie nicht wollten, dass Jessica im

Falle des Falles mit einem weiteren Kind neu anfangen musste, jetzt, wo bei ihr und ihrem Mann beinahe alle Kinder ausgeflogen waren.

»Aaron, bevor ich da reingehe, muss ich noch etwas in meinem Haus überprüfen. Es geht um meine Mutter. Außerdem möchte ich nach Toby sehen.«

»Hättest du gern Gesellschaft?«, fragte er. »Ich könnte Jack bei Jessica absetzen und gleich rüberkommen.«

»Das wäre toll.« Julia steckte die Hände in die Taschen. »Wir treffen uns auf der Veranda. So wird Toby nicht zweimal ausflippen, weil jemand kommt.«

»Ich werde dir helfen, ihn zu trainieren, ich verspreche es.«

Julia grinste. »Gut, denn wir brauchen jede Hilfe, die wir kriegen können.«

Aaron eilte ins Haus der Reynolds und übergab Jack an eine eifrige Tante Jessica. Sobald er sowohl das Baby als auch den Rucksack los war, fühlte er sich um hundert Pfund leichter. Da sein Shirt schweißdurchtränkt war, zog er sich ein sauberes aus dem Rucksack an. Dann eilte er hinüber zu Julias Haus, begierig, sie zu sehen.

»Ich liebe Jack«, sagte Aaron, als er auf die Veranda trat, »aber ich habe schon den ganzen Tag darauf gewartet, das hier zu tun.« Er schlang seine Arme um sie, zog ihre kurvige Gestalt an seine Brust und küsste sie, bis sie beide atemlos waren. Julias Hände wanderten über seinen Rücken, und Aaron war froh, dass er sein verschwitztes Shirt ausgezogen hatte. Sie roch nach Schokolade und Lavendel, und ihre Lippen schmeckten wie Toffee. »Du hast mich überzeugt, Julia«, sagte er, als er sich wieder von ihr löste. »Ich habe mich in den Vierten Juli verliebt.« Das war nicht alles, in das er sich verliebt hatte, aber es schien zu früh, um es auszusprechen.

»Ich wusste es.« Julia strahlte vor Freude. »Harper Landing ist unwiderstehlich.«

»Du bist unwiderstehlich.« Aaron senkte den Kopf für einen weiteren Kuss.

Ihre Küsserei an der Haustür wurde durch ungeduldiges Bellen unterbrochen. Toby war auf der anderen Seite der Tür, und der Labrador war offenbar richtig verärgert über sie beide. Julia seufzte. »Wir gehen besser rein und sagen Toby Hallo, damit er sich beruhigt.«

»Guter Plan.« Aaron nickte. Er trat von der Fußmatte, um Julia Platz zum Aufschließen zu machen. Er suchte auch ein wenig Distanz, damit sich seine rasenden Hormone beruhigten.

Tobys überschwängliche Begrüßung war genau das, was Aaron brauchte. Nachdem ihm Toby übers Gesicht geleckt hatte, wollte er Julia erst wieder küssen, wenn er sich gewaschen hatte. »Toby«, sagte Aaron, als er sich aufrichtete. »Sitz!« Der Hund ließ sich auf seine Füße fallen und sah erwartungsvoll zu Aaron auf. »Guter Junge«, lobte Aaron und streichelte ihn. »Brav hingesetzt.« Er lächelte Julia an. »Okay, versuch du das mal, während ich ins Bad gehe.«

Julia setzte eine zweifelnde Miene auf. »Ich versuche es, aber er hört nie auf mich.«

»Viele Leute hören auf dich, Julia, und dein Hund sollte es auch tun.«

Julia probierte es aus. Toby war bereits wieder aufgestanden und schnupperte an Aarons Hand. »Toby«, befahl sie mit klarer und fester Stimme. »Sitz!« Toby sah zu Julia auf und befolgte ihre Anweisung. »Ach du meine Güte, er hat es getan«, flüsterte sie. »Mein Hund hat tatsächlich auf mich gehört.«

»Ja, das hat er. Und jetzt belohne ihn, indem du ihn hinter den Ohren kraulst. Ich bin gleich wieder da.« Aaron eilte ins Bad, um sich das Gesicht zu waschen. Als er zurückkam, übten Julia und Toby immer noch das neue Kommando.

»Erste Stufe sitzen, die nächste Stufe ist dann die Zeitung reinbringen und mir Kaffee machen«, scherzte Julia grinsend.

»Ich habe Vertrauen in dich, Toby.« Sie streichelte seinen Rücken, und der Labrador wedelte mit dem Schwanz.

»Du hast doch vorhin gesagt, dass du etwas im Zusammenhang mit deiner Mutter überprüfen wolltest«, erinnerte Aaron sie.

»Oh! Richtig.« Julia stieg die Treppe hinauf. »Komm mit, du kannst gemeinsam mit mir nachsehen.« Als sie den ersten Stock erreichte, ging sie den Flur entlang zum ersten der beiden Zimmer, die Aaron am Abend ihrer Gehirnerschütterung entdeckt hatte, als er nach ihren Schuhen und Socken gesucht hatte. Sie waren verschlossen gewesen. Julia holte ihren Schlüsselbund heraus. »Ich möchte nachsehen, ob sich in den Sachen meiner Mutter etwas befindet, was Walts Geschichte bestätigt.« Sie zuckte mit den Schultern. »Vielleicht finden wir nichts, aber es kann nicht schaden, nachzusehen. Ich war seit ihrer Beerdigung nicht mehr hier drin.« Julia schloss die Schlafzimmertür auf und knipste das Licht an.

»Das muss ein Scherz sein«, murmelte Aaron, als er den Raum betrat und sah, was sich darin befand. Überall standen Trophäen. Einige reichten bis zur Decke. An der hinteren Wand befand sich ein Regal mit strassbesetzten Kronen. Gerahmte Bilder von Waverley Harper hingen an den Wänden, jedes mit einer Seidenschärpe dekoriert. So, wie es aussah, hatte Julias Mutter jeden Schönheitswettbewerb im pazifischen Nordwesten gewonnen.

»Ich weiß nicht, was ich mit ihnen machen soll.« Julia fuhr mit dem Finger an einer der Trophäen entlang und begutachtete den Staub. »Sie standen früher unten im Wohnzimmer, und ich habe sie nach dem Tod meiner Mutter hierhergebracht. Aber was nun?«

Aaron wusste nicht, was er antworten sollte. Einlagern? Verbrennen? »Du solltest tun, was du tun willst«, sagte er schließlich. »Das hier ist dein Zuhause. Es muss kein Schrein für deine Mutter oder ein Museum für ihre Erfolge sein.«

Julia seufzte und blickte auf ihre roten Sandalen hinunter. »Du hast wahrscheinlich recht. Aber ich weiß, meine Mutter würde mir nie verzeihen, wenn ich diese Dinge loswerde. Sie waren ihr wertvollster Besitz.«

»Dann behalte vielleicht eine Krone und eine Trophäe und mach ein Foto vom Rest.« Aaron war bereit, den Raum zu verlassen. Die ganze Atmosphäre war ihm unheimlich, besonders die Art, wie Waverley auf jedem Bild die Brauen nach oben zog und ihn scheinbar mit einem abschätzigen Blick bedachte.

»Okay, ich wusste, dass es in diesem Raum wahrscheinlich nichts über Walt gibt, aber ich wollte, dass du ihn siehst.« Julia verließ das Zimmer und wartete, bis Aaron ebenfalls in den Flur getreten war, bevor sie die Tür abschloss. Dann öffnete sie die zweite Tür. Das nächste Zimmer war wesentlich größer als das erste und enthielt ein Kingsize-Bett und eine passende Kommode. »Das war das Zimmer meiner Eltern«, erklärte Julia. »Es ist nicht gerade ein klassisches Elternschlafzimmer, denn vor hundert Jahren, als dieses Haus errichtet wurde, hat man noch anders gebaut. Aber es hat den besten Blick aufs Wasser.« Sie ging zum Fenster und zog die Vorhänge zur Seite. Eine Staubwolke wirbelte auf, und sie musste niesen.

»Eigentlich ist es schade, dass die beste Aussicht verschlossen ist.« Aaron ging auf das Fenster zu und pfiff. »Du verdienst dieses Zimmer, wenn du es willst.«

Julia ließ die Schultern sinken. »Vielleicht. Ich weiß es nicht.« Sie ging zum Nachttisch hinüber und öffnete eine Schublade. »Wenn es meiner Mutter mit Walt ernst war, hat sie vielleicht etwas von ihm aufbewahrt.«

»Oder sie hat etwas darüber in ihr Tagebuch geschrieben«, vermutete Aaron. »Willst du, dass ich dir beim Suchen helfe?«

Julia nickte. »Würdest du das tun? Das wäre mir eine große Hilfe. Allerdings glaube ich nicht, dass meine Mutter ein Tagebuch geführt hat.«

Gemeinsam durchsuchten sie jede Schublade und jede Tasche in Waverleys Kleiderschrank. Nach zwanzig Minuten erfolgloser Suche wusste Aaron zwei Dinge über Waverley: Sie mochte einige der gleichen Designer, die seine eigene Mutter bevorzugte, und sie behielt ihre Kleidung für sehr lange Zeit. Lorraine hätte behauptet, dass die Kleider in Waverleys Kleiderschrank so alt waren, dass sie als Retro durchgingen.

Als sie es schließlich aufgaben, irgendetwas zu finden, setzte sich Julia auf die Bettkante. »Ich denke, das wars dann wohl. Ich werde nie erfahren, ob Walt die Wahrheit gesagt hat oder nicht.«

»Ich glaube, du kennst die Wahrheit.« Aaron setzte sich neben sie. Die Erkenntnis, dass er sich auf dem Ehebett ihrer verstorbenen Eltern befand, verdrängte alle romantischen Vorstellungen aus seinem Kopf und half ihm, sich zu konzentrieren. Er wollte, dass Julia die Wahrheit erkannte, oder das, was in seinen Augen die Wahrheit war. »Du hast gesagt, deine Mutter war komisch, wenn es um Geld ging, richtig?«

Julia nickte. »Bis zu ihrem letzten Atemzug. Sie hatte Angst, dass die Versicherung ihr für ihre Chemo-Behandlungen zu viel in Rechnung stellen würde.«

»Ich glaube nicht, dass Walt gelogen hat, als er meinte, deine Mutter habe sich geweigert, ihn zu heiraten. Das ist ja eine eher demütigende Geschichte für ihn.«

»Wenn das wahr ist, dann bedeutet das, dass meine Mutter mir die Schuld dafür gab, dass sie nicht mit Walt glücklich sein konnte.«

»Nein.« Aaron schüttelte den Kopf. »Das hast du falsch verstanden. Was es zeigt, ist, dass deine Mutter dich geliebt hat. Sie hat dich so sehr geliebt, dass sie dein Vermögen schützen und deine Zukunft sichern wollte.«

»Meine Mutter hasste mich.« Tränen füllten Julias Augen. »Du kanntest sie nicht, aber wenn du gehört hättest, was sie zu mir gesagt hat, würdest du mir zustimmen.«

»Okay«, sagte Aaron, der nicht einfach abtun wollte, was Julia sagte. »Vielleicht habe ich es falsch ausgedrückt. Ich denke, dass sie Walt nicht geheiratet hat, zeigt, dass sie wollte, dass du eine solide finanzielle Zukunft hast. Ihr gefiel die Vorstellung, dass du Geld haben würdest. Sie wollte diese Sicherheit für dich, denn das war das Wichtigste für sie: finanzielle Sicherheit. Das war ihre Art zu sagen ›Ich liebe dich‹, ohne es tatsächlich auszusprechen.«

»Ich weiß nicht.« Julia senkte den Kopf und blinzelte. »Es könnte auch sein, dass sie nicht wollte, dass jemand ihre Tochter für arm hielt, weil sie dann schlecht dagestanden wäre.«

»Das bei der eigenen Mutter zu erkennen, ist hart.« Aaron schlang seine Arme um sie und zog sie an sich. »Es tut mir leid.«

»Und deine Mutter hasst mich auch.« Julia schniefte, und dann liefen die Tränen.

»Ihr zwei hattet einen holprigen Start, und meine Mutter war unglaublich unhöflich zu dir, aber wenn sie dich erst einmal richtig kennenlernt, wird sie dich lieben, das verspreche ich dir.«

»Das kann ich mir kaum vorstellen.«

»Es ist die Wahrheit.« Aaron wiegte sie von einer Seite zur anderen, während sie weinte. »Meine Mutter will nur das Beste für mich und Jack, und das bist du.«

»Wirklich?« Julia sah zu ihm auf.

»Auf jeden Fall.« Aaron drückte sie fester an sich und blickte sich im Raum um. »Weißt du, wenn du die Möbel verkaufst, die Tapeten abreißt und diesem Raum eine neue Chance gibst, wäre er das perfekte Schlafzimmer für Julia Harper, beliebteste Vermieterin von Harper Landing.«

Julia lachte und wischte sich die Nase mit einem Taschentuch ab, das sie aus einer Schachtel auf dem Nachttisch gezogen hatte. »Und wenn ich schon einmal dabei bin, könnte ich die ganzen lächerlichen Trophäen loswerden«, erwiderte sie mit einem Augenzwinkern. »Das Zimmer blau streichen und ein ...« Sie stoppte abrupt und wandte den Blick ab.

»... ein Kinderbettchen hineinstellen?«, fragte Aaron und hoffte, dass Julia ihren Satz so hatte beenden wollen. In diesem Moment gab er seinen Entschluss auf, seine wahren Gefühle zu verbergen.

Julia drehte den Kopf in seine Richtung. »Du bist der liebevollste, engagierteste und beste Onkel, den Jack je haben könnte«, hauchte sie. »Das weißt du, oder? Du bist nicht Jacks Vater, aber gleichzeitig bist du es sehr wohl.«

Aaron nickte, ein Ansturm von Emotionen durchströmte ihn. »Meine Schwester hätte gewollt, dass ich glücklich bin«, sagte er. »Jared auch. Mir ist klar, dass wir uns erst vor ein paar Wochen getroffen haben, aber ich habe das Gefühl, dich schon mein ganzes Leben lang zu kennen. Du bist mein fehlendes Verbindungsstück, Julia. Du bist die Frau, die ich brauche.« Er nahm ihre beiden Hände in seine. »Ich bin in dich verliebt.« Er blickte ihr in die Augen und flehte das Universum an, dass sie auch nur einen Bruchteil der tiefen Liebe für ihn empfinden möge, die er für sie fühlte. Und plötzlich erkannte er, dass in Julias Blick mehr als nur ein Bruchteil lag. Sie war genauso verliebt wie er.

»Oh, Aaron«, murmelte sie und schlang die Arme um seinen Hals. »Ich liebe dich auch.« Sie verloren sich in einem Kuss, und erst später – viel, viel später – erinnerte sich Aaron an das Barbecue.

EPILOG

Ein Jahr später

Nach einer dreimonatigen Rucksacktour durch Europa war die Familie Baxter-Harper an wilde Abenteuer gewöhnt, aber Aaron und Julia hielten dennoch nichts davon, dass der Uber-Fahrer das Tempolimit in Harper Landing überschritt, besonders da Jack mit im Auto war.

»Können Sie bitte langsamer fahren?«, fragte Julia vom Rücksitz aus. Sie klammerte sich fest an den Griff über ihrer Tür.

»Ja«, sagte Aaron mit fester Stimme. »Das Tempolimit ist fünfundzwanzig. Hier leben Menschen, Mann.«

Der Fahrer, ein Mann mittleren Alters, der eine Baseballkappe mit dem Schild nach hinten trug, zuckte mit den Schultern. »Sie sagten, Sie seien in Eile.«

»Weil wir die Parade zum Vierten Juli sehen wollen«, erklärte Julia. »Wir haben nicht vor, in der Notaufnahme zu landen.« Sie warf einen Blick nach unten, um sich zu vergewissern, dass es Jack gut ging. Während der wilden Autofahrt war er eingeschlafen, was nicht verwunderlich war, da die ganze Familie unter Jetlag litt. Rom, Paris, London, Wien – sie hatten alles gesehen.

Jack hatte seine ersten Schritte in den Schweizer Alpen gemacht und in Berlin seinen ersten Geburtstagskuchen gegessen.

»Verstanden«, erwiderte der Fahrer. »Ich mache langsamer. Der Verkehr wird jetzt sowieso dichter.«

»Es sind momentan viele Besucher wegen der Parade hier«, kommentierte Aaron und blickte aus dem Fenster. »Harper Landing ist abseits von den Geschäften der Innenstadt normalerweise nicht so überfüllt.«

Sie waren immer noch fünf Blocks von ihrem Zuhause in der Ninth Avenue entfernt, und Julia war gespannt auf das Ergebnis des Umbaus. Sie hatten die Arbeit des Bauunternehmers so gut wie möglich von Übersee aus verfolgt, aber sie waren begierig darauf, die Veränderungen endlich mit eigenen Augen zu sehen. Das Trophäenzimmer war jetzt Jacks Schlafzimmer, und an der Stelle, wo sich früher das Schlafzimmer von Julias Eltern befunden hatte, gab es jetzt eine nagelneue Suite. Aaron hatte nach einer Möglichkeit gesucht, wie er einen Teil seiner Einnahmen aus Big Foot Paleo investieren konnte, und die Renovierung des Hauses schien eine kluge Entscheidung zu sein. Julia würde nie vergessen, wie Aarons Augen geleuchtet hatten, als er als sein Hochzeitsgeschenk an sie ihre Hypothek abbezahlt hatte.

»Meinst du, Toby wird uns verzeihen, dass wir ihn zurückgelassen haben?«, fragte Julia. Sie war George und Shelly dankbar, dass sie sich während ihrer Abwesenheit um ihn gekümmert hatten, aber sie machte sich Sorgen, dass ihr Labrador mit Midas, dem Jack Russell Terrier, nicht gut zurechtgekommen sein könnte. Midas war so temperamentvoll, dass George die Hunde in zwei getrennten Räumen füttern musste, da Midas sonst Toby das Futter weggefressen hätte.

»Warum fragst du ihn nicht selbst?« Aaron grinste und zeigte aus dem Fenster, wo George gerade mit Toby den Bürgersteig entlangging.

»Toby!« Julia winkte wie wild durch das Fenster, aber ihr Hund sah sie nicht.

»Hier sind wir richtig, oder?« Der Uber-Fahrer betrachtete über das Lenkrad hinweg ihr frisch gestrichenes Haus. Rosa Rosen wuchsen über den Torbogen des weißen Lattenzauns. »Ist es in Ordnung, wenn ich in der Einfahrt halte?«

»Natürlich!« Julia lächelte und versuchte weiterhin, Georges und Tobys Aufmerksamkeit zu erregen. Der Hund war zu sehr damit beschäftigt, den Gehweg zu beschnüffeln, um es zu bemerken, aber George winkte zurück.

»Zeit zum Aufwachen, Jack.« Aaron wackelte sanft am Fuß des schlafenden Kleinkindes. »Ich sehe Grandma und Grandpa.« Und tatsächlich, Martha und Frank standen wartend auf der Veranda. Hinter ihnen hing ein großes Banner mit dem Schriftzug »Willkommen zu Hause«. Martha hielt Franks Hand fest umklammert und schirmte mit der anderen ihre Augen vor der Sonne ab. Franks Alzheimerkrankheit befand sich zum Glück noch im Anfangsstadium, aber inzwischen kam drei Mal pro Woche eine Altenpflegerin, um ihnen zu helfen. Jack rührte sich und schlug flatternd die Augenlider auf.

Der Wagen kam zum Stehen, und der Fahrer schaltete die Zündung aus. »Nun, Leute. Ihr seid zu Hause.«

Aaron sah zu Julia, und Julia blickte Aaron an. Sie beugten sich für einen kurzen Kuss über Jacks Kindersitz, bevor sie von Jack unterbrochen wurden, der nach vorn griff und ihre Wangen aneinanderdrückte. »Zu Hause«, quietschte er.

Julia und Aaron starrten sich verblüfft an. Es waren Jacks erste Worte.

»Das ist richtig, Kumpel«, bestätigte Aaron. »Wir sind zu Hause.«

Danksagung

Mein Dank gilt meiner Literaturagentin Liza Fleissig von der Liza Royce Agency, die seit Jahren an meiner Seite steht und mich immer behandelt hat wie eine Bestsellerautorin, auch wenn ich gar keine war. Danke an das phänomenale Verlagsteam bei Montlake Romance. Ich hatte großes Glück, dass Alison Dasho mein Manuskript gelesen und mir eine Chance gegeben hat. Mein besonderer Dank gilt auch Krista Stroever, die mir mit ihren klugen Vorschlägen geholfen hat, es zu verbessern.

Meine Kritikpartner – Sharman Badgett-Young, Laura Moe und Penelope Wright – haben sich mit mir in guten und in schlechten Zeiten getroffen. Nie wieder werde ich ein persönliches Treffen für selbstverständlich halten. Ob ich als Louise Cypress oder als Jennifer Bardsley schreibe, sie finden immer Möglichkeiten, mir zu besseren Geschichten zu verhelfen.

Vielen Dank an die Autoren Joshua David Bellin, Alessandra Clarke, Nicole Conway, Jennifer Anne Davis, Jennifer M. Eaton, Tobie Easton, E. M. Fitch, Jennifer Jenkins, Emily R. King, Everly Frost, Melanie McFarlane, Derek Murphy, Shaila Patel, Jenetta Penner, Julie Reece, Jo Schaffer und Leigh Statham, die mir mit Rat und Freundschaft zur Seite standen. Genauso dankbar bin ich für meine Mitgliedschaften bei den Sweet Sixteens, der Nine Lives Author Group, dem Author Support Network und bei An Alliance für Young Adult Authors.

Wenn ich nicht gerade Bücher schreibe, verfasse ich eine Kolumne namens »I Brake for Moms« für den *Everett Daily Herald*. Vielen Dank an alle meine »I Brake for Moms«-Leser, die mir fast ein Jahrzehnt lang die Treue gehalten haben.

Mein Mann, Doug, hatte keine Ahnung, dass er eine Liebesromanautorin heiratete, als wir uns vor mehr als zwanzig Jahren unser Eheversprechen gaben. Aber er liefert jeden Tag Inspiration für romantische Helden. Alle Frauen verdienen Partner, die sie respektvoll behandeln, die im Haushalt mithelfen und die um zwei Uhr nachts aufstehen, um dem Baby ein Fläschchen zu geben, ohne dass man sie darum bitten muss.

Zum Schluss möchte ich mich bei meinen Kindern Bryce und Brenna bedanken, die vor meinen Augen so schnell erwachsen werden. In meinem Herzen werdet ihr immer meine lächelnden kleinen Babys sein. Ich wünschte, ich könnte in der Zeit zurückkreisen, eure winzigen Füßchen drücken und »Wow« sagen.

MIX

Papier | Fördert
gute Waldnutzung

FSC® C083411

Zeitfracht Medien GmbH
Ferdinand-Jühlke-Straße 7
99095 Erfurt, Deutschland
produktsicherheit@kolibri360.de

Druck:
CPI Druckdienstleistungen GmbH
im Auftrag der
Zeitfracht Medien GmbH
Ein Unternehmen der Zeitfracht - Gruppe
Ferdinand-Jühlke-Str. 7
99095 Erfurt